《茅盾研究》 第19辑

茅盾与中国文学的现代化

中国茅盾研究会 编

华东师范大学出版社
上海

图书在版编目(CIP)数据

茅盾与中国文学的现代化:《茅盾研究》. 第 19 辑/中国茅盾研究会编. —上海:华东师范大学出版社,2023
ISBN 978 - 7 - 5760 - 4044 - 9

Ⅰ.①茅… Ⅱ.①中… Ⅲ.①茅盾(1896 - 1981)-文学研究-文集②茅盾(1896 - 1981)-人物研究-文集
Ⅳ.①I206.7 - 53②K825.6 - 53

中国国家版本馆 CIP 数据核字(2023)第 141419 号

茅盾与中国文学的现代化
《茅盾研究》第 19 辑

编　　者	中国茅盾研究会
责任编辑	曾　睿
特约审读	伍忠莲
责任校对	姜　峰　时东明
装帧设计	刘怡霖

出版发行	华东师范大学出版社
社　　址	上海市中山北路 3663 号　邮编 200062
网　　址	www.ecnupress.com.cn
电　　话	021 - 60821666　行政传真 021 - 62572105
客服电话	021 - 62865537　门市(邮购)电话 021 - 62869887
地　　址	上海市中山北路 3663 号华东师范大学校内先锋路口
网　　店	http://hdsdcbs.tmall.com

印 刷 者	上海景条印刷有限公司
开　　本	787 毫米×1092 毫米　1/16
印　　张	14
字　　数	301 千字
版　　次	2023 年 8 月第 1 版
印　　次	2023 年 8 月第 1 次
书　　号	ISBN 978 - 7 - 5760 - 4044 - 9
定　　价	68.00 元

出版人　王　焰

(如发现本版图书有印订质量问题,请寄回本社客服中心调换或电话 021 - 62865537 联系)

目 录

茅盾作品与思想研究

茅盾在百年中国鲁迅评价与传播中的编年史价值 　　　　　　　　王卫平 / 003
批评的"奥德赛"
　　——以试论茅盾批评的"理论旅行"现象为例 　　　　　　　崔瑛祜 / 020
《子夜》的批评史及"现实主义"内涵之思 　　　　　　　　　　俞敏华 / 033
道义批判的限度与社会结构剖析的必要
　　——重读《林家铺子》 　　　　　　　　　　　　　　　　　罗云锋 / 043
小说长制两巨匠
　　——巴金与茅盾 　　　　　　　　　　　　　　　　　　　　宋曰家 / 059
茅盾藏书中的"三红一创、青山保林" 　　　　　　　　　　　　姚　明 / 068
茅盾笔下的延安风景、知识青年及相关问题 　　　　　　　　　　程志军 / 083
"抒情"的协奏：茅盾的江南记忆与文化认同 　　　　　　　　　徐从辉 / 092
《霜叶红似二月花》古典式浪漫的二重性 　　　　　　　　　　　韩旭东 / 099
《霜叶红似二月花》的秘密：时间之谜与政治隐喻 　　　　　　　马　蔚 / 107
茅盾在延安文化语境下的"鲁迅"再阐释 　　　　　　　　　　　孟丽军 / 116

茅盾史料考证

抗战时期茅盾佚简两通释读 　　　　　　　　　　　　　　　　　刘世浩 / 129

青年论坛

颠覆与困囿：茅盾早期小说中的"新女性"书写 　　　　　　　　李雨菲 / 135

循环还是进化？
　　——重读《追求》中的革命书写　　　　　　　　邹雯倩 / 146
作为"过程"的革命主体
　　——论茅盾小说《虹》　　　　　　　　　　　　向润源 / 156

书评

上海的辨识
　　——读李国华《黄金和诗意：茅盾长篇小说研究四题》　刘祎家 / 171
总体性的诗学建构
　　——评李国华《黄金和诗意：茅盾长篇小说研究四题》　孙　荣 / 176

现代文学研究学人纪念专栏

学人的楷模，后学的导师
　　——追念著名现当代文学史家、茅盾研究专家丁尔纲先生　沈冬芬 / 183

现代文学语言研究专栏

"以质救文"
　　——试论章太炎的语文复古观念及其敞开的革命性　　赵　凡 / 193
意到笔随乱谈天："打油诗""烂古文"与刘半农的游戏文章　房　栋 / 206

茅盾作品与思想研究

茅盾在百年中国鲁迅评价与传播中的编年史价值

王卫平[①]

摘　要：在百年中国对鲁迅的接受史中，茅盾扮演了十分重要的角色，成为鲁迅研究名家之一。这种身份在以往研究中是重视不够的。因此，有必要重温历史，将茅盾对鲁迅的论述置于百年中国对鲁迅的评价史、传播史中，从编年史视角考察其价值和局限性。这是以往研究从未有过的，它可以有效克服和超越以往研究的零散、孤立和以偏概全，实现系统分析和公正客观。在长达58年的时间里，茅盾对鲁迅的研究投入了大量精力，留下了众多文字，他几乎是几十年如一日，不遗余力地评价鲁迅、研究鲁迅、宣传鲁迅、捍卫鲁迅，传播鲁迅精神，做出了多方面的努力和贡献，具有编年史等多方面的价值。当然，茅盾在半个多世纪里对鲁迅的论述，并非全都正确，也不可避免地受到政治的约束，存在着历史的局限性和偏离对鲁迅本体的认识，留下了时代的印痕。

关键词：茅盾；鲁迅评价；传播；编年史价值；局限性

中国对鲁迅的接受与评价已走过百年历程，产生了众多的杰出人物、研究名家和浩瀚的研究成果。在作家、批评家中，持续评价、研究、宣传、纪念鲁迅并弘扬鲁迅精神的非茅盾莫属。因此，应该重新梳理百年中国鲁迅评价史、传播史中的茅盾。尽管以往有很多谈论茅盾如何评价鲁迅的文章，但是详细检索这些文章，我们就会发现，多数是谈论茅盾某个时期或某个时段、某篇文章对鲁迅的论述，比如茅盾早期的鲁迅论、茅盾前期对鲁迅的评价、茅盾的《鲁迅论》、茅盾论《阿Q正传》等，这远不是茅盾论鲁迅的全部。而对茅盾1949年以后的鲁迅论关注极少，且多是否定，认为是对鲁迅的误读和曲解。这有失偏颇。因此，有必要重温历史，从编年史视角考察茅盾在百年中国鲁迅评价史上的价值，它可以有效克服和超越以往研究的零散、孤立和以偏概全，实现系统分析和客观公正。

中国现当代很多作家、批评家评价过鲁迅，但没有哪一位作家、批评家像茅盾那样，对鲁迅的评价持续了半个多世纪。从1921年对《故乡》中心思想的揭示到1979年《答〈鲁迅研究年刊〉记者的访问》，在58年的时光里，茅盾共发表评价、研究、纪念、宣传、学习鲁迅的文章、讲话达40多篇，此外，还有近20篇文章论及鲁迅及其作品。我们把茅盾的鲁迅论连贯起来，按照编年的脉络加以系统梳理，这虽然像"流水账"，但唯其如此，才能看清原貌和全貌。

[①] 作者简介：王卫平，文学博士，辽宁师范大学文学院教授，博士生导师。

一

在五四时期,如果说对鲁迅《狂人日记》和杂文最早作出正面评价的是新潮社的傅斯年(1919年),那么,对鲁迅的《故乡》和《阿Q正传》最早作出正面评价的则是沈雁冰。1921年8月,沈雁冰在《小说月报》上发表了《评四、五、六月的创作》,综合评述了鲁迅当年四、五、六月的创作概况。其中,他"最佩服的是鲁迅的《故乡》",且独具慧眼地揭示了《故乡》的中心思想:"我觉得这篇《故乡》的中心思想是悲哀那人与人之间的不了解,隔膜。"①这是对《故乡》主题的最早、也是最正确的揭示,在百年中国鲁迅评价史上代代相传,直至写入教科书中。比如,严家炎主编的《二十世纪中国文学史》写道,闰土见到"迅哥儿"的一幕,写得尤其感人,他叫童年的伙伴为"老爷","这一声'老爷',意味着他们之间已经隔了一层可悲的厚障壁"。② 这是《故乡》最震撼人心的地方,也是沈雁冰"最佩服"的缘由。

1922年1月,当《阿Q正传》在《晨报副刊》刚连载到第四章时,《小说月报》就收到了一位名叫谭国棠的读者来信,信中批评《阿Q正传》讽刺过分,锋芒太露,稍伤真实,不算完善。时任《小说月报》主编的沈雁冰当即回信,阐明对《阿Q正传》的看法:"《阿Q正传》,虽只登到第四章,但以我看来,实是一部杰作。你先生以为是一部讽刺小说,实未为至论。阿Q这人,要在现社会中去实指出来,是办不到的;但是我读这篇小说的时候,总觉得阿Q这人很是面熟,是呵,他是中国人品性的结晶呀!"③这是最早高度评价《阿Q正传》(认为是一部杰作)和最早揭示阿Q的典型意义(认为是中国人品性的结晶)的文字,体现了沈雁冰高超的文学判断能力,在百年中国鲁迅研究史上具有开创意义和深远影响。正如张梦阳在《中国鲁迅学史》中所说,"他这段对《阿Q正传》的最早评语,实质上已经包含了后来一百年间《阿Q正传》研究的主要方面,切中肯綮地道出了《阿Q正传》的真义!所谓阿Q是'中国人品性的结晶'的提法,其实与后来的阿Q是'一个集合体''国民劣根性'的体现者的观点是一脉相承的。而对俄国作家冈察洛夫笔下人物奥勃洛莫夫的联想,则启悟研究者发现阿Q与世界文学中的奥勃洛莫夫等著名人物属于同一性质的艺术典型。'总觉得阿Q这人很是面熟'一语,正反映了这类艺术典型的普遍性特征"④。的确如此。

一年之后的1923年8月,鲁迅的《呐喊》由北京新潮社初版;10月,沈雁冰就发表了《读〈呐喊〉》,这是第一篇对《呐喊》的专论。文章不长,却新见迭出,既高度评价了《狂人日记》《孔乙己》《阿Q正传》等小说,也高度评价了《呐喊》在整体上所体现的形式创新。他还首次提出"阿Q相",认为"'阿Q相'未必全然是中国民族

---

① 沈雁冰:《评四、五、六月的创作》,1921年8月10日《小说月报》第12卷第8号,《茅盾全集》第18卷,黄山书社2014年版,第154页。
② 严家炎主编:《二十世纪中国文学史》(上册),高等教育出版社2010年版,第178页。
③ 沈雁冰:《对〈沉沦〉和〈阿Q正传〉的讨论——复谭国棠》,1922年2月10日《小说月报》第13卷第2号,《茅盾全集》第18卷,黄山书社2014年版,第182页。
④ 张梦阳:《中国鲁迅学史》,江苏凤凰文艺出版社2021年版,第41页。

所特具。似乎这也是人类的普遍弱点的一种"。"我以为这就是《阿Q正传》之所以可贵,恐怕也就是《阿Q正传》流传极广的主要原因。"①从发现阿Q"是中国人品性的结晶"到指出"阿Q相""也是人类的普遍弱点的一种",沈雁冰完整地揭示了阿Q在中国的意义和在世界的意义。以后在《阿Q正传》百年研究史中,对阿Q典型意义的研究都没有超出这个范围,可见,沈雁冰是具有原创之功的。文章的最后,沈雁冰高度肯定了《呐喊》在形式上的创新和巨大影响:"在中国新文坛上,鲁迅君常常是创造'新形式'的先锋;《呐喊》里的十多篇小说几乎一篇有一篇新形式,而这些新形式又莫不给青年作者以极大的影响,必然有多数人跟上去试验。"②沈雁冰的这段话,在后来的鲁迅研究中被多次引用,不断沿此思路演绎、深化和升华。

1927年,沈雁冰发表了《鲁迅论》,全面论及了鲁迅是怎样一个人以及鲁迅1927年以前的全部创作。这是沈雁冰通读了截至1927年鲁迅的全部作品的基础上,有感而发写出的力作。同时,这篇《鲁迅论》还结合当时对鲁迅及其作品的种种评论,在大量引证的基础上阐明自己的观点。沈雁冰认为,张定璜的《鲁迅先生》"是好文章","'老实不客气的剥脱','沉默的旁观',鲁迅之为鲁迅,尽在此二语罢。然而,我们也不要忘记,鲁迅站在路旁边,老实不客气地剥脱我们男男女女,同时他也老实不客气地剥脱自己"。这种论断,不仅比张定璜的认识更全面,而且在以后的鲁迅研究史上被传承下来,演变成后来著名的"鲁迅既严厉地解剖别人,更无情地解剖自己"。对于鲁迅的杂文,沈雁冰颇有见地地指出:"他的著作里却充满了反抗的呼声和无情的剥露。反抗一切的压迫,剥露一切的虚伪! 老中国的毒疮太多了,他忍不住拿着刀一遍一遍地不懂世故地尽自刺。"这是对鲁迅杂文特质的深刻揭示,为后来者理解鲁迅开辟了路径。沈雁冰进一步指出《呐喊》《彷徨》"大都是描写'老中国的儿女'的思想和生活"。"这些'老中国的儿女'的灵魂上,负着几千年的传统的重担子,他们的面目是可憎的,他们的生活是可以诅咒的,然而你不能不承认他们的存在,并且不能不懔懔地反省自己的灵魂究竟已否完全脱卸了几千年传统的重担。我以为《呐喊》和《彷徨》所以值得并且逼迫我们一遍一遍地翻读而不厌,根本原因便在这一点。"这正是《呐喊》《彷徨》的思想意义和生命力所在,沈雁冰揭示得何其深刻,后来的鲁迅研究者沿此思路,不断地阐发鲁迅小说的启蒙、改造国民性、摆脱传统的因袭的重担等主题。对于《阿Q正传》等小说,沈雁冰不同意当年成仿吾的批评和指责,认为《阿Q正传》不是"浅薄的纪实的传记",也不是"劳而无功的作品","《呐喊》所能给你的,不过是你平日所唾弃——像一个外国人对于中国人的唾弃一般的——老中国的儿女们的灰色人生。

---

① 沈雁冰:《读〈呐喊〉》,1923年10月8日《文学周报》第91期,《茅盾全集》第18卷,黄山书社2014年版,第444页、第447页。
② 沈雁冰:《读〈呐喊〉》,1923年10月8日《文学周报》第91期,《茅盾全集》第18卷,黄山书社2014年版,第447页。

说不定你还在这里看见了自己的影子"。① 这正是后来的研究者所反复揭示的"阿Q相"的普遍意义。正如张梦阳所说,"由阿Q而看到自己的影子,从中开出反省的道路,是鲁迅在中国所引发的一种非常独特的精神文化现象。生动地描述这一现象,加以简明的概括,道出其中的意义,茅盾是第一人。这也是他的这篇《鲁迅论》比张定璜的《关于鲁迅先生》更为深入、精警之处"。"总而言之,茅盾的这篇《鲁迅论》对 1927 年以前的鲁迅研究成果做了全面的概括,对鲁迅映像进行了非常精辟的第二次总结,是中国鲁迅学史上划时期的重要论著。"②这是站在中国鲁迅研究百年史的高度作出的评价,名副其实。

从 1921 年对《故乡》中心思想的揭示到 1922 年预言《阿Q正传》"是一部杰作",从 1923 年的《读〈呐喊〉》到 1927 年的《鲁迅论》,可视为沈雁冰认识、评价鲁迅的第一个阶段。他把对鲁迅及其作品的认识起点垫得很高,对鲁迅《呐喊》《彷徨》的思想和艺术创新、对鲁迅杂文精神思想的论述、对阿Q典型意义的揭示等都是最符合鲁迅本意的阐发,也都被后来鲁迅研究家所认可、所传承,在百年中国鲁迅评价史上具有开创意义。

二

从 1933 年到 1936 年,可视为茅盾评价鲁迅、传播鲁迅的第二个阶段。这时,他已从理论家、批评家成为中国现代的革命作家,创作和批评兼顾,并和鲁迅有过密切交往,共同在左翼战线从事文学运动和创作。尤其是 1936 年鲁迅逝世前后,茅盾在多篇文章中谈到鲁迅及其作品,号召要学习和研究鲁迅,践行鲁迅精神。

1933 年,茅盾发表短文《"阿Q相"》,再次强调"阿Q相"的要点:"事实上失败或屈服的时候,便有'精神上的胜利'聊自安慰,于是'反败为胜',睡觉也酣甜了。阿Q的名言,所谓'被儿子打',所谓'我的祖宗比你强',就是他'精神胜利'的哲学。"茅盾进一步强调这种"阿Q相"是"中国国民的普遍相"。"特别在'九一八'国难以后,'阿Q相'的'精神胜利'和'不抵抗'总算发挥得淋漓尽致了。"

1935 年,茅盾选编《中国新文学大系·小说一集》,并撰写了长篇导言,重点介绍、评述了新文学第一个十年以文学研究会为代表的新文学社团以及文学研究会各位作家的作品。在开头,茅盾再次肯定鲁迅的《狂人日记》:"民国七年(一九一八)鲁迅的《狂人日记》在《新青年》上出现的时候,也还没有第二个同样惹人注意的作家,更其找不出同样成功的第二篇创作小说。"③这是茅盾通过比较得出的结论,充分体现了《狂人日记》的高起点和鹤立鸡群。

1936 年是鲁迅逝世的年份,在鲁迅逝世前后,茅盾在多篇文章中谈到鲁迅。1936 年 5 月,茅盾发表《也是"想到什么就说什么"》一文,谈到了鲁迅的历史小说

---

① 沈雁冰:《鲁迅论》,1927 年 11 月 10 日《小说月报》第 18 卷第 11 号,《茅盾全集》第 19 卷,黄山书社 2014 年版,第 149—174 页。
② 张梦阳:《中国鲁迅学史》,江苏凤凰文艺出版社 2021 年版,第 81 页。
③ 茅盾:《〈中国新文学大系·小说一集〉导言》,《中国新文学大系·小说一集》,良友图书印刷公司 1935 年版,《茅盾全集》第 20 卷,黄山书社 2014 年版,第 521 页。

《出关》以及杂文《出关的关》。文章由胡风和周扬关于"典型描写"的争论引出阿Q的典型问题。茅盾继续坚持1922年他提出的阿Q"是中国人品性的结晶"的看法,认为"阿Q可以说是代表农民意识,然而决不是仅仅代表农民意识。我甚至还要说,'阿Q相'在农民中间还不及在士大夫等中间那么来得普遍"。他是"中国'民族性'的提要"。"把阿Q视为代表农民意识,是把阿Q缩小了,把《阿Q正传》的讽刺的意义缩小了。在中国社会组织改变以前,'阿Q相',大概还要存在的;而在改变后的短时期内,'阿Q相'大概也还是不能消灭净尽罢。"①在这里,茅盾再一次揭示了"阿Q相"的长久意义。虽然在阿Q形象的百年研究史中,阿Q形象的这种长久意义已被普遍接受,但在当时的语境下,茅盾能看到这一点,着实不易。

1936年发生的关于"两个口号"的论争,已成为历史的旧案。茅盾当时写了两篇文章,澄清了一些事实,消除了误会,维护了鲁迅的《论现在我们的文学运动》和"民族革命战争的大众文学"的口号。在《关于〈论现在我们的文学运动〉——给〈文学界〉的信》中,茅盾附上了鲁迅的《论现在我们的文学运动》一文,并认为这篇文章"是特别重要的"。茅盾指出,胡风在1936年6月发表的《人民大众向文学要求什么》中,"把'民族革命战争的大众文学'作为现阶段的文学运动的口号提了出来。然而胡风先生只把这概括的总的口号葫芦提了出来,而并没有指明,为了要和现阶段的民族救亡运动的要求相配合,还应当有更具体的口号——'国防文学'。胡风先生那篇文章显然还是以'民族革命战争的大众文学'一口号来代替'国防文学'一口号的目的。因而他那篇文章就引起了许多质难"。所以茅盾认为:"鲁迅先生现在这篇文章里的解释——对于'民族革命战争的大众文学'与'国防文学'二口号之非对立的而为相辅的,——对于'国防文学'一口号之正确的认识(随时应变的具体的口号),正是适当其时,既纠正了胡风及《夜莺》'特辑'之错误,并又廓清了青年方面由于此二口号之纠纷所惹来的疑惑!"②茅盾的这种解释是相当公允客观的。在1936年8月发表的《关于引起纠纷的两个口号》中,茅盾进一步阐明了对"两个口号"的理解、认识以及二者的关系。茅盾说,"'民族革命战争的大众文学'可以是创作的口号,但既不是代替'国防文学',也不是文艺创作的一般口号,而只是对左翼作家说的(鲁迅先生那文,开头就提到左翼作家联盟)。我觉得'民族革命战争的大众文学'这口号,作为前进文学者的创作的口号,是很正确的","比单提'国防文学'这口号来得明确而圆满。鲁迅先生那篇文章的主要点似乎就在这里。他是专为给左翼文学者以鼓励与指示而发的"。更为重要的是,茅盾认为,鲁迅"没有要拿这口号去规约一切文学的意思。鲁迅先生一向主张:与其用口号或公式去束缚作家,倒不如让作家多些自由;他主张打破公式,不

---

① 茅盾:《也是"想到什么就说什么"》,1936年5月30日《申报·每周增刊》第1卷第21期,《茅盾全集》第21卷,黄山书社2014年版,第145—146页。
② 茅盾:《关于〈论现在我们的文学运动〉》,1936年7月10日《文学界》第1卷第2号,《茅盾全集》第21卷,黄山书社2014年版,第162—164页。

为口号所束缚","同时,他也毫不排斥'国防文学'这口号的意思"。① 在这里,茅盾将鲁迅的本意、"两个口号"的关系解释得如此通透,有利于在抗日的共同目标下联合起来,有利于克服宗派主义,有利于创作上的更大自由。

1936年10月19日,鲁迅在上海逝世。此时茅盾并不在上海,而是于10月14日回到老家乌镇,一则伺候受风寒的母亲,二则打算写一部长篇《先驱者》。没几天,母亲已痊愈,不料自己却病倒了,失眠、便秘、痔疮同时袭来。到19日下午,茅盾突然收到夫人孔德沚从上海发来的急电:"周已故速归。"这简直是晴天霹雳,他不敢相信,于是决定第二天一早乘快班船回上海。谁料这一夜又是一个不眠之夜,鲁迅的突然去世使他无法入睡。第二天清晨,痔疮并未见好,无法走路。想来出殡总得还有几天,于是决定休息一两天,等到能走动再回去也来得及。到21日,病仍未见轻,下午就从上海报纸上得知,鲁迅的遗体已于当日大殓,第二天安葬。丧事办得如此之快,出乎茅盾的意料,他知道自己无论如何也赶不上了。三四天后,茅盾勉强能行动,就匆匆赶回上海,立即投入到怀念鲁迅、纪念鲁迅、学习鲁迅的活动中。

到1936年11月,即鲁迅逝世一个月后,茅盾起草了《致法国左翼作家协会》,与宋庆龄、蔡元培联合署名,在法国发表。在信中,茅盾指出,"鲁迅的逝世,使中国人民失去了一位最著名的、最受人爱戴的作家","鲁迅成了我们民族精神的代表","虽然鲁迅出生在中国,但他却是属于全世界的"。此信件由宋庆龄亲自用英文打字机打印,通过中华全国学生联合会寄给世界大学生联合会,再由世界大学生联合会秘书安德烈·维克托寄给罗曼·罗兰、伐扬·古久利等进步作家。②

紧接着,鲁迅先生纪念委员会筹备会召开,茅盾是发起人之一,并起草《筹委会公告》第一号、第二号、第三号,由蔡元培签署。茅盾起草的公告的主要内容包括:组织"鲁迅先生纪念委员会";推举蔡元培、宋庆龄、沈钧儒、内山完造、茅盾、许广平、周建人7人为筹备委员;举行第一次筹备会会议,商定鲁迅坟地布置、坟地建筑图标及设计等事宜。到1937年7月18日,鲁迅先生纪念委员会在上海正式成立,由国内外知名人士和鲁迅生前好友宋庆龄、蔡元培、郭沫若、茅盾、法捷耶夫、史沫特莱、内山完造等70多人组成,宋庆龄任鲁迅纪念委员会主席,许广平、茅盾、萧军、胡愈之、黎烈文、郑振铎、张天翼7人为常委。

也是在1936年11月,茅盾发表了《学习鲁迅先生》一文,开头为:"抑住了哀痛,打起精神来奋斗下去,此时凡敬爱鲁迅先生而且痛感到这损失之巨大的人们,都严肃地在想着:如何永远纪念他。""立即可以想到许多办法的——纪念文学奖金,纪念馆,研究院,学会,翻译他的著作广布于全世界。"茅盾由此想象到"不远的将来'新中国'的大都市里将耸立着巍峨的'鲁迅文学院',我想象到在将来的新中国,大陆新村一弄(如果还在)将收为公有,而在这四周将建筑起庄严的纪念馆,我也想象到绍兴将得一个新名'鲁迅县'……""然而要保证这一切伟大的永久纪念

---

① 茅盾:《关于引起纠纷的两个口号》,1936年8月10日《文学界》第1卷第3号,《茅盾全集》第21卷,黄山书社2014年版,第168—169页。

② 李标晶:《茅盾年谱》,浙江大学出版社2021年版,第264页。

的必得办到,有一个先决条件:学习鲁迅。"①茅盾当年构想的永久纪念鲁迅的许多办法,如今,除绍兴市没有改成"鲁迅市"外,其他都一一实现了,我们不能不佩服茅盾当年的设想是切实可行的,鲁迅得到了永久的纪念,鲁迅著作、鲁迅精神得到了长久的传承。

1936年12月,茅盾发表了《研究和学习鲁迅》,文章由夏征农在《新认识》半月刊上拟出的鲁迅研究的十二个题目引申开去。茅盾认为:"不仅有十二题可拟,就是二十题也拟得出。但问题不在题目之多少,而在我们究竟应该从哪几方面去研究,才能够认识出鲁迅价值的全面,而且从这认识能够增加我们'精神的食粮'与战斗的力量。"这是茅盾首次阐释鲁迅研究的目的和意义,他接着强调"研究鲁迅是目前要紧的工作","对于他,研究和学习不能分开"。尤其"在民族存亡和战争紧张的现在,'鲁迅研究'的意义就是继承他的工作。学究式的研究决非我们的当前急务"。他强调,我们必须"牢牢记住,时时追踪的——一是他的战斗精神","二是他的战斗的技术"。最后,他还揭示了鲁迅杂文的特性和"魔力"所在:"不摆出说教的面孔,不作空洞的理论,而是从具体的能够引起普遍注意与兴味的社会现象出发:这是鲁迅的杂感所以有绝大'魔力'的原因,这是它们所以能和他的小说有同样高的艺术价值的原因!"②

三

从1937年到1949年,可视为茅盾评价鲁迅、传播鲁迅的第三个阶段。在全民族抗战的新形势下,茅盾继续传播鲁迅精神,发表了十多篇谈论鲁迅的文章,继续号召人们学习鲁迅、研究鲁迅、践行鲁迅精神,盛赞鲁迅的韧性、谨严和战斗精神,从作为战士的鲁迅身上凝聚民族解放的力量。

1937年《鲁迅全集》在日本翻译出版,茅盾为此写了精粹的短文《精神食粮》,认为这"是1937年东亚文化界的一大喜事"。文章精辟概括了"鲁迅先生这一伟大力量的源泉,我觉得第一,是他观察的深刻透彻;第二,是他对人类的热爱和悲悯;第三,是他伟大人格所发挥的一生的战斗精神;第四,也是最后一点,是他将上述三者融会贯彻在他天才的艺术创作之中"。③ 这是对鲁迅独特品格、个性、精神以及力量的精确概括,也是后来越来越发达的鲁迅研究的重要观测点,百年中国鲁迅研究史已经证明了这一点。在这篇短文中,茅盾还深情地诉说:"小于鲁迅十六岁的我,无疑经常从先生的著作中多多地获取了'精神食粮'。我常常想,读一遍鲁迅先生的著作,我们欣然有所收获,就是二遍、三遍,甚至无数遍地阅读仍然

---

① 茅盾:《学习鲁迅先生》,1936年11月5日《中流》第1卷第5期,《茅盾全集》第16卷,黄山书社2014年版,第80—81页。
② 茅盾:《研究和学习鲁迅》,1936年12月1日《文学》第7卷第6号,《茅盾全集》第21卷,黄山书社2014年版,第242—247页。
③ 茅盾:《精神食粮》,增田涉译,1937年3月日本《改造》第19卷第3号,后由钱青译成中文,刊登于1981年9月3日《解放日报》,《茅盾全集》第21卷,黄山书社2014年版,第316页。

能获得愈越增多的教益。"①无独有偶,从新时期到新世纪再到新时代的众多的鲁迅研究名家都不约而同地谈到鲁迅的著作每阅读一遍都欣然有得,常读常新,这和茅盾的认识完全一致。

同年4月,茅盾在为宋云彬的历史小说集《玄武门之变》作序时,首先高度肯定鲁迅对历史题材文学的开拓和成功,认为"《故事新编》,在形式上展示了多种多样的变化,给我们树立了可贵的楷式;但尤其重要的,是内容的深刻,——在《故事新编》中,鲁迅先生以他特有的锐利的观察,战斗的热情,和创作的艺术,非但'没有将古人写得更死',而且将古代和现代错综交融,成为一而二,二而一"②。这是茅盾首次全面评价《故事新编》,也是鲁迅研究史上较早论述《故事新编》的卓越成就和影响的文字。在此前,茅盾在文章中只谈到过《故事新编》中的《出关》。

1938年10月16日,鲁迅逝世两周年即将到来,茅盾在《文艺阵地》同一期发表两篇学习鲁迅的短文。一篇是《谨严第一》,认为"'学习鲁迅',首先而且必要的,是学习他的谨严"③。这种学习,不仅从文句上去学习,更要从透彻的观察和解剖的精微上去学习。另一篇是《韧性万岁》,当有人指责鲁迅是"执拗的老人"时,茅盾却认为"'执拗'正是鲁迅先生的战斗的韧性","在长期抗战中,全国民众都须要坚韧,在文艺战线上的,还要韧。目前摆在文艺工作者面前的许多问题,都不是'痛快主义'所能解决,必须韧战"。④

到10月19日,在鲁迅逝世两周年的日子里,茅盾又同时发表两篇文章,《关于"鲁迅研究"的一点意见》和《以实践"鲁迅精神"来纪念鲁迅先生》。前者"从鲁迅先生自己的著述、书简和日记中,以及他平日的谈话里,我们可以看出有几个要点是研究鲁迅的时候不应该忘记的;这,首先是——他最初学开矿,后学医",培养了鲁迅"一丝不苟的精神"和"科学者的思想态度"。"其次,鲁迅先生曾从章太炎先生研究朴学,但是,有了近代论和近代科学方法为思想基础的他,不为朴学家法所囿","最后,我们要记得,鲁迅先生虽然绝不'搬弄辩证法或社会科学术语',但是他所读的这方面的书籍恐怕比'搬弄者'要多得多。"⑤后者强调要学习、实践"鲁迅精神"。茅盾认为:"越是在危难的关头,越是在艰苦奋斗之际,便越加不忘记鲁迅先生!我们愈加从他的一生斗争的言行中坚定了我们斗争的决心,从他的遗教中

---

① 茅盾:《精神食粮》,增田涉译,发表于1937年3月日本《改造》第19卷第3号,后由钱青译成中文,刊登于1981年9月3日《解放日报》,《茅盾全集》第21卷,黄山书社2014年版,第317页。

② 茅盾:《〈玄武门之变〉序》,开明书店1937年初版,《茅盾全集》第21卷,黄山书社2014年版,第318—319页。

③ 茅盾:《谨严第一》,1938年10月16日《文艺阵地》第2卷第1期,《茅盾全集》第21卷,黄山书社2014年版,第604页。

④ 茅盾:《韧性万岁》,1938年10月16日《文艺阵地》第2卷第1期,《茅盾全集》第21卷,黄山书社2014年版,第606—607页。

⑤ 茅盾:《关于"鲁迅研究"的一点意见》,1938年10月19日《大公报·文艺》,《茅盾全集》第21卷,黄山书社2014年版,第613—615页。

得了光,热,力。"①茅盾在这里强调了鲁迅研究不该忘记的几个要点,如鲁迅在南京的江南水师学堂、路矿学堂的经历给他以怎样的影响,日本学医的经历又给他带来了什么,以及鲁迅与章太炎的国学都成为后来鲁迅研究的重要命题。而茅盾看到的鲁迅的伟大的人格和坚卓的事业已成为今天的精神文化遗产,不断地被发扬光大。

1939年11月,茅盾发表了《在抗战中纪念鲁迅先生》一文,针对某些"正人君子"指责鲁迅"老是吹毛求疵,看出人家的坏处来"等问题进行有力反驳。茅盾指出:"不错,鲁迅先生自己也承认,他老是'看出人家的坏处来',特别是要'挖烂疮'";"不错,鲁迅先生就是这样'不通人情世故',辛苦了一世。然而他这样做,就因为他有一颗比什么人都热蓬蓬些的心,就因为深爱自己这民族……所以他有不屈不挠的精神,和百折不回的勇气和毅力"。② 这是鲁迅精神的又一写照。在这篇文章中,茅盾还针对个别人嘲笑鲁迅"怕死"予以有力回击:"鲁迅先生既不主张'赤膊上阵'",也"决不肯'上当'!可是他也决不是'为活着而活着'。只看他在晚年,实在身体已经太坏了!但还是著作不辍,天天与恶势力奋斗,不就很明白了么?"③茅盾的这种反驳非常有力。在后来的鲁迅接受史上,诋毁鲁迅的人不也经常拿鲁迅"怕死"(在东京拒绝同盟会派他回国刺杀满清权贵)说事吗?因此,回顾茅盾当年的思想见解不禁让人感慨系之。

1940年,茅盾发表了关于《呐喊》《彷徨》的读书札记。针对有人认为的《彷徨》显示了作者更浓一些的"悲观思想",或者认为《彷徨》是作者思想"转变"的起点,茅盾指出:"我以为《呐喊》和《彷徨》里所表见的作者的宇宙观并无二致,但是作者观察现实时所取的角度却显然有殊。""不要以为《呐喊》与《彷徨》的思想内容就像用刀子来裁过那样整齐分为两面,河水不搀井水似的各归各的。两者之间,还有错综的地方,甚至在一篇之中也有错综着的。""《彷徨》应该看作是《呐喊》的发展,是更积极的探索;说这是作者的'悲观思想'到了顶点,因而预兆着一个'转变'——这样的论断,似乎是表面而皮相的。"④茅盾充分看到了《呐喊》和《彷徨》的联续性、一致性以及《彷徨》的更积极的探索,这无疑有益于我们更好地理解和把握这两部小说。当然,茅盾在这里论说到的从两部小说的人物身上看见的革命的力量云云,显得有些牵强,这是那个时代的局限。

1941年,茅盾发表了三篇纪念、学习、研究鲁迅的文章。在《研究鲁迅的必要》中,茅盾指出:"在我们中国现代,鲁迅先生的作品,不但在今天,而且将在此后的

---

① 茅盾:《以实践"鲁迅精神"来纪念鲁迅先生》,1938年10月19日香港《立报·言林》,《茅盾全集》第21卷,黄山书社2014年版,第616—617页。
② 茅盾:《在抗战中纪念鲁迅先生》,1939年11月1日《反帝战线》第3卷第2期,《茅盾全集》第22卷,黄山书社2014年版,第80—81页。
③ 茅盾:《在抗战中纪念鲁迅先生》,1939年11月1日《反帝战线》第3卷第2期,《茅盾全集》第22卷,黄山书社2014年版,第82页。
④ 茅盾:《关于〈呐喊〉和〈彷徨〉——读书札记》,1940年10月15日《大众文艺》第2卷第1期,《茅盾全集》第22卷,黄山书社2014年版,第174—177页。

长时间,为研究此一时期的文化思想者所不可或缺的遗产。"①鲁迅的接受史、研究史已经证明茅盾的见解的正确性,《鲁迅全集》已经成为百年中国最重要的精神文化遗产之一,被哲学社会科学诸领域的研究者所反复研究和引证。为了纪念鲁迅逝世五周年,茅盾先后撰写了《最理想的人性》和《研究·学习·并且发展他》。前者主要谈论了鲁迅著作应当读以及如何读的问题。后者茅盾号召人们"不但要学习鲁迅,研究鲁迅,还得发挥鲁迅,保护鲁迅"。那么,该如何研究鲁迅呢? 茅盾进一步指出:"有两种不同的研究鲁迅的态度。把鲁迅当作偶像,把他的学说思想当作死的教条,这是一种态度。""另一种研究态度是把鲁迅作为战士,活在我们中间的战士,他的著作是我们斗争的指南针,是帮助我们了解这社会,了解这世界,认明了敌和友的活的方法。倘取了这一态度,则鲁迅的著作将成为我们斗争的武器,滋补我们的斗争力血液。"②茅盾反对把鲁迅当作偶像,反对把鲁迅的学说当作死的教条,这一点意义重大。因为在百年中国鲁迅的研究历程中,把鲁迅当作偶像、当作教条时有发生。所以,茅盾强调要"在正确的立场上来研究鲁迅"的主张具有长久的意义。

1948年,茅盾发表了《论鲁迅的小说》,主要讨论了从《呐喊》到《彷徨》的艺术发展。比较有价值的观点是:茅盾认为《狂人日记》是"划时代的作品,标志着中国近代文学,特别是小说的新纪元,也宣告了中国的现实主义文学的发轫","是他的小说作品的总序言"。文章接着论述了《狂人日记》的基本思想以及《呐喊》《彷徨》的基本情况和具体篇章。"在《彷徨》集中,我却以为沉痛的作品在艺术上比《呐喊》集中的同类作品达到了更高的阶段,《祝福》和《伤逝》所引起的情绪远比《药》和《明天》为痛切。""若就艺术的成熟一般而论,鲁迅的小说后期者优胜于前期者,这说法大体上我相信是不错的。"③茅盾的这种观感是非常具有眼光的,是符合鲁迅作品实际的,我们不能不折服。后来,张梦阳在《中国鲁迅学史》中高度赞扬茅盾:"对鲁迅从《呐喊》到《彷徨》艺术发展的分析,是切中肯綮、极有道理的,值得后人继续体味。最后,茅盾对鲁迅后期不写小说的原因也做了非常中肯的解释。""鲁迅后期为什么不写小说了? 这一问题一直是中国鲁迅学史上的一个悬念,历来有各种说法,而茅盾的这一解释相对来说是最合情合理的,值得后人参考。"④的确,应该说,后人对鲁迅后期为什么没多写小说的种种说法基本没有超出茅盾的解释,即使超出了也是离谱的。当然,茅盾的这篇文章也有局限性,比如说鲁迅的前期小说"是中国的社会主义的现实主义文学的先驱"。

---

① 茅盾:《研究鲁迅的必要》,1941年9月11日《华商报·灯塔》,《茅盾全集》第22卷,黄山书社2014年版,第276页。
② 茅盾:《研究·学习·并且发展他》,1941年10月18日《大众生活》第23期,《茅盾全集》第22卷,黄山书社2014年版,第301页。
③ 茅盾:《论鲁迅的小说》,1948年10月1日《小说月报》第1卷第4期,《茅盾全集》第23卷,黄山书社2014年版,第497—506页。
④ 张梦阳:《中国鲁迅学史》,江苏凤凰文艺出版社2021年版,第333—334页。

四

1949年中华人民共和国成立以后，茅盾以他的崇高威望，被党中央、国务院任命为首任文化部部长、全国政协常委，直到1965年改任全国政协副主席。同时，还一直担任中国作家协会主席，直到逝世。他的政务工作更为繁忙，已无暇从事文学创作，但理论批评工作还在继续，对鲁迅是一如既往地宣传和研究。1949—1979年，茅盾共发表了有关鲁迅的文章17篇，多为学习、纪念性的讲话。有学者认为，1949年以后茅盾对鲁迅的阐释主要是误读和曲解，表现为断章取义，呈现的是脸谱化、阶级化、革命化的鲁迅，其目的是为主流政治服务。① 这有些言重了，或以偏概全。即使在今天来看，茅盾1949年以后对鲁迅的论述仍有很多是有价值的，个别的失之偏颇，往往是受时代和政治约束的结果，是难以避免的，每个人都不能超越时代而生存。

1949年10月19日，在鲁迅逝世十三周年的日子里，茅盾同时发表了两篇学习鲁迅的文章。在《学习鲁迅与自我改造》一文里，茅盾强调："要明白鲁迅思想的发展，不能不研究他的杂文；而要善于学习鲁迅，则对于他的思想发展的过程有一个彻底的了解，当然是好的，甚至是必要的。"他接着阐发了瞿秋白对鲁迅思想发展的论述，认为："对于鲁迅思想的发展作了透彻精深的研究的，不能不推瞿秋白氏为第一人。在《鲁迅杂感选集》的序言中，他运用马列主义的观点分析了鲁迅思想发展中起着决定作用的要素，指出鲁迅之从'进化论进到阶级论，从绅士阶级的逆子贰臣进到无产阶级和劳动群众的真正的友人以至于战士……'"②瞿秋白从阶级视角对鲁迅思想发展的论述，在以阶级来观察人、分析人的时代是非常权威的观点，影响时间较长，具有里程碑的意义，茅盾对此高度赞赏顺理成章。在今天看来，茅盾这篇文章的时代局限，一是传达知识分子特别需要自我改造，二是仅从阶级视角认识鲁迅思想。在《认真研究、认真学习》一文中，茅盾首先提出纪念鲁迅"最应该做的纪念方法还是学习鲁迅，研究鲁迅，把鲁迅普及到工农大众"。"对于鲁迅的研究，我们的工作实在做的不多。"其次，茅盾指出，"摘取了鲁迅作品中的警句以装饰自己的，以前也常常见到，这不是真正研究的态度"。再次，茅盾在本文中提出有两个专题值得我们研究："一个是尼采思想对于鲁迅早期思想的影响，又一个是庄子和楚辞在他思想和艺术上的比重。"茅盾所指出的这两个专题，在以后的鲁迅研究史中得到了验证，是两个重要的研究课题。最后，茅盾指出："无论专题研究或分期研究或从其思想的发展作整体研究，都迫切地需要认真去做。我们不是为研究而研究，是为学习而研究。"③上述这些观点有什么不对的？怎么能

---

① 商昌宝：《茅盾1949年后误读与曲解鲁迅考论》，《湘潭大学学报》2013年第2期。
② 茅盾：《学习鲁迅与自我改造》，1949年10月19日《人民日报》，《茅盾全集》第24卷，黄山书社2014年版，第97—98页。
③ 茅盾：《认真研究、认真学习》，1949年10月19日《光明日报》，《茅盾全集》第24卷，黄山书社2014年版，第102—104页。

说"是开启了误读和曲解鲁迅的先河"①呢？笔者实在不能苟同。

1950年8月，茅盾在给北京中学国语教员暑期讲习会所作的讲演中，在讲到作品寿命的长短时，举《阿Q正传》作为正面的例子。茅盾说："作品寿命的长短，是它社会影响的重要部分。有些作品，在当时发挥了大影响，但过一个时期，其作用没有了，不适合于时代的需要了。这叫做寿命不长。大凡一个作品反映生活愈广愈远，寿命就愈长；反之，只反映了目前的局部的，寿命也必有限。""我们判断一个作品寿命的长短，主要是看它的内容，看它所写的问题是不是基本问题，是不是这些问题将来还成为问题。举个例说，鲁迅的《阿Q正传》所写的是辛亥革命前后，一个乡下人阿Q的生活；从表面上看，这是一个小人物的小事情，可是这作品经历了三十年了仍有生命，并且我们可以大胆地说，数十百年后也还有生命。"②《阿Q正传》至今仍然不朽，印证了茅盾当年的预言。

1951年10月19日，在鲁迅逝世14周年的日子里，茅盾发表了《鲁迅谈写作》，明确指出鲁迅不相信《小说做法》之类，但"有许多宝贵的意见，散见于他的遗著中，是从事写作者的我们应当奉为指南针的。这些宝贵的意见，大致可以分为下列二类：论思想意识与生活经验的；论写作方法的，包括人物描写、炼字、炼句等等"。茅盾结合鲁迅的相关文章，具体谈论了这些问题。在文章结尾，茅盾强调："在这里，鲁迅又警告我们：写作之道，除了老老实实、勤勤恳恳下一番功夫，是并无其它捷径的。"③

1956年，是鲁迅逝世二十周年的年份，也是毛泽东发表"双百方针"的年份。为了纪念鲁迅，茅盾先后发表了四篇文章。《研究鲁迅，学习鲁迅》是茅盾在鲁迅逝世二十周年纪念报告会上的开幕词，其中谈到研究鲁迅"空气总是愈浓愈好；必须展开'百家争鸣'的自由讨论，然后能够把研究工作进一步深入"。他还谈到了学习鲁迅，反对说教，反对公式化、概念化的问题。最后，谈到"文艺工作者思想改造的必要"，而且"是长期的和艰苦性的"。④ 这一点是对毛泽东有关文艺工作者思想改造思想的贯彻，带有特定时代的政治色彩。若说局限性，仅在这一点上是有局限性的。《在鲁迅迁葬仪式上的讲话》中，茅盾说，"鲁迅生前，对于共产主义的必然胜利，是抱着坚定信念的"，我们要学习他"对于共产主义的无限忠诚"⑤。这样的话语脱离了鲁迅的实际，用政治口号去"套"了。在《鲁迅——从革命民主主义到共产主义——鲁迅逝世二十周年纪念大会上的报告》中，茅盾较系统地回顾了鲁迅的创作。这个报告，在今天看来也有些局限性，把鲁迅看成马克思主义者、

---

① 商昌宝：《茅盾1949年后误读与曲解鲁迅考论》，《湘潭大学学报》2013年第2期。
② 茅盾：《怎样阅读文艺作品》，1950年8月9日在北京中学国语教员暑期讲习会上的讲演，《茅盾全集》第24卷，黄山书社2014年版，第187—188页。
③ 茅盾：《鲁迅谈写作》，1951年10月19日《人民日报》《光明日报》，《茅盾全集》第24卷，黄山书社2014年版，第236页、第241页。
④ 茅盾：《研究鲁迅，学习鲁迅》，1956年9月22日《人民日报》，《茅盾全集》第24卷，黄山书社2014年版，第563页、第564页。
⑤ 茅盾：《在鲁迅迁葬仪式上的讲话》，1956年10月15日《解放日报》，《茅盾全集》第24卷，黄山书社2014年版，第609页、第610页。

共产主义者;认为《阿Q正传》"也不无偏颇之处,这就是忽视了中国人品性上的优点";认为鲁迅在《阿Q正传的成因》中的最后几句话"暗指着当时就要到来的一九二七年的革命"[①]。这显然是对鲁迅的曲解,只遵从了革命的需要。但在报告的结尾,茅盾强调要警惕"研究工作中的教条主义倾向",要贯彻"百家争鸣"的方针等还是有积极意义的。在《如何更好地向鲁迅学习?》中,针对青年们常说的"鲁迅的作品深奥难懂",他认为鲁迅的作品并不"深奥难懂","作品的思想性的深刻,不是表现在'深奥难懂',或者使人看后似懂非懂,而是表现在愈咀嚼则其味愈浓,换句话说,即是读了一遍以后掩卷沉思,它抓住你心灵,使你久久不能忘怀,而过了若干日月,再拿来读一遍时,仍然有这样的深切的或者更深的新感受,就如同初次读它似的"。这正道出了鲁迅作品作为经典的魅力和常读常新。在这篇文章中,茅盾还批评有人从《药》的结尾寻找"弦外之音",把"小说《药》当作总结报告,因而要求字字有交代、句句有着落。如果用要求工作总结报告的,来要求文学作品,那就不免要愈看愈糊涂的"。茅盾还指出,"近年来,有些研究论文……喜欢在鲁迅作品里找'微言大义'",认为这种做法是"不正确的"。他反对把鲁迅作品"神秘化""深奥化",也批判庸俗社会学的观点。[②] 茅盾的这些观点,都是有的放矢、结合实际的,在当时具有意义,在现在同样具有意义。

1961年是鲁迅诞辰八十周年的年份。茅盾在纪念大会上的报告中,又一次高度评价了鲁迅一生的文学活动,并用"洗炼,峭拔而又幽默"来概括鲁迅作品的风格,同时强调"统一的独特的风格只是鲁迅作品的一面,在另一方面,鲁迅作品的艺术意境却又是多种多样的"。[③] 应该说,即使在今天来看,茅盾对鲁迅作品多样而又统一的风格的认识和概括都是很准确的。当然,这个报告也有局限,比如把鲁迅看作从十月革命看到了救中国道路之一人,这是从革命家视角的解读,是对鲁迅拔高式的误读。

1963年、1974年和1975年,茅盾记下了几则阅读鲁迅小说的笔记,说到《狂人日记》《孔乙己》《阿Q正传》《伤逝》以及鲁迅早期思想的变化、鲁迅的风格、鲁迅的诗词等。其中,有价值的见解是对鲁迅风格的概括:"鲁迅有时幽默,有时沉痛,有时投枪,他有好多付笔墨,然总观其风格,则峥嵘辛辣,庶几近之。"[④]局限的地方是对阿Q典型认识的革命化,认为阿Q"也有进步的一面","至少他要革命",鲁迅对他除了"哀""怒",也有"赞许"。这是不符合鲁迅的本意的。

茅盾晚年几乎把全部精力都投入到撰写详尽的回忆录中。关于鲁迅的回忆以及他和鲁迅的交往,他只写了《我和鲁迅的接触》《鲁迅说:"轻伤不下火线!"》。

---

① 茅盾:《鲁迅——从革命民主主义到共产主义——鲁迅逝世二十周年纪念大会上的报告》,1956年10月《文艺报》第20期,《茅盾全集》第24卷,黄山书社2014年版,第613—617页。
② 茅盾:《如何更好地向鲁迅学习?》,1956年10月《文艺月报》10月号,《茅盾全集》第24卷,黄山书社2014年版,第630—632页。
③ 茅盾:《联系实际,学习鲁迅——在鲁迅先生诞生八十周年纪念大会上的报告》,1961年《文艺报》第9期,《茅盾全集》第26卷,黄山书社2014年版,第350页。
④ 茅盾:《关于鲁迅及其作品的笔记》,分别记于1963年、1974年和1975年,《茅盾全集》第27卷,黄山书社2014年版,第224页。

在此前的 1940 年,茅盾还写了《为了纪念鲁迅的六十生辰》,也属于追忆鲁迅的文字,追忆了他和鲁迅的第一次见面以及鲁迅重病、是否到国外疗养等事宜。《我和鲁迅的接触》写于 1976 年,茅盾回忆了鲁迅与左联、鲁迅与两个口号的论争、关于贺长征电、关于鲁迅的病、文学研究会与鲁迅的关系、关于鲁迅治丧委员会等[①],具有很高的史料价值。《鲁迅说:"轻伤不下火线!"》写于 1976 年 5 月,文章回忆了鲁迅的病以及好友史沫特莱等劝鲁迅去苏联疗养,鲁迅为了工作和战斗拒绝了,体现了鲁迅忘我的工作精神以及"轻伤不下火线"的战斗意志。

粉碎"四人帮"以后的 1977 年,茅盾发表了《学习鲁迅翻译介绍外国文学的精神》一文,这是茅盾系统阐述鲁迅在翻译、介绍外国文学方面所作出的突出业绩的重要论文,文章阐释了鲁迅对待中外古今文学遗产的态度,号召人们在外国文学工作中首先要向鲁迅学习。茅盾生前发表最后一篇关于鲁迅的文章是 1979 年的《答〈鲁迅研究年刊〉记者的访问》,他着重指出:"鲁迅研究中有不少形而上学,把鲁迅神化了,把真正的鲁迅歪曲了。""比如说证明鲁迅的旧体诗《湘灵歌》是为纪念杨开慧写的,据我所知,鲁迅并不知道杨开慧,我也没有给他谈过杨开慧。"茅盾还谈到"鲁迅研究中也有'两个凡是'的问题。比如说有人认为凡是鲁迅骂过的人就一定糟糕,凡是鲁迅赏识的就好到底。我看并非如此。这类事情要实事求是"。最后,茅盾"希望《鲁迅研究年刊》不要搞形而上学,不要神化鲁迅,要扎扎实实地、实事求是地研究鲁迅"[②]。实际情况是,茅盾所指出的鲁迅研究中的形而上学、神化鲁迅、歪曲鲁迅、"两个凡是"等问题,在 1949 年以后的鲁迅研究中是经常出现的问题。他的这篇答记者的访问,实际上为《鲁迅研究年刊》提供了办刊遵循,也为新时期的鲁迅研究指明了正确的学风和方向。

1979 年 12 月,中国鲁迅研究学会(中国鲁迅研究会的前身)在北京成立,宋庆龄担任名誉会长,茅盾以他的崇高威望和对鲁迅的深湛理解,担任首任会长,极大地提升了学会的声望和地位。

五

以上的描述尽管还有遗漏,但我们可以深切地感受到茅盾在百年中国的鲁迅接受史中投入了大量精力,留下了众多文字,他几乎是几十年如一日,不遗余力地评价鲁迅、研究鲁迅、宣传鲁迅、捍卫鲁迅,传播鲁迅精神,做出了多方面的努力和贡献,具有多方面的价值。

第一,茅盾对鲁迅的论述具有编年史价值。从 1921 年到 1979 年,在长达 58 年的历程中,茅盾几乎是持续、不间断地传播鲁迅思想,阐发鲁迅作品,弘扬鲁迅精神。把这些论述连贯起来,简直就是一部编年体的鲁迅接受与传播史。时代的风貌,历史的足迹,文学的场域,具体的语境等均在这部编年史中呈现出来,其历史价值、文献价值、史料价值不言而喻。在中国现当代,的确没有第二位作家、批

---

① 茅盾:《我和鲁迅的接触》,1976 年 10 月《鲁迅研究资料》第一辑,《茅盾全集》第 27 卷,黄山书社 2014 年版,第 235—250 页。
② 茅盾:《答〈鲁迅研究年刊〉记者的访问》,1979 年 10 月 17 日《人民日报》。

评家对鲁迅既由衷地敬佩又持续地阅读、学习、宣传、研究,倾注了大量的心血,发挥了不可替代的作用。

第二,茅盾一生对鲁迅的评价与研究,留下了众多精辟而深刻的见解,在鲁迅研究史上具有学术创新价值。在百年中国鲁迅研究史中,产生了众多的研究名家,茅盾就是其中之一,他的许多精辟的见解是绕不过去的,发挥了不可替代的作用,得到了几代鲁迅研究者的认可。他独具慧眼,目光如炬,对鲁迅的认知具有远见卓识,使接受者认识了鲁迅的伟大和作品的卓越,在鲁迅学术史上具有开创意义和深远影响,其很多观点被写进了教科书,延传至今。

第三,在半个多世纪的历程中,茅盾多次、反复强调要学习鲁迅、宣传鲁迅、普及鲁迅,承担了传承鲁迅精神的重任,在鲁迅传播史上、宣传史上发挥了重要作用,具有重要的精神价值。茅盾多次在文中号召要向鲁迅学习,认为这是悼念、怀念、纪念鲁迅的最好形式。他认为鲁迅的著作博大精深,不但青年们不可不读,就是研究中国文化、探讨中国问题的人士,也应当读。学习鲁迅,茅盾认为不仅从文句上去学习,更要从透彻的观察和解剖的精微上去学习。要学习鲁迅的斗争策略,学习鲁迅的"韧"的战斗精神,学习鲁迅的谨严,学习鲁迅的绝不妥协,学习鲁迅的伟大人格……茅盾也反对学习鲁迅过程中的简单、幼稚的现象,比如不了解全盘的思想,只摘录警句,比如不读《鲁迅全集》,只读《鲁迅语录》,认为这不是学习、更不是研究鲁迅的正路。

第四,几十年来,茅盾及时,甚至反复纠正了学习鲁迅、理解鲁迅、研究鲁迅过程中出现的的种种疑虑、偏差,乃至错误倾向,促进鲁迅接受和研究朝着正确、健康的方向发展,具有纠偏和矫正价值。在百年中国鲁迅接受史上,不时地伴随着对鲁迅的误读、曲解、指责、攻击、辱骂、诋毁等现象。如何正确认识和准确理解鲁迅就成为一个十分重要的问题。当有人指责鲁迅是"执拗的老人"时,茅盾针锋相对,认为"'执拗'正是鲁迅先生的战斗的韧性"。当某些"正人君子"指责鲁迅"老是吹毛求疵",总是"看出人家的坏处来"时,茅盾进行了有力的反驳,认为鲁迅的勇于"挖烂疮"正是缘于对民族至大至刚的爱,所以,他才有百折不回的勇气和毅力。当有人嘲笑鲁迅"怕死"时,茅盾给予有力回击,认为鲁迅反对"赤膊上阵",也不主张做无谓的牺牲。当有人不满《彷徨》的"悲观思想"时,茅盾却认为《彷徨》里所表现的作者的宇宙观与《呐喊》并无二致,是《呐喊》的发展,是更积极的探索。当有人非议《狂人日记》不像"一篇小说"时,茅盾却认为唯其"不像"正反映了《狂人日记》的独特价值,成为新文学进军的号角。茅盾还批评将鲁迅神化、偶像化的现象,特别是1949年以后。茅盾反对把鲁迅当作"偶像",把鲁迅的学说当作死的教条。对于鲁迅研究,他始终主张开展百家争鸣式的自由讨论,反对把鲁迅作品"神秘化""深奥化",也反对庸俗社会学的方法和形而上学的做法,主张把鲁迅普及大众中去、青年中去。茅盾这种不断地纠偏和提醒,十分必要,推动了鲁迅接受和向青年人的延伸和发展,使鲁迅精神薪火相传。

第五,对鲁迅著作的读法、研究法,茅盾一贯有自己的正确主张,这些主张积极引导着中国对鲁迅文化遗产的接受和研究。这是茅盾鲁迅论的又一贡献,具有方法论价值。如何读鲁迅的著作?茅盾反对"见木不见林"的读法,主张从大处着眼，特别是要结合几十年来中国社会的、思想的变动来研读鲁迅著作，不能把鲁迅的思想孤立起来，而应该和当前的现实联系起来，主张把它当作了解世界、了解社会、认明敌友的指南针。至于研究方法，茅盾认为用什么方法研究鲁迅的著作都是需要的，提倡研究方法的开放性和多样性。在茅盾看来，不论一本书还是一篇文章，都不能说全无问题，已成定论，可以展开热烈的、反复的辩驳，展开讨论和争鸣，这体现了茅盾的包容精神和对学术规律的尊重。茅盾也反对鲁迅研究中简单、幼稚的现象，比如，不了解全盘的思想，只摘录警句，不读《鲁迅全集》，只读《鲁迅语录》，认为这不是学习、研究鲁迅的正路。

当然，茅盾在半个多世纪对鲁迅的论述并非全都正确，也不可避免地存在着局限性和偏离对鲁迅本体的认识。因为茅盾是人，不是神。"无论多么伟大的人物都有其不可避免的'局限性'和'负面意义'。"①茅盾也不能例外，总是受特定时代的政治氛围和指导思想的影响。当茅盾从人性、人类性的角度来观照阿Q形象时就能充分看到"阿Q相"在全中国乃至全人类的普遍意义。当茅盾从阶级、从革命的要求来解读阿Q时，就落入了"阶级＋典型"的陷阱，把阿Q窄化为农民阶级、士大夫阶级、圣贤阶级的典型，并且拔高了阿Q的革命要求和勤劳、质朴的一面，甚至认为《阿Q正传》"也不无偏颇之处，这就是忽视了中国人品性上的优点"，从而也就远离了鲁迅写阿Q的本意。当他从革命的视角、从社会主义现实主义的教条来要求鲁迅作品时，就说从《呐喊》的人物身上看见了革命的力量云云，说鲁迅的小说是"中国社会主义现实主义文学的前驱"。特别是1949年以后，茅盾作为体制内的高官，不可能不受政治一体化的影响。而二十世纪五十年代，鲁迅被尊为伟大的共产主义者，鲁迅成了偶像，成了神。于是，我们看到茅盾在1956年《在鲁迅迁葬仪式上的讲话》中说"鲁迅生前，对于共产主义的必然胜利，是抱着坚定的信念的"，我们要"学习他对于共产主义的无限忠诚"云云。在鲁迅逝世二十周年纪念大会的报告中，茅盾以"从革命民主主义到共产主义"为题，来论述鲁迅最终转向了共产主义，把鲁迅说成了马克思主义者。张梦阳先生说："茅盾作为一位天才的文学批评家，有着惊人的艺术直感，这种直感往往是非常精准的。但他被套上政治枷锁后，却做了远离鲁迅本体的所谓报告，这不能不说是一种学术上的大倒退。而我们应该原谅茅盾，因为这个报告肯定不是茅盾按照自己的意愿写的，而是出于政治授意和硬性要求。"②这种分析很有道理。一体化的政治的规约，特定时代对阶级身份、政治身份的硬性的要求，使茅盾对鲁迅的认识出现了倒退。直到1977年，"文化大革命"虽然已经结束，但极左的阴魂依然没有散去，茅盾在文章中依然重复1926年以后鲁迅"终于完成了从革命民主主义者到共产主义者的飞跃"，认为"鲁迅对中国无产阶级革命先锋队——中国共产党的忠诚是一贯的，坚定的"。③这是典型的曲解鲁迅和神化鲁迅。这种情况的出现，主要是时代

---

① 张梦阳：《中国鲁迅学史》，江苏凤凰文艺出版社2021年版，第15页。
② 张梦阳：《中国鲁迅学史》，江苏凤凰文艺出版社2021年版，第439页。
③ 茅盾：《学习鲁迅翻译介绍外国文学的精神》，1977年10月《世界文学》第1期，《茅盾全集》第27卷，黄山书社2014年版，第270—271页。

的局限、历史的局限、政治的要求。当然,茅盾自身,也有值得反思和自省的地方。

综观茅盾一生对鲁迅的论述,误读、曲解、拔高、神化鲁迅的地方是不多的,和他的巨大功绩相比,也就显得无足轻重了。

批评的"奥德赛"
——以试论茅盾批评的"理论旅行"现象为例

崔瑛祜①

摘 要：在文学研究范式日益多元化、开放化的当下，对于像茅盾这样的"经典"作家，我们需要有全新的眼光和方法来进行"再解读"。这种"再解读"，目的并不仅仅是做到对文学与历史的还原，而且是尽可能地揭示文学与历史的内在丰富性和可能性。如何进行这样的"再解读"呢？笔者欲通过探讨 20 世纪 30 年代茅盾的文学实践，揭示茅盾文学批评的"奥德赛"(Odyssey)。具体来说，将通过如下四个问题来展开讨论话题，即(1)文学实践的"意向性"："批评的回归"；(2)走向批评的"前沿"：提倡"作品产生理论"；(3)"理论旅行"与"立场转移"；(4)"回归"之维："抵抗"与"释放"。

关键词：茅盾；文学批评"理论旅行"

一、文学实践的"意向性"

1928 至 1937 年这十年，茅盾的文学实践关涉"批评"和"创作"，并且受到种种"芜杂的""论争"的影响，但茅盾的文艺观念并未有过大的波动，他的文学实践在复杂中凸显着一种较为鲜明的"意向性"(intentionality)②。这可见于他以笔名"朱璟"发表的《关于"创作"》，在文中他对文学研究会的"失败之因"做了如下总结：

"为人生的艺术"当初由文学研究会一部分人所主张。文艺的对象应该是"被侮辱者与被践踏者"的血泪：他们是这样呼号着。但是这个主张并没引起什么影响，却只得到了些冷笑和恶嘲。粗看来，这个现象似乎极可怪；不过假使我们还记得那时候正是一方面个人主义思潮煽狂了青年们的血，而别一方面"老"青年们则正惴惴然忧虑着"五四"所掀动的巨人(被侮辱与被践踏的民众)将为洪水之横决，

---

① 作者简介：崔瑛祜，韩国国立韩巴大学中文系教授。
② "意向性"一词源于拉丁文 intendere，意思是"指向"。其基本内涵是指意向性是意识的本质属性，即意识总是具有"意向性"的，所有的意识都是关于某物的意识。"关于某物的意识是指在广义上的意指行为与被意指之物本身之间可贯通的相互关系。"正是这一"相互关系"从根本上打破了知性二分的主客二元结构，为审美意识开辟了一条道路。倪梁康：《胡塞尔现象学概念通释》，生活·读书·新知三联书店 1999 年版，第 249 页。

那我们便可了然于"人生的艺术"之所以会备受各方面的冷眼了。……主观方面，文学研究会提倡"人生艺术"的一部分人却只以批评家的身份来呼号而不以创作家的身份来实行，也是失败之一因。同时自然主义的呼声也由文学研究会一员的沈雁冰发出。这在当时也不过是众声嘈杂中的一响，更没有人去注意了。①

即便茅盾只字未提"只以批评家的身份来呼号而不以创作家的身份来实行"，但从字里行间不难觉知这是其言说的重要意图。就是说，作为曾经就"呼号"于某人理论的批评家，茅盾意识到缺乏"创作"的局限。同时也注意到，如果"不以创作家的身份来实行"，一种突破理论反而会"备受冷眼"的。然而如此理解茅盾的意图，如重"创作家"而轻"批评家"，仍然过于简单。

"批评家"与"创作家"虽然充任不同的角色，但"批评家"的"呼号"并不仅仅与"失败"画等号，更不是"创作家"的附庸。茅盾曾说："文艺理论家和创作家可以是一个人，亦可以是两个人，有不写创作的理论家，亦有不读文艺理论的创作家；有以自己的理论去反对别的理论家的理论的作家，然而很少见自己并没有什么一定理论的作家仅仅以'创作的自由'一语去反对理论家的理论的。"②可见，茅盾认为即使创作家不做繁琐的理论爬梳，那也必须秉持"一定的理论"，养成植"批评意识"于矛盾、缠绕、复杂的问题中的习惯。更具建设性的设想是，茅盾认为创作家与批评家（理论家）应该"相激励相攻错"③，"相生相成"④。茅盾在自己的文学实践中切实践行着这种理念：（一）"批评中的创作"：茅盾的"创作"能量以"批评"为由头而得以落实，即"批评"的经验映射到"创作"上；（二）"创作中的批评"：茅盾"批评"的能量也以"创作"为由头而得以施展，即"创作"经验亦运用到"批评"中；（三）"批评中的创造"：对于茅盾而言，"批评"又是他创新理论的主要途径，他的"创造"能量在"创作与批评的相互砥砺"中得到推进，即"创作"和"批评"中的经验交合影响了他"文艺理论的创新与思考方式的变革"。"创作"与"批评"交合变奏，这可以说是茅盾文学实践的特殊之处。面对20世纪30年代中国文坛"作家们和批评家之间的关系紧张"⑤的"危机"，茅盾将"创作"和"批评"融为一体，达至完美的互通，期望一种美好的文坛氛围：批评家与创作家站在同一地平线上，在充溢着理解、友好、"清新自由"的氛围中，各遵从独立的意识，平等、认真、坦率地进行对话。

值得指出的是，茅盾在认识到文学研究会"主观方面"的失误后，比如引文提及的"只以批评家的身份来呼号而不以创作家的身份来实行"，"很少见自己并没有什么一定理论的作家仅仅以'创作的自由'一语去反对理论家的理论的"等，他

---

① 茅盾：《关于"创作"》，1931年9月20日《北斗》创刊号，署名朱璟。
② 茅盾：《关于"出题目"》，1936年5月1日《文学》第6卷第5号，署名明。
③ 沈雁冰：《讨论创作致郑振铎先生的信》，1921年《小说月报》第12卷第2期。
④ 沈雁冰：《论无产阶级艺术》，1925年5月2日、5月17日、5月31日、10月24日《文学周报》第172期、第173期、第175期、第196期。
⑤ 茅盾：《我走过的道路》（上），人民文学出版社1997年版，第539—540页。

的文学实践显出独特的"意向性"——"批评的回归"。可以说,编办《文学》促使茅盾"拣起了"在二十年代的老行当"①。据茅盾所言,《文学》创刊于 1933 年 7 月,至 1937 年 11 月上海沦陷后停刊,前后持续了四年多时间,它算得上是三十年代上海大型文艺刊物中寿命最长,影响也最大的一个刊物。《文学》"不属'左联'领导,表面上它是个'商业性'的刊物,实际上是左翼作家、进步作家驰骋的阵地"②。《文学》"不属'左联'领导",即不再是"左联"的传达工具,而逐渐演变成一种"左联"以外的"社会"声音的"公共空间"③。

  需要补充的是,茅盾之"批评的回归"是一种"奥德赛"式的概念,即身为"批评家"兼"创作家"的"茅盾"这一回归的主体已不同于"只以批评家的身份来呼号"的"沈雁冰"。或者说,"回归"的行为"质性"及回归的具体对象("批评")尽管未变,但"回归"的具体内容却发生了变化,即行为的"质料"发生了变化。④ 胡塞尔认为世界本身是无序、无意义的,正是通过意向性活动,使某物获得意义而成为"我的对象",即意识活动同意识对象关系是一种构造关系,实质是"给予意义"。⑤ 若

---

① 茅盾:《我走过的道路》(上),人民文学出版社 1997 年版,第 540 页。
② 茅盾:《我走过的道路》(上),人民文学出版社 1997 年版,第 597 页。
③ 李欧梵:《"批评空间"的开创——从〈申报·自由谈〉谈起》,王晓明主编:《批评空间的开创——二十世纪中国文学研究》,东方出版中心 1998 年版,第 102 页;另可参见曹清华的见解,曹清华将现代书局的《现代》、《申报》副刊、《自由谈》及生活书店办的《文学》定为"编辑权没有掌握在左翼人事手中的商业性刊物"。这类刊物持兼容并包的方针,接受不同倾向的稿件,左翼作家往往能在版面上占一席之地,有时甚至成为支柱。这类刊物因为不易冒犯政治忌讳,拥有一定抗政治干扰能力,因而能维持较长时间。曹清华:《发表左翼作品的四类刊物》,《新文学史料》2005 年第 4 期。
④ 简言之,"质性"是指一种使某种行为能够成为这种行为的东西,例如,它使表象成为表象,使意愿成为意愿。所谓"质料"是特别地与一个对象相联系的意识行为所具有的特性,它在某种程度上为"质性"奠基,或者说,"质料"并不会因"质性"的不同而产生变化。而且,严格地讲,只有客体化行为(所谓客体化行为是指能够使客体显现出来的意识行为,非客体化行为则相反)才具有自己的"质料",非客体化行为,如意愿、情感行为,因为不具有自己的"质料",而必须奠基于客体化行为之上。"质料"的对象不仅规定对象,而且规定对象被意指的方式。我们不妨举个实例加以说明。比如,我可以看一本书,也可以看一幅画。在这里,意识行为的"质性"相同,但"质料"不同。就是说,这里的意识行为虽然都是看,但是所看之物,即在意识中显现出来的意指之物却分别是书和画。将两个意识行为区别开来的是行为的"质料"而非"质性"。再比如,我看同一幢房子,从各个不同的角度,一会儿是正面,一会儿是背面,一会儿是侧面,随着视角的转移,看的行为"质性"尽管不变,看的具体对象也不曾有变,但看的具体内容发生了变化。其中的所变就是指行为的"质料"。王子铭:《现象学与美学反思——胡塞尔先验现象学的美学向度》,齐鲁书社 2005 年版,第 28—31 页。
⑤ "现象学的意向性分析为打破二元对立的知性形而上学在审美对象认识上的统治和垄断提供了一个新的理论视角,即审美对象既非纯粹的物质实在,也非纯粹的观念实体,而是内在于意识的意向对象,本质上是意识活动自身构造的产物。如此一来,纯粹认识论和本质论之间的分野也被打破。那种认识论美学探讨审美活动的特性,本质论美学研究审美对象的存在在这里合二为一。审美对象从不脱离审美活动而独立存在,相反,它直接内在于审美活动,并且是它的构造的产物。""意识的意向性,就是说是带着特定的质料去朝向某物的。质料在意识行为中的这种功能,特别地被胡塞尔标示为'赋予质料'或'给予意义'。因此,在胡塞尔那里,'质料'又与'含义'和'意义'是同义词。所谓赋予一个对象以'质料',无非就是一个意识行为携带着自己的'质料'给予一个对象以特定的含义或意义。"王子铭:《现象学与美学反思——胡塞尔先验现象学的美学向度》,齐鲁书社 2005 年版,第 45—46 页,第 32 页。

照此理,对于茅盾而言,作为意识对象的"批评"是职业批评家"沈雁冰"的先在自我意识活动(批评家兼创作家"茅盾"的"认识体验")中的建构物,茅盾"批评的回归"亦同此理。鉴于此,笔者认为,只有还原"批评"这一意识对象,追溯"意向"寓寄的复杂状态,茅盾"批评的回归"的具体意义才会得以显现。

二、走向批评的"前沿":提倡"作品产生理论"

更进一步,可以从茅盾文学实践的调适方式、基本要求以及目的三个维度进行深入的探讨。从职业批评转入创作后,茅盾依旧没有背弃自己的理论原则,调适创作与批评的关系构成了茅盾理论批评的基础,即创作和批评在各安其位的前提下,"相生相成""相激励相攻错",辩证统一地促进文坛迈入良性发展的轨途。在这种调适中,批评不再自话自说地蹈空高悬,不再扯某种符咒化的术语做大旗①,不再空无实物地追逐时髦的名目②,批评注重追求较高的价值,尤其在诸多批评家把"他自备的文艺理论统编作为临阵的法宝"③的情况下,批评注重"创造",因为在文学批评中,任何理论、术语预设的幅面都无法完全覆盖文坛"那旺盛的生命力在求发展"④。因此,理想的批评不仅应当立足于已有的原理、框架、视点,还应当具有前瞻性的视域,以便灵活变通地应对和解决新问题。关于此,茅盾曾反复说过:

我就觉得当今批评创作者的职务不重在指出这篇好,那篇歹,而重在指出(一)现在的创作坛(从事创作的人们)所忽略的是哪方面,所过重的是哪方面,(二)在这过重的方面——就是多描写的那方面——一般创作家的文学见解和文学技术已到了什么地步。⑤

文艺批评的公式主义的又一端是把"进步的现实主义创作方法"呀,"前进的世界观"呀,"向生活学习"呀,等等术语当作符咒。"进步的现实主义创作方法"等等自然要提倡,但提倡云者,应当是切实地讨论着创作上的一些具体问题,应当从作家的作品中指出一些实际问题来阐明此一作家或此一作品所已经达到的以及尚未达到的境地。⑥

---

① 例如"批评家把'前进的世界观人生观''现实主义的方法'等当作符咒念,就算尽了职;对于一篇作品的具体分析研究,我们少见,对于一篇作品的技巧作具体的指导,更似'凤毛麟角'。作家捧着这套'符咒',只有不胜惶悚而已,于他实际上的工作上,已然毫无所得"。茅盾:《技巧问题偶感》,1936 年 9 月 20 日《中流》第 1 卷第 3 期。
② 例如"近年来,因为我们的社会的变动既快而又复杂,因而我们的文艺落在现实之后。这是使得文艺理论家常常出题目之原因。事实是如此:一个题目出来了,还没有收得基本好卷子,台上却又挂出了另一题目。于是有些(我想来不过是有些而已)'考生'的作家大叫其文艺理论家太会换题目,太会出题目,而有些观场的第三者也大叫其'考官'尽会——只会出题目"。茅盾:《关于"出题目"》,1936 年 5 月 1 日《文学》第 6 卷第 5 号,署名明。
③ 茅盾:《需要脚踏实地的批评家》,1936 年 9 月 6 日《生活星期刊》第 1 卷第 14 期。
④ 茅盾:《一年的回顾》,1934 年 12 月 1 日《文学》第 3 卷第 6 期。
⑤ 沈雁冰:《评四、五、六月的创作》,1921 年 8 月 10 日《小说月报》第 12 卷第 8 号。
⑥ 茅盾:《需要脚踏实地的批评家》,1936 年 9 月 6 日《生活星期刊》第 1 卷第 14 期。

从引文所述，比如"重在指出现在的创作坛所忽略的是哪方面，所过重的是哪方面"，"应当从作家的作品中指出一些实际问题来阐明此一作家或此一作品所已经达到的以及尚未达到的境地"等，可以见出茅盾对批评的基本要求，但仅凭此，难以充分阐说20世纪30年代芜杂的论争中茅盾文学实践的新质素。

茅盾身为"作家批评家"，所以应当在"多重立场"（作家兼批评家的立场）下考察茅盾的文艺实践，譬如《文学》第3卷第6号（1936年1月1日）《文学论坛》中推出的"经验理论和实践"论题就值得关注：

现在有好些青年作家在理论上似乎十分透彻，但拿起笔来往往自己打嘴巴，这就由于理论并不能代替素养之故，我曾替这样的现象起过一个名字，叫做"理论多余"……从这一点看，可见理论和实践之间也还可有一重的间隔。

茅盾发现"好些青年作家"的创作里存有"理论多余"现象，这促使他以"作家"的立场来解决"理论和实践的间隔"。在《文学》第6卷第5号（1936年5月1日）上，茅盾著文《关于"出题目"》做了一个示范：

近年来，我们常听得有人说："在西方，一种文艺理论之成立，必先有包孕此理论之作品；所以是从作品产生理论，而不是由理论烘逼出作品来。"持此说者，倘使是创作家，那就是不愿人家出题目给他的作家；倘使不是创作家，那么，因为他自己并没提出"理论"，所以大概只能称之为理论以外的理论家。他们是不喜欢有不作而理论的创作家们唠叨多嘴的；他们的"作品产生理论"的明证就是我们上举的雨果、左拉诸位先生。不错，从西方文艺发展的史迹看来，到欧洲大战以前为止，大概可说是现有作品后有理论的；第一部文艺理论书亚里斯多德的《诗学》是如此，本文上举的雨果以至左拉的理论亦复如此；但是这只是大战以前为然。现在是文艺理论成为文艺领域中一个专门独立的部门了，以辩证法的唯物论为武器的文艺理论家本质上是和雨果他们不相同的。

茅盾重整"作品"与"理论"的关系，提出"作品产生理论"这一独创性观点，凸显了其文学实践的新质素，并且具有鲜明的现实"针对性"：针对"批评膨胀"，试图调适"创作"与"批评"关系；针对"理论多余"，试图调适"作品"与"理论"的关系，值得深入探讨。

若依茅盾所言，"一种文艺理论的成立，必先有包孕此理论之作品；所以是从作品产生理论，而不是由理论烘逼出作品来"，那么，理论的产生不是把"理论"从外部硬搬入作品（从外向内），而是从"作品"内部孕生出来（从内向外）。即如海德格尔所言，"艺术作品以自己的方式开启存在者之存在。这种开始，即解蔽，亦即存在者之真理，是在作品中发生的。在艺术作品中，存在者之真理自行设置入作品。艺术就是自行设置入作品的真理"①。在《文学》第9卷第1号（1937年7月1

---

① ［德］海德格尔:《艺术作品的本源》，孙周兴译，《林中路》，上海译文出版社1997年版，第23页。

日)上,茅盾发表的《〈窑场〉及其他》颇为形象地描述了作品孕生理论的过程:"作者连尝试写作的念头都还没有的时候,就有若干'人'和'事'老在他脑膜上来来去去,有时淡薄,有时浓烈,而且时时有新的加进,直到轮廓固定起来,赫然站在他面前,作者乃濡毫伸纸,要把它们捉到纸面,这当儿,作者不但不会记到将来有读者(因而读者的读得下与否,皱眉头与否,喜笑与否,都非作者所顾及的),并且也忘记了有他自己,他和所写的'人'和'事'成为一体。"无怪乎茅盾对《窑场》之类作品表示出莫大的亲切感,因为"《窑场》的作者却以描写表面生活为手段描写了内心,而且提出了不容人不深思的一些问题"。

此外,茅盾关于"作品产生理论"的论述,尤其是对雨果等文学大师"作家而又同时是理论家"的强烈信心,无疑能够引起忧虑"理论"侵犯的若干作家的积极共鸣。事实上,这正是当年中国文坛所努力的方向。但同时应该说明,这并不意味着拒绝理论,更不需要"自己并没有什么一定理论的作家仅仅以'创作的自由'一语去反对理论家的理论的"①。茅盾要求"不愿人家出题目给他的作家","应当依他自己的理论(如果他有的话)来和那出题目的理论家展开严肃的论辩"。② 这里所说的"自己的理论"无非是指作家在实际创作中自行总结出来的理论。不仅如此,茅盾进一步创设出"理论与实践相结合的模式":"自出题目自做"③ = "自出题目"(提出理论) + "自做"(付诸实践)。基于此,"作品产生理论"可以被理解为一种以"实践"的意图拟定的"理论",这种"理论"避免了"理论与实践之间的间隔",所以茅盾把"理论"的建构同"创作"("从作品产生理论而不是由理论烘逼出作品来")、"论辩"(以"自出题目自做"来和"单出题目而自己不做的理论家"展开论辩)等实践行为连为一体。

茅盾将"创作"与"批评"、"作品"与"理论"并驾同操,远远超过论争语境中独持"批评"—"创作"—"理论"各端的片面浅见,因此,他的文学实践更富有启示意义:(一)一面积极打入论争,一面又抗拒现存关系("多重立场")而成为论争中的"他者",并具有化解论争的潜在意向。换言之,在非"为主义之奴隶"的"自由创造"思想示范及价值引领下,茅盾力图敞开文学的多元化生态。比如在关于"出题目"上,茅盾主张"作家"、"文艺理论家"和"读者"三者互动拟定:首先"作家"与"文艺理论家"相互"自由";其次,再加以几个"场合"而扩大"作家对批评家"的二元构图;最后,还有"读者"是"最有力的评判人"。(二)在"多重立场"下,茅盾文学实践中可能存在"批评"—"创作"—"理论"的交叉区(或称"结合部""连接处"),或者可以说是批评、创作以及理论的共生地带。

三、"理论旅行"与"立场转移"

有一个问题值得深思。茅盾不但以"作家而同时又是理论家"身份重新界定雨果等文学大师,而且在"身份认同"的凝视中发现自己亦为"作家而同时又是理

---

① 茅盾:《关于"出题目"》,1936 年 5 月 1 日《文学》第 6 卷第 5 号,署名明。
② 茅盾:《关于"出题目"》,1936 年 5 月 1 日《文学》第 6 卷第 5 号,署名明。
③ 茅盾:《关于"出题目"》,1936 年 5 月 1 日《文学》第 6 卷第 5 号,署名明。

论家"。这并不单纯因为茅盾重新认知雨果等人的价值,而是因为他自己的实际经验——"创作与批评的并行"唤醒了茅盾的潜在身份。然而,茅盾的经验与雨果等人不尽相同,相较于其他"作家批评家",茅盾最突出的特点是其职业批评先于实际创作。但茅盾的这一特点没有得到充分的关注,比如有研究者曾这样叙说:

> 在天外飞来的批评压制下奋起反击的是作家批评。在启蒙批评的高压下,作家若不掌握批评的武器,永远处于被教训的地位抬不起头。鲁迅、郁达夫、茅盾、沈从文等在创作之余也弄批评。他们的批评是自卫性的,其创造性因素却往往为职业批评所不及。①

事实上,茅盾在创作之前已是职业批评家,他先从事职业批评,其后在"芜杂"的论争中砥砺创作和批评,最终稳操"作家批评",即如茅盾自称的"拣起""二十年代的老行当"②。因此,虑及茅盾身份变换的实际状况,不能简单地论定茅盾为"作家而同时又是理论家"。

值得指出的是,茅盾反思"职业批评"的通常做法,即"只以批评家的身份来呼号而不以创作家的身份来实行"③,接着在自己的创作实践中切身感知"批评"与"创作"的紧密联系,并认识到"论争"是"从抽象理论到具体实践"的一种必要的催化要素:

> 一年来"文坛"上的错综矛盾的动态,都应作如是观。一年来"小品文"的论战,"大众语"的论战,尽管短视的人以为什么结果也没有,然而事实上却是厚壅肥料,开花结果在不远;尽管幼稚的人以为是琐屑,是回避,然而事实上却是从抽象的理论到了具体的实践。④

并且,"职业批评先于实际创作"的实践,在茅盾"作家而同时又是理论家"的身份认同中蕴含了两个层面的"和谐":一是理论体系与实践的和谐,使理论体系合乎现实的逻辑;二是理论体系内部各要素之间的和谐,使体系的结构框架符合自身的逻辑。早期茅盾的"职业批评"曾经探讨本质体系(或说"先验的框架":先于"创作与批评并行"之经验),先在地归纳"作家批评"经验,构建"论争性"语境,甚至预期"职业批评"的"自身构形特性"。概而言之,茅盾"批评"的肌理即由"批评主义"、"论争性语境"、"内在结构与运作"所构成。

1928—1937年,茅盾的文学实践是一种"批评""创作""论争"粘连交合的复杂状态,假如非要理出一个坐标图,"批评"应当位于"创作"和"论争"之间。若进一步将理论的建构和运用联系起来考察茅盾的文学实践,或许可以得出这样一个结

---

① 郜元宝:《从"启蒙"到"后启蒙"——"中国批评"的转变》,《文学评论》2009年第6期,第70页。
② 茅盾:《我走过的道路》(上),人民文学出版社1997年版,第540页。
③ 茅盾:《关于"创作"》,1931年9月20日《北斗》创刊号。
④ 茅盾:《一年的回顾》,1934年12月1日《文学》第3卷第6号。

论:"理论旅行"。实际上,"'理论'在词源上与'旅行'存在着发生学意义的交织,最早的理论概念正是旅行的原始注疏和原型图像。理论(theory)一词源自希腊语theoria,意思是'观点''视域',theoriia 的动词词根为 theoreein,本义是'观看''观察'。在古代希腊,'理论'原指旅行和观察活动;具体的行为是城邦派专人到另一城邦观察宗教庆典仪式。其原初意象指在空间上的离家与回归,强调不同空间差异所产生的距离、转换"①。所以,茅盾的文学实践历程:职业批评家→作家→作家批评家,在一定意义上也可视作一趟"旅行"的"离家与回归"。

"旅行"就难以规避"意外"及随之而来的"考验",尤其是在"论争"波澜不时泛起的 20 世纪 30 年代,这一特殊的"情境"(situation)对于茅盾整个"理论旅行"的影响至为重大。茅盾刊在《文学》第 4 卷第 4 号(1935 年 4 月 1 日)的《十年前的教训》中说过:"十年前常有论争(良友因此特有一本'文学论争集'),可是在现在看来,当初的论争除了最初期的文白两派之争,余皆为同一方面然而依不同的社会阶层所发的反映。这又是跟近来的现象有本质上的不相同。"前后"论争"的本质区别何在? 有研究者指出:"与二十年代的文学论争相比,三十年代文学论争的最显著的特点也许正在于这种政治文化色彩,即在三十年代的文学论争中,各派所依据的常常是其政治化立场,而文学自身的要求则往往被隐去了。"②由此,诸如"文学的社会科学化"③等"理论多余"的现象成了一种严重的趋势。茅盾在创作实践中也感到所谓"社会科学研究者"的评论给作品带来的影响:

至于评论家,拿辩证唯物主义当作一支标尺,以此衡量作品,这是最拙劣的做法。评论家即使已经成熟到能把唯物辩证法成为自己的思想方法,但也不可自信他对作品的评论百无一失。理由很简单,作家是就其生活经验来写作品,评论家如果没有同样的生活经验或相似的生活经验,如何能断定作品中所表现的生活是否真实? 可惜三十年代的大多数评论家不了解这个很简单的道理,他们对作品中所写的生活,毫无经验,而只以自己从书本中得来的知识来判断,犯了主观主义、教条主义的毛病而尚以为自己是按照辩证唯物论在评论作品,这真使人啼笑皆非了。比较可取的办法是只谈作品的技巧。无奈三十年代的评论家都想指导作家,而又不能自己也去生活,得些经验,因此不免于进退失据。④

这种以"批评"代替"作者"进而将文学作品充分地"社会科学化"的倾向,在 30 年代的中国文坛曾大量出现,但这种现象也并不仅仅是中国现代文学所特有。比如巴赫金曾讽刺:"评论陀思妥耶夫斯基的著作洋洋洒洒,但读来却给人这样一个印象,即不是在评论一位写作长篇小说和中篇小说的作者——艺术家,而是在评

---

① 彭兆荣:《走出来的文化之道》,《读书》2010 年第 7 期,第 84 页。
② 朱晓进:《略论中国现代文学的政治化传统——从三十年代文学谈起》,南京大学中国现代文学研究中心编:《中国现代文学传统》,人民文学出版社 2002 年版,第 40 页。
③ 朱晓进:《略论 30 年代文学的社会科学化倾向》,《文学评论》2007 年第 1 期。
④ 茅盾:《我走过的道路》(上),人民文学出版社 1997 年版,第 538—539 页。

论几位作者——思想家——拉斯柯尔尼科夫、梅什金、斯塔夫罗金、伊凡·卡拉马佐夫和宗教大法官等等人物的哲学见解。"①显然，巴赫金认为陀思妥耶夫斯基时代的许多评论家对"作者"本人不感兴趣，兴致所在的只是小说人物的"哲学见解"——准确地说，是批评家自己的智慧和洞见。

关于"社会工作者"评论的非文学化，茅盾及《文学》同人都有所察觉。《文学》第6卷第1号（1936年1月1日）《文学论坛》中的《经验理论和实践》，对"盘肠大战"事件②回应如下："这就是概念损坏了形象"，以致文坛似乎到了"无法确定理论及观念所属的具体领域或范围"的地步。茅盾也从"艺术的真实"角度解释"盘肠大战"，他以笔名"水"在《文学》第6卷第2号（1936年2月1日）上发表《"盘肠大战"的反响》：

编者并不会说"盘肠大战"不近"事实"，乃是说"盘肠大战"不近"情理"。所谓"情理"便是"艺术的真实"。这无分于事实主义与非事实主义，为一切艺术作品之所必要。西游记里的孙悟空比野叟曝言里的文素臣为更不近"事实"，但更多"艺术的真实"。何以故就因孙悟空是个理想的（或宁说是想像的）性格，故只要在那个性格的范围以内不现出自相矛盾的形迹，描写上就可以尽量夸张，不受任何的限制。文素臣是一个人类，那就无论他是怎样一个"超人"都不得不受人类性格的限制。野叟曝言的作者因要把文素臣写作一个"文武全才"，以致夸张到人类性格的限制以外，故而失了艺术的真实。山坡上后段写那个兵士流肠之后，还能那么出力的挣扎，编者就认为有点文素臣式的。③

在茅盾看来，"当时的专业批评家"使用"理论"或"观念"这类词语，"并不意味着他们必定或应当专指文学的理论或文学的观念"。对此茅盾还回忆说："有鉴于当时的专业批评家以指导作家为自己的任务而又无法（或者甚至不愿）熟悉作品中的生活，结果落得个进退失据。"④面对这样的境况，茅盾是如何走出困境的呢？

我这个作家而在业余写写评论的人，就不敢效法这些专业评论者，只想做一点平凡的工作。于是，从一九三三年下半年起，我又拣起了我在二十年代的老行当，陆续写了一些对作家作品的评论文章，登在那时创刊的大型文艺刊物《文学》上。⑤

---

① ［俄］巴赫金：《陀思妥耶夫斯基的复调小说和评论著作对它的见解》，佟景韩译，《巴赫金文论选》，中国社会科学出版社1996年版，第1页。
② 即1935年12月《文学》第5卷第6号发表周文（何谷天）的短篇小说《山坡上》，主编傅东华未经作者的同意，删去其中描写一个战士负伤后露出肠子仍继续战斗的文章而引起了作者的抗议。
③ 茅盾：《"盘肠大战"的反响》，1936年2月1日《文学》第6卷第2号，署名水。
④ 茅盾：《我走过的道路》（上），人民文学出版社1997年版，第540页。
⑤ 茅盾：《我走过的道路》（上），人民文学出版社1997年版，第540页。

从茅盾的论述不难发现,他以"立场转移"的方式回归"批评"("拣起了我在二十年代老行当")。并且,茅盾界定自己的身份不是"职业批评家"而是"作家",试图以"作家"的立场淡化"批评家"的身份:"我这个作家而在业余写写评论的人。"这种"转移立场"的策略,重在对"社会科学研究者"的批评以及"好些青年作者""理论多余"的创作提出疑问,因为"如果像文学或观念史这样的领域没有内在的闭合界限,或者换言之,如果没有任何方法可以诸本质上是杂质的和开放的写作和文本阐释的活动领域,那么,最好的方法就是适合我们所处情境的方式对理论和批评提出质疑"①。可见,茅盾出于"此时此地的需要"②,但又同时期想着一种"历史的抵达"(historical approach)。

四、回归之维:"抵抗"与"释放"

茅盾批评"回归"的端倪起于20世纪30年代特殊的"论争"情境,随后吸纳"革命前辈的经历和文艺创作上亲身的体会"向情境做活生生的"回应"和"出击"。譬如,在"革命文学"论争中,作为共产党的创始人和具有丰富实践经历的革命工作者,茅盾对于革命有着更为深切的理解,故努力促成"革命文学"地盘的扩大。同时,身为理论家、批评家、文学创作者,茅盾对"革命文学"提出自己的意见,并在"论争"及"创作"并行的特殊境遇中,灵活运用"申述"和"答辩"相结合独特的言说方式,一面申述自己的见解,一面反驳对方的指责,并创立了较为成熟的"自述性"批评文体。

例如,1933年7月《文学》③创刊以后,茅盾以此为阵地,策略地避开了与"专业评论家"们的正面冲突,从理论运用和创作实践两方面"活"化了自己对"左翼"文坛的期想与构建:既注重鼓励优秀的新进作家,又注意矫正左翼文学的不良倾向以及为这种倾向捧场的文艺批评。例如黄源回忆说:

> 我在文学社里,得益最多的是,阅读茅盾对《文学》上发表的青年作者的作品所作的评论和对文学书报的评论。他原意是通过杂志给青年作者以具体的指导。更给我这个青年编者以具体的指导。……这篇"社谈",用意之一,仍在矫正当年的文艺批评还未停歇的颓风。……书评《"九一八"以后的反日文学》,是对三部反日题材的长篇小说——铁池翰的《齿论》、林菁的《义勇军》和李辉英的《万宝山》的批评。这三部书都是当时的左翼书店上海湖风书店出版的。这三部书的通病也就是只有革命的空气而无生活的实感,而且未能正确地说明时代。他在评论文中说,本文的目的,只能请读书界注意我们文坛上已经悄悄地出现了许多"反日"的

---

① 吴兴明:《"理论旅行"与"变异学"——对一个研究领域之立场或视角的考察》,《中外文化与文论》第13集,2006年1期。
② 茅盾:《需要脚踏实地的批评家》,1936年9月6日《生活星期刊》第1卷第14期。
③ 从《文学》创刊号到第6卷末,各期皆设《社谈》《书报评述》(有时称为《书评》)两个专栏,从1933年12月1日第1卷第6号起,又特设《文学论坛》栏目,专司文学批评以及社会批评、文化批评(在王统照主编期间,这类栏目曾有所减消,仅见1937年7月1日第9卷第1号辟有《短评》)。主要撰稿者,除了鲁迅,大量稿件均为茅盾执笔。

文艺创作,不过为要帮助读者得一些更正确的认识起见,本文不得不指出那些作品的错误和缺点。①

可见,茅盾不因作品彰显锋芒而一味"捧场"。但当沙汀出版了第一部短篇小说集《法律外的航线》后,茅盾虽然并不认识作者,却立即撰文称赞"这是一本好书",认为作品的成就突破了当时文坛流行的所谓"革命文学"的"公式"主义的旧框架,"用了写实的手法,很精细地描写出社会现象——真实的生活图画",显示了"作者的艺术的才能"。但又指出,被左翼批评家赞为"最充满了革命性的"《码头上》,恰恰残留着"硬扎上去的旧公式"的"尾巴"。② 沙汀后来回忆说:"茅盾的评价文章对我的帮助、给我的教益也很大:他的评介使我有勇气把创作坚持下去,同时还指出了我的缺点和努力的方向。因为他在那篇评介文章中指出:《码头上》有公式化的毛病,而当时却恰好认为这种作品革命性比较强。其实这正好我受了'左联'成立前某些非现实主义的影响。在这目前,也还有教育意义。"③茅盾提醒青年作家不要犯"公式化""概念化"的毛病,他批评何谷天的《雪地》④和沙汀的《码头上》犯有类似的毛病。茅盾认为类此种种虽是细微缺陷,但仍说明冒名"革命文学"的遗毒尚未消尽。在评论夏征农的《禾场上》时,茅盾对"初写作品的青年朋友"提出了如下忠告:

对于初写作品的青年朋友,我们要贡献一点意见:你要摆脱"旧写实主义"的拘束,只有努力先去克服你的旧意识而获得新的宇宙观和人生观,而这又必须从实践生活中获得,不能单靠书本子;这是艰苦的性急不来的自我锻炼。如果以为只要一旦"觉今是而昨非",像翻一个身似的就能够尽去其"旧"而转变为"新",那结果你一定只能"创造"出一些戴着革命牌头的空壳子而且难保没有重大的错误。⑤

在评论李守章的《人与人之间》时,茅盾还强调"创作的精神"——"就是作者觅取题材时用他自己的眼睛,描写时也用他自己的手法"。他认为一些作品之所以不精彩、缺乏独创性,就是因为作者"未尝用自己的眼睛去觅取作品的材料,并且未尝努力用自己的手法来表现他的观感",而"只用'耳朵'去找材料,甚至只在别人的作品中去找",其实"就是无意之中在那里'模仿'"。⑥ 此外,茅盾还署名"惕若"在《文学》第 3 卷第 1 号(1934 年 7 月 1 日)发表的《〈文学季刊〉第二期内的创作》,重点分析欧阳镜蓉的《龙眼花开的时候》、吴组缃的《樊家铺》、张天翼的《奇

---

① 黄源:《黄源回忆录》,浙江人民出版社 2001 年版,第 76—77 页。
② 茅盾:《〈法律外的航线〉读后感》,1932 年 12 月 15 日《文学月报》第 1 卷第 5 号、第 6 号合刊。
③ 沙汀:《一个"左联"盟员的回忆琐记》,《中国现代文学研究丛刊》1980 年第 2 期,第 25 页。
④ 茅盾:《〈雪地〉的尾巴》,1933 年 9 月 1 日《文学》第 1 卷第 3 号,未署名。
⑤ 茅盾:《关于〈禾场上〉》,1933 年 8 月 1 日《文学》第 1 卷第 2 号,未署名。
⑥ 茅盾:《不要太性急》,1933 年 10 月 1 日《文学》第 1 卷第 4 号,未署名。

遇》、何谷天的《分》等作品的成功之处和缺陷。

从茅盾诸如上述的批评可见，茅盾确实"一贯以极大的精力帮助青年文学工作者的成长"①，不断提高艺术质量，使青年作家健康发展。茅盾不但努力改进创作上的"公式主义"，而且努力突破批评上的"公式主义"，比如在评论夏征农的《禾场上》时，茅盾说：

> 我们并不是说这篇《禾场上》就是了不起的杰作。我们尤其觉得现在流行的一套"批评公式"——某某作品是怎样怎样大体上是正确的，然而也有缺点云云，未免有时叫人肉麻。我们在这里只想指出来：《禾场上》只是平淡的内容，没有惊人的群众运动等等，可是那平淡中却有活生生的封建剥削的写实。这比单请"革命"保镖要有意义的多呀！②

进一步，1936年茅盾作《需要脚踏实地的批评家》③，文中他将"文艺批评的公式主义"概括为两个毛病："专为摘取章段，分类编排，以备应用"的"习气"和"只把'进步的现实主义创作方法'等术语搬去搬来"的"新八股"。他还说："'进步的现实主义创作方法'呀，'前进的世界观'呀，'向生活学习'呀……自然要提倡，但提倡云者，应当是切实地讨论着创作上的一些具体问题，应当从作家的作品中指出一些实际的问题来阐明此一作家或比此一作品所已经达到的以及尚未达到的境地。这样，才是切实地指导。"④

从诸如上述茅盾的批评实践，可以觉知茅盾批评"回归"的逻辑，即根据"职业批评"设想随后（20世纪30年代）的情境，并回头重新度量先前的"职业批评"，对此已有研究者指出：

> 五四时期唯一堪称文学理论"家"的作者是沈雁冰。他是一位"介绍"型的理论家。他援用西方近代文学理论，搭起了一个呆板的理论框架，提出了要把西方文学思潮在中国"演一过"的主张。沈雁冰的文学理论与文学批评活动，表现出鲜明的社会倾向。只是在谈及鲁迅小说的时候，我们才能看到他艺术鉴赏才能的闪光。从五四时期理论家沈雁冰的身姿中，已能预示日后小说家茅盾的气度。⑤

可见，茅盾的批评不是一种游戏式的理论标榜和理论演绎，而是对于具体历史情境的真切感悟和反应。从这个角度看，茅盾"回归"批评可以说是重获"批评意识"（critical consciousness），即以灵活敏锐地情境反应来抵抗理论的辖制⑥，尤

---

① 胡耀邦：《在沈雁冰同志追悼大会上的悼词》，《文艺报》1981年第8期。
② 茅盾：《关于〈禾场上〉》，1933年8月1日《文学》第1卷第2号，未署名。
③ 发表于1936年9月6日《生活星期刊》第1卷第14期。
④ 茅盾：《需要脚踏实地的批评家》，1936年9月6日《生活星期刊》第1卷第14期。
⑤ 刘纳：《从五四走来》，福建教育出版社2000年版，第46页。
⑥ [美]赛义德：《赛义德自选辑·理论旅行》，谢少波、韩刚等译，中国社会科学出版社1999年版。

其是茅盾"回归"批评这种实践本身体现了"理论离不开实践"的道理。并且,从"职业批评家→作家→作家批评家"演进这一角度看来,又可以说明"任何体系或理论都不能穷尽它所出自或它被植入的情境"①,因为"职业批评"的理论设想在不同的环境中将被重新试验或考验,当此之际,茅盾认为只有置身于具体的情境,以满足"此时此地的需要"来作为"历史抵达的方式",才能真实"释放"批评的效能,这可以被视作批评"回归"的真正内涵,即"批评"本质孕生出"内爆性"的扩张〔"批评"体系里,"抵抗"(对理论进行抵抗)与"释放"(对理论进行释放)并发〕,进而"批评意识"促使"理论向历史现实敞开,向社会、向人的需要敞开、释放",唯有通过该此种方式才能实现正如茅盾自己所说的"从抽象的理论到了具体的实践"。②

当然,茅盾"职业批评"设定的对象仍然连带着他本人的某些经验("先在"的经验),同于埃格尔(Egerer)对此的看法,否则便是不可能的,也站不住脚。③ 理论的本体一旦建立,便有自己的体系和生命力,以此为基础可以预期并引来"实践"。在这个意义上,通常"理论"是建议,而"实践"是实施具体的事情。如下图所示,茅盾的"实践"(1)从20世纪30年代的"现象"中总结出"经验"("只以批评家的身份来呼号而不以创作家的身份来实行"),然后再返回"理论"("又拣起了在我二十年代的老行当":这时的"老行当"并非仅仅是"批评家茅盾",而且包括"文艺理论家茅盾"。但其"拣起"的"理论"与其说是早期"以实践的意图拟定的理论",不如说是"以经验的总结重新度量的理论",于是笔者以为"'回归'的具体内容却发生了变化")。无论是从"理论"到"实践",还是从"实践"到"理论",都需经过"经验"这一环节,而"实践"与"经验"的区别在于:前者是对"理论"的落实,后者则对"理论"的局限有一定的突破,并且可以被更广泛地运用到"理论"中去。因此,"批评的回归"的作用,概而言之,就是通过在变化的"现象"中总结"经验",借此修正、调整"原理论",然后落实到下一个"实践"(2)的契合点,同时也会促使"原理论"更加成熟和完善。按照茅盾的观点,类此连续运转"批评的回归",可使"原理论"达到良性的提升。

以实践的意图拟定的理论
以经验的总结度量的理论

实践(1)(2)　　　　茅盾　　　　经验

现象
(20世纪30年代的文坛)

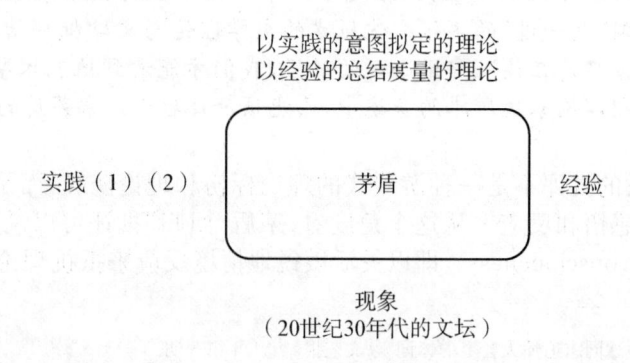

① [美]赛义德:《赛义德自选辑·理论旅行》,谢少波、韩刚等译,中国社会科学出版社1999年版,第153页。
② 茅盾:《一年的回顾》,1934年12月1日《文学》第3卷第6号。
③ Claudia Egerer. Experiencing a Conference on Theory. *New Literary History*, 1995, 26. 3. pp. 667 - 676. 转引自孙艺风《视角 阐释 文化——文学翻译与翻译理论》,清华大学出版社2004年版,第23页。

《子夜》的批评史及"现实主义"内涵之思

俞敏华[①]

摘 要:20世纪30年代走向文坛的《子夜》,不仅描述了当时中国政治、经济、社会的现实图景,而且也给今日文坛的现实关照和现实主义精神内涵带来新的启示。本文以梳理《子夜》的批评史为出发点,阐释不同历史时期围绕作品展开的持续性争议和评价,并从文本内涵和时代需求的双向维度阐释《子夜》是如何实践其现实主义范式的。同时,《子夜》评价沉浮背后的深层诉求是20世纪初以来中国文坛及整个社会对现实主义的需求,本文进而探讨现实主义在中国的内涵诉求和观念之变,并思考当下我们需要什么样的现实主义。

关键词:《子夜》;批评;现实主义

茅盾的文学史成就离不开其在现实主义创作上的探索与实践,他的长篇小说《子夜》不仅是重要的代表作,而且作品的接受史也代表了20世纪30年代以来中国文界现实主义观念的变化。今天,当我们依然在思考文学对现实的表达力量,思考现实主义精神及创作方法之变的时候,反观《子夜》——一个典型的现实主义文本的复杂内涵和接受史,将有助于我们反思中国现实主义的内涵诉求及观念之变。

至今,已有多篇文章论述了《子夜》的批评史[②],对《子夜》的批评研究做了很好的梳理和评述,让后来的研究者清晰地了解《子夜》的批评历程。总体上看,《子夜》的批评经历了经典化——去经典化——研究的丰富多维的过程。如果我们以其确立的现实主义特征为切入口,再次梳理各个时期的评价,那么我们可以更清晰地看到,在20世纪中国革命历史背景中《子夜》担负的话语意味以及不同时期人们对现实主义的期待,同时,也再次引发我们对这几个关键性问题的关注:第一,从20世纪30年代到新世纪,学术界对《子夜》批评的重心转变与现实主义观念变化间有着一种怎样的关系?第二,20世纪80年代末90年代初那场对《子夜》的去经典化运动的文学诉求是什么?第三,《子夜》式的现实主义与当下的现实主义诉求之间有着怎样的关联和差异?

[①] 作者简介:俞敏华,教授,博士生导师,现任职于浙江师范大学行知学院。
[②] 主要包括刘伟的《〈子夜〉研究评述:1933—1989》[《辽宁师范大学学报》(社科版)1990年第2期]、王卫平的《新时期十年〈子夜〉研究评述》[《中国社会科学》1993年第1期]、陈思广的《放大与悬置——〈子夜〉接受研究60年(1951—2011)述评》[《河北师范大学学报》(哲学社会科学版)2013年第1期]、许钪的《〈子夜〉研究80年述评》[《长江大学学报》(社科版)2014年第6期]等。

一、接受史视野中的《子夜》

就 20 世纪三四十年代《子夜》的批评来看,作品出版以后,虽然有一些批评的声音,但是鲁迅、瞿秋白、冯雪峰、朱自清等人的肯定性评价基本奠定了《子夜》的地位。鲁迅视其发表为当时文坛的重要作品:"国内文坛除我们仍受压迫及反对者趁势活动外,亦无甚新局。但我们这面,亦颇有新作家出现;茅盾作一小说曰《子夜》(此书将来当寄上),计三十余万字,是他们所不能及的。"①瞿秋白将其认定为是"中国第一部写实主义的成功的长篇小说"②,认为"在中国,从文学革命后,就没有产生过表现社会的长篇小说,《子夜》可算第一部。它不但描写着企业家、买办阶级、投机分子、土豪、工人、共产党、帝国主义、军阀混战等等,它更提出许多问题,主要的如工业发展问题,工人斗争问题,它都很细心的描写与解决。从'文学是时代的反映(应)'上来看,《子夜》的确是中国文坛上新的收获,这可说是值得夸耀的一件事"③。实际上,鲁迅的肯定及瞿秋白等人从左翼阵营的宣扬,充分阐述了《子夜》在反映时代、社会现实,并运用马克思主义社会学分析方法进行社会剖析的价值和意义。这方面的肯定,奠定了《子夜》作为社会剖析型现实主义小说文本的共识,当然,也包含着对现实主义创作价值的肯定,这也为新中国成立后作品能在社会主义制度和文化框架中进一步确立思想价值和意义指明了方向。

进入 20 世纪 50 年代,《子夜》作为无产阶级现实主义范本的意义进一步确立起来。冯雪峰在《中国文学中从古典现实主义到无产阶级现实主义的发展的一个轮廓》中的论述,堪称当时对《子夜》接受的指导性评价。他说:"《子夜》是在无产阶级现实主义的号召和影响之下写作的。"④"《子夜》在反映现实上有它不可磨灭的成就,因此它成为我们文学中优秀的作品之一;虽然还不是已经胜利的无产阶级现实主义的作品,但它也尽了开辟道路的作用。这是就创作方法的成就上说的;而从现实主义的基本方向说,《子夜》却已经是属于无产阶级现实主义的作品。"⑤而"《子夜》的缺点,照我了解,第一,正像作者自己所说,对于他所要描写的革命工作者和工人群众是描写得不够深刻,不够生动,也不够真实的。……第二,反映当时的革命形势反映得不够深刻……第三,在某些人物的描写上是有概念化和机械的地方的;而'性的刺激'在人物描写上占了那么重要的成份,也是一个不小的缺点"⑥。

---

① 鲁迅:《致曹靖华》,《鲁迅全集》(第 12 卷),人民文学出版社 2005 年版,第 368 页。
② 乐雯(瞿秋白):《〈子夜〉和国货年》,1933 年 4 月 2 日、4 月 3 日《申报·自由谈》。
③ 转引自唐金海、孔海珠编:《中国当代文学研究资料·茅盾专集·第二卷·下册》,福建人民出版社 1985 年版,第 938 页。书中注明的是"原载 1933 年 8 月 13、14 两日《中华日报·小贡献》栏。选自《新文学史料》1982 年第 4 期。施蒂而,即瞿秋白"。
④ 冯雪峰:《中国文学中从古典现实主义到无产阶级现实主义的发展的一个轮廓》,《新华月报》1952 年第 11 期,第 219 页。
⑤ 冯雪峰:《中国文学中从古典现实主义到无产阶级现实主义的发展的一个轮廓》,《新华月报》1952 年第 11 期,第 219 页。
⑥ 冯雪峰:《中国文学中从古典现实主义到无产阶级现实主义的发展的一个轮廓》,《新华月报》1952 年第 11 期,第 219 页。

尽管评论中有指出作品的不足,但对其无产阶级现实主义性质的肯定,进一步强化了茅盾在创作中运用阶级分析方法塑造典型人物的意义,并以此奠定了此时期充分肯定《子夜》对民族资本主义的命运和革命性探讨,在浓厚的、单一的社会主义现实主义意识形态背景中,《子夜》充分实现了带有强烈的政治意识形态话语意味的现实主义规范。这也为其在 20 世纪 80 年代遭受质疑留下了重大线索。

"文化大革命"结束、新时期到来之后,随着思想的解放和思维方式的更新,对《子夜》的评价也展现出了突破已往的社会主义现实主义理论的丰富性,不过,影响此时期对《子夜》的评判的观点,主要来自在大陆产生了影响力的司马长风和夏志清的文学史。尽管,这两部文学史因为来自不同意识形态背景,其批评话语带有鲜明的政治取向特征,然而,以此为鲜明的标志起点,《子夜》的现实主义价值判断有了明显的转向。此时,自 20 世纪 30 年代以来被普遍树立的时代性、阶级性、政治立场、典型化等因素,成为《子夜》受质疑的最大原因,并以此开启了《子夜》去经典化的批评时代。诸如王晓明的《一个引人深思的矛盾——论茅盾的小说创作》[1]、蓝棣之的《一份高级形式的社会文件——重评〈子夜〉》[2]、徐循华的《诱惑与困境——重读〈子夜〉》[3]、《对中国现当代长篇小说的一个形式考察——关于〈子夜〉模式》[4]、汪晖的《关于〈子夜〉的几个问题》[5]等文章,纷纷批评《子夜》在文学功利主义观念指引下把文学看成工具,茅盾是按照先验的政治观念来进行创作,《子夜》是主题先行的产物,作者是在明确的意识形态下的创作,作品缺乏艺术性及生活的真实性等,其核心指向《子夜》所确立的社会主义现实主义小说的写作范式以及体现出的对 30 年代中国社会现实的典型化书写内涵。而这一点,恰恰是《子夜》走向文坛之初,左翼文坛为树立作品在把握时代面貌及革命走向时,极力彰显的《子夜》价值,其中包含的革命意识显而意见,也充分展示了马克思主义思想影响下的中国现实叙事的可靠性。在一定意义上,《子夜》就是 30 年代中国现实的一个重大层面,茅盾以宏观叙事的方式,把握了中国民族资本家的处境,并对中国革命的未来进行了想象。80 年代开始的学界的质疑声正来自对这种宏大的、概括式叙事的反叛,特别是对 50 年代以来的政治意识形态强烈的现实主义的创作规则的反叛。因此,《子夜》创作过程中茅盾的政治创作意图以及思想倾向就成为质疑的对象,并自然延伸为对文学水准的质疑。正如有评论家所说的,"九十年代初对《子夜》经典性的质疑主要倒不在于对《子夜》本身的质疑,其结构性'缺陷'以及人物的'概念化'处理不至于是一个需要等上几十年才能让人看清的问题。《子夜》只是一个个案,背后的实质是 20 世纪中国小说经典机制的变迁。这种变迁一

---

[1] 王晓明:《一个引人深思的矛盾——论茅盾的小说创作》,《中国现代文学研究丛刊》1988 年第 1 期。
[2] 蓝棣之:《一份高级形式的社会文件——重评〈子夜〉》,《上海文论》1989 年第 3 期。
[3] 徐循华:《诱惑与困境——重读〈子夜〉》,《中国现代文学研究丛刊》1989 年第 1 期。
[4] 徐循华:《对中国现当代长篇小说的一个形式考察——关于〈子夜〉模式》,《上海文论》1989 年第 3 期。
[5] 汪晖:《关于〈子夜〉的几个问题》,《中国现代文学研究丛刊》1989 年第 1 期。

变于对主流意识形态的诉求,二变于小说观念上的内化。"①

此时期对《子夜》的质疑,与其说质疑文本的主题或内容,不如说质疑意识形态强烈话语背景下产生的现实主义的规范或要求。同时,80年代中期,中国的文坛兴起了改变主题、内容决定艺术水准的观念,极力主张从文本的叙述手法、艺术形式等维度进行艺术变革。像提倡从"写什么"到"怎么写""先锋小说"的元小说、不确定性写作手法等都是对以往的现实主义规则的反叛,而茅盾《子夜》式的现实主义自然成为反叛的对象。同时,新兴的"新写实小说"也小心翼翼地避开现实主义的宏大性和典型性,力求从日常生活的客观写实上来建构现实主义。可见,在一个现实主义的"限制"被充分阐述的时期,对《子夜》的质疑实际上是对中国长期以来的现实主义创作规则的质疑,是对以往政治意识形态过度侵入文学领域带来的弊端的反思。

当然,自反经典化言论出现始,便出现了一些积极为《子夜》辩护的文章,90年代中后期以来的有些文章尤其值得重视。比如,刘晓明的《〈子夜〉精神内涵再认识》②一文,就直接指出《子夜》批评模式的偏颇在于把作者的创作意图作为分析作品的唯一依据。妥佳宁的《"高级形式的社会文件"何以妨害审美?——关于〈子夜〉评价史》③就从茅盾对《子夜》的阐述的现实语境出发,认为高级的社会文件也有一种崇高的审美标准。同时,也出现了一些从新的视角进行解读的文章。这些论述,或继续从文本层面探讨《子夜》的现实主义书写特征,比如增加了经济学、伦理学、女性主义的视角等;或从文学场域的研究视角出发对茅盾的书写进行阐述,比如茅盾与"托派"的关系、茅盾写作中对瞿秋白建议的取舍等;或从大众文化、都市文学等角度延展《子夜》的价值。这些研究打破了以往单一的政治、社会视角,大大丰富了《子夜》的研究。

不过,各类文学史的阐述,基本上延用了社会剖析小说的定论,肯定其塑造了民族资本家的典型形象,安排了多线索并进式的蛛网式结构,宏观描述了30年代中国社会等方面的成就,肯定其在中国现实主义创作上的突破等。这样的评价显然与30年代奠定的评价保持着紧密的联系。而此时中国的现实主义创作经历了新写实小说、现实主义冲击波的创作潮流,以及以余华为代表的先锋小说转向后的新的真实观的建构等变化,即在创作实践中,新的现实主义创作规则已形成。显然,文学史对《子夜》的政治小说的实质性定论还是相关于现实主义表述的时代性认同,换言之,《子夜》与中国20世纪以来的传统现实主义之间,已经构成了较稳定的互证性关系。更有研究者从当下回归现实主义书写的意义出发,以《子夜》为标准来阐述其价值,正如有评论家指出的,"近年来,文学评论界还以'《子夜》传统'、'《子夜》模式'来指称当下的一些新作品,重新呼唤和倡导《子夜》所代表的左

---

① 俞春放:《真实性话语与现代性焦虑——从〈子夜〉谈当代中国小说经典的形成机制》,《浙江传媒学院学报》2016年第1期,第112页。
② 刘晓明:《〈子夜〉精神内涵再认识》,《东北师大学报》(哲学社会科学版)1933年第2期。
③ 妥佳宁:《"高级形式的社会文件"何以妨害审美?——关于〈子夜〉评价史》,《当代文坛》2018年第4期。

翼文学传统也成为当下文学理论和创作界的新声。"①21世纪以来出现的底层写作、打工文学等回归现实主义的写作潮流,实际上正体现了《子夜》式的现实主义关怀以及对书写当代中国社会现实的启发。

因此,一方面是《子夜》的现实主义书写特征和价值的重新阐释,另一方面是《子夜》式的带有强烈的左翼文学色彩的现实主义传统与当下现实书写需求间的摩擦与融合,这将再次激活我们对《子夜》传统的认知和对现实主义内涵的思考,也是当下我们去更客观、更丰富的确立《子夜》的文学史地位所必须面对的问题。

二、作为现实主义文本的复杂性及接受的选择性

从《子夜》的接受史中,我们可以看到,在《子夜》的现实主义特征的确认上,看似单一和明了,实际上包含着持续性的争议和评价视角的不断开掘,这既提示了《子夜》文本内外所包含的多重意蕴,更重要的是,评价变动的过程,包含着作者自身以及不同时代对现实主义内涵诉求的变化,文本丰富内涵和时代诉求构成了《子夜》实践现实主义范式的双向维度。

针对《子夜》的现实主义文本特征,争议比较大的一点是茅盾的写作是不是理念先行。其中,茅盾自己呈现的写作过程中的提纲式的写作方式,特别是瞿秋白对创作的参与,是经常被引述的重要因素。作者所列出的提纲式的写作方法,在一定程度上能说明作者对故事情节走向的预设和构思,但是,茅盾自己也曾多次表达过类似的意思:"创作总是先有生活然后才有题目。"②即在茅盾看来,这种预设也是建立在生活体验的基础上。实际上,这也的确不能充分说明作家就是理念先行,然而,如果我们循着茅盾与瞿秋白之间关于创作构思的交流,结合呈现的文本,却可以发现文本与创作理念之间的冲撞,而且,这种冲撞与后来各个时期对《子夜》的评论形成了一种有意思的互动以及评论界对文本中的不同元素的挖掘的此消彼长。

茅盾在《〈子夜〉创作的前前后后》里曾说过:"秋白建议我改变吴荪甫、赵伯韬两大集团最后握手言和的结尾,改为一胜一败。这样更能强烈地突出工业资本家斗不过金融买办资本家,中国民族资产阶级是没有出路的……又说大资本家愤怒绝顶而又绝望就要破坏什么乃至兽性发作。以上各点,我都照改了。"③瞿秋白对吴荪甫的理解,显然是出于马克思主义思想指导下的社会学的理解,茅盾的接受也再次充分说明了其在对吴荪甫这一人物进行典型化叙述的过程中,接受了民族资本家的特性的社会学分析方法,展现了民族资本家必然无法在动荡的中国社会实现自救的命运。而这一点在《子夜》日后漫长的接受链中,成为特别重要的因素,既体现了它的政治价值、社会价值,也展示了社会主义现实主义特色,更在特定的时期成为质疑作家写作的观念化或意识形态性的重要起因,比如批评作品对

---

① 张景兰:《在政治理性与文本实践之间——新视野下的〈子夜〉解读》,《延安大学学报》(社会科学版)2013年第4期,第80页。
② 茅盾:《关于文艺创作中一些问题的解答》,《茅盾选集》第5卷,四川文艺出版社1985年版,第446页。
③ 茅盾:《我走过的道路》,人民文学出版社1997年版,第502页。

吴荪甫的事业必然失败的理念设定、吴荪甫强奸佣人的不真实性等。不过，正如瞿秋白对《子夜》发表以后还存在不满一样，作者的写作并不纯粹是为了解决一个社会问题，文本叙述中的吴荪甫呈现了阶级性之外的丰富性。他的果敢、能干，甚至外形的高大和刚毅，无不流露出作者对这个人物的情感绝不止于表现他的阶级性，而且，人物的英雄化使吴荪甫的失败拥有了文学意味的悲剧性。同时，作品对都市中物与人的细腻描写，使其充满了生活的质感，生动地展现了 30 年代上海的都市场景，这又恰恰印证了作者自己多次提出的作品是长期以来生活感知的结果。这种叙述的生活真实感和各色人物的活灵活现，又成了《子夜》在日后漫长的接受链中，被赞赏为展示了生活的真实性的重要因素，推动它不断地被认定为现实主义的写实性的成功典范。直到今天，我们依然不断地谈及《子夜》在表现 20 世纪 30 年代上海都市生活以及民族资本家、银行家、财阀、上流社会的太太、交际花等生活的生动与可靠。在一定程度上，这与社会分析式写作手法导致的意识形态性构成了反作用力。

这对相对的作用力的强弱，也因为作者自己在各个时期的文本阐释而有着微妙的变化。有研究者曾指出："吴荪甫这一人物形象，在作者写作于 1939 年的《〈子夜〉是怎样写成的》一文中将其称之为'中国民族资本家'，在 1952 年写作的《〈茅盾选集〉自序》中称其为'反动的工业资本家'，而在 1977 年写作的《再来补充几句》中又称其为'民族资产阶级'。"① 显然，茅盾对吴荪甫这一人物的阐释伴随着时代现实主义标准的变化而变动，像 1952 年的"反动的工业资本家"的认定，显然是充满了阶级意识形态的分析。不过，书写民族资本家既是茅盾自己创作之初就设立的目标，也是建立《子夜》传统的重要内容，即对某一阶级或某些阶级的典型特征和历史动向进行书写，其中，对民族资本家的历史动向的把握显然充满着丰富性。前面提到的瞿秋白的写作指导意见是一部分，另外，在茅盾自我的阐述中，也有重点之变。比如，1939 年茅盾写的《〈子夜〉是怎样写成的》一文就表述出了他创作中为了回应"托派"的指控的动机："这样一部小说，当然提出了许多问题，但我所要回答的，只是一个问题，即是回答了托派：中国并没有走向资本主义发展的道路，中国在帝国主义的压迫下，是更加殖民地化了。"② 在 1977 年人民文学出版社重印的《子夜》和 1980 年的回忆录中，都重申了"回答托派"的主题。这些关于回答"托派"的言论，表述了茅盾的阶级立场，也成为许多质疑《子夜》是主题先行的文章的证据。不过，近来也有学者从 1939 年茅盾在新疆的处境和作品的人物结局出发，认为作品并非主题先行，"足见茅盾一开始设定的小说主题并非'回答托派'，只是瞿秋白促使茅盾改写了小说的结局，形成了'回答托派'的后设主题"③。不管怎么说，回答"托派"的问题被纳入了考量作品是否主题先行的重要因素。又如，在《子夜》发表之后，在茅盾回应的《子夜》的评价中，表达了对来自不同

---

① 侯敏：《不断争论中的〈子夜〉——兼及经典意义之再思考》，《郭沫若学刊》2021 年第 1 期，第 25 页。
② 茅盾：《〈子夜〉是怎样写成的》，《战时青年月刊》1939 年第 3 期，第 31 页。
③ 妥佳宁：《"高级形式的社会文件"何以妨害审美？——关于〈子夜〉评论史》，《当代文坛》2018 年第 4 期，第 116 页。

的政治立场阵营的吴宓的评价的喜爱。吴宓说:"吾人所为最激赏此书者,第一,以此书乃作者著作中结构最佳之书。盖作者善于表现现代中国之动摇,久为吾人所习知。""第二,此书写人物之典型性与个性皆极轩豁,而环境之配置亦殊入妙。""第三,茅盾君之笔势具如火如荼之美,酣恣喷薄,不可控搏。而其细微处复能委宛多姿,殊为难能而可贵。"①茅盾对吴宓评价的回应是:"在《子夜》出版后半年内,评者极多,虽有亦及技巧者,都不如吴宓之能体会作者的匠心。"②显然,吴宓的评价更注重小说结构、人物和语言的书写,这些特征与来自左翼文坛注重社会问题分析的评价不同,茅盾对其喜爱也是不无道理的,更重要的是说明了茅盾渴望文本内在艺术力的认同。

在我看来,关于茅盾写了民族资本家及动向的问题被反复提及,以及茅盾对作品的艺术性的重视的另一层面是茅盾写作的特殊性。自20年代,茅盾等人开启"为人生"的写作,现实主义的创作精神一直伴随着他,从《蚀》三部曲到《子夜》,茅盾创作风格的转变是明显的,这与时代有关,也与茅盾的精神气质及人生追求有关,从根本上说,茅盾是一个关注社会问题且长于分析的现实主义作家。在写作手法上,尽管其早期作品《蚀》充满了情绪的描述,然而,茅盾自写出这几部作品以后,就不断地通过阐述修正这种情绪,以树立其清晰的革命态度和社会价值观,至《子夜》之后,其参与社会改革的气质进一步推动他在创作中对社会问题作出较明朗的判断和分析。《子夜》正是茅盾从侧重情绪描述转向侧重社会问题分析的标志性文本。在一定意义上,《子夜》的写作是茅盾通过践行典型环境中典型人物的塑造的创作原则,充实了他的"为人生"的现实主义创作方法。作者在作品中展示的善于分析社会问题的特质,以各人物为代表呈现阶级特征以及社会发展动向的时代观和社会观,完成了"社会剖析小说"的基本建构。茅盾写作的这种转向也代表了左翼文学在中国的兴起及剖析社会问题的现实主义传统的确立。如果以30年代周扬等人最初引入"社会主义现实主义"概念为起始,到1942年提倡"无产阶级现实主义",后又改为"社会主义现实主义",直至革命现实主义等概念成为单一的最高准则,那么,《子夜》的典范性一直在这历程中发挥着作用。

所以,《子夜》式的现实主义不仅完成了以马克思主义思想分析中国30年代的政治、经济、社会现状的任务,而且它的可概括性和社会动向表述的明晰性,成了意识形态话语下典型性书写的有效对接文本,而结构宏大紧密、人物、场景表述精湛带来的艺术内涵又足以使它成为现实主义的典范之作。

三、《子夜》带来的"现实主义"启示

自30年代左翼阵营的需求到社会主义现实主义范式的确立,至90年代现实主义冲击波以及新世纪的底层写作浪潮,随着"现实主义"话题的展开,再次引发人们对《子夜》式的现实主义的关注。实际上,《子夜》评价沉浮背后的深层诉求就是20世纪初以来中国文坛及整个社会对现实主义的诉求,《子夜》所代表的现实

---

① 云(吴宓):《茅盾著长篇小说〈子夜〉》,1933年4月10日《大公报·文学副刊》。
② 茅盾、韦韬:《茅盾回忆录》(上),华文出版社2013年版,第400页。

主义的时代性、关注,甚至解决重大社会问题的能力,始终占据着重要的位置。

正如茅盾自己对写作的概括,他要在20世纪30年代世界经济恐慌波及上海的时候,写出民族资本主义的生存以及中国社会的政治、经济现状。他要用小说来写出:"(一)民族工业在帝国主义经济侵略的压迫下,在世界经济恐慌的影响下,在农村破产的环境下,为要自保,使用更加残酷的手段加紧对工人阶级的剥削;(二)因此引起了工人阶级的经济的政治的斗争;(三)当时的南北大战,农村经济破产以及农民暴动又加深了民族工业的恐慌。"①《子夜》显示出的现实主义表现时代的能力,延承了自梁启超小说界革命以来赋予小说的"欲兴一国之民,必先兴小说"之使命,长篇小说的宏大布局又为"为人生"的写实主义开创了新的艺术形式。实际上,这种时代感和反映社会的能力,一直是20世纪现实主义的重要期许目标,这与20世纪上半叶中国社会动荡的现实以及各派势力的话语权争夺有关,也与20世纪下半叶政权巩固需要强化历史史实和思想改造相关。不管是赞赏还是批评,《子夜》文本中的价值取向之所以被不断提及,就在于来自生活之外的认知常常高于文本本身对现实的细节描述。美国学者安敏成用"现实主义的限制"来归纳革命时代的中国小说,并且将左翼对文坛进行的规训与惩罚所依据的理论归结为模仿苏联充分意识形态化的"社会主义现实主义"②。实际上,这还包括着20世纪以来,中国整个社会对现实主义规范所建立的认知观,人们期待通过现实主义文本的阅读来了解现实,并且,对现实进行判断或者说动向选择,在这种期待视野中,艺术表现手法本身的高下往往让位于作品的主题。这一点也已成为深根于中国文化中的现实主义期待。

80年代中后期,在反现实主义思潮中兴起的新写实小说,则在保持现实主义的叙事手法时,极力表明自身并不同于传统现实主义的姿态,小心翼翼地将现实主义从关注时代热点问题转向关注日常生活,将典型化转向尽量客观地描述生活,力图从对生活细节的还原来直面人生和现实。在其命名之始,便充满了对历史上已有的现实主义规则的规避:"所谓新写实小说,简单地说,就是不同于历史上已有的现实主义,也不同于现代主义'先锋派'文学,而是近几年小说创作低谷中出现的一种新的文学倾向。这些新写实小说的创作方法仍是以写实为主要特征,但特别注重现实生活原生形态的还原,真诚直面现实、直面人生。虽然从总体的文学精神来看新写实小说仍可划归为现实主义的大范畴,但无疑具有了一种新的开放性和包容性,善于吸收、借鉴现代主义各种流派在艺术上的长处。"③新写实小说为现实主义呈现日常生活找到了很好的方式,与90年代人们关心自我日常的生活形态有了契合。然而,这样的表述很快被批评为并不能达到现实主义反映社会问题、不能体现批判精神,以及过于日常化的描述等。

随之而来的是90年代中期出现了"现实主义冲击波",这股潮流以反馈社会改革问题、社会腐败问题、农民生活问题等宏大的社会主题为切入点,力图书写出

---

① 茅盾:《〈子夜〉是怎样写成的》,《战时青年月刊》1939年第3期,第31页。
② [美]安敏成:《现实主义的限制——革命时代的中国小说》,姜涛译,江苏人民出版社2001年版,第80页。
③ 《钟山》编辑部:《"新写实小说大联展"卷首语》,《钟山》1989年第3期。

中国社会面临的困境并为其找到切实可行的解决方案,特别是对农村和国有企业改革困境与官场腐败的书写,一时间似乎为现实主义的时代性和宏大性找到了很好的表现点。事实是,这些文本无论是在人物塑造还是对社会问题的深刻性描述上,都没有达到现代文学史上现实主义文本的高度,反映社会问题至解决问题的模式限定,又常常限制了现实主义批判现实的深度。所以,总体上讲,这一场直接以现实主义命名的冲击波,并没有在艺术表现力上带来巨大的影响力。从一定程度上说,80年代热度渐减的现实主义又一次遭遇了困境。

一般而言,不同的时代、不同的历史时期会赋予读者不同的价值取向,任何作品都会随着时代语境的变化而变化,然而中国的现实主义似乎一直保持着较稳定的内涵认知。即自新文化运动以来,中国的现实主义被寄予表现时代、表现社会甚至参与现实变革的期待。这应该与20世纪上半叶中国处于新民主主义革命的历史环境有关。这一历史背景使中国的现实主义摆脱了古典主义的现实、超现实等观念,又使其在吸收西方现实主义文学时,拥有了自己独特的品格。茅盾《子夜》的成就,正是此种现实主义期待的代表。这是茅盾在社会现实、文艺理论与文学创作上作出的贡献,也为中国的现实主义发展提供了良好的范本。新中国成立后,意识形态对文学的超强介入,又将现实主义文学创作推向违背现实主义精神的书写境地。然而,对现实主义本身的认知是稳定的,甚至到了20世纪末期文坛出现的"底层写作",实际上一直持续着现实主义所能实践的反映现实的深度和高度来推进文学创作。

更重要的问题是,在20世纪形成的稳定的现实主义期待内涵中,我们的现实主义写作显然也是在不断地变化的,特别是自80年代中期以来反现实主义思潮兴起之后,我们的现实主义写作实际上已经变得特别丰富了。以余华、莫言、王安忆、刘震云等人的写作为例。1989年,余华大胆地宣称:"当我发现以往那种就事论事的写作态度只能导致表面的真实以后,我就必须去寻找新的表达方式。寻找的结果使我不再忠诚所描绘事物的形态,我开始使用一种虚伪的形式。这种形式背离了现状世界提供给我的秩序和逻辑,然而却使我自由地接近了真实。"[①]他直接将自己推向反传统现实主义的阵地。如果说余华前期的先锋小说更多体现了现代主义的写作手法,那90年代转型之后的《许三观卖血记》《活着》,直到近期的《文城》等小说,显然充满了现实主义的笔法。然而,无论是评论者还是作家本人,都已经不愿简单地将写作归结为现实主义了,而且余华自己更热衷于称自己的作品是现代主义。那么,我们是否也应该更新审思现实主义内涵?这些作品改变典型环境中典型人物的书写方式,却通过人物个体性的完美书写展示了时代的面貌,改变了反映现实的使命背负的沉重性,却通过真切的细节展示了现实的真实可靠,作品的世界充满了现实感,却也并不拒绝现代主义元素的运用,比如魔幻的世界,人物的心理、精神、命运及个性的意象化呈现等。至今,这样的叙事已成就了越来越多的优秀作品,比如王安忆的《长恨歌》、金宇澄的《繁花》、苏童的《黄雀

---

① 余华:《虚伪的作品》,《上海文论》1989年第5期,第45页。

记》、李洱的《应物兄》、刘震云的《吃瓜时代的儿女们》等。可以说，反映现实世界的真实的文本内核并没有改变，然而，无论是历史空间还是现实世界的展示，作品所运用的现实主义的写法中已经吸收了现代主义、后现代主义的元素。换言之，新的现实主义的创作法则已经生成，这种法则更倾向于真实感情的表达，更倾向于人类感知世界的真实。

近年来，又一股新的写作潮流正在改变着传统的现实主义书写，便是"非虚构"文本。像梁鸿的《我在梁庄的日子》、李娟的《冬日牧场》、阿来的《瞻对》等作品，用纪实性的笔法呈现了中国的现实和历史，表述的内容触及了现有文学表现中并不常见的角落。那么，是不是只有用非虚构的方式才能达到对现实和历史的真实描述？非虚构的方式是否比虚构人物、场景的传统现实主义表现手法更能展示生活细节的真实？非虚构的写作方式能否成为现实主义创作发展的一种方式？这或许将给我们的现实主义创作带来新的力量和思考。

可见，近年来这些新的现实主义文本的出现，体现了现实主义创作的丰富性，《子夜》式的现实主义在新的时代背景中被重新评价和认知是必然的。因为无论如何在一个一直追求现实主义精神和文学作品对社会、时代使命承担的文化背景中，现实主义的创作方法能否创造出真实的故事是创作者们始终无法回避的问题。所以，30年走向文坛的《子夜》反映的不仅是30年代的中国政治、经济、社会的现实，而且它将给今日我们的现实关照和现实主义精神内涵带来新的启示。

道义批判的限度与社会结构剖析的必要
——重读《林家铺子》

罗云锋①

摘 要:本文主要关注的是,在分析《林家铺子》这部小说时,如何处理具体道义批判与社会结构剖析、制度分析、总体问题解决之间的关系。论文从三个方面来展开论述:第一,道义批判的限度;第二,个体命运的迷惘与道义批判的前提;第三,社会结构剖析、制度批判的必要与社会问题的总体解决。

关键词:道义批判;社会结构剖析;茅盾;《林家铺子》

本文并非进行文学史的研究,不重在史料挖掘与文学史细节的还原,也并非全为纯粹的文本细读的路数,而是同时将特别的作家作品视为一种典型现象,来发掘其对于文学理论和文学创作的启发意义,和表达笔者近年来对于相关论题的一些思考。

《林家铺子》这篇小说,我很早以前就读过,似乎并未引起特别重视。但是近年来,我却日益意识到茅盾的创作的重要性,尤其是《子夜》,同时也关注到他的其他作品,如《林家铺子》。这次遂找出由《林家铺子》改编的电影来看,因为更直观,演员的表演也很生动,觉得颇有深度,触发了自己的一些思考。准确地说,是这篇小说及其内容,和我近年来一直关注思考的一些论题,以及对于茅盾作品的重新理解有着密切的关联,提供或补充了一些新的佐证和环节,能够印证、扩展或完善我的相关论述。所以我接着就将文字版的《林家铺子》找来重新阅读,以期进一步检验自己的假设和判断,而避免误读。

重读《林家铺子》的文本后,我一时既有点失望,又有点高兴。失望的是:如果从某些形式层面的所谓文学性来说,比如辞采、睿论或人物形象的个性丰满、故事或细节的生动性等方面,小说未必着墨出彩多少,一般读者很难于此有多少兴奋感。而高兴的是,小说印证了我的判断:至少以《林家铺子》这部短篇小说的风格而论,确实不可用一般文学观念乃至有关"现代"文学家的刻板印象来理解茅盾及其作品;并且,《林家铺子》这部短篇小说可以和《子夜》合并而观,而共同构成了茅盾对当时中国社会的整体审视、解剖和诊断,使得当时中国社会的整体面相和宏观结构得以呈现在读者面前——这部小说还可以引发和启发我对其他一些关注的重要论题的思考。

---

① 作者简介:罗云锋,博士,华东政法大学传播学院教授。

就前者而言，茅盾对文学概念及其功能的理解并不拘泥，其对于文学或文学创作的目的、功能等，都超出了狭隘的所谓"现代""纯文学"的范畴，是近代以来受西方文学理论影响下的某些"现代"文学观念所难以框限的，比如"截然区分文学与政治"、"注重形象性"、"以人物或人生、人性、情感、命运等为中心"等，至少在《林家铺子》（以及《子夜》）里，茅盾创作的主要目的或重心，未必在于讲一个精彩的故事，提炼一些精练的辞句或论断，塑造一些血肉丰满、个性鲜明的人物形象，或揭示人性、情感的隐微、委曲与深度，悲叹命运的无常等，而更为重视对于社会现实的全面诊断和总体分析，亦即尤其重视文学或小说的认识功能、剖析功能、政治分析功能，乃至社会介入功能，使得读者通过阅读作品能够更清楚地看出社会或社会生活的隐秘深层结构与根本面相，揭示个人悲剧的社会根源或结构根源，从而为问题的解决和社会的改进提供某种思路和启发。质言之，更多的是一种关怀国艰民瘼、兼善淑世的治平心志下的文学观念和文学创作，而和中国传统文化、传统文学观念乃至传统儒家士人精神接榫起来，笔者名之为"文学经国"的文学观念或文学态度。

从后者而言，《林家铺子》和《子夜》是在大致相同的时间段内完成的，《林家铺子》于1932年6月18日写毕，《子夜》则于1932年12月5日完稿。可见茅盾在创作时，本来就同时关注到两部小说里面的现实内容，或是将其作为一个整体来思考的；并且，《子夜》综合展现了当时中国城市和农村的情形，将其联结为一体，确实更为全面地实现了茅盾揭示当时中国社会的整体结构的创作初衷与野望，也以此回应当时中国思想文化界的"中国社会性质问题大讨论"。然而，在实际形态上，虽然《子夜》里亦涉及当时中国农村的情形，颇多着墨，但其写作重心毕竟还是在城市，在于民族资本家与买办资本家、官僚资本家及其背后的官僚资本主义、帝国主义势力的经济斗争和政治斗争；而《林家铺子》，虽然也提及作为半殖民地半封建社会象征的上海，却始终是以一个隐隐约约的背景而在小说中呈现的，重心却主要是在农村小城镇，及其中各色人物的经济生活等，于是主题和笔墨都更为集中，也就更加便于剖析当时中国沿海地区的城镇农村的政治经济的深层结构。质言之，《子夜》和《林家铺子》各有分工，而如果将剖析重点在于农村的《林家铺子》和剖析重点在于城市的《子夜》结合起来，便可真正完整地拼凑出了当时中国社会的整体图景。这是我在《子夜》之外特别关注《林家铺子》的原因之一。

当一个社会乃至整个国家的整体面相、真实结构和根本矛盾等，被（各种势力或既得利益集团）有意无意地隐匿起来，或以太多云遮雾绕、虚实真假难辨的众声喧哗，或琐碎无聊、离题万里的话题、烟雾弹等来掩盖其真相，弄得似乎迷离一团而莫衷一是时，读者就很期待有一种作品，能够揭示出这个社会、国家乃至世界的本来面目和整体面目，或社会的根本矛盾及其矛盾根源，给人指点迷津，引领人们改弦更张，改造自己的生活、社会和世界。当关于某些论题乃至所有论题的参与论争的双方，或所有参与主体或群体，都无力或无意进行全面中正的讨论，交流观点，而有意无意地偏颇立论，或各自局限于自己的领域，不兼顾论述的平衡而偏执地自说自话，只争其利，以偏概全，乃至试图以细枝末节或一端偏见来转移关注点，尤其是转移和掩饰对于己方根本问题或缺陷的关注，而居心叵测地引导他人得出或认可其偏颇的观点时①,如果有一些真正的求真中正、为国为民之士,或勇士(我们在这里谈论的是文学之士,即作家或文学家,及其创作或作品),至少在心态上是求真的、中正的,不隐瞒,不偏袒,不存有私心私意,愿意基于为国为民的本心和根本目的,考虑对方乃至所有主体的可能或必须考虑的思路,对于相关论题进行全面的、整体的审视,最后先力求得出一个较为全面中正的描叙或陈述②,即使未必一时能得到一个确切的结论,至少可以在较为全面中正的描述的基础上来思考对策,那么,这样的作家、作品却一定是有价值的,乃至是真正有力量的——虽然也可能受到各种既得利益集团的歪曲、攻击和谩骂,或者,有些人或群体出于种种私心私智,而一时未必会欢迎和接受这样的作家、作品。此或可名之为对生活、社会、国家或世界的整体审视、全面审视与根本审视,"整体"乃是就其宏观视野而言,"全面"乃是就其充分思路或所有考量因素而言,"根本"乃是就其深层结构或根本矛盾而言。在我看来,茅盾的《林家铺子》与《子夜》等作品庶几近之,至少从他的这两部作品来看,这甚至也是其创作的初衷所在。

  这既表现为茅盾在文学观念和创作观念上隐隐呈现出来的某种面相,也表现在茅盾的思想方法、创作手法或文学手段上。于前者,茅盾的文学观念其实既和"文学经国"的传统文学观念、"士人知识分子以国家天下为己任"的传统文化观念,尤其是儒家观念有其一脉相承之处,又和当时早已传入中国的社会主义、马克思主义有关;于后者,则主要是受到马克思主义的影响,而重视对社会和世界进行经济分析或政治经济学分析、社会阶层分析、阶级分析或社会结构分析等,这也是马克思主义给予当时的中国思想文化界,乃至给予中国现代文学的重要启发之一。③ 其实,马克思和恩格斯本人固然善于进行政治经济学的分析,同时在思想观念上,也十分注意和擅长于"疾虚妄",拨开种种烟雾、快刀斩乱麻地揭示根本矛盾和根本问题。比如,他们在《德意志意识形态》第一卷的序言中,就开门见山地指出要揭露和批判在当时德国哲学界和德国市民中存在的种种"虚假观念":"本书的目的就是要揭穿同现实的影子所作的哲学斗争,揭穿这种投合耽于幻想、精神萎靡的德国民众口味的哲学斗争。"因为当时的德国民众或一些哲学家"在幻想、

---

① 亦即在谈论或辩论时,对于自己的一端之见、一孔之见、片面之见——孟子谓之为"诐辞、淫辞、邪辞、遁辞"等诸种情形——或不承认,或故意为之,"取我一端之是,而不及其余万端之是非",而偏偏自以为真理在握,以偏概全,"以一端概遮万端";对于对手,则一味攻其一点不及其余,仍是"以一端概全貌"。换言之,双方都对有利于对方而不利于己方的思路避而不谈,而是有选择性地谈论一些环节,而隐瞒更多环节,乃至更为关键或根本的环节,或根本结构与根本矛盾,互相攻讦,那么,这样的讨论就只能是吵作一团,永无结果,也无助于获得事物的真相。
② 当然,理论上,这种描述仍然可能是不全面的,所以仍然不能执以为是,而仍然要经过读者、批评家乃至更广泛主体的批评和审视。但如果秉承求真之心的类似的作家、作品多起来,自然也是有助于通过这样的共同努力而获得对于社会真实面相和根本结构的深入认识。
③ 中国共产党的政治领袖、政治家毛泽东更是十分善于运用马克思主义思想方法进行社会阶层、社会阶级分析和社会结构分析,写过诸如《中国社会各阶级的分析》(1925年12月1日)、《湖南农民运动考察报告》(1927年3月)、《怎样分析农村阶级》(1933年10月)等类似文章。毛泽东:《毛泽东选集》(第一卷),人民出版社1991年版。

观念、教条和臆想的存在物的枷锁下日渐萎靡消沉",所以"我们要把他们从中解放出来。我们要起来反抗这种思想的统治"①,就是这样的一种思想方法。

上述关于"文学经国"以及作家何以能"文学经国"的种种论题固然都很重要,也很有意义,但因为篇幅等关系,这里只是略开端绪,具体详论则有待另一篇论文。本文主要关注的是在阅读分析《林家铺子》这部小说时,如何处理具体道义批判与社会结构剖析、制度分析、总体解决之间的关系。以下将从三个方面来展开论述:第一,道义批判的限度;第二,道义批判的前提与个体命运的迷惘;第三,社会结构剖析、制度批判的必要与总体的根本解决。

一、文学的道义批判的限度

如果把《林家铺子》里的农村小城镇社会生活大体区分为经济生活、政治生活、道义生活和情感生活,那么很显然,《林家铺子》的重点或主线在于描写经济生活或经济关系,连带以及由此引发的道义问题,政治或权力因素则以草蛇灰线的方式串联其中,对于情感生活、伦理生活等社会生活的描写则非其重点。抓住经济生活和经济关系来分析中国社会,正是茅盾的敏锐过人之处,也是茅盾创作的特异性和价值所在,《林家铺子》和《子夜》皆是如此。

小说也涉及道义因素,但小说的重点却似乎不在于进行简单的道义批判,因为小说中各人或各阶层的行为和道德水平不再仅仅是由道义所能决定的,除了受到权力的挤压和扭曲,又是由其在经济生活或经济结构中所处的位置所决定的,亦即一旦处于某个位置或阶层,就大致或必定会按照相应的逻辑来行事,或身不由己地被相应商业逻辑、功利原则或生死存亡的严酷生存竞争的压力所裹挟而去,而或轻易或最终逾越或僭越道义的界限。

然而,经济生活又往往和道义生活纠缠不清,并且小说中的故事情节也处处会引发读者的道义激愤,或者,读者往往会倾向于首先从道义批判的角度来阅读分析文学作品或小说文本。所以我们也可以先从道义批判的角度来审视这部小说。鉴于"道义"一词的含义本来较为含糊,为了便于讨论,不妨先将小说中所涉及的所谓的道义或伦理规范大略区分为若干层次:商业伦理、社会基本义矩、高尚道德。商业伦理如"按合约办事""公平交易"等,社会基本义矩如"不侵夺别人的钱财""不赖账""欠债必还""不干涉他人自由,不侵害别人利益"等,高尚道德则涉及无私之帮助或施与等。而事实上,前两者虽亦称"道义",其实只是必须遵守的应然规则或规范,是基本底线,遵守是所有人的普遍责任,所以遵守了方是"常人",方可以说有了"人"的基本资格,却谈不上有高尚道德,不够资格称为"好人"。而如果未能遵守,就商业伦理而言,如果还可以有法律救济,那也未必就是一个坏人,因为商业本来就包含了这些风险因素,商业合约本来就可能包含有未能遵守的相应惩罚条款,只要按这个惩罚条款来承担责任,也未必是坏人。就高尚道德规范如无私帮助他人而言,如果不能遵守,更谈不上是坏人,因为高尚道德是自愿

---

① [德]卡·马克思、弗·恩格斯:《德意志意识形态》,《马克思恩格斯文集》,人民出版社2009年版,第509—510页。

的,不是"应该的"或"强制的"。然而若就最基本社会基本义矩如"欠债要还"等而言,如果未能遵守,则一定是坏人。而小说中的小镇上的问题,不是道德高尚的好人太少,而是连遵守最基本普遍义矩的"常人"都太少。甚至会让读者觉得漆黑一团,没有什么人性的亮色,乃至没有任何希望,从而让读者感到悲观绝望。这当然不是一种好的阅读体验,也未必是文学所要传达给读者的真正的情绪。而毋宁说作者的目的乃是通过描写这血淋淋的事实,来告诫读者"此路不通",必须另谋出路。

如果以道义来分析小说中的人物,则小说中除了那些无权无势、受尽侮辱和侵害的最底层的人或最弱势的人,如小债主朱三太、张寡妇、桥头陈老七等,以及处于食物链底层的农民、暂无自身利益的学生等,其他几乎都谈不上什么好人,或并非主要是按照道义的原则来行事,乃是按照利益或功利逻辑、权势或弱肉强食的丛林法则以及商业逻辑来行事。甚至林老板一家以及一般被视为受剥削者的店员寿生也谈不上是好人。乃至"常人"。当林老板备受黑暗势力逼迫而准备逃跑时,他们压根儿没有想过将钱存在他们店铺的最底层的弱势者,如小债主朱三太、张寡妇、桥头陈老七等人的利益和死活,根本没有顾及对于这些人的最基本道义责任或基本义矩要求。所以,就林老板一家对待朱三太、张寡妇、陈老七的行为而言,林老板一家显然是坏人,不够"常人"的资格,遑论"好人"。店员寿生虽说并未直接侵没这几个人的钱财,但他在提出逃跑的主意时,明知相关情形,却丝毫未考虑这些人的权益,可见在观念或心理上也可以说是"坏人"了,或很容易成为黑暗势力的一部分——背弃基本道义,必沦为黑暗邪恶。

在小说中,处于依附地位乃至受剥削地位的店员、雇员、经理、收账人等皆各为其主、各为其私;其他如店主、掌柜等看上去自己便是主人,只是各为其家、各为其私而已,其实也是处于经济链条之中,而无形中必须听命于或受宰制于处于经济链条上端的"主人",没有表现出多少无私帮助施与意义上的"高尚道德",谈不上是好人,甚至经常僭越社会基本义矩和商业伦理,也谈不上是"常人"。所以这些人不但都谈不上是高尚道德意义上的"好人",甚至也谈不上是现代普遍道德观念上的"常人",因为他们是按照亲疏远近、私人利害关系、权势实力大小以及个人所处的经济链条中的位置而非普遍道义,来区别对待他人的,没有什么现代基本义矩的意识——在危机时刻更是如此。如果仅仅是在私情层面有私人相与而同时还能平等尊重一切人的基本权利,或对一切人都遵守基本义矩,别人对此倒也无话可说,但他们既非平等尊重一切人的基本权利和遵守基本义矩,还常常超过基本义矩的界限来剥夺其他人,尤其是处于更弱势地位的人或人群的基本权利、利益或尊严,那就连现代正常人的资格都失去了,乃至变成了大大小小的坏人。

许多人是彻底地坏,是彻底的加害者,一切以权势、功利、私欲行事,心中全无基本道义或常人义矩之意识,全无民胞物与或人民相亲之意识,或仅仅是装装样子,比如小说中的商会会长、镇上卜局长、镇上党部党棍黑麻子等,以其所作所为来看,便是天良丧尽,毫无廉耻,是邪恶黑暗势力的代表。有些人,比如以林老板为代表的小商人小店主,处于种种黑暗势力的逼迫和压力之下,既不知自身悲剧的真正原因或根本原因,又不敢直接反抗可见的、身边的、近处的黑暗势力,百般周旋、委曲求全而始终不得之下,最终弃守基本道义的底线,而转嫁损失于更弱势者,他(们)虽然也变坏了,却还是万不得已才如此,亦即孟子所谓的"民之为道也,有恒产者有恒心,无恒产者无恒心。苟无恒心,放辟邪侈,无不为已"①。至于其他同行亦是互相倾轧、勾心斗角或互害,或转而欺负、剥削更弱者,剥夺他们的基本权利、利益乃至自由,将矛盾和损失转嫁于更底层更弱势的人,表演了一出"大鱼吃小鱼,小鱼吃虾米"的弱肉强食的丑剧和悲剧。激烈竞争、生死存亡关头,他们打破所有的基本社会义矩,最后自己也成为黑暗势力的一部分,与黑暗势力难解难分。他们既是受害者,又是加害者;既想离开,又想融入;既痛恨黑暗势力,又谄媚、觊觎和巩固黑暗势力;既利用黑暗势力,又被黑暗势力所利用;既是得利者,又心生不平;既是黑暗势力的结果,又是黑暗势力的原因……最后便形成丛林社会层面的互害模式,整个社会漆黑一团,暗无天日,没有什么道义法则,只是弱肉强食,而周旋其中的人更是人格分裂、精神分裂、智识分裂、肝胆俱裂。有时觉得自己冤屈,结果想想自己也不干净,也不是个好人,乃至做了许多坏事,打压陷害,侵害过许多人的正当利益,不值得同情,故叫起屈来自然也是气馁内荏,不能那么理直气壮,所以最后只能和黑暗势力沆瀣一气、"一与俱去"而已。

没有(纯粹清澈的)明德道义,必然黑暗弥天。只有受尽侮辱剥削和处于社会最底层的民众,能够看清包括林老板在内的这些人的面目,并将逐渐觉醒起来:"张寡妇跌撞似的也到了朱三阿太的旁边,也坐在那石阶沿上,忽然就放声大哭。她一边哭,一边喃喃地诉说着:'阿大的爷呀,你丢下我去了,你知道我是多么苦啊!强盗兵打杀了你,前天是三周年……绝子绝孙的林老板又倒了铺子,——我十个指头做出来的百几十块钱,丢在水里了,也没响一声!啊哟!穷人命苦,有钱人心狠——'"②虽然有所觉醒,但这仍然只是一种道义的控诉。前文已述,对于商会会长、镇上卜局长、党棍黑麻子等黑暗势力的代表的道义控诉当然是必要的,但对于林老板这样大体同属于普通民众乃至底层民众的人,仅仅是道义控诉,似乎是不够的。因为林老板这样的人及其遭遇会前仆后继。

那么,撇开并无太大作用的道义批判和控诉,对于那样的社会现实,究竟该怎么办呢?包括林老板在内的民众如何能觉醒呢?民众真正觉醒了吗?民众是否知道或如何知道自身的悲剧的根源所在呢?可以说,这才是茅盾写作《林家铺子》的根本目的所在,是茅盾思考如何解决当时中国的种种社会问题的逻辑起点,这便牵涉到社会结构的剖析。

二、道义批判的前提与个体命运的迷惘

质言之,茅盾创作小说的初衷和重心并不在于讲述一个道德义愤的故事,或

---

① 《孟子·滕文公上》:"民之为道也,有恒产者有恒心,无恒产者无恒心。苟无恒心,放辟邪侈,无不为已。及陷乎罪,然后从而刑之,是罔民也。焉有仁人在位,罔民而可为也?"《孟子·梁惠王上》:"无恒产而有恒心者,惟士为能。若民,则无恒产,因无恒心。苟无恒心,放辟邪侈,无不为已。及陷于罪,然后从而刑之,是罔民也。"(清)焦循撰,沈文倬点校:《孟子正义》,中华书局2017年版,第359页、第101—102页。
② 茅盾:《林家铺子》,《茅盾全集》(小说八集),黄山书社2014年版。以下凡涉及《林家铺子》的引文,不另注。

对包括林老板一家和寿生在内的各种人物进行道义批判，而是藉以引导读者思考和揭示纷繁复杂社会经济纠葛或经济生活表象下的深层经济结构或经济网络，并对处于此一经济结构或网络中不同位置的不同个体，及其所代表的各个阶层进行阶层分析，从而真正认清导致种种道义悲剧、社会悲剧和社会黑暗人事的幕后真凶或真正的根源，并由此思考解决问题的根本途径。所以，茅盾在小说中的笔调十分克制冷静，尤其是对林老板其人其遭遇，既毫不隐讳其种种缺点和不义之处，又有一定的同情[①]。因为像林老板这样的人，其实也是处于被黑暗势力逼迫盘剥的阶层，有许多身不由己的难处，而并非主动作恶，换言之，他本身也是受害者。反之，镇上卜局长、商会会长、党部党棍黑麻子等人，以及在小说中作为背景出现的军阀、日本帝国主义等，才是造成种种悲剧的根本原因或总根源。这些人物和势力的所作所为，以及所展现出来的形象，是彻头彻尾的坏人，代表的是黑暗邪恶势力，即其背后的封建地主、军阀、官僚、封建官僚资本家、买办资本家等，以及虽然着墨不多却正是造成许多问题的最重要根源之一的正对中国进行经济侵略、政治侵略和军事侵略的帝国主义势力。

  道义秩序和道义批判需要相应的条件保障。对于小镇中的各色人来说，他们愿不愿意遵守社会基本义矩和商业伦理呢？乃至乐善好施而成为一个好人呢？我们愿意相信，作为有着强调道德修养的优秀传统文化并深受这种德性文化长久熏陶的中国人，在没有其他因素干扰的情形下，或在有着相应的配套条件保障的情形下，在中国的道义和礼义文化社会中，是愿意循规蹈矩地做个常人或好人的。但在彼时的小镇中，为何自古以来中国人就寄以厚望的道义秩序，在经济结构或经济秩序以及权势利害逻辑面前如此弱不禁风、一触即倒、溃不成军呢？是经济利益的考量必然会冲破基本的道义秩序？还是义利之辩于此出了问题？等等。这就会促使人们深入思考其根本原因所在。比如，道义秩序需不需要配套条件或基础？或道义秩序的前提或基础是什么？谁来保证和维持道义秩序？等等。

  对于上述问题的解答或解决，在产生于农业文明时代的古代中国儒家政治学说中，相对简单。姑且暂时不论其正当性如何，但毫无疑问，儒家设计了一套道义秩序，同时设计安排了配套的基础、前提，或有关道义秩序的制度保证与宪制安排，比如"为民制产，或民有恒产，而保证人人皆有田地等生产资料，可藉以自力谋生"，"取于民有制，如先秦之贡、助、彻，而皆税不过十一"，"不夺民时，不与民争利，而使民能积极发展生产"，"劳之，教民农技、督民生产，反对游手好闲、不劳而获，而使富之"等，然后教民礼义，使不相互侵夺冒犯，且能和乐共处安生，然后又制法律刑罚，而惩罚其违背礼义、法律之官民，尤其包括治吏，对于违背上述宪制安排或贪污腐败的官吏，必严厉黜退惩罚之。然后道义秩序或乃可成立。这些前

[①] 茅盾是否对林老板寄予了同情与理解？说同情也许有那么一点，却是针对其受到黑暗势力欺侮打压的那方面而言，并不针对其对于更穷苦的底层民众的欺骗行径。如果说理解，却有点言过其实，乃至过于残忍，即对于被林老板损害利益乃至害得丧子发疯的朱三太、张寡妇、陈老七的残忍，也是对于基本人间道义或义矩的背叛，所以无论如何是不能说"理解"，因为可以理解的事情绝对不是建立在损害他人利益乃至害得他人发疯死亡等基础上的。

提、基础或制度保证、宪制安排,缺了哪一环,或哪一环出了问题,道义秩序都会受到影响,乃至崩溃。它们是环环相扣的,缺一不可。

然而,上述道义秩序是儒家针对农业文明社会设计出来的,而在现代工业社会中,情形已有所变化,生活和社会中不再主要是农产品和一些简单的手工业品,生产资料也不仅仅局限于土地,工业、商业以及相应的工作成员、工作形式、工作技艺要求、产品、报酬形式和社会阶层等,都比农业时代大大扩展了。那么,在现代社会中,道义秩序、治理结构等是否要做相应的调整呢?或者,在建立现代社会的道义秩序时,需要考虑的外在环境有哪些新的变化,需要怎样的因应性制度设计和宪制安排,从而使得新的道义秩序可以确立,使得现代社会的人民既各自努力工作,发展生产,富之庶之,而发展先进科技,促进文化进步,又使各阶层各司其职而又贫富大致均衡、相互尊重、公平有序、安居乐业而安之乐之?这些都是进入现代社会的中国所需要解决的。而事实上,虽然许多具体的情形已和古代完全不同,但在理念上,诸如"为民制产、取于民有制、不夺民时、教民道义而民德归厚、制定法度刑政乃至制新礼作新乐"等,仍有其一定相通之处。

但在茅盾笔下的那个新旧过渡的时代和彼时的中国小镇里,现实情形却大相径庭。国家只有形式上的统一,实则没有形成稳固有力的中央集权,政令不畅通,地方强权、军阀各自为政,执政党未能代表全体中国民众,尤其是最广大穷苦底层民众的利益①,政治地基不坚实、不稳固,政党组织和政府组织不成熟、不规范和缺乏完善的法治,对内不能对党员和官员进行有效的制度约束和监督,对外又不能抵御帝国主义的经济侵略和军事侵略,军阀、党棍、地方土豪劣绅、地主、高利贷者等封建势力以及帝国主义势力竞相压榨盘剥底层民众,商人间是你死我活的残酷的经济竞争和互相倾轧,农村民众被盘剥得几乎赤贫。在这样一个残酷的世界里,道义秩序——包括一些古今相通的社会基本义矩——很容易首先被抛弃和破坏。这些人不是生活在一个道义的世界里,而是生活在一个虎狼成群而各各信奉弱肉强食并且事实上也是弱肉强食的世界里,道义秩序所需要的配套基础、前提或制度保证、宪制安排都没有确立起来,于是道义批判显得苍白肤浅,或者,仅仅进行道义批判是不够的。所以茅盾在道义批判之外,更加关注经济结构、社会结构和社会阶层分析,关注各种社会矛盾的根源或根本原因。

茅盾对于当时中国农村经济,乃至整个中国的经济形势有很清醒的认识,他借林老板的话来表达他的观察和意见:"他知道不是自己不会做生意,委实是乡下人太穷了,买不起九毛钱的一顶伞。……一群一群走过的乡下人都挽着篮子,但篮子里空无一物;间或有花蓝布的一包儿,看样子就知道是米;甚至一个多月前乡

---

① 民本思想,《尚书》《孟子》皆有明确记载,可谓自古以来就是中国政治思想的重要基础,亦是衡量政治正当性的最重要基础之一。此外,对于弱势群体的关注和权益保护,更是古代政治的优先关注,被视为"仁政"的重要象征之一,更是现代政治文明的重要象征之一。孟子云:"老而无妻曰鳏。老而无夫曰寡。老而无子曰独。幼而无父曰孤。此四者,天下之穷民而无告者。文王发政施仁,必先斯四者。《诗》云:'哿矣富人,哀此茕独。'"即此意。(清)焦循撰,沈文倬点校:《孟子正义·梁惠王下》,中华书局 2017 年版,第 147 页。

下人收获的晚稻也早已被地主们和高利贷的债主们如数逼光,现在乡下人不得不一升两升的量着贵米吃。这一切,林先生都明白,他就觉得自己的一份生意至少是间接的被地主和高利贷者剥夺去了。"来自上海的收账客人也说:"贵镇上的市面今年又比上年差些,是不是? 内地全靠乡庄生意,乡下人太穷,真是没有法子。"经济一向较为繁荣的江浙沿海的农村尚且如此,中国的其他农村地区也就可想而知了。造成他们贫穷的原因,一方面固然是封建地主、高利贷者和军阀、官僚党棍们的竭泽而渔和狠毒的过分盘剥;另一方面,在小农经济条件下,生产力不高,加上人口繁多,人均土地有限,产出也很有限,所以即使彼时的政府或其他势力没有过分盘剥,农民也不会有多少余钱。这也是客观事实,故而必须发展现代工业和现代农业。

但在中国发展现代工商业和现代农业或进行现代化的进程中,又出现了另一只拦路虎——帝国主义的经济侵略。对于这一形势,当时知识界和政治界的许多人都看到了。而在茅盾和当时的中国共产党,乃至其他参与"中国社会性质问题大讨论"的部分中国知识分子看来,封建势力、官僚资本主义势力和帝国主义势力,是导致广大民众的大规模贫穷或阻碍中国民族工商业发展和中国进行现代化的三大拦路虎或三座大山。茅盾则是以文学的形式来回应这个大讨论,并表达他自己的见解。

但对于后者,小说《林家铺子》中的林老板和其他底层民众知道吗,关心吗?可以说知道一些,也有所关心,却未必知道得很清楚,或有很清醒的关心,更没有觉醒,而仍然只是按照老一套的民间生存智慧或生意人的精明来与世沉浮地应付。但愈是以这种方式来应对,便愈是挣扎沉沦,愈是无济于事,愈是充满迷惘。

我们且看小说中的一些人物的表现。首先是林老板的女儿,在基于爱国热情准备按照"抵制日货"的要求身体力行时,"林小姐忍不住眼圈儿红了。她爱这些东洋货,她又恨那些东洋人;好好儿的发兵打东三省干么呢? 不然,穿了东洋货有谁来笑骂。""这东洋货问题不但影响到林小姐的所穿,还影响到她的所用;据说她那只常为同学们艳羡的化妆皮夹以及自动铅笔之类,也都是东洋货,而她却又爱这些小玩意儿的!"这个还在学校读书的年轻人哪里看到这些日常生活现象背后的复杂的政治经济学的背景或纠葛,他们只能孤立地看问题,只能看到眼前,只能看到表象——当然,如果没有相应的常识教育、知识积累、眼界识力或舆论宣传等,要这些少不经事的小孩子看得那么深入也是强人所难。

再看林老板的妻子林大娘,"内宅里,林大娘也起了个五更,瓷观音面前点了香,林大娘爬着磕了半天响头。她什么都祷告全了,就只差没有祷告菩萨要上海的战事再扩大再延长,好多来些逃难人"。你看,这样的私心觉悟! 可是,普通人能有什么境界,她首先要活着,或追求和关心的只是自己和自己家人的生活,或更好的生活水平。

便是小镇上见多识广的林老板,也看不清或不管其背后的结构层面的问题:"真是岂有此理,哪一个人身上没有东洋货,却偏偏找定了我们家来生事! 哪一家洋广货铺子里不是堆足了东洋货,偏是我的铺子犯法,一定要封存! 咄!"客观地说,在那个时代,如果没有畅通下达的国民通识教育、政治教育、国情教育和国际形势教育，民众又没有多少实际参与国际事务或接触外国事物的机会，一个农村小镇上的一般小商人确或难以获得足够的信息和眼光来认识时局或大势，也难以谋划长远。但对于政府或当局或负责任的政治家而言，在制定相关国家政策时，却必须有远见，避免国家经济被外国资本、商品等所垄断控制，或被相关利益集团所绑架，不能等事情到了很严重的地步之后再如梦初醒地来应付，那时寖以成势，积重难返，往往会导致很严重的社会问题和国际问题，或很难解决。质言之，这可能说明执政者起初便没注意到政策的可能的长远后果，缺乏预见与远见，最后导致国际矛盾转化为国内矛盾①，两者交织叠加纠缠在一起，使得即使是那些想有所作为的政治家，也可能投鼠忌器，尤其被动。在这里，当然也不能简单地责备这些小商人缺乏远见，不顾大局，因为在农业时代里农民们尚且可能有一亩三分田的生产资料，还可以守着勉强维生，在工业时代，像林老板这些缺乏实质生产资料的人，一旦失业或破产，便是连生存都成问题。他们要吃饭，要生存，没有其他生存的路子，便不免要因循乃至苟且。这里更要求政府和国民的相互支持和配合，国家和政府在制定政策时既不应该因为国家战略而忘记了全体人民和每个国民的出路乃至生死，民众也不能因为私利小义而忘记了国家民族大义或整体更大的利益，两者都不能因为短期利益而忘记了长远利益，如此乃能勠力同心，渡过难关，振兴国家。否则便是双输的结局，政府既不能真正关心民众，尤其是最广大底层民众的利益和出路，或者因为政治腐败，许多贪官污吏、蠹虫败类使得国家政策变形变性，不能落实，乃至盘剥毒害民众，导致民众连生存都成问题，便将只顾自己的生存和自己的财富，顾不上什么民族大义和国家战略了。

  林老板就是这样，哪怕上海打仗，他也不关心，"林先生怔了一下。什么上海打仗，原就和他不相干，但中间既然牵连着'东洋兵'，又好像不能不追问一声了"。仅仅是因为影响到他的生意和生计问题，才会关心，"林先生此时这才明白原来远在上海的打仗也要影响到他的小铺子了"。他并非完全不了解背后的经济链条或经济结构，"但要开市，最大的困难是缺乏货品。没有现钱寄到上海去，就拿不到货。"事实上，作为商人，他对跟自己的小店营生直接相关的经济链条的那部分或那个环节，还是看得很清楚的，但却并未深思，看得不清楚深入，对国内经济背后的深层政治经济结构，乃至牵涉世界范围的国际政治经济学层面的结构和态势，都并不十分了然。他（们）没有意识到，商业，无论对国家还是对于他们所处的商人阶层而言，固然都很重要，是个人财富和国家财富的重要创收渠道或来源之一，但如果缺乏前提或基础，商业却未必是一个现代国家的最重要的根基，既未必是财富的直接来源或唯一来源，更未必是国家经济优势或国家主权的最重要体现，与商业相比，资源、工业产品、工厂、机器、生产线、核心技术，和高科技及高科技创

---

① 当然，巧妇难为无米之炊，在积贫积弱的客观情势下，也可能是在外国或帝国主义压迫的缝隙中，不得不一时委曲图存，争取一切可能的机会，利用一切可能的机遇，来发展壮大自己，积蓄力量，以便将来能够彻底翻身。但在制定相关政策时，仍须综合考量民生民意、发展机遇、国家战略、长远利益等，尤其对于国家主权的坚决维护。同时要考虑可能的长远后果，不能图一时之利益，而让外国或帝国主义掌控了国家的经济命脉乃至政治命脉，积重难返，就十分危险了。

新能力等,才是第一位的根本因素,此外还有军事实力保证国家不受外国尤其是帝国主义的胁迫勒索,此后才可以谈及商业、市场、金融,谈及和外国进行平等的商业竞争和金融竞争等,而这些其实都是附着于上述根基的第二位的因素。没有本国自身的高科技创新机制、高科技实力、工业实力和军事实力,没有自身的先进政治文明、内政清明和先进文化以及相应的文化科技教育,以及民众的共同富裕、普遍的强大的内部购买力和消费力,去侈谈国际商业竞争、金融竞争等,并不十分现实,或会遇到更多的挑战。对于像中国这样的大国来说,当然不能掉以轻心,或自我麻痹。所谓"皮之不存,毛将焉附",正可以说明这个逻辑关系。

正是因为不去深究背后的国内、国际的深层政治经济结构,就会导致对自己命运和前途看不清楚,对于自身的遭遇和悲剧无法理解或无法解释,林老板只顾埋头拉车,用既有的那一套小商人乃至小市民的思想观念和处世方式,来解释和因循应付自己的遭遇和困境,希望获得一时的苟安,却根本无济于事,只能在黑暗势力和严峻形势的一再逼迫下,走投无路。他因此觉得很迷茫,不知造成自己悲剧命运的根本原因是什么,"林先生嘴里应酬着,一边看看女儿,又听听老婆的打呃,心里一阵一阵酸上来,想起他的一生简直毫没幸福,然而又不知道坑害他到这地步的,究竟是谁"。我们读小说便知,他经受了那么多压迫,却只是一味按照民间的那一套经不起正当性推敲的灰色文化或手段来应付,委曲求全地迎合、贿赂黑暗势力,希望能够苟安下去,而并未根本觉醒,"他的又麻又痛的心里感到这一次他准是毁了!——不毁才是作怪:党老爷敲诈他,钱庄压逼他,同业又中伤他,而又要吃倒账,凭谁也受不了这样重重的折磨罢?而究竟为了什么他应该活受罪呀!他,从父亲手里继承下这小小的铺子,从没敢浪费;他,做生意多么巴结;他,没有害过人,没有起过歹心;就是他的祖上,也没害过人,做过歹事呀!然而他却如此命苦!"不了解整体的或深层的国际国内的政治经济结构,不了解自己及自己所属阶层在整体经济结构和社会结构中所处的位置,不了解当时的国内国际的政治生态,他怎么能了解和解释自己的命运呢!他对政治不关心,对上海战事不关心,不关注或不知道国家国际层面的局势或时势,所以就无法知道自己的困苦和悲剧的原因所在,而只是和只能在早已织得密密实实的网络里挣扎,在死胡同里乱窜和到处碰壁,却永远于事无补,每况愈下,没有真正的出路。正如小镇上的其他小店主的命运一样,"凄凉的年关,终于也过去了。镇上的大小铺子倒闭了二十八家。内中有一家'信用素著'的绸庄。欠了林先生三百元货账的聚隆与和源也毕竟倒了。"

本来,小商人群体都是很精明的,手腕老道,至少在小镇上,称得上是见多识广的人,但个体的精明老道究竟敌不过结构性的盘剥和大势的洗劫。先得知道原因,然后才能知道如何根本解救;不仅是个人的自救,还是全体的共同自救;不仅是经济层面的解决,更是政治层面、制度层面、国家层面乃至国际层面的大解决,乃至更好的总体的解决方案。至少在没有找到一条救中国和推动中国走向独立自主、政治文明、富强繁荣的共同道路之前,所有阶层和所有国民,都必须关注政治,关注国家大事和国际形势(其实时时都应该关注公共政治,这里只是强调而言),而不是局限于自己的小天地里,用未经检验和正当性分析的老一套观念和手段来因循苟且地度日,因为那种方式只是巩固了既有的黑暗和社会结构,或许有极少数的幸运儿能偶然逃过一劫,却对根本的总体的解放毫无作用。如果只看到自己的生活,自己的阶层的人的生活利益,却看不到其他个体、阶层乃至国家、国际的整体结构,而局限于自身的格局里盘算一己的私利,就会导致许多偏颇和问题,结果自己的私利也未必保得住。《林家铺子》因为将重心放在农村,故对此未加详细描写,但如果对照《子夜》来分析,就可以看到彼时整个国家乃至国际上的政治经济结构或大势,而能获得更多的领悟。

事实上,除了代表黑暗势力的纯粹的加害者,如镇上卜局长、党部党棍黑麻子、商会会长等人之外,小镇上的其他个体也都困处于各自的网络结构位置中,百般挣扎而动弹不得,最终或者被害,或者互害,或者苟且,或者彻底消失,而都既不能掌握自己的命运,也不能解释自己的命运。即使或有强悍或者幸运的,从中挣扎出来,不过是变成坏人而去加害别人而已,成为别人的悲剧的原因,而作为悲剧根源的社会结构则根本没有改变,极其稳固。在这样的一种情势下,抛开根本社会结构、权力结构乃至国际政治经济结构的改变,而只去对被此结构牢牢捆绑而困处其中的个体和相关人事进行所谓的道义批判,甚至没有多少意义,因为这不是张三或李四的善恶好坏所造成的,而是谁都可能这样,不是林老板的困境和堕落,就一定有刘老板、张老板、李老板等的困境和堕落,而朱三太、张寡妇、陈老七等沦落到底层的弱势者们的悲剧也将一而再再而三地上演。所以更要联系总体社会结构来进行分析和批判,或进行总体结构的批判与制度的批判。

三、社会结构剖析、制度批判与总体解决

这样的总体社会结构的剖析和批判,就不再是简单的道义批判,也不同于一般文学理论对于特殊个体、个性或具体生活、情节、故事、细节等的描写的强调,而更接近于知识分子乃至社会学家的启蒙和"告诉"①,尽管是以文学的形式。茅盾的《林家铺子》就是这样,这也是茅盾及其创作的特别价值所在。

回到《林家铺子》,在小说中,倒是上海来的收账客人和恒源钱庄的痨病鬼经理因为处于经济结构中的相对更高的位置,对此还了解得深入一些,"那位上海客人似乎气平了一些了,忽然很恳切地说:'林老板,你是个好人。一点嗜好都没有,做生意很巴结认真。放在二十年前,你怕不发财么?可是现今时势不同,捐税重,开销大,生意又清,混得过也还是你的本事。'"痨病鬼经理说:"不行了!东洋兵开仗,上海罢市,银行钱庄都封关,知道他们几时弄得好!上海这路一断,敝庄就成了没脚蟹,汇划不通,比尊处再好的户头也只好不做了。对不起,实在爱莫能助!"换言之,小镇没有自己的工业和产品,只是依附于城市工商业才能生存,这是小镇所置身其中的更大的经济结构。那么,城市工商业控制在谁的手中呢?《林家铺子》没有明说,但如果我们将《林家铺子》和《子夜》做一个"互文"解读或参照解读,则从《子夜》的描述中便可以看出茅盾对当时中国社会经济现实的认识,即:是官

---

① 社会学家米尔斯认为,公共知识分子应该对社会承担起自己的责任,那就是"告诉"和"教育"。[美]C·赖特·米尔斯:《社会学的想象力》,陈强、张永强译,生活·读书·新知三联书店 2001 年版。

僚资本主义、买办资本主义和帝国主义势力等在控制着城市乃至中国的经济命脉。这就进一步揭示了林老板们的悲剧的原因,也说明了现代经济的根本所在。

比如,小说中所展示出来的日货在中国的倾销,背景则是包括日本在内的各国帝国主义对于中国的经济侵略、政治侵略乃至直接的军事侵略,是其后果。帝国主义势力利用其先进科技和生产力(包括机器、生产线、研发能力等)、雄厚资本、产品质量乃至低廉的价格,日益挤占中国本土的农产品或商品的市场,形成垄断,从而掠夺中国的财富,打压中国的民族工商业,导致中国的民族工商业难以充分发展起来,也就无法有效对抗帝国主义的产品倾销和经济侵略。此外,在政治层面,外国帝国主义又基于悬殊的综合实力对比,通过胁迫当局签订种种或明或暗的不平等条约,为外国势力或外国资本势力在中国的经营谋取垄断利益,或其他种种不合理的好处,又通过种种或明或暗的工商业合作或金融投资等买办资本主义形式,和中国的官僚资本主义勾结在一起,日益控制中国的经济命脉、社会舆论乃至政治命脉,乃至试图让中国的统治集团沦为帝国主义对中国进行经济侵略、文化侵略和政治控制的工具,从而使得中国日益沦为其经济附庸和政治附庸,丧失主权,或沦为提供劳力、原材料或初级加工产品的提供者,以及商品的倾销地,从而日益沦为半封建半殖民地①,或孙中山所谓的"次殖民地"②——这体现了政治家对于社会总体结构的深刻把握和宏阔眼光。这才是当时的总体社会结构和经济结构,也是决定小镇经济命脉和包括林老板在内的小镇民众的总体经济结构。

一些优秀的政治家和知识分子能够看到这一层,甚至会撰文进行探讨。但普通民众却无法听闻接触这些文章和讨论,也没有余暇、兴趣和习惯来阅读这些高头讲章③——这显然也凸显了茅盾的创作的特殊价值,因为他是以文学的形式来"告诉"民众有关这个社会的宏观结构或总体结构或真实面相的④——自然也看不清这些结构,尤其是宏观结构层面的问题。并且,即使他们看清了,恐怕也因为自顾不暇而无力顾及那些宏观问题,因为他们所处的阶层、所从事的职业或所面临的生存的巨大压力,使得他们无法完全顾及宏观话语和宏观问题。这也就是本文所要强调的,社会结构中的位置和阶层决定了他们的观念和行动。他们只能从生活实际来看问题,比如前文已有所分析的林家女儿对于当时的东洋货的态度,又比如小说中提及的"抵制东洋货"的问题,亦可做进一步的分析。

在当时中国面临帝国主义侵略,禁止帝国主义商品的在华倾销,当然有其一定正当性。在具体做法上,当时既或在国家层面禁止帝国主义商品进口,又或在

---

① 毛泽东在写于1923年4月10日的《外力、军阀与革命》一文中,对此也有相应论述。毛泽东:《毛泽东文集》(第一卷),人民出版社1993年版,第10—12页。
② 中国民主革命的伟大先行者孙中山甚至特创"次殖民地"的概念,认为"次殖民地"比"半殖民地"来得还严重,以此来说明帝国主义对于中国的经济侵略和政治侵略的严重性。孙中山:《三民主义—民族主义第二讲》,九州出版社2011年版,第12—24页。
③ 当然,孙中山和毛泽东作为政治家,皆十分注重用明白如话的语言来写作,来介绍和普及他们的政治主张。
④ 限于篇幅,关于这个论题或"文学经国"的相关讨论,只能在另一篇论文中详细展开。

民间层面禁止帝国主义的商品销售或倾销,两者都会对帝国主义形成一定打击,造成帝国主义的损失,阻碍或延缓帝国主义的经济侵略和控制。当然,本国也会受到一定的损失,或短期损失。比如前一做法的国内损失将由买办资本主义和本国官僚资本主义承担,因为他们或主要或部分地是通过购买帝国主义的机器、生产线、商品等在中国进行倾销,或和帝国主义资本家做生意来赚钱的;后一做法的国内损失则主要由国内经销商或小店主乃至消费者或民众来承担。这些做法,如果政令统一且得到切实执行,亦有其公平性,因为对于商人来说,当然要服从正当的国家战略和国家利益,服从国家层面的正当的政治决策;并且国际形势和国家关系的变化,本来就是商业要考虑和面临的外部风险之一,所以这本来也是商业或经商者在进行商业决策或风险考量时所要考虑的因素。甚至对于民众来说,虽然也会受到短期损失,但和中国完全沦为帝国主义的半殖民地或殖民地的长远后果相较,这也是基于国家民族大义的行为——只是国家在施行相关政策时,亦当同时考虑民众的生存问题,或奋发图强,尽早将民族工商业发展起来,抵消帝国主义经济侵略的损失。

然而,如果政令不统一或未得到切实执行,则便可能因为存在许多投机和寻租行为而导致不公平,则不但抵制帝国主义经济侵略的国家战略目标无法达成,甚至反而在国内造成了不公,导致国内政府的政治正当性的流失,并导致以后国家和政府在和帝国主义进行交涉谈判时,因为缺少国内的有效的强力经济反制、商界合力抵制、民意一致抵制或政治支持,而处于更加被动的地位。或者,买办资本主义、官僚资本主义和外国帝国主义势力勾结起来,沆瀣一气,操纵国内舆论、民意等,影响政治决策,导致本来应代表国家利益和全体人民利益的政府处于被动地位。这却是应该警惕的。

在抵制"东洋货"这件事上,《林家铺子》并未涉及国家层面的买办资本主义、官僚资本主义的情形,而在民间层面,却因为国民党的党治和政治的不规范和黑暗腐败,导致国家政令根本无法得到执行,严重侵蚀其政治合法性。镇上的商会会长、卜局长、党部党棍黑麻子等人的寻租、贪污腐败和胡作非为,使得国家政策的初衷根本无法实现,侵蚀了党治和政治的正当性,为丛驱雀,为渊驱鱼,不断激起人民群众的愤恨和对国民党统治的不信任,把人民群众驱赶到反对国民党黑暗统治的对立面。甚至——根据中国近现代史的一些历史事实可以想象到——可能使得少数不明就里的民众对帝国主义经济侵略、买办资本主义放松警惕,乃至心存不切实际的幻想,从而被那些依附于帝国主义势力的买办阶级利用其强大的各种资源,和无孔不入的各种渠道所制造的虚假舆论宣传,裹挟而去,造成内部意见的尖锐对立,乃至走向国家主权和人民利益的对立面。这就是无法无天、黑暗腐败的基层治理所导致的严重政治后果。

然而,如果进一步深入分析,则上述抵制外国商品倾销的做法,虽然是迫不得已且有其一定正当性和效果,但这真的可以解决林老板们的困境吗?即使不考虑其他压迫林老板们的国内的政治腐败等因素,而暂时单论帝国主义的经济侵略,那么,如果仅仅止步于此一种简单的单一逻辑,恐怕答案也是否定。实际上,这些都仅仅是治标不治本的办法。倘要治本,在工业文明时代,便必须发展本国的高科技产业和民族工商业或国家工商业,为国内人民提供更好的商品、更多的工作机会、更高的收入水平。当本国的民族工商业或国家工商业发展壮大后,便可以与世界各国进行平等的经济往来和商业贸易,有力地维护国家政治主权、经济主权和文化主权,避免沦为外国乃至帝国主义的附庸,或处于国际经济链条的末端,做一些低端产业,获得份额微薄的报酬,从而导致中国和中国人民永远处于依附地位,乃至沦落为贫穷国家的行列,永远无法在真正掌握自己命运的基础上挺立于世界民族之林。不然,如果本国工商业不能强大起来,买办阶层或买办资本主义大行其道,不但国家得不到发展,全体人民得不到实益,还会影响民族自信心,乃至造成国内的悬殊贫富分化和由此而来的对立和撕裂。在现代工业社会或高科技社会,要发展本民族的强大工商业,就一定要发展高科技,掌握核心技术,以此创造更多的产业和工作机会。高科技确实是第一生产力,而要发展高科技,就一定要真正重视教育,重视思想文化,真正重视人才,尊重教育和科技创造的客观规律,尊重人才的自由创新想象和独立创造精神,使真正的人才能够得到相应的报酬和生活水平;而尤其要重视建立起本国自身的有效的人才培养机制和科技创新机制——包括科技创新和文化创新等。

  这并非反对与外国的正常文化交流和商业往来,而是说这种交流和往来要建立在平等互利的基础上,要保证国家主权的完整性。或曰:当国家尚处于科技和工商业欠发达的状况,在资本、科技、金融、管理等方面还颇为落后的情形下,就必须向外国学习,并且也无法完全避免和外国的商业往来。这当然是对的,所以我们一百多年来都在向国外派遣留学生,虚心向国外学习,但与此同时,更需要建立自身的卓有成效的人才培养机制和科技创新机制;我们也可以和外国企业合作,但要注意维护国家经济主权,不能以主权换机器、生产线、产品或资本投入等,因为如果不顾经济主权,从长远而言,则国家可能会沦为外国资本的附庸;我们可以暂时购买外国的机器和生产线,但一个国家的经济主权或经济优势尤其表现在高科技或核心技术本身,这些必须努力将其掌握在自己手中;我们可以引进外资,但更要积累自己的民族资本和国家资本,要有自己的民族企业、本国的高科技企业,和自己的独立创新机制及高科技。

  身处那个年代的林老板们当然无暇乃至无意来思考这些问题,茅盾因为是以文学的方式来表达他的社会关怀,限于文学的特点或特别要求,他也无法在小说里跳出来进行议论和表达自己的明确观点,而只能将问题留给读者和文学批评家去进一步解读,共同完成这部小说的论题讨论。然而,如果读者或批评家仅仅只看到或只关注其中的社会的黑暗与残酷,人性的挣扎与沉沦,命运的沉浮无常,以及道德的义愤,那么这似乎也并非作者本意,甚至使得这部作品并未真正完成。故而笔者乃不惜冒着违背一般文学评论常规的可能非议,将茅盾在小说中提出却并未展开论述的重要论题稍做了一点展开论述。

  总结之,茅盾更为重视的不是道义批判,而是总体社会结构、经济结构的剖析。在《林家铺子》这篇短篇小说中,他通过人物的塑造和故事的讲述,引导读者去思考林老板及其他底层民众的悲剧命运的根源所在。其根源可以归结为两点:其一是当时的国民党政权的政治和党治的黑暗腐败,其二是当时的帝国主义经济侵略的严酷。关于前者,茅盾通过小说的叙述,很清醒地揭露了当时的国民党政权在基层治理方面的混乱,国民党作为革命党的堕落和变质,以及政治合法性的相应流失或欠缺。比如,在小说中,林老板被抓到党部后,商会会长送来一封信,说"林先生是被党部扣住了,为的外边谣言林先生打算卷款逃走,然而林先生除有庄款和客账未清外,还有朱三阿太,桥头陈老七,张寡妇三位孤苦人儿的存款共计六百五十元没有保障,党部里是专替这些孤苦人儿谋利益的,所以把林先生扣起来,要他理直这些存款"。而当陈老七们不能得到他们的存在林家铺子的款项时,本街有名的闲汉陆和尚也建议他们说:"陈老七,你到党部里去告状罢!"陈老七也看着朱三阿太和张寡妇说道:"去去怎样?那边是天天大叫保护穷人的呀!"这些都显示了国民党作为曾经的革命党的革命性质。但是那位作调人的警察却冷笑着劝道:"我劝你少找点麻烦罢。到那边,中什么用!"一句话就辛辣地嘲讽和揭露了当时的政治现实和国民党的腐败变质,而林老板的实际遭遇和悲剧也充分印证了这一点。至于前者,在《林家铺子》里仅仅作为一条暗线,引而不发,而有待于读者的补充和想象,或参照《子夜》来进行关联思考。

既然茅盾关注的是社会结构层面的问题,那么,对于问题的解决,也便不能仅仅局限于道义层面的愤慨,而尤其应当重视结构层面和制度层面的根本改进和解决。简言之,应该关注两个关键问题:一个是国内的政治清明或政治建设问题,使得国家政治和执政党能够始终代表和维护广大人民群众的利益。事实上,即使是在传统儒家政治思想中,尚且以鳏寡孤独的待遇作为衡量其政治或统治合法性的重要因素,或政治底线。孟子云:"老而无妻曰鳏。老而无夫曰寡。老而无子曰独。幼而无父曰孤。此四者,天下之穷民而无告者。文王发政施仁,必先斯四者。《诗》云:'哿矣富人,哀此茕独。'"[①]可是在《林家铺子》中的小镇上,恰恰是朱三太、张寡妇、陈老七这些社会最底层的人,成了封建主义、官僚资本主义和帝国主义压迫下的最大的受害者。另一个是国际层面的主权问题,应该保持国家各个领域的独立自主,避免沦为外国或帝国主义的附庸。这或许是秉持"文学经国"理念的茅盾,在创作《林家铺子》时所想提出来讨论的一些重要论题,也是《林家铺子》对于中国现代文学的重要启示之一。至于其他的思路,如"文学经国"的必要与可能,"文学经国"与"文学的逻辑","文学经国"的限度或可能缺陷,"文学经国"与"文学补阙""文学抒情"的关系等,将留待另一篇论文来讨论。

---

① [清]焦循撰,沈文倬点校:《孟子正义·梁惠王下》,中华书局2017年版,第147页。

小说长制两巨匠
——巴金与茅盾

宋曰家①

一

　　巴金有一张与茅盾（1896—1981）亲切交谈的合影，那是1980年初巴金到茅盾府上拜访时拍下的。其时，茅盾84岁，巴金76岁，已经都是老人了。照片上，茅盾虽然显出了老态，却是眉飞色舞，一副很健谈的样子，而巴金则专心致志地听他讲话，宛然是一种诚恳而尊敬的神态。看到这张照片，我想到巴金说过尊茅盾为师的话："三十年代在上海看见他，我就称他为'沈先生'，我这样尊敬地称呼他一直到最后一次同他会见，我始终把他当作一位老师。"②

　　巴金尊敬茅盾，称他为先生，不只是因为茅盾比自己大了八岁，而更主要的是由于在新文学道路上茅盾是一个先行者，确实为新文学的建设和发展尽了力，作出了贡献。20世纪20年代初，他主编《小说月报》，大胆革新，使刊物成为发表新文艺作品的阵地；成立文学研究会，他是发起人之一，又是它的主帅和灵魂，他力倡为人生而艺术，写了不少论文，在译介外国作家作品方面和对世界文学思潮流派研究上十分用力，是在中国现代新文学初创时期很活跃的文学家。20世纪20年代初，巴金还小，尚是一个十几岁的学生，却也陆续读了茅盾所写的文学论文和翻译的文学作品，接受了新文学的启蒙。30年代，巴金喜欢读茅盾写的那些评论作家和作品的文章；那个时期，他们两个都已开始了小说创作，而且都取得了令人瞩目的成就。巴金则高度评价茅盾的那些现实主义杰作，高度评价茅盾对中国现代文学作出的贡献，说："我国现代文学始终沿着'为人生'的现实主义道路成长、发展，少不了他几十年的心血。"③那些年，茅盾站在鲁迅先生的身边用笔进行战斗，用作品教育青年，给巴金很深的印象。况且，那些年，巴金和鲁迅、和茅盾都有会晤的机会，再加上抗战爆发后他和茅盾为着宣传抗战还一起编《呐喊》、编《烽火》；在那些相互接触和共同战斗的日子里，亲眼看到了茅盾精细、认真、负责的精神和品格。巴金认为"他是我们那一代作家的代表和榜样"④。他是从茅盾和鲁迅

---

① 作者简介：宋曰家，山东省作家协会创作室研究员，现已退休。
② 巴金：《悼念茅盾同志》，《随想录》，作家出版社2005年版，第248页。
③ 同上，第249页。
④ 同上，第250页。

那样的前辈作家那里学到了"做文和做人的道理"①。

巴金开始创作以后,也曾引起茅盾的关注。在巴金以欧阳镜蓉的赋名把他的《电》以《龙眼花开的时候》为题在《文学季刊》上刊出之后,茅盾虽然只看到了作品的一半,但是已经看出了作者的艺术所长。茅盾说:"虽只一半,我们已经充分看到作者的圆熟的技巧。作者的文章是轻松的,读下去一点也不费力,然而自然而然有感动人的力量;作者笔下没有夸张的字句,没有所谓'惊人'的'卖关子'的地方,然而作者的热情喷发却处处可以被人感到。"②

二

巴金把茅盾这位前辈作家称为自己的先生,是有他的道理的。然而如果从小说创作的角度讲,他们两个几乎是同时起步的,又几乎是同时发生了重大影响,而且都以中长篇小说创作奠定了自己在文学史上的地位。

茅盾和巴金都是在 1927 年开始自己的处女作创作的。巴金是在这一年年初到法国留学的。他到了巴黎,在异国他乡过起了单调、呆板而孤寂的生活。在这样的生活环境里,他分外思念祖国和亲人,总是回忆过去的生活。他说:"我想到在上海的活动的生活,我想到那些在苦斗中的朋友,我想到那过去的爱和恨,悲哀和欢乐,受苦和同情,希望和挣扎,我想到那过去的一切,我的心就像被刀割着痛。那不能熄灭的烈焰又猛烈地燃烧起来了。为了安慰这一颗寂寞的青年的心,我便开始把我从生活里得到的一点东西写下来。"③他就这样开始了《灭亡》的创作,断断续续写下去。直到第二年夏季,在马伦河畔的小城沙多吉里,最后完成了它,把它寄往上海。然后,由叶圣陶在 1929 年的《小说月报》上发表了它。茅盾是在 1927 年大革命失败以后,从武汉回到上海,为了躲避国民党反动派的缉捕,过着隐姓埋名的生活,不能出去找事做,一时无以为生,朋友劝他写稿,遂在夫人的病榻旁开始写他的《幻灭》。他本是在革命中心过那热烈的活动的生活,而今却在白色恐怖下孤独寂冷地过日子,心中自有一种悲观失望的思想情绪,他的生活正所谓是"'动'极而'静'"。因而,"许多新的印象,新的感想,萦回心头,驱之不去,于是好比寂寞深夜失眠想找个人谈谈而不得,便喃喃自语起来了。如果我以前不曾和文学有过一点关系,那么,这'喃喃自语'怕也不会取了小说这形式罢?那时只觉得倘不倾吐心头这一点东西便会对不起人也对不起自己似的"④。看来,他和巴金一样是在孤独寂寞中有一种不吐不快的情感逼使他动笔写起小说来的。从 1927 秋到 1928 春,他创作完成了《幻灭》《动摇》和《追求》三部连续性的中篇小说(即《蚀》三部曲),和巴金写《灭亡》的时间几乎一样。只是因为巴金是随写随由叶圣陶在《小说月报》上发表,其作品问世时间比茅盾的略早一点。

茅盾是他发表第一篇小说《幻灭》时开始使用的笔名,巴金是他完成处女作

---

① 巴金:《悼念茅盾同志》,《随想录》,作家出版社 2005 年版,第 249 页。
② 茅盾:《〈文学季刊〉第二期内的创作》,《茅盾论创作》,上海文艺出版社 1980 年版,第 287 页。
③ 巴金:《写作生活的回顾》,《巴金论创作》,上海文艺出版社 1983 年版,第 41 页。
④ 茅盾:《回顾》,《茅盾论创作》,上海文艺出版社 1980 年版,第 16 页。

《灭亡》时第一次在文稿上赋上的笔名。《灭亡》和《蚀》三部曲的发表,立即引起文学界的重视,使巴金和茅盾这两个新出现在文坛上的名字倍受人们的关注。这对他们自己的人生之路来说,其影响也不能不说是重大的。因为他们正是由此而改变了生活的方向。在这之前,他们两个都没有打算做文学家,更不要说从事小说创作。茅盾在1928年7月写的《从牯岭到东京》一文中说得很明白:"在过去的六七年中,人家看我自然是一个研究文学的人,而且是自然主义的信徒;但我真诚地自白:我对于文学并不是那样的忠心不贰。那时候,我的职业使我接近文学,而我的内心的趣味和别的许多朋友——祝福这些朋友的灵魂——则引我接近社会运动。我在两方面都没专心;我在那时并没想起要做小说,更其不曾想到要做文艺批评家。"①这就是说,他在20年代初译介外国文学作品和思潮,写作文学论文,那只是他的职业工作,并不是他的志趣所在,更不是他的理想事业,他的志趣和理想是在社会运动方面。事实也正如此,在中国共产党建党初期,他就参加了党的秘密工作;1926年年初,他还来到了革命的中心广州,在与革命运动的高层领导接触中,进行直接的革命活动。那时,人们表面看到的茅盾是一个文学理论家,而实质上他所忠心不贰的却是社会革命事业。巴金则为五四新文化运动唤醒之后,虽然也写过一些小诗和散文,但是从未立意要做一个文学家,而是想做一个社会革命家。他在成都接受了无政府主义的影响,心中确定了理想信念,然后出四川,到上海、到法国,沉浸于安那其主义的理论研究和法俄社会革命运动史的经验探讨,目的是在探索一条救人救世的解放之路。《蚀》三部曲的发表,使茅盾走上了小说创作的道路。他虽然未将参加社会革命的想法从心中一笔抹去,但他毕竟在文学的路上持续地走了下去。《灭亡》的发表,巴金说是"替我选定了一种职业。我的文学生活就从此开始了"②尽管此后多年他还处于理想事业和文学工作的矛盾之中,时刻都准备放弃文学而投身实际的革命斗争,可是他始终没有放下手中的笔,在文学的道路上并没有停下脚步。

在中国现代长篇小说的发展进程中,巴金的《家》和茅盾的《子夜》同是里程碑式的作品。巴金在1931年4月开始写作长篇小说《家》,随写随在《时报》上连载,然后于1933年5月由开明出版社出版单行本。茅盾的长篇小说《子夜》始作于1931年10月(一说是在暑假之前),时断时续,1932年12月完稿,于1933年1月由开明书店出版。如此看来,现代中国最成功最有影响的两部现代长篇小说差不多是在同一时间里开始写作和问世的。在这前后,巴金还写了一些短篇小说,特别是写了《死去的太阳》《新生》《春天里的秋天》《海的梦》《砂丁》《雪》和《爱情的三部曲》等中篇小说;茅盾也写了一些短篇小说,更写了《虹》(未完成)、《路》《三人行》《林家铺子》等中长篇小说。抗日战争爆发后,巴金创作了《春》《秋》《火》三部曲、《憩园》《第四病室》《寒夜》等中长篇小说,茅盾创作了《第一阶段的故事》(未完成)、《腐蚀》《霜叶红似二月花》(未完成)、《锻炼》(未完成)等中长篇小说。从20年代末到40年代末,巴金创作了8部长篇和12部中篇,茅盾创作了6部长篇和9

---

① 茅盾:《从牯岭到东京》,《茅盾论创作》,上海文艺出版社1980年版,第29页。
② 巴金:《谈〈灭亡〉》,《巴金论创作》,上海文艺出版社1983年版,第187页。

部中篇。这两位作家在长篇小说创作方面不仅数量多而且影响大,他们以自觉的文体意识,实现了中国长篇小说体式的重大变革,推出了真正现代意义上的长篇作品。可以说,巴金与茅盾在中长篇小说创作上齐头并进,成为我国文学园林中并峙的双峰。

三

巴金和茅盾同样精于长篇小说的创作,皆可称为中国现代长篇小说创作的巨擘,可是两人以有所差异的文化背景进入创作,又以很两样的写作方式写作,因而无论是在作品的取材范围、反映生活面的宽窄,还是在作品的格调风貌上,都有很大的不同。其间的不同,在茅盾的《子夜》和巴金的《家》这两部最有影响的作品里就表现得很鲜明。

《子夜》是从吴老太爷到达上海写起的,这样的开头显示着作者特别的用意。吴老太爷是一个僵化了的、属于过去一个时代的人物,他在乡下自己的书斋里整天捧着《太上感应篇》,不曾经验过书斋以外的人生,书斋便是他的堡寨,《太上感应篇》便是他的护身法宝。就是这样一个腐朽的人物来到了上海,坐进了最新式的汽车里,飞快地向吴荪甫的公馆驶去,他感到路旁的电杆向他的脸上打过来,迎面汽车的车灯放射着叫人目眩的强光闪电似的冲过来,还有那半露的时装少妇的肉色与气味向他扑来,他感到城市是个怪物,是邪魔,让这个陈腐的乡下老儿消受不了,以至于在过度刺激下一命呜呼了。作者以此宣告属于吴老太爷那种人的时代已经结束,同时因为吴老太爷的生活与上海的现代物质生活悬殊太大了,通过他的目光和感受来表现上海的时代特征可以产生更强烈的艺术效果。更重要的是通过他的出场说明吴荪甫这个新式企业家与乡下有着无从切断的关系,从而把城市生活与乡村生活衔接在一起。因为家乡闹土匪,邻省的共产党红军也有燎原之势,不能保证吴老太爷的安宁生活了,所以才被迫来上海。去接老太爷的二小姐对随老太爷一起来的四小姐和七弟说上海也不太平,这里那里不是工人罢工就是共产党闹革命,还说吴荪甫的厂里、公馆里的围墙上都写满了共产党的标语。这虽只是轻轻点出来的一笔,却足以说明当时农村和城市的阶级斗争形势,兆示了作者将全面反映城乡社会事变的宏大企图。果然在第二章和第三章分别对城市和乡村展开了具体的描写。第二章写在吴老太爷的丧事进行中吴公馆里聚集了上层社会的各色人等,其中有民族工业家,有金融投机家,有军界人物,他们一团一伙地议论,议论国际经济危机对中国民族工业的冲击和战争对经济生活的影响,写出了资本家为了保存自己的企业而加紧盘剥工人的心思,展示了他们之间种种错综复杂的关系,特别写到金融界的魔头赵伯韬用金钱左右军队进退而来控制公债市场的野心和阴谋。而在第三章写吴荪甫的家乡双桥镇的阶级斗争,写吴荪甫的老舅曾沧海派人去收账,遇到组织起来的农民的反对,吴府总管费小胡子接到吴荪甫要他筹集十万块钱的指示,他从吴家在家乡的产业中也只调度到了一半,曾沧海图谋让公安局镇压造反的农民,适逢农民暴动,他也丧了命……作者雄心勃勃,想多侧面、多角度、全景式地反映大变动时代的中国社会生活。之后的写作虽然有所改变,缩小了原来的计划,但《子夜》所展示的生活画面还是非常广阔的,它以上海这个大都会里的资本家为描写重点,既写到了城市生活的上层和下层,又将笔触延伸到农村,在着力表现民族资本家与买办资本家之间的拼杀和民族资本家与民族资本家间的争斗的同时,还表现了资本家对工人的残酷剥削和工人反抗资本家的罢工斗争,表现了乡村经济的破产和农民的暴动,甚至表现了全球性的经济危机对中国经济的冲击(特别是在这一背景下外国资本加紧进行的经济渗透),表现了新老军阀进行的南北战争带给社会的震荡和经济市场的波动等,真是方方面面的生活、角角落落的斗争都写到了。以如此广阔的社会图景反映大时代大变动的中国现实生活,在中国现代小说史上是难有与之比肩的。

与茅盾的《子夜》相对照,巴金的《家》是从觉慧与觉民下学回家开始写起。觉慧和觉民是青春焕发的两个青年,他们在新式学堂里接受新的教育,在回家的路上两个人还谈论着在英文练习中扮演英国小说《宝岛》里的角色的情况,而等着他们的家是一个有着黑漆大门的公馆,门口蹲着两个永远沉默的石狮子,门开着,好像一只怪兽的大口,里面是一个黑洞。如果说觉慧兄弟是新青年的代表,那么这样一个石狮子守门的公馆则是封建大家庭的象征。一个在新文化思想教育中成长的青年进入这样一个沉默而黑暗的大家庭里会有怎样的感觉是可以想象的。作者正是顺着这个线头写下去,而且就是通过觉慧的眼睛和感受去观察和体验发生在这个大家庭里的种种。作者的笔力集中于高府这个大家庭的内部,围绕大家庭里的倾压与纷争,特别是围绕父与子、新与旧的矛盾斗争而展开,即使他写到家庭以外的事件,比如学生运动、兵变之类,也只是作为人物故事的背景侧面写到而已,根本算不上作品的主要构成部分。由此看来,作者是无意去全面地反映一个时代的社会生活,他只是从家庭内部人物关系的变化来反映时代的变化。在高府,高老太爷是最高统治者,是封建宗法观念和礼教制度的化身,一切都由他说了算,一家人的命运都捏在他手里。可是在辛亥革命彻底绝了读书人的仕途之路以后,儿一辈的克安、克定只知道挥霍,逐日堕落下去,这使高老太爷很失望;更让他失望的是孙一辈的觉慧、觉民在新文化思想的影响下竟敢不听他的安排,觉民拒绝他钦定的亲事而在与琴自由恋爱,觉慧更大胆地参加学生运动,参加宣传新思想的活动,还坚决支持并帮助觉民抗婚,这一切使高老太爷悲观绝望,在绝望中死去了。觉慧的大哥觉新处于长房长子和承重孙的位置,为家庭承担了过分沉重的责任和义务,牺牲了个人的前途和幸福不说,还对一切向他袭来的横逆力量,他都不敢反抗,他都忍让,他都接受。因为长辈之间的龃龉、作梗,他不能和他心爱的梅表姐成婚而痛苦,他接受了瑞珏,也认为瑞珏是一个好妻子,可他又不能保护她,竟然受长辈们的"血光之灾"的胡说的左右而把瑞珏的生命丧失了。他也有幸福的向往,可是他不敢争取,他也知道觉慧、觉民走的路是对的,但是他迈不动他的双腿,不敢往那条路上去。他是一个有着双重性格的人,夹在新旧文化思想之间,充满了矛盾斗争,是一个内心十分痛苦的人。无疑,觉新是属于从传统旧文化向现代新文化转变过程中的过渡性的人物,具有中介的性质,在高府新旧之间的矛盾冲突往往汇聚在他身上,他是心灵最为痛苦的一个。因而在他痛苦的人生中非常深刻非常强烈地反映了时代的变动。觉慧一方面积极吸取新文化思想的养料,一方面经历了家庭的种种变故。家里发生的一切都在他的视野之内,而且他并不是站在一个旁观者的立场上看到的,他也置身其间,是亲历者。例如,他参加了觉民的抗婚斗争,计划安排是他做出的,是他的坚强意志坚定了觉民的思想;觉慧还有失去心上人鸣凤的痛苦,鸣凤是那么善良聪慧的一个姑娘,他与她恋爱,但还在他做着一场好梦的时候,突然间鸣凤就被专制家长逼上了绝路,她的死带给觉慧的痛苦很大,是无人可以分担和取代的。觉慧正是从所经所历的一个个不幸事件里认清了大家庭里的罪恶,逐渐成长起来,最后断然离家出走,走异端、寻新路去了。五四新文化运动发生以来,正是由觉慧这样的大胆反抗勇于探索的知识青年汇成了新文化思想的激流。作者通过他的成长意在说明这股激流的形成过程,最后也让我们感觉到这股激流的强劲势头。这样从家庭内部的人物关系、从人的心灵变化来展示时代变化,巴金的小说《家》也是达到了一个别人难以企及的深度。

　　茅盾的《子夜》和巴金的《家》,一个是全方位地反映动荡的社会,表现时代的变化,一个是深入家庭内部表现变动的社会给人们的精神影响,从一个侧面反映时代的变化。而这个区别并不只是表现在这两部作品中。

　　茅盾深受托尔斯泰《战争与和平》的影响,喜欢规模宏大、文笔恣肆绚烂的作品,从《幻灭》开始,就追踪时代的变迁,在小说创作中努力为时代留影,为社会的大变动做记录。《蚀》三部曲所反映的是大革命失败前后剧烈的社会变动。其中艺术上比较成功的《动摇》,写的是 1927 年春夏之交发生在武汉附近一个小城里的故事,它通过在瞬息万变的革命风云中纷纷出来亮相的各色人物的表演,真实地记录下了革命从高潮转向失败的一幕幕图景。1929 年写于日本的《虹》,虽未完成,却是反映从五四到五卅期间的历史事变的,"欲为中国近十年之壮剧,留一印痕"①。《子夜》之后,他创作的《林家铺子》和《春蚕》《秋收》《残冬》(即"农村三部曲")虽然取材于农村,却也是反映中国的社会变动,它反映了 30 年代在帝国主义侵略和国民党反动统治下小城镇经济走向破产和乡村走向赤贫化的情景。在抗日战争爆发后,他写的《第一阶段的故事》是表现上海抗战的;《霜叶红似二月花》本来"是一部规模比较大的长篇小说","打算写从'五四'到一九二七年这一时期的政治、社会和思想的大变动"②;《锻炼》则是多方面地反映抗战时期的时代风云和城市人的生活。他的小说,主要是中长篇小说,所关注的差不多都是中国现代历史上的重大事件,而且几乎都是在广阔的时代画面上表现,可以说是现代中国的史诗性的作品。若将他的作品连接起来,就是长长的一大幅从五四到 40 年代末中国社会变迁的历史画卷。也许正因为如此,才有人把茅盾视为历史小说家。

　　而在巴金那里,尽管也有写厂矿的(比如中篇小说《砂丁》和《雪》),有写农村的(比如短篇小说《五十多个》《短刀》《还乡》《月夜》等),还有反映异域生活的现实及历史题材的作品(比如《复仇》集和《沉默》集里的一些短篇小说和中篇小说《利娜》等),但是他最主要的中长篇小说,也是他写得最好的、发生持久影响的作品,几乎都是以家庭生活为描写对象。《家》的续篇《春》和《秋》,延续了高家的故事。

---

① 茅盾:《〈虹〉跋》。
② 茅盾:《〈霜叶红似二月花〉新版后记》,《茅盾论创作》,上海文艺出版社 1980 年版,第 87—89 页。

在《春》里，一方面写淑英对家长专断的婚事安排不甘心承受，在觉慧的鼓励下，在觉民、琴等的帮助下离家出走，为了个人的青春、自由和幸福到上海去了；另一方面写蕙表妹懦弱地屈服于父亲周伯涛的暴虐统治，周伯涛把她嫁给了极其丑恶的封建遗少郑国光，使她从一个牢笼进入了另一个牢笼，把她的青春彻底毁灭了。在这两个走向不同道路的青春少女的事情上，觉新都上过心，尽过力。但是，在淑英离家出走时，他帮忙是在助人走向光明，而在蕙的出嫁问题上却是助纣为虐，做了封建统治者的帮凶，是在把人往火坑里推。淑英是他的堂妹，帮助淑英出走，固然他需要顶住来自专制家长方面的压力，而蕙是他的表妹，还是他心爱的人，用他的双手助成她的绞刑架，他更是充满了痛苦。这部小说通过这两个少女的不同命运来反映家庭内部新旧文化势力的消长。在《秋》里，觉民和琴变得坚强起来了，觉新尽管还是摇摆在新旧之间，但是也渐渐有了一点点抗争精神，而那个封建大家族随着第二代领导人克明的去世而彻底垮了，彻底崩溃了。《憩园》离开了高家，来写杨家。这里写的是大家族分裂以后杨梦痴的故事，杨梦痴和《家》《春》《秋》中的克定来自同一个原型人物，即作者的五叔。因而人们通常把它看成是《激流三部曲》的续篇，是有道理的。在《家》《春》《秋》里多以青年人的悲剧批判封建家族制度的罪恶，悲剧人物是一些正直、善良的可爱的青春男女，在《憩园》里也以杨梦痴和小虎的死批判旧家族，但杨梦痴原是大家庭里的老爷，而小虎则是被老旧的家长娇惯放纵坏了的小少爷，现在的小虎可以看成是昔日的杨梦痴，杨梦痴本是个聪明而俊秀的孩子，可是被他的父亲宠坏了，凭借家中的财势，他只知挥霍，而没有学到一点谋生的本领。当他把祖上留给他的那一份家业挥霍尽了的时候，他也堕落到不能自拔的地步，最后惨死在狱中。《寒夜》也写了一个家庭，一个在战时重庆的家庭，和《激流三部曲》里的封建大家庭不一样，和《憩园》里破碎的杨家也不一样，这个家庭除了汪文宣、曾树生夫妇，再加上汪文宣的母亲和他们的儿子小宣，就是这么个简单的家庭，却发生了激烈的矛盾纠葛。媳妇要过热情的自由的生活，而婆婆看不惯媳妇，还想用传统道德约束她，要她严守妇道，媳妇根本不理会婆婆陈腐的那一套，于是婆媳之间的矛盾日见尖锐，以至发展到不能相容的地步。懦弱、老好人的汪文宣夹在中间受气。他不认为曾树生有什么不对，可他一再地劝曾树生忍让；他也并不完全同意母亲，可是他对母亲的陈腐观念一点也不敢批评，唯恐落下一个不孝的恶名。他跟觉新一样懦弱、老好人，实在说来他是新环境下的觉新。作家通过40年代一个普通知识分子家庭内部的矛盾冲突，说明旧的传统文化观念还在支配着知识分子的意识，新思想新意识还没有在他们的头脑中完全确立起来，新与旧的斗争还很艰巨。

将两位作家一起放在中国现代文学史上观看，如果说茅盾的作品以展现宏大的社会景观而称雄，那么巴金的小说则因反映家族矛盾的深刻而独霸。

四

茅盾和巴金都是为人生的现实主义者，然而茅盾从理性分析入手进行创作，属于理智的分析型作家，而巴金的创作则有赖于自我的感情体验，他是情感体验型作家。这样说并不排除在茅盾的创作中含有情感体验活动，也不排除在巴金创作中带有理性的分析,只是就其创作中的主导情致而言,茅盾是主智的,巴金是主情的。

在茅盾看来,"一个做小说的人不但须有广博的生活经验,亦必须有一个训练过的头脑能够分析那复杂的社会现实;尤其是我们这转变中的社会,非得认真研究过社会科学的人每每不能把它分析得正确","没有社会科学的基础,你就不知道怎样去思索","在横的方面,如果对于社会生活的各环节茫然无知,在纵的方面,如果对于社会发展的方向看不清楚,那么,你就很少可能在繁复的社会现象中恰好地选取了最有代表性、典型性,即具有深刻的思想性的一事一物"。① 茅盾本人就认真研究过社会科学,对中国革命的诸多问题都做过考察、分析和研究。他的创作有他的理论研究做基础,体现了他的社会科学的观念,或者直接缘于某个社会科学命题而来。写《子夜》以前,发生了中国社会性质的大争论,而且争论得很激烈,事关中国革命的领导权和中国社会的前途,茅盾没有直接参加这场论争,但是他创作《子夜》的意图便是为了回答这个问题。他已经做过深入的社会调查和材料的收集工作,还读了一些中国社会性质的论文,书本的理论与实际的材料对照引证,得出了自己的观念:"中国并没有走向资本主义发展的道路,中国在帝国主义的压迫下,是更加殖民地会化了";这特殊的国情"产生了中国民族资产阶级的动摇性。当时,他们的'出路'是两条:(一)投降帝国主义,走向买办化;(二)与封建势力妥协。他们终于走了这两条路"②。他从这样一个社会科学的命题出发,打算在《子夜》里形象地表现出:"(一)民族工业在帝国主义经济侵略的压迫下,在世界经济恐慌的影响下,在农村破产的环境下,为要自保,使用更加残酷的手段加紧对工人阶级的剥削;(二)因此引起了工人阶级的经济的政治的斗争;(三)当时的南北大战,农村经济破产以及农民暴动又加深了民族工业的恐慌。"③他为了实现自己的创作意图,总是先把人物想好,列出一个人物表,把他们的性格发展以及连带关系等都定出来,拟出故事的大纲。大纲有两条线索:一条以人物为线,在每个人物名下标出他将经历的大事件和他从头至尾的演变;一条以事为线,以叙事为主,记下各情节的顺序、衔接……然后一章一章地都安排好,大纲尽量地详尽而周密。他依照大纲可以从容地冷静地把他分析过、体验过的人物事件一一写出,一般不会放纵自我,不会让自己的情感恣肆驰骋,而是让它很节制地融入人物故事。读他的作品,虽然感受不到作者强烈、激荡的情感,但是你不能不佩服他的深刻,不能不佩服他对中国社会问题的认识和分析,类似《子夜》中对买办赵伯韬的描写、对民族资本家吴荪甫的描写充分体现了他的阶级分析的正确和深刻。他不像创造社、太阳社的所谓革命文学家只是任由从书本得来的社会科学的观念和意识支配自己的创作,写出来的尽是些标语口号式的作品,他的社会科学的观念意识一点也没有离开他所熟悉的现实生活,所以他的作品避免了当时流行的革命文学的那种空洞、教条的毛病。因为他在写作前总要反复地编制大

---

① [法]苏姗娜·贝尔纳:《走访茅盾》,《新文学史料》1979 年 5 月第 3 辑。
② 茅盾:《〈子夜〉是怎么写成的》,《茅盾论创作》,上海文艺出版社 1980 年版,第 59—60 页。
③ 茅盾:《〈子夜〉是怎么写成的》,《茅盾论创作》,上海文艺出版社 1980 年版,第 59 页。

纲，对错综复杂的人物故事精心地做出安排，所以他的作品虽然是全方位多角度地反映时代，而在情节的穿插与演进、场面的描写、环境的烘托等方面，绝不给人以紊乱的感觉，而是结构安排得非常严谨而缜密，处处显示出作者的艺术匠心。

巴金在社会革命运动里那么多年，而且对社会革命还做过一番研究，自也有他的社会革命的意识和观念，在他的作品里自也免不了把他的社会科学的观念意识表现出来，但是他不像茅盾那样有要明确地表现个人的社会科学观念的强烈意识，因为他不想把抽象的政论写入作品，不想把他从研究中得来的社会科学思想演化为作品，甚至他的信仰也只在作品里暗示着。巴金对他的信仰确实是宗教般地崇奉着，他以他的信仰和理想来观察社会、探索人生，往往产生一种不能自已的激情，每当此时，他就很需要创作来发散他的激情。巴金说："当热情在我的身体内燃烧的时候，我那颗心，我那颗快要炸裂的心是无处安放的，我非得拿起笔写点东西不可。"①可以说是情感的力量推动他拿起笔来创作的。在创作前，巴金对他体验过的人生、对所表现的人物性格已有很好的把握、对作品的结构也有一个大体的考虑，但是他不写提纲，更没有茅盾那样细致而缜密的写作大纲。当他提笔写作的时候，他只是根据事先的构思、依照人物性格的发展逻辑写下去，情感是炽热的，常常把自己融化进人物故事中，不知道还有自己，使他激动得手也颤动、心也颤动，只想尽量地写，滔滔汩汩的思绪奔流而至，往往使他来不及停笔驻想，来不及过多地考虑形式技巧，来不及细细地去咀嚼字句，不能够冷静地像一个细心的工匠那样用珠宝来装饰他的作品。因而巴金的作品中没有过分雕琢的词语字句，他使用的多是常用的词汇，然而是饱含感情的，没有刻意追求形式技巧，形式技巧自在作品中，是不见技巧的技巧，给人一种素朴的美，一种浑然天成的美。读他的作品，首先被他激荡的情感所征服，并和作者的情感节律一起跳动。当此时，人哪里还会去注意作品运用的什么形式、采用了哪些技巧呢？让作品的情感力量而不是作品的形式去打动读者，这正是巴金所追求的。

因为茅盾是理智地围绕重大事变全方位地反映时代，是全面地批判社会，他的作品更具有社会学的认识价值；巴金是以自己的情感体验表现社会人生，多是探索人生的意义和价值，他的作品更多一些伦理学的道德价值。

---

① 巴金：《〈电椅〉代序》，《巴金论创作》，上海文艺出版社1983年版，第25页。

茅盾藏书中的"三红一创、青山保林"①

姚 明②

摘 要：以茅盾藏书为研究对象，以茅盾日记、文论中关于阅读、评论的有关内容为线索，通过实证研究的方法，发现发掘了茅盾藏书中的"三红一创、青山保林"的阅读与眉批批注情况。通过对阅读、眉批、评论内容的统计与分析，呈现了茅盾阅评"三红一创、青山保林"的图景，为我们重新走入十七年文学这一复杂的历史场域提供了新的切入点。

关键词：茅盾眉批本；茅盾藏书；档案史料；"三红一创、青山保林"；文学评论；十七年文学

一、引言

茅盾先生是新文化运动的先驱者、中国革命文艺的奠基人③。1949年中华人民共和国成立时，他担任中华全国文学工作者协会主席，同时还担任中央人民政府文化部部长。作为新中国成立以来长期担任文艺界领导的茅盾先生，承载着共和国文学的荣光，为繁荣文学倾尽心力。1949年后，茅盾不再创作小说，主要兴趣转向文学批评，十七年之间茅盾撰写的评论和理论文章总数超过百万字，生前出版有《夜读偶记》《鼓吹集》《鼓吹续集》《关于历史和历史剧》《读书杂记》《茅盾评论文集》等④。

茅盾研究以显学姿态受到学者的关注，一直是研究的热点、重点，20世纪80年代以来相关研究成果呈现"井喷式"增长，90年代以来研究茅盾的著作有着可观的数量和质量⑤，包括研究资料、普及读物、年鉴、书系以及众多的学术专著，呈现出多样性的态势⑥。进入21世纪之后，桐乡市档案馆完成了关于茅盾资料的征集工作，主要是从茅盾先生的儿子韦韬处征集而来⑦，一大批"手稿书信"归档于茅盾家乡的浙江省桐乡市档案馆⑧，在此基础上经过整理的"茅盾珍档——日记、回忆录、

---

① 本文系浙江省哲学社会科学规划年度课题"茅盾形象的媒介构建研究"（项目编号：23NDJC235YB）的研究成果之一。
② 作者简介：姚明，硕士，中国现代文学馆馆员，研究方向为信息资源管理。
③ 姚明：《茅盾藏书研究：形成轨迹、痕迹留存、概念界定》，《文献与数据学报》2022第2期。
④ 杨扬：《茅盾先生与中国作家协会》，《文艺报》2019年7月12日第3版。
⑤ 王卫平：《新世纪20年茅盾研究论文的突进及反思》，《南通大学学报》（社会科学版）2022第2期。
⑥ 王卫平：《新世纪以来茅盾研究著作评析》，《山东师范大学学报》（社会科学版）2020第4期。
⑦ 王佶：《千里珍档回乡记——茅盾档案征集的前前后后》，《浙江档案》2007年第12期。
⑧ 王佶：《茅盾档案征集背后的故事》，《浙江档案》2010年第6期。

部分小说及书信、随笔等手稿"成功申报"中国档案文献遗产工程"第三批①,并且相继编辑出版了系列手稿、手札、手迹,如《茅盾珍档手迹:游苏日记》等。2014年,由茅盾之子韦韬先生授权,中国茅盾研究会常务理事、浙江省茅盾研究会理事钟桂松主编的黄山书社版《茅盾全集》在原版《茅盾全集》(人民文学出版社出版)的基础上加以充实、补订。2018年主要保藏在位于北京的茅盾故居的茅盾资料被整体搬迁至中国现代文学馆并建立茅盾文库②,这一批材料相对完整地"继承"了存放在茅盾故居中的各类档案文献,主要是藏书③。

由此基于"藏书—阅读—创作"④视角的研究所涉及的资料得以全面呈现,关联研究得以展开,相应的稀有史料得以被发掘,许多关于茅盾作品以及相应文学现象之"谜"、因时代和历史语境带来的认知上的隔膜,可能获得新的理解,文学研究的维度也将进一步被拓宽⑤。

在佳作频出的十七年文学中⑥,形成了以"三红一创、青山保林"为代表的"红色经典",政治倾向鲜明,社会影响巨大⑦。"三红一创"即《红岩》《红日》《红旗谱》《创业史》,"青山保林"即《青春之歌》《山乡巨变》《保卫延安》《林海雪原》。这一历史时期正是茅盾先生文学评论与创作的重要时期,本研究以茅盾与"三红一创、青山保林"作品的关联关系为切入点继续研究,呈现茅盾阅读、评论的往事细节,以进一步充实茅盾研究相关资料。

二、"藏书—阅读"中的对应关系

藏书代表阅读的可能,关于藏书及其相关因素的考察可以进一步洞悉作者的阅读与创作情况。首先,笔者统计了"三红一创、青山保林"作品的首发情况与版本情况,见表1。

表1 茅盾藏书中的"三红一创、青山保林"

序号	作品	初版本	茅盾藏书
1	《红岩》	中国青年出版社1961年12月首版	中国青年出版社1961年12月首版
2	《红日》	中国青年出版社1957年7月首版	人民文学出版社1959年9月出版
3	《红旗谱》	中国青年出版社1957年11月首版	中国青年出版社1958年1月出版
			人民文学出版社1959年9月出版

---

① 闵桃:《中国档案文献遗产工程研究》,上海师范大学硕士论文,2020年。
② 姚明:《"时间—空间—社会"视角下名人故居空间功能转型研究——以北京茅盾故居为例》,《北京文博文丛》2022年第3期。
③ 姚明、田春英:《茅盾藏书〈垦荒曲〉往事追忆》,《北京档案》2022年第2期。
④ 程旸:《当代小说家的"阅读研究"》,《南方文坛》2014年第6期。
⑤ 姚明:《中国现当代作家"典藏捐公":驱动因素、实践过程、成果价值》,《图书馆》2022年第8期。
⑥ 王秀涛:《文学会议与"十七年"文学秩序》,南京大学博士论文,2011年。
⑦ 阎浩岗:《20世纪五六十年代"红色经典"的价值》,《文艺报》2021年6月9日第2版。

续表

序号	作品	初版本	茅盾藏书
4	《创业史》	中国青年出版社 1960 年 5 月初版(《创业史》第一部 1959 年 4 月在《延河》杂志上连载,后由《收获》一次性刊发完毕初刊)	无
5	《山乡巨变》	1958 年 6 月由作家出版社初版(《1958 年由《人民文学》第 1—6 期全文连载,1959 年 9 月由作者校订,改由人民文学出版社修订版发行)	作家出版社 1958 年 6 月出版 人民文学出版社 1959 年 8 月出版
6	《保卫延安》	1954 年 1 月部分章节刊载于《解放军文艺》,1954 年 6 月由人民文学出版社出版	人民文学出版社 1954 年 6 月出版
7	《林海雪原》	作家出版社 1957 年 9 月出版	无
8	《青春之歌》	作家出版社 1958 年 1 月出版	作家出版社 1958 年 1 月出版 人民文学出版社 1960 年 3 月出版

从藏书情况可以看出,茅盾对于作品的收藏情况,既有单本收藏,如《红岩》《红日》,也有副本的收藏,如《山乡巨变》《青春之歌》,既有初版本,如《红岩》《保卫延安》,也有非初版本的收藏,如《红旗谱》《山乡巨变》《青春之歌》。

其中《保卫延安》的初版本保存较为不易①,也成为一种特殊的历史见证,是文化名人对于历史文献的特殊保护作用的体现。在藏书中并没有找到《林海雪原》与《创业史》。

关于藏书与阅读的情况,以 2014 版《茅盾全集》收录的日记与书信文本为依据进行了进一步的信息爬梳。现存的茅盾日记主要集中于 1960 年到 1970 年之间,其他时间要么缺失,要么仅存零星残稿。而书信的收录,主要是以茅盾写信为依据,别人写给茅盾的书信没有进行收录。经过统计得到表 2。

表 2　书信、日记中阅读"三红一创、青山保林"及其相关因素

序号	题名	日记、书信	
		日期	内容
1	梁斌《红旗谱》	1960 年 6 月 22 日	八时半纪念会毕,赴天桥看话剧《红旗谱》,到时为九时许,已演了三场(全剧共九场)
		1961 年 8 月 30 日	四时半方之中司令(天津警备司令)来旅馆见访,五时即在旅馆设宴相待,同席有梁斌、缪天培、田间、市文化局张副局长等

---

① 李传新:《〈保卫延安〉版本谈》,《出版史料》2011 年第 1 期。

续 表

序号	题名	日记、书信	
		日期	内容
2	罗广斌、杨益言《红岩》	1965年6月28日	饭后八时看电影《在烈火中永生》（根据小说《红岩》改编），十时半返家
		致胡锡培（1973年12月19日）	此外，《红岩》的两位作者，有谣言说他们死了，究竟如何
3	吴强《红日》	1966年6月2日	晚赴人大三楼小礼堂看电影《红日》。十时半返家，服药如例，于十一时半入睡
4	柳青《创业史》	1960年2月4日	下午阅书（柳青的《创业史》）二小时。晚阅电视一小时，又阅《创业史》至十一时就寝
		1960年2月4日	下午阅书刊。晚阅电视，又阅《创业史》二小时，于十一时就寝。服药一枚（安眠药）
		1960年2月5日	上午处理杂公文，阅报、《参资》。又阅《创业史》二小时。下午阅三小时。晚在本部大礼堂看云南花灯戏至十一时返家
		1960年2月7日	十一时始返家，本日几乎没有时间阅书，仅抽空二小时读《创业史》而已
		1960年2月7日	读《创业史》共约四小时。晚七时赴人民大会堂陪看玛佐夫舍团的首次演出，十时半返家
		1960年2月15日	下午阅《创业史》，晚看日本前进座演剧
		1960年2月16日	阅《创业史》、报、《参资》。下午续阅《创业史》。晚阅报刊至十一时就寝
		1960年2月17日	阅报、《参资》，阅《创业史》完。下午阅《山乡巨变》续篇，处理杂事
		致朱棠（1973年12月11日）	你需要的《创业史》及《母亲》找不到，想来你记错或者被人拿走了。我的孙儿的同学常来这间书房里找书，有时借了去也不说一声
5	杨沫《青春之歌》	致胡锡培（1977年3月8日）	闻今年将再版几本书：《林海雪原》《青春之歌》（长篇小说，杨沫作），还有《暴风骤雨》。又说将有新的长篇小说出版，是为《林海雪原》《青春之歌》的续篇。前者名为《山呼海啸》，作者于"文化大革命"前早有初稿，其后停顿了，今在赶写，可望年内问世
6	周立波《山乡巨变》	1960年1月8日	中车小睡一小时许，下午阅《山乡巨变》。晚阅前书至十二时就寝

续 表

序号	题名	日记、书信	
		日期	内容
		1960年1月9日	返家后阅日报,《参资》《山乡巨变》等。下午同。晚阅完
		1961年6月28日	晚在本部小放映室看新片《暴风骤雨》(周立波小说改编),亦不过尔尔
		1961年12月15日	五时许返家。今日下午同参观陈家柯、游文化公园者,有周立波、谢冰心(他们刚到)、韦君宜等七八人
		1962年8月4日	作协来开会的人们也应邀参加,与余同在一船有者东北局于书记,周扬、邵荃麟、安波、赵树理、周立波等
		致萧三(1951年9月18日)	介绍新中国新生活之稿件,分为八篇:……4.工厂内的文化娱乐(周立波)……以上八个题目,陆续写成后再当寄奉
		致沙汀(1978年8月2日)	鄙意以为您及周扬、周立波可以写信给《鲁迅研究》,声明并此事。夏衍也可以写信声明
7	杜鹏程《保卫延安》	无	无
8	曲波《林海雪原》	1961年2月16日	上午阅报、《参资》,来客人两批。中午小睡,下午一时半到本部大礼堂看电影《林海雪原》,三时半返家
		致胡锡培(1977年3月8日)	闻今年将再版几本书:《林海雪原》《青春之歌》(长篇小说,杨沫作),还有《暴风骤雨》。又说将有新的长篇小说出版,是《林海雪原》《青春之歌》的续篇。前者名为《山呼海啸》,作者于"文化大革命"前早有初稿,其后停顿了,今在赶写,可望年内问世

从表2中可见,柳青《创业史》、周立波《山乡巨变》在日记中有明确记录,其中在致朱棠(1973年12月11日)中"你需要的《创业史》及《母亲》找不到,想来你记错或者被人拿走了。我的孙儿的同学常来这间书房里找书,有时借了去也不说一声"①,更是证实了茅盾藏书中《创业史》的一种可能去向。

在日记中,茅盾观看了《红旗谱》话剧,以及电影《红岩》《红日》《林海雪原》,关于这些作品文本的阅读则淹没在了日记中"阅书""阅书刊"之中。

---

① 茅盾:《致朱棠》,《茅盾全集·书信二集》,黄山书社2014年版,第214—215页。

从致胡锡培（1973年12月19日）①、致胡锡培（1977年3月8日）②中可以看出茅盾对于《林海雪原》《青春之歌》等几部作品再版和作者近况的关心。

杜鹏程《保卫延安》则在日记、书信中没有提及，这与《保卫延安》作品的历史境遇关系密切，后文有叙。

三、"阅读—创作"中的文本对应关系

为了进一步了解茅盾对"三红一创、青山保林"作品的评价评论情况，笔者以《茅盾全集》中的文论为基本线索，全面查阅了相关文献，有关评价评论在篇幅上呈现了较为明显的差异，对此进行了分类统计，绘制成表。对"三红一创、青山保林"作品的评价评论情况集中主要出现在部分文章与报告之中，可以划分为独立成篇的评论、单独成段的评价、只言片语的提及三种。

（一）独立成篇的评论

独立成篇的评论又可以分为"论文之篇"与"读书杂记之篇"。从茅盾评论文章的特征来看，主要分为理论文章与读书笔记，其中重要的是他常常以读书笔记的方式发表对于作品的评价，有的时候以组为单位刊文，如《鸭绿江》。读书杂记（《中国文论·八》，创作时间为1958—1959年）与1963年的出版社，分别简称读书杂记（1959年）与读书杂记（1963年）。

茅盾于1959年2月16日在《中国青年》第四期刊文《怎样评价〈青春之歌〉？》，茅盾的这篇评论文章是他阅读了《青春之歌》之后又经过认真思考后落笔的。但是他自己的观点非常鲜明，针对性也非常强，为《青春之歌》定音。③ 在读书杂记（1959年）中，对《红旗谱》《青春之歌》《林海雪原》进行了读书笔记式的评价评论。

（二）单独成段的评价

单独成段的评价主要指的是在有关报告中以段落方式进行评价评论。经统计，主要发生在《反映社会主义跃进时代，推动社会主义时代的跃进——1960年7月24日在中国文学艺术工作者第三次代表大会上的报告》之中，见表3。

表3　茅盾日记、文论中关于"三红一创、青山保林"单独成段的评价

《反映社会主义跃进时代，推动社会主义时代的跃进——1960年7月24日在中国文学艺术工作者第三次代表大会上的报告》	梁斌《红旗谱》	从《红旗谱》看来，梁斌有浑厚之气而笔势健举，有浓郁的地方色彩而不求助于方言。一般说来，《红旗谱》的笔墨是简练的，但为了创造气氛，在个别场合也放手渲染……
	柳青《创业史》	我们举眼前的例子吧，《创业史》和《乘风破浪》都写了内部矛盾……
	周立波《山乡巨变》	从《暴风骤雨》到《山乡巨变》，周立波的创作沿着两条线交错发展……
	杜鹏程《保卫延安》	杜鹏程的风格的发展，是值得注意的。只要把《在和平的日子里》同《保卫延安》作一比较……

---

① 茅盾：《致胡锡培》，《茅盾全集·书信二集》，黄山书社2014年版，第216页。
② 茅盾：《致胡锡培》，《茅盾全集·书信三集》，黄山书社2014年版，第139页。
③ 钟桂松：《茅盾为〈青春之歌〉定音》，《文艺报》2014年6月23日第8版。

(三) 只言片语的提及

与单独成段的评价相对应的则是在有关报告中的简单提及，包括用题名举例、简单作品中人物等，涉及文献较多，见表4。

表4　茅盾日记、文论中关于"三红一创、青山保林"只言片语的提及

序号	题名	文论 篇名	文论 内容
1	梁斌《红旗谱》	《为实现文化艺术工作的更大更好的跃进而奋斗》(《中国文论·九》,1960年第二届全国人民代表大会第二次会议期间在4月4日大会上的发言，翌日《人民日报》发表)	今年二月在部分省市话剧观摩会演中演出的《降龙伏虎》《红旗谱》《东进序曲》《槐树庄》《枯木逢春》等……
		《反映社会主义跃进时代，推动社会主义时代的跃进——1960年7月24日在中国文学艺术工作者第三次代表大会上的报告》	梁斌的《红旗谱》第一部写了大革命前后共产党领导下的农村阶级斗争和革命运动……
			例如《红旗谱》和《东进序曲》同为革命历史题材，然而有不同的风格
			革命历史题材和现代题材的作品或多或少地表现了这种创作方法的精神的，举例而言，就有小说《红旗谱》……
2	罗广斌、杨益言《红岩》	贯彻"双百"方针，砸碎精神枷锁(《中国文论·十》,1977年11月25日《人民日报》)	这十七年中，就长篇小说而言，就有《暴风骤雨》《创业史》《青春之歌》《林海雪原》《红岩》等等
3	吴强《红日》	《谈"人情味"——读〈共产主义的人情味〉偶感》(《中国文论·九》,1960年4月笔记)	甚至像《红日》那样战争主题的小说中间也有恋爱描写，至于写母子之爱、父子之爱的，更多了
		《反映社会主义跃进时代，推动社会主义时代的跃进——1960年7月24日在中国文学艺术工作者第三次代表大会上的报告》	例如《红日》中的沈振新和梁波……
			例如《红日》中的团长刘胜、班长秦守本……
			长篇小说如吴强的《红日》、曲波的《林海雪原》……无论在塑造人物、描写战争、描写如鱼似水的军民关系等方面，都比以前的同类作品细致而深刻……

续 表

序号	题名	文论	
		篇名	内容
4	柳青《创业史》	《为实现文化艺术工作的更大更好的跃进而奋斗》(《中国文论·九》,1960年第二届全国人民代表大会第二次会议期间在四月四日大会上的发言,翌日《人民日报》发表)	近几年来出版的长篇小说,如《红旗谱》《青春之歌》《林海雪原》《百炼成钢》《山乡巨变》《创业史》《苦菜花》《烈火金钢》《三家巷》《乘风破浪》《草原烽火》等,都是比较成功的作品
		《反映社会主义跃进时代,推动社会主义时代的跃进——1960年7月24日在中国文学艺术工作者第三次代表大会上的报告》	这方面脍炙人口的作品就有赵树理的《三里湾》,柳青的《创业史》第一部,周立波的《山乡巨变》
		老兵的希望(《中国文论·十》,1977年11月12日《人民文学》)	毛主席的《讲话》开创了中国文学史的新纪元。在《讲话》的感召与鼓舞下……例如《暴风骤雨》《创业史》《青春之歌》,王汶石、王愿坚、李准、茹志鹃的短篇小说
		贯彻"双百"方针,砸碎精神枷锁(《中国文论·十》,1977年11月25日《人民日报》)	这十七年中,就长篇小说而言,就有《暴风骤雨》《创业史》《青春之歌》《林海雪原》《红岩》等等
5	杨沫《青春之歌》	《为实现文化艺术工作的更大更好的跃进而奋斗》(《中国文论·九》,1960年第二届全国人民代表大会第二次会议期间在4月4日大会上的发言,翌日《人民日报》发表)	近几年来出版的长篇小说,如《红旗谱》《青春之歌》《林海雪原》《百炼成钢》《山乡巨变》《创业史》《苦菜花》《烈火金钢》《三家巷》《乘风破浪》《草原烽火》等,都是比较成功的作品
			近两年出产的电影故事片,如《林则徐》《青春之歌》……都受到广大观众的好评
		《反映社会主义跃进时代,推动社会主义时代的跃进——1960年7月24日在中国文学艺术工作者第三次代表大会上的报告》	反映抗战前学生爱国运动的有杨沫的小说《青春之歌》……
		老兵的希望(《中国文论·十》,1977年11月12日《人民文学》)	毛主席的《讲话》开创了中国文学史的新纪元。在《讲话》的感召与鼓舞下……此后,新人新作,陆续出现,风起云涌,蔚为巨观,是中国文学史上从来没有过的。例如《暴风骤雨》《创业史》《青春之歌》……

续 表

序号	题名	文论	
		篇名	内容
		贯彻"双百"方针，砸碎精神枷锁（《中国文论·十》，1977年11月25日《人民日报》）	这十七年中，就长篇小说而言，就有《暴风骤雨》《创业史》《青春之歌》《林海雪原》《红岩》等等
6	周立波《山乡巨变》	《为实现文化艺术工作的更大更好的跃进而奋斗》（《中国文论·九》，1960年第二届全国人民代表大会第二次会议期间在4月4日大会上的发言，翌日《人民日报》发表）	近几年来出版的长篇小说，如《红旗谱》《青春之歌》《林海雪原》《百炼成钢》《山乡巨变》《创业史》《苦菜花》《烈火金钢》《三家巷》《乘风破浪》《草原烽火》等，都是比较成功的作品
		《谈"人情味"——读〈共产主义的人情味〉偶感》（《中国文论·九》，1960年4月笔记）	《山乡巨变》描写了几对人的恋爱，《乘风破浪》也写了主人公（李少祥）的恋爱（而且都写得情长意深，缠绵悱恻的）
		《反映社会主义跃进时代，推动社会主义时代的跃进——1960年7月24日在中国文学艺术工作者第三次代表大会上的报告》	这方面脍炙人口的作品就有赵树理的《三里湾》，柳青的《创业史》第一部，周立波的《山乡巨变》
7	杜鹏程《保卫延安》	《反映社会主义跃进时代，推动社会主义时代的跃进——1960年7月24日在中国文学艺术工作者第三次代表大会上的报告》	杜鹏程的风格的发展，是值得注意的。只要把《在和平的日子里》同《保卫延安》作一比较……
			工业建设题材的中篇小说为大家称赏的，还有杜鹏程的《在和平的日子里》以及他的其它短篇小说
		一九六〇年短篇小说漫评（《中国文论·九》，1961年《文艺报》第四、五、六期）	一、《飞跃》，杜鹏程（《人民文学》一九六〇年四月号）
		读书杂记（《中国文论·十》，1963年《读书杂记》）	《严峻而光辉的里程》，杜鹏程，一九五九年七月号《人民文学》
			《难忘的摩天岭》，杜鹏程，《解放军文艺》一九六一年三月号
8	曲波《林海雪原》	《谈青年业余创作——在沈阳市青年业余作者大会上的讲话》（《中国文论·八》，1958年《文学青年》第七期）	除了青年业余作家，这一二年还出现了老年和中年的业余作家，例如《六十年的变迁》和《林海雪原》的作者

续 表

序号	题名	文论	
		篇名	内容
		《为实现文化艺术工作的更大更好的跃进而奋斗》(《中国文论·九》,1960年第二届全国人民代表大会第二次会议期间在4月4日大会上的发言,翌日《人民日报》发表)	近几年来出版的长篇小说,如《红旗谱》《青春之歌》《林海雪原》……
		《反映社会主义跃进时代,推动社会主义时代的跃进——1960年7月24日在中国文学艺术工作者第三次代表大会上的报告》	长篇小说如吴强的《红日》、曲波的《林海雪原》……无论在塑造人物、描写战争、描写如鱼似水的军民关系等方面,都比以前的同类作品细致而深刻……
		贯彻"双百"方针,砸碎精神枷锁(《中国文论·十》,1977年11月25日《人民日报》)	这十七年中,就长篇小说而言,就有《暴风骤雨》《创业史》《青春之歌》《林海雪原》《红岩》等等

由表4可知,关于《红岩》的提及是最少的,梁斌《红旗谱》则较为频繁,在一次报告中三次提及,关于曲波《林海雪原》提及时间跨度最长,最早为1958的《谈青年业余创作——在沈阳市青年业余作者大会上的讲话》(《中国文论·八》,1958年《文学青年》第七期),最晚为1977年的《贯彻"双百"方针,砸碎精神枷锁》(《中国文论·十》,1977年11月25日《人民日报》)。

而关于杜鹏程的《保卫延安》,从1960年在《反映社会主义跃进时代,推动社会主义时代的跃进——1960年7月24日在中国文学艺术工作者第三次代表大会上的报告》简单提及《保卫延安》后,后续也是一直关注着杜鹏程,而对其作品的关注则转换变为其他作品,对于《保卫延安》则因为历史原因而不再提及。这也是在日记等其他记录中没有关于《保卫延安》有关记录的原因之一,对于杜鹏程《保卫延安》的关注被对于其他作品的关注而取代。

四、阅读痕迹探寻及其批注发掘

随着文献记载相关内容的呈现,为了进一步考查茅盾阅读与评价作品的过程,将相应的藏书找出,进行了基于实物考察的比对研究,得到表5。

表5 茅盾藏书、日记、文论中关于"三红一创、青山保林"的统计

阅读与评论情况	日记、书信	文论			藏书与批注	
		独立成篇	单独成段	只言片语		
梁斌《红旗谱》	0	1	1	4	2	2本都有批注
罗广斌、杨益言《红岩》	0	0	0	1	1	无

续表

阅读与评论情况	日记、书信	文论			藏书与批注
		独立成篇	单独成段	只言片语	
吴强《红日》	0	0	0	4	1 有批注
柳青《创业史》	8	0	1	4	0 无
杨沫《青春之歌》	0	2	0	5	2 作家出版社版本有批注
周立波《山乡巨变》	5	0	1	3	2 有批注
杜鹏程《保卫延安》	0	0	1	1	1 有批注
曲波《林海雪原》	0	1	0	4	0 无

随着藏书、日记、书信、文论中关于"三红一创、青山保林"作品及其作者信息的浮现，相应的信息的图景得以浮现，为笔者搜集与比对藏书、评论手稿、刊发正文提供了线索，茅盾的阅读、评论的图景也得以呈现。

五、"阅读—创作"视角下的"三红一创、青山保林"

茅盾藏书中梁斌《红旗谱》中的批注为初稿，《茅盾全集》中读书笔记（1958年）根据茅盾未刊手稿情况刊发，此手稿内容与《红旗谱》书中批注内容构成茅盾对《红旗谱》评论观点的文本，此文本在当时并未公开发表，此文本中的观点在报告《反映社会主义跃进时代，推动社会主义时代的跃进——1960年7月24日在中国文学艺术工作者第三次代表大会上的报告》中单独成段关于《红旗谱》单独成

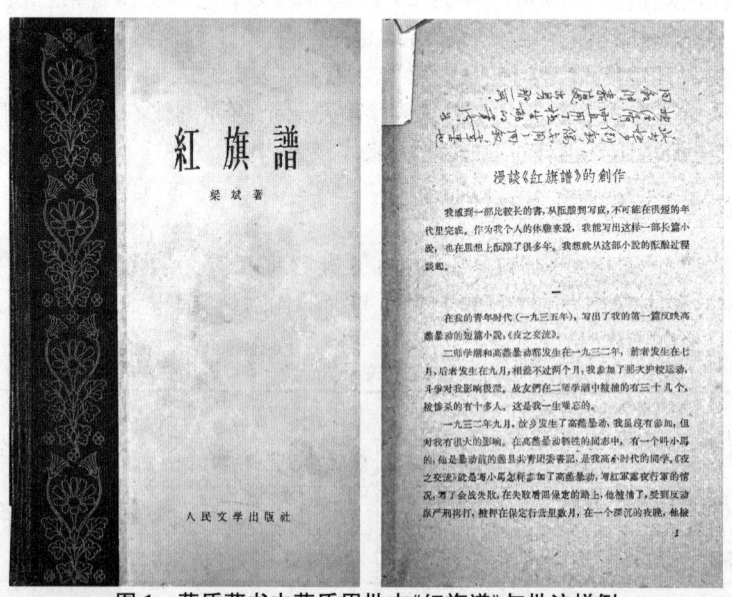

图 1　茅盾藏书中茅盾眉批本《红旗谱》与批注样例

段的评价观点基本一致,并在此报告与报告《为实现文化艺术工作的更大更好的跃进而奋斗》(《中国文论·九》,1960年第二届全国人民代表大会第二次会议期间在4月4日大会上的发言,翌日《人民日报》发表)中多次举例提及。

罗广斌、杨益言《红岩》的阅读与评论情况不清晰,仅在《贯彻"双百"方针,砸碎精神枷锁》(《中国文论·十》,1977年11月25日《人民日报》)提及一次。

茅盾藏书中吴强的《红日》中的批注为初稿,在《茅盾全集》中未收录,系首次呈现,批注中有关观点内容细节在《谈"人情味"——读〈共产主义的人情味〉偶感》(《中国文论·九》,1960年4月笔记)提及一次,在《反映社会主义跃进时代,推动社会主义时代的跃进——1960年7月24日在中国文学艺术工作者第三次代表大会上的报告》三次提及,当均为展开论述,与书中批注内容情况相一致。

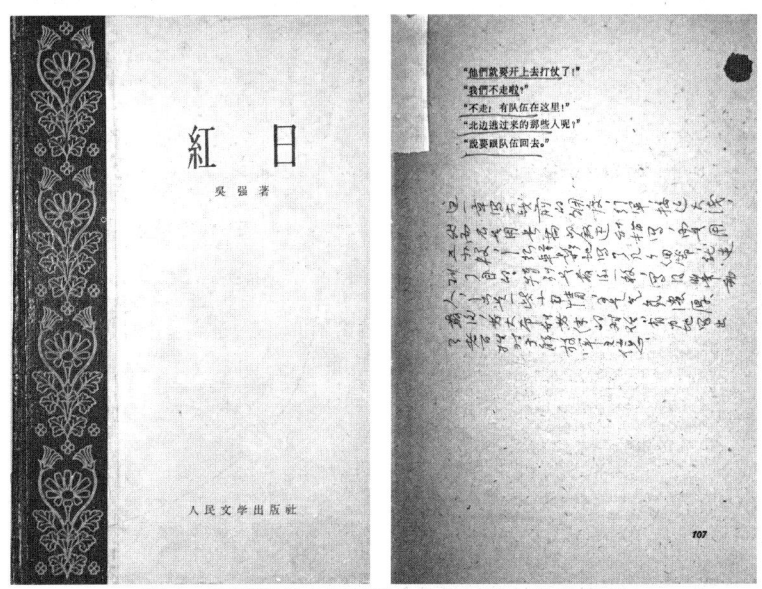

图2　茅盾藏书中茅盾眉批本《红日》与批注样例

柳青《创业史》在茅盾日记中8次出现,1960年2月4日开始阅读,断续阅读,到1960年2月17日阅读完毕。藏书中未留存《创业史》,书信中记录"你需要的《创业史》及《母亲》找不到,想来你记错或者被人拿走了。我的孙儿的同学常来这间书房里找书,有时借了去也不说一声",说明藏书中原有此书,阅读后不知去向,在《反映社会主义跃进时代,推动社会主义时代的跃进——1960年7月24日在中国文学艺术工作者第三次代表大会上的报告》中单独成段评论《创业史》,在《为实现文化艺术工作的更大更好的跃进而奋斗》(《中国文论·九》,1960年第二届全国人民代表大会第二次会议期间在4月4日大会上的发言,翌日《人民日报》发表)、《反映社会主义跃进时代,推动社会主义时代的跃进——1960年7月24日在中国文学艺术工作者第三次代表大会上的报告》、《老兵的希望》(《中国文论·十》,1977年11月12日《人民文学》)、《贯彻"双百"方针,砸碎精神枷锁》(《中国文论·

十》,1977年11月25日《人民日报》)四篇文论中提及《创业史》。

杨沫《青春之歌》,在藏书中《青春之歌》的批注为部分初稿,后继续撰写完成评论文章系《怎样评价〈青春之歌〉?》,刊发于1959年2月16日《中国青年》第四期,是独立成篇的系统评论,在读书杂记(1959年)中,对《青春之歌》进行了评论;在《为实现文化艺术工作的更大更好的跃进而奋斗》(《中国文论·九》,1960年第二届全国人民代表大会第二次会议期间在4月4日大会上的发言,翌日《人民日报》发表)、反映社会主义跃进时代,推动社会主义时代的跃进——1960年7月24日在中国文学艺术工作者第三次代表大会上的报告》、《老兵的希望》(《中国文论·十》,1977年11月12日《人民文学》)、《贯彻"双百"方针,砸碎精神枷锁》(《中国文论·十》,1977年11月25日《人民日报》)四篇文论中五次提及《青春之歌》。在致胡锡培(1977年3月8日)书信中表达了对《青春之歌》(长篇小说,杨沫作)再版的关注。

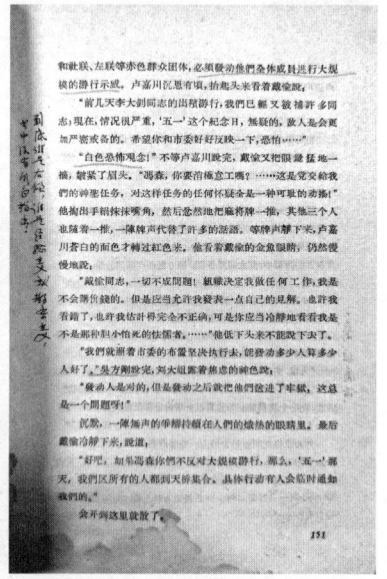

图3 茅盾藏书中茅盾眉批本《青春之歌》与批注样例

关于周立波《山乡巨变》,在茅盾日记中5次出现,1960年1月8日开始阅读,1月19日阅读完毕,藏书中《山乡巨变》有批注,在《反映社会主义跃进时代,推动社会主义时代的跃进——1960年7月24日在中国文学艺术工作者第三次代表大会上的报告》中单独成段评论《山乡巨变》,在《为实现文化艺术工作的更大更好的跃进而奋斗》(《中国文论·九》,1960年第二届全国人民代表大会第二次会议期间在4月4日大会上的发言,翌日《人民日报》发表)、《谈"人情味"——读〈共产主义的人情味〉偶感》(《中国文论·九》,1960年4月笔记)、《反映社会主义跃进时代,推动社会主义时代的跃进——1960年7月24日在中国文学艺术工作者第三次代表大会上的报告》三篇文论中均提及《山乡巨变》。在致萧三(1951年9月18日)与致沙汀(1978年8月2日)书信中提到周立波。

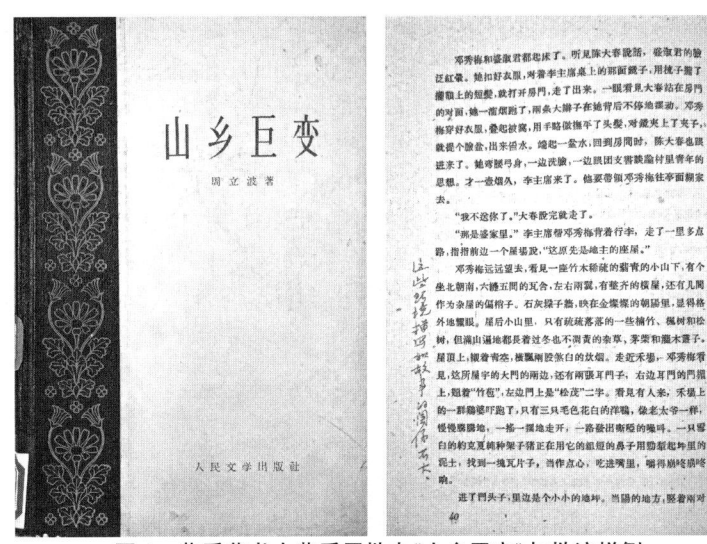

图4 茅盾藏书中茅盾眉批本《山乡巨变》与批注样例

关于杜鹏程《保卫延安》，在藏书中有留存，书中有批注，在《反映社会主义跃进时代，推动社会主义时代的跃进——1960年7月24日在中国文学艺术工作者第三次代表大会上的报告》中单独成段评论《保卫延安》，之后关注点转为杜鹏程其他作品，在《一九六〇年短篇小说漫评》(《中国文论·九》，1961年《文艺报》第四、五、六期)中提及杜鹏程《飞跃》，在读书杂记(《中国文论·十》，1963年《读书杂记》)独立成篇评价杜鹏程《严峻而光辉的里程》与《难忘的摩天岭》。

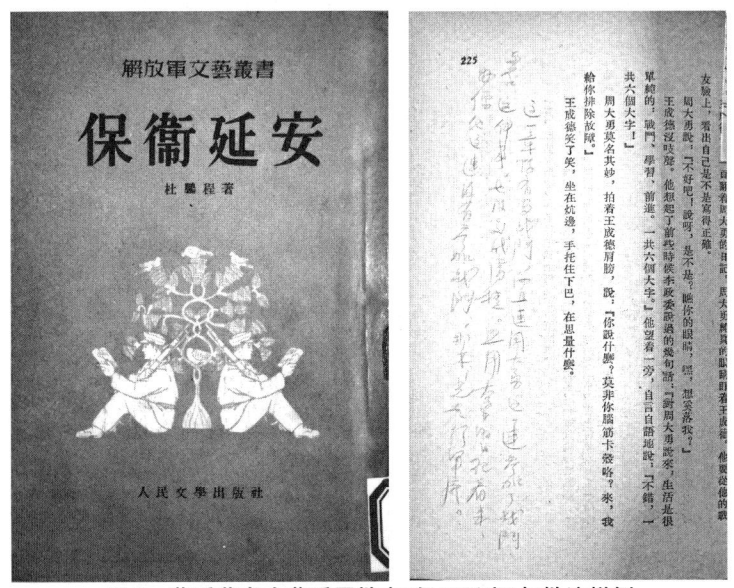

图5 茅盾藏书中茅盾眉批本《保卫延安》与批注样例

关于曲波《林海雪原》，藏书中未留存《创业史》，阅读情况不详，在读书杂记（1959年）中，对《林海雪原》进行了读书笔记式的评价评论，在《谈青年业余创作——在沈阳市青年业余作者大会上的讲话》（《中国文论·八》，1958年《文学青年》第七期）、《为实现文化艺术工作的更大更好的跃进而奋斗》（《中国文论·九》，1960年第二届全国人民代表大会第二次会议期间在4月4日大会上的发言，翌日《人民日报》发表）、《反映社会主义跃进时代，推动社会主义时代的跃进——1960年7月24日在中国文学艺术工作者第三次代表大会上的报告》、《贯彻"双百"方针，砸碎精神枷锁》（《中国文论·十》，1977年11月25日《人民日报》）四篇文论中提及《林海雪原》。

六、结语

近年来包括茅盾在内的经典作家研究鲜有突破性成果，与之相关的文学现象的研究也基本爬梳完毕，学界亟待新视角、新史料以延伸包括茅盾在内的经典作家、作品的生命力。史料的完善是研究高峰出现的前提，是评述性、思想性的学术研究遇到困境时的缓冲，藏书与阅读相关资料是研究作家阅读与创作关联、构建阅读史、进一步还原"历史情景"、走进作家"内心世界"的重要文献资料留存。

经过多次编纂补充的《茅盾全集》收集了关于茅盾作品、手稿、日记、回忆录等资料，而关于茅盾藏书的研究及其阅读史、阅读与创作关系的研究尚未涉及，原因在于茅盾藏书作为"博物馆藏品"长期保藏于位于后圆恩寺胡同的茅盾故居之中，不轻易对外展示，一些有批注、评点的藏书更是被"埋藏"了起来，只有少部分被发现后经过报道与研究为人们所知晓，相关研究陷入"无米之炊"而进展缓慢。本研究关于茅盾藏书的部分目录性展示与阅读痕迹的呈现，是茅盾研究的一次新资料与新史料的发掘、呈现与研究，希望本研究的抛砖引玉，能够为相关的研究提供线索、资料与数据。

茅盾笔下的延安风景、知识青年及相关问题[①]

程志军[②]

摘　要：1940年4月底，茅盾从新疆辗转来到延安，其正值鲁迅艺术文学院办学经历两周年的时间节点。当时鲁艺已开始走向正规化办学之路，学术氛围浓厚，知识青年的精神面貌焕然一新。茅盾暂居延安之时著文论说，并在鲁艺讲授课程。他以纪实性笔法写下的《记"鲁迅艺术文学院"》和《风景谈》，不仅展现了个人视域下对延安风景的一种观察，而且呈现了具有在地化和"延安化"表征的知识青年形象。茅盾对文艺青年的透视，为我们打开了审视战时延安人文风貌的有力一角。

关键词：茅盾；延安风景；知识青年

作为一个被叙述的对象或者群体，知识青年在延安文学的整体性叙述框架中有其自身的位置，在一定程度上也显现出总体性表征。借助在地化和"延安化"这两个关键词，我们在切入这一文学现象时就会发现，文本建构中的知识青年形象已经附着上了鲜明的意识形态色彩，即他们渐趋成长为符合延安意志的新的革命青年，他们的思想、情感和价值观念已与陕甘宁边区的政治文化诉求产生了紧密关联。柄谷行人在《日本现代文学的起源》一书中曾论及风景以及风景的发现这个重要问题，并指出发现风景这一行为本身实际上离不开认知主体的个体实践，人的认识装置发生了变化，对所见事物的判断和体验也就随之发生了变化。在延安解放区，知识青年与边区日常生活产生的互为互动显然构成了一道风景，并且进入一些作家的观照和书写中。本文主要考察茅盾的延安之行以及在他所写的《记"鲁迅艺术文学院"》和《风景谈》等纪实性文字中对知识青年的发现、对延安风景的发现，其下笔细腻缜密，浸润了通彻的心灵透视，写出了个人视域下的青年形象。

一、茅盾与鲁艺的相遇

朱鸿召说："鲁艺总共七年又七个月存在历史中，给人们留下美好记忆的时光

[①] 本文系国家社会科学基金项目"陕甘宁文艺文献的整理与研究（1934—1949）"（项目编号：16ZDA187）的阶段性成果。
[②] 作者简介：程志军，陕西师范大学文学院博士生，南宁师范大学建政校区专科部副教授，主要从事中国现当代文学教学与研究。

大约是1939年8月至1942年4月的三年之痒。"①对这一判断的依据我们可以作出一定的阐释,当然也是要结合朱鸿召的分析。一是朱鸿召将1938年5月、1938年8月和1939年1月鲁艺招收的前三届学员的学习时间和办学条件进行了对比分析,第一届和第二届学习时间六个月,实习时间三个月,并且实习地点是八路军作战前线,第三届学习时间八个月,实习实践改在陕甘宁边区。二是1939年8月,鲁艺从延安北门外搬到桥儿沟。应该说,鲁艺在改变了"游击作风"和"战时训练班色彩"培养方式的同时,桥儿沟时期鲁艺的办学条件也有所改善,包括授课的教师队伍在加强,当然这期间鲁艺的办学方针实际上还在经历着一些调整,但相对自由的文艺气息和生活气息可以说一直维持到整风运动之前。②

在阅读《随军散记》时,我们所看到的鲁艺青年是奔往抗战前线的,何其芳、沙汀一行所经历的实习经历就是鲁艺教育方针的体现。他们回到延安的时间是1939年7月1日。当然像沙汀、何其芳随后也加入鲁艺的教学队伍中。鲁艺是1938年4月正式建校,沙汀师生们从冀中回到延安,基本上是刚刚度过办学一周年的时间节点。鲁艺青年的成长同样是在教育方针的调整中进行的,个人认为,其中很关键的一个内容是,"训练适合今天抗战需要的大批艺术干部,团结与培养新时代的艺术人才,使鲁艺成为实现中共文艺政策的堡垒与核心"③,这是1939年4月10日罗迈在鲁艺教职员工大会上所做报告中提及的内容。应该说,鲁艺青年培养的目标更明确了,政治要求和党性要求更明晰了,归结点还在于要把握好艺术与政治的关系。纵向来看,这是对此前教育方针的深化。随后,沙可夫同样强调了鲁艺的发展离不开党的领导,要成为"中华民族新时代文艺运动的推动者与培养抗战建国艺术干部的核心"④,也就是在抗战背景下实现专业培养和思想引导上的"延安化"。吴敏认为,1939年年底,鲁艺在教学上开始实行专门提高的方针,1940年7月经过周扬主持工作,鲁艺制定了趋于正规化和专门化的课程体系,1941年4月底进入到具体调整阶段。⑤ 上面所述是整风运动前,鲁艺办学特色的节点呈现和要点展示。

1940年5月26日,茅盾一家到达延安,他和鲁艺由此结下情缘,也是当时教授队伍中的一员,而此时鲁艺已走过两年的历程。借用朱鸿召的观点来评价,茅盾的鲁艺时光对他本人来说、对鲁艺青年学生来说都是美好的。具体而言,此时的鲁艺已走向专门化办学的路上,文艺整风尚未发生,学术氛围较为活跃。茅盾的延安之行,留下了他个人眼中的延安印象,《记"鲁迅艺术文学院"》着意于关注在鲁艺求学的文艺青年。暂居延安四个月之久,茅盾对延安生活秩序和生活景观

---

① 朱鸿召:《延安曾经是天堂》,陕西人民出版社2012年版,第204页。
② 朱鸿召:《延安曾经是天堂》,陕西人民出版社2012年版,第204—212页。
③ 罗迈:《鲁艺的教育方针与怎样实施教育方针》,刘润为主编:《延安文艺大系·文艺理论卷》(中),湖南文艺出版社2015年版,第848页。
④ 沙可夫:《鲁迅艺术学院创立一周年》,1939年5月10日《新中华报》。
⑤ 吴敏:《宝塔山下交响乐——20世纪40年代前后延安的文化组织与文学社团》,武汉出版社2010年版,第190—195页。

的考察是深入到位的,他写鲁艺和鲁艺青年,最主要的是抓住了青年学生的精神气质和情感特征。用文中的话来说,就是这群"穿灰布衣制服吃小米饭"的生活习惯塑造了这样一个青年群体。"从文学的角度来看,风景本身就是具有象征意味和隐喻色彩的特殊符号,而风景描写则是体现着自觉目的和效果追求的修辞行为。"①茅盾所写的青年群体的生活习性就是延安生活中出现的一道风景,可以说既是自然的,也是人文的,但在茅盾的叙述中,它还是作家本人对青年学生"延安化"的发掘和发现,因此说这也是柄谷行人所说的"风景的发现",即所谓的透过风景看到的风景。② 进一步来说,青年人"吃"和"穿"的生活特性,则恰好诠释了延安精神文化的特异性,"身世多式多样"的各地青年能够在"吃""穿"和精神愉悦层面上做到平等,能够在彼此的生活交流中存有共同的革命信念,这归结为延安集体制度的动员功效。茅盾的观察显得精细而入微,其中对于大礼堂举行的报告会、演讲会和戏剧排演剧目都做到了详细的叙述,涉及的中外名剧的演出,反映出鲁艺专业化的办学活动,但不局限于平时的专业学习,还写到了他们深入民间生活、参加劳动生产的个人变化,也就是从课堂走出去。

茅盾在1985年的回忆文章中,再次提到了当时鲁艺办学的不同,"此外,还采取走出校门的办法,如组织混合的艺术队,到边区各县流动演出和宣传;或编成小队,'扎根'到一地,参加当地的实际工作,体验和充实生活"。"我住在鲁艺,曾多次见到这样的情景:天不亮,同学们背着草帽,扛着锄头,肃静地沿着沟底的小径,从我的窑洞前经过;而傍晚,当沟底已经黝黑的时候,他们三三两两络绎不绝地回来了,在苍茫的暮色中,他们那充满了青春活力的歌声和笑语声在两山之间回荡。"③把这段文字与《记"鲁迅艺术文学院"》做下对比,就可以体会到茅盾审视鲁艺生活的一种情趣。鲁艺青年吃、穿、学和生产劳动的细节,不仅留在了茅盾的笔下,而且构成了一道景观。曾在鲁艺第三届求学的青年作家陆地回忆道,1939年春大生产时期,鲁艺师生"欢快的歌声随着矫健的脚步,飞扬在沉睡多年的土地上","劳动在欢愉的歌声中得到补偿,人们的思想境界也在劳动中得到升华"④,这和茅盾当时的所见所感是吻合的。茅盾所写的生产活动也正是鲁艺青年接受教育的细节呈现。

二、鲁艺时光、知识青年与茅盾的延安观察

茅盾在考察鲁艺青年的日常生活细节时,渗透进了自身对鲁艺集体生活的审察。实际上他用了不少笔墨去叙述个人对鲁艺办学理念的理解,写到了鲁艺在人才培养和组织教育上取得的成绩,还有青年人的身份发生的改变,不管过去做什么职业,是什么出身,在鲁艺就有了鲁艺人的气质。同时,茅盾还写到鲁艺师生们种植蔬菜瓜果、练歌绘画、排演话剧等具体情景,其笔端营构出的就如茅盾自己所

---

① 李建军:《论路遥小说中的风景修辞》(上),《扬子江文学评论》2021年第3期,第29页。
② [日]柄谷行人:《日本现代文学的起源》,赵京华译,生活·读书·新知三联书店2003年版,第9页。
③ 茅盾:《延安行——回忆录》,《新文学史料》1985年第1期,第18—19页。
④ 陆地:《延安回忆》,《陆地文集》(第四卷),广西师范大学出版社2018年版,第312页。

言的"牧歌"一样的生活。总结起来,可以归结为这是青年人个体身份和个人生活趣味发生了变化,这是"延安化"的体现。简言之,生活中的鲁艺青年,以文艺为抗战的武器,他们有激情有理想,热爱生活,有青春活力。《记"鲁迅艺术文学院"》在叙述"牧歌"情调的生活画面时,还提到了鲁艺生活的总体性情境,富有代表性的当属学员们这种齐整、有序、严谨和活泼的学习场面。如写到从前线回来的青年作家荒煤讲述着自己的经历,从海内外而来的青年学生充溢着高亢的抗日情怀,月光之下的青年人由多声部的个人所唱汇集到自发的《黄河大合唱》的集体歌咏中。这些青年个体或者青年群体的生活情景和生活理想,都铺设出了文艺抗战的在地化特征。

"来到延安鲁艺的师生们都有着坚定的共产主义信仰和强烈的革命激情,他们为追求革命理想,先后来到了延安,无一不具有狂热的革命激情和执着的信仰。因此,他们大都具有革命浪漫主义的精神气质。"[1]所谓的"革命浪漫主义"可以理解为鲁艺青年外在和内涵上形成了在地化的统一表征,他们表现出了抗战年代青年人必备的上进、勇气和理想,也展现出解放区青年身上涌现出来的生活习性和精神气概。毛泽东在为鲁艺成立一周年写的题词"抗日的现实主义,革命的浪漫主义"[2],其实就已经对鲁艺的教育方针做出了定位,或者说这也是文艺教育与文艺培养在制度上的一种限定。有研究者指出,在文艺整风之前,鲁艺的人才培养体系和管理制度经历了初期"精英化"和桥儿沟时期"专门提高"两个重要的阶段[3]。这里无意于去过度深究鲁艺的教育范式,而是借此引出一个新的问题。如前所述,即茅盾在鲁艺的时间,恰好经历着其办学两周年的重要节点,而他以精细的视角所观察到的鲁艺青年,也确实正经历着学校教育制度给他们带来的影响和改变。比如,文本记述了鲁艺培养的青年学生奔赴前线,勇敢有为;也写到从第三届学员开始实习生活在边区展开,他们深入实际生活;"实验剧团"的学生演员们表现出来的"婀娜潇洒的都市风",也提到了她们穿制服穿草鞋抡锄头的劳动情景,可见其演剧专业化,而生产劳作也不甘落后。如同"紧张、严肃、刻苦、虚心"的鲁艺校训,茅盾所写的青年师生的学习和生活场景充满着校训所指出的具体方向,也可以说鲁艺青年在延安政治语境和文化语境的共同规约下,他们渐渐养成的生活习性、生活习惯和生活方式都被茅盾给准确地拿捏了。

"风景的发现是以人的眼睛看到的,所以自然会渗透人的情绪、心灵特征或者说主体性"[4],茅盾对鲁艺师生学习工作细节的用笔印证了青年群像的内涵表征。在其体察过程中,他不但将文艺青年的艺术追求展现得淋漓尽致,而且围绕着战时诉求对鲁艺确立起来的文化语境也做出了具体阐述。这主要体现在两个方面,一是在文章的开头之处,认识到了鲁艺建校的宗旨,是为了民族的自由解放,并要

---

[1] 庞海音:《延安鲁艺:我国文艺教育的新范式》,群众出版社2018年版,第54页。
[2] 毛泽东:《为鲁迅艺术学院周年纪念题词》,中共中央文献研究室编:《毛泽东文艺论集》,中央文献出版社2002年版,第24页。
[3] 庞海音:《延安鲁艺:我国文艺教育的新范式》,群众出版社2018年版,第45页、第49页。
[4] 吴晓东:《郁达夫与现代风景的发现问题》,《现代中文学刊》2017年第2期,第6页。

求做到理论与实践的结合,总结起来讲,鲁艺在纪念鲁迅先生的同时,要培养的是文艺战线上的战士;二是在文章的结尾处,茅盾指出了鲁艺战士的本质化特征,"穿灰布衣制服吃小米饭",往深处看这是对鲁艺生活"标准化"范畴的发掘。茅盾对鲁艺"标准化"日常经验的表达集中在艺术层面上,不是站在意识形态的角度去进行观念上的述说。但即便如此,我们也可以在茅盾的叙述中离析出鲁艺的教育理念和鲁艺对文艺青年的培养目标,二者与政治意识形态紧密关联。1940年7月24日,朱德来到鲁艺做报告,题目是《三年来华北宣传战中的艺术工作》,其对艺术工作者提出了一些要求,其中就包括"艺术家要加强自己的政治修养,才能做一个好的艺术家","艺术家应当参加实际斗争,体验生活"①。从茅盾文中所写,不难看到,鲁艺青年已具备了这些素养。

1938年8月初,陈学昭以《国讯》"特约记者"的身份从重庆来到延安,初到之时就曾留意到,自身把"有花的丝西装塞在工裤里"的行为招致青年人异样的目光;在此之后,她还注意到男女青年近乎相同的衣着打扮,"延安的街上,没有高跟皮鞋,没有花花绿绿的绸衣服,女子同男子一样,穿蓝布军装,有的还打起绑腿"②,对于留法归国的年轻博士,陈学昭从青年着装的视角来审视延安,特别是初到解放区,肯定会有自己的发现和心得。福尔曼看到的鲁艺青年是:"男女学生穿着相同,都是简朴的裤子和束带的短上衣。他们彼此之间的兴趣,似乎只局限在学习中所必须的热心合作上。"③把这两段叙述放到这里,和茅盾来到陕北后的延安观察做一点对比,结论大致是趋同的,即延安青年已表现出在地化的文化迹象。"到了星期天,延安城内行人如云,鲁艺的,抗大的,陕公的,女大的,满街都是一色的灰军装"④,这一段记叙也是如此"延安化"。利落大方、朴实进取和由此建立起来的人文景观,都可以移用"标准化"来衡量,也可以用它来进行评价。作为新闻记者,1944年间赵超构曾随中外记者团来到延安访问,他在文字报道中直接用"标准化的生活"来评价延安的供给制度,并认为"生活标准化"引发了个体以及群体思想上的"标准化",这是延安人精神上安定的一个原因。⑤ 陈学昭和赵超构对延安生活的真实"报道",采用的是记者的视角,茅盾是基于生活观察选择的是文学的视角。将三者放在一起,特别是借助于新闻记者的眼光重新打量《记"鲁迅艺术文学院"》这篇纪实文字,我们会发现有更多值得品味的深层含义,鲁艺学员张扬着的青春气质也可以借用"标准化"这一角度来加以思考。当然随着整风运动的到来,文艺青年的思想意识愈发"标准化"。

"与青春相随,与歌声和欢乐相融会"⑥的鲁艺生活,是青年们诗意人生的写

---

① 朱德:《三年来华北宣传战中的艺术工作》,刘润为主编:《延安文艺大系·文艺理论卷(上)》,湖南文艺出版社2015年版,第113页。
② 陈学昭:《延安访问记》,中国国际广播出版社2013年版,第104页。
③ [美]哈里森·福尔曼:《北行漫记——红色中国报道》,路旦俊、陈敬译,湖南出版社1993年版,第90页。
④ 王培元:《抗战时期的延安鲁艺》,广西师范大学出版社1999年版,第32页。
⑤ 赵超构:《延安一月》,中国国际广播出版社2013年版,第74—75页。
⑥ 朱鸿召:《延安曾经是天堂》,陕西人民出版社2012年版,第211页。

照,《记"鲁迅艺术文学院"》的在地化特征主要就体现在鲁艺青年的精神气质上,我们从茅盾的写作中寻找到了人文风景的异质性。除此之外,茅盾还有其他作品留下了对延安风景和延安青年的记录。《风景谈》是一篇写景的美文,其中对黄土高原的描绘着墨较多,笔者关注的不只是茅盾入笔高原之景的艺术手法,还对他运笔之中塑造的青年群体的人物形象和精神活动颇感兴趣。这是文章探讨的要点。茅盾写道,夕阳西下,说着不同方言的文艺青年结束了一天的劳动生产,他们欢歌笑语,下山归来,走到河边洗脸洗脚,并准备吃上伙伴们做好的"翠绿的油菜"和"金黄的小米饭"。通过简要的勾勒,读者就读懂了,青年们是搞文艺的,他们的手是用来绘画、弹琴的,但他们走到生产队伍中来,得到了锻炼,并且由心底发出了喜悦的笑声。毫无疑问,茅盾展现的是一幅画面,色彩鲜明,声像俱佳。有学者认识到,"色彩的潜心追求,浸染着人世的深情,艺术的理想和价值取向"[1]。茅盾所写,着意色彩,附着情感,将接受劳动生产锻炼的青年人的勇气表达出来了,即"以劳动为乐,以劳动为荣,为着崇高的理想艰苦奋斗"[2],并且通过山景、夕阳、河水和人物的活动构筑起一幅风景画,笔触在情景交融中凝聚起打动内心的情感力量。由延安风景触及到自然和人的生命力,是茅盾写景抒情的重心所在,其歌唱的是青年群体创造出来的伟力,他们崇高的生命活动和壮阔的心胸升华出难得的青年诗学。

《风景谈》中拟设了"桃林"之景,即由磨石、断碣和荞麦及玉米这些农作物围筑起来的自然风景,这本不是什么别有情调的景致,而恰是茅盾精心营造出来的心理之景。他的目的是以简陋之景去刻画桃林中交友、阅读和展开争论的人文景象,以此勾勒出青年们在休息之余显现出的精神气质,去"赞美那充满革命朝气的延安儿女"[3]。《开荒》先从人的想象力入笔,溯源黄土高原地貌特征的变迁,进而引出说着不同方言、有着不同出身的青年人,在"苦寒的高原"上开垦荒地,发展生产,这是生产劳动的画面。茅盾还从边区现实发展的角度上,拓宽了对"开荒"内涵的理解,一切改变落后现状的科学、观念和政权都意味着在拓荒,这是在改变和改造黄土高原,人的伟力是值得赞颂的。"《风景谈》借景言情,抒发了对根据地军民和谐生活的赞美之情",令读者"领略到'风景'与'延安'的关联"[4],此番评价一语中的。茅盾的西北风景书写,藏隐着他发掘风景的匠心,但落脚点都是在突出人文之景蕴有的活力。

三、由茅盾所写延伸出来的相关问题

上述将大家茅盾的三篇文字加以再解读,力求寻迹出从国统区来到延安之后,这位享有盛誉的文坛名流对延安风景的发现,或者说是在个人视域下对延安

---

[1] 孙中田:《色彩的意蕴与鲁迅小说》,《色彩的诗学》,经济日报出版社2002年版,第109页。
[2] 冯日乾:《含蓄的艺术 深挚的感情——〈风景谈〉浅析》,孔海珠等编:《茅盾专集》(第2卷下册),福建人民出版社1985年版,第1376页。
[3] 叶子铭:《延安礼赞——读茅盾的散文〈风景谈〉》,《茅盾漫评》,百花文艺出版社1983年版,第154页。
[4] 李继凯、李国栋:《茅盾与中国大西北的结缘》,《社会科学辑刊》2016年第5期,第175页。

风景的着力发掘。茅盾的用意非常明显,他写风景,但落笔之处是以人物的外在生活情境为依托,进而去透视出一种明澈的人物的内心世界。在书写延安秩序的过程中,茅盾讲究工笔,但引而不发,实际上除对自然的力量、情感的力量和人的力量生发出赞许,他的笔法还是含蓄而内敛的。正如已经分析过的延安"生活的标准化"和在地化,还有对共产党领导的解放区的赞美,这种夹带着意识形态话语的表达方式在他的叙述中是多有节制的,但也能够找到他对延安政治和延安文化的积极认同。笔者拣选出茅盾对延安青年形象的描写,进而展开了这番论述。李继凯在《大师茅公与秦地文学——纪念茅盾诞辰 100 周年》一文中指出:"茅公与延安的精神结缘和实际结合体现在许多方面,其中也包括着他对延安人——尤其是那些'延安化'了的艺人亦即外地来的文艺工作者——精神状貌的深切体认。"[1]对鲁艺青年人文风景的观察,同样渗透了茅盾的"深切体认"。

接着茅盾笔力中对青年群体的勾勒,笔者将延安风景与延安青年的关联性叙述进一步打开,找到一些相近的散文,再加以分析。果力的散文《"五四"的火焰在延安燃烧着》,写出了北门外广场上举行的青年活动,讲述的是领袖毛泽东来到青年学生中间发表演讲的场景,类似的这番情形在《五月的延安》中已有所涉及,从这里分析的思路展开,我们更为关注的是延安城涌现出的青年热情和青春活力。政治讲话作为动员青年的有力方式,它联结起建立青年信念的支点,散文表达的就是一种革命信仰在青春之城的遍地开花,果力叙述了大会结束后举办的野火晚会,并由盛开的火焰对接到五四的革命之光。这是充满青春热情的青年人的风景。舒湮在《西行的向往》中写到的 S 同志,即"我"从前线来到延安,第一次站在千百名青年战士面前讲话,他们受到鼓舞,"我"同样受到鼓舞。在舒湮的叙述中,我们领会到抗大青年的谦逊、热情和团结,在体育竞技场上张扬的是年轻的生命之光。这是会场上青年人掀起的风景。师田手的《延安》歌颂的是延安城的雄壮和不可遏止的威严气势。在这篇散文中,笔调高昂,我们从字里行间读到的延安印象一改文艺青年惯用的抒情笔法,同样是写山川和延水,但在这里读不到诗意和宁静。在简短的叙述中,师田手的写作重心也放在对充满青年朝气、充满人气和充满欢声笑语的有声之城的赞美上。《延安》写出了人心向背,"穿灰军衣"的进步群体、异国友人、普通老百姓构成了人气上的延安,并指出延安是新中国的希望。夏蕾所写的《生产插曲》,抓住的是"调弄过脂粉"的青年人,他们在延安参加生产,改变了过去个人的生活习惯,解放区锻炼出的新的知识青年已经不怕辛劳,对土地的热爱渗透进对民族、国家的情感。在地化指向了作为生产者的青年所树立起来的价值观念。舒群的《时代最高的声音》,以"七七事变"的纪念日活动为叙述主体,渲染了延安各界团结抗战的呼声,延安青年、机关团体和人民群众发出的时代强音是"世界的一切"。"作为一种媒介",风景不仅是"为了表达价值",也在

---

[1] 李继凯:《大师茅公与秦地文学——纪念茅盾诞辰 100 周年》,《陕西师范大学学报》(哲学社会科学版) 1996 年第 3 期。笔者这里所提出的"延安化",不仅指向知识青年生活中的习性和表情,而且指向他们内心世界和精神层面发生的变化。这也是延安日常生活中出现的关乎青年成长的"风景"。

于"为了表达意义"①,在地化的自然之景与人文之景构成了延安青年的丰富内涵。

钟敬之回忆起当时鲁艺的日常情景时,写道:"生活军事化,政治气氛浓厚,学习空气紧张,抗日战争的烽火怒焰,燃烧着这座革命熔炉。"②这是纪实性的叙述,上述所举实例都证明"革命熔炉"起到了作用。比较来看,对于这一点,茅盾关于延安青年的叙述是节制而舒缓的。从茅盾的笔端,笔者着重挖掘的也是其客观性的记叙,以及他巧妙地建构起的关于延安风景与延安青年之间的关联,这其实是来自生活的结缘。茅盾离开延安时,鲁艺青年送别时是这样的,"我们本来是一支爱唱歌的艺术青年队伍,随时随地歌声嘹亮,而这时却鸦静无声"③,这同样是令人感动的风景,可谓无声胜有声。茅盾无言,挥泪告别,这是因为他理解了延安。"延安散发着诗意和芬芳的革命生活,使茅盾充满了希望,充满了激情,更充满了对革命必胜的坚强信念。"④这应是对茅盾内心风景的参悟,也潜隐着茅盾对延安的情感寄托。

"延安的各种学校、报刊也在整合着知识分子的思想。"⑤这一点毋庸置疑,但它显然也是一个动态过程的呈现。茅盾来到延安,并在鲁艺讲授"中国市民文学概论"这门课程,认识到了知识青年的思想流向。彼时的鲁艺刚刚迎来两周年的探索和发展时期,艺术教育本身还带有着功利性的社会教育和政治教育的用意。对此茅盾固然会有所领悟。这包括青年学生们参加生产劳动、走近边区生活以及以艺术武器为伍,知识青年展露的日常表情自然是"延安化"的一部分,"在军事化的革命队伍里,生活供给,精神清洁"⑥,茅盾笔下的青年人显然不乏这种特征。"鲁艺好比是一朵鲜花",而"艺术领导工作者就是这种太阳和泥土"⑦,前者需要后者的"培植"。这种关系也如同鲁艺青年与鲁艺形成的法则,尽管鲁艺经历了教育方针的变化和调整,但青年之花无疑一直在努力生长。茅盾就是抓住了二者之间形成的逻辑关系,即青年人在地化品格的凸显归因于鲁艺这座艺术殿堂播撒下了阳光和沃土。

进一步来看,同为写知识青年,就读于鲁艺文学系的莫耶在《延安颂》中流露出清丽哀婉的抒情笔调,当然其间也流淌着青年学生自发的激越澎湃、豪迈坚韧的战斗情怀。沙汀所写的《随军散记》中的鲁艺青年,虽然奔向了前线,经受了一定的战争洗礼,但对当时边区的政治引导和文艺政策还缺少必要的了解。比较而言,茅盾笔下的鲁艺青年已经与鲁艺的办学方针有了高度的融合,在他们身上在地化的品格已愈发凸显,这其实是一个富有动态化的表意过程,也就是说知识青年的"延安化"其实是延安意志所着意引导并不断加以召唤的过程。这一点随着

---

① [美]W.J.T.米切尔编:《风景与权力》,杨丽、万信琼译,译林出版社2014年版,第16页。
② 钟敬之:《延安鲁迅艺术学院概貌侧记》,《新文学史料》1982年第2期,第53页。
③ 胡征:《忆延安"鲁艺"生活》,《新文学史料》1992年第2期,第129页。
④ 李标晶:《茅盾传》,团结出版社1990年版,第169页。
⑤ 施新佳:《中国新文学史上的西南联大与"鲁艺"》,上海师范大学博士论文,2017年,第161页。
⑥ 朱鸿召:《延安日常生活中的历史(1937—1947)》,广西师范大学出版社2007年版,第216页。
⑦ 冼星海:《鲁艺与中国新兴音乐——为鲁艺一周年纪念而写》,任文主编:《永远的鲁艺》(下),陕西师范大学出版社2014年版,第13页。

文艺整风的到来,鲁艺的办学方针发生了新的转向,在制度化和体制化的规约之下,知识青年的生活方式、生活意念和精神世界也产生了巨大的变化。方纪在《纺车的力量》中已经跟紧了延安意识形态的脚步,小说中的知识青年沈平要接受的是小资产阶级知识青年的思想改造,就是要做到"劳动与思想的结合",即在肉身的磨炼中去实现个体的思想腾跃和精神蜕变。纵向来看,方纪的用笔已触摸到了知识青年"延安化"的更深层面。这一点已不在本文的讨论范围内。总之,简要梳理之下,我们看到茅盾所写符合其延安所见,不夸饰,有深度,笔力到位。

本文在以小见大的写法中,通过散点透视的解读,重点讨论了茅盾的纪实文字中夹带的青年书写问题。茅盾以大家之笔,对延安风景的开拓和对鲁艺青年的发现,写出了颇有意味的青年形象。他以细微的观察视角挖掘出青年群体日常生活中的可贵品格,他赋予了延安青年与时代同步的热烈理想,因而在地化的精神风貌在青年人身上得以展现。

"抒情"的协奏:茅盾的江南记忆与文化认同[①]

徐从辉[②]

摘 要:茅盾一直以来被称为"现实主义大师",其作品以对社会生活恢弘、全景式的再现而具有"史诗"的品格,并形成"茅盾传统"。本文认为茅盾的作品是"史诗"与"抒情"的变奏,只不过"抒情"之面向被其坚硬的外壳"史诗"的恢弘所遮掩,其抒情的面向体现为:抒情视野下的"革命"书写以及大胆奔放的情爱书写。这些"抒情"的小协奏和"史诗"的大合唱密切地交融在一起,构成茅盾作品在一个大时代中的"大我"与"小我"的变奏。这一变奏与茅盾的江南记忆与文化认同密切相关,水乡乌镇与魔都上海共同培育了茅盾作品的抒情面向。

关键词:抒情;史诗;茅盾;江南

普实克评价茅盾为"中国最伟大的史诗性作家"[③],茅盾的小说属于"史诗"。在普实克看来,古代的白话文学是中国现代文学的真正源头,新文学革命使得"在旧文学中占据主导地位的抒情性"被"史诗性"所取代。但在新文学中,结构复杂、规模宏大的史诗体的发展遇到了最大的阻力,因为中国的这一传统还不充分。而茅盾在这一方面的突破最为显著。所谓"史诗",不仅是文类,更是通向一种"话语模式、情感功能以及最重要的社会政治想象"[④]。它是集体主体的诉求和团结革命的意志。茅盾的小说以对社会生活恢弘、全景式的再现,取材的当下性与时代性,叙事的"客观性"而具有"史诗"的品格。他把更多的关注放到了决定中国历史进程的主要力量和具有普遍有效性的社会事件上来。同时普实克认为刘鹗的小说是中国文学走向现代现实主义道路上的一块里程碑,茅盾的作品则代表了这一努力的最高成就。茅盾被尊为"现实主义大师",茅盾传统("积淀深厚的现实主义传

[①] 本文系浙江省哲学社会科学重点研究基地(江南文化研究中心)重点课题"江南文化与新文学的发生"(项目编号:20JDZD011)成果之一。

[②] 作者简介:徐从辉,副教授,中国现当代文学专业博士。现就职于浙江师范大学国际文化与社会发展学院,硕士生导师。剑桥大学、复旦大学访问学者。研究方向为中国现代文学、20世纪中外文学关系、海外汉学(中国现代文学)、汉语国际教育等。编著有《复兴的想象:周作人对新文化的回应》《周作人研究资料》等。在《文学评论》、《中国现代文学研究丛刊》、《文艺争鸣》、《华东师范大学学报》(哲学社会科学版)、《新文学史料》、《鲁迅研究月刊》等刊物发表文章多篇。

[③] [捷克]雅罗斯拉夫·普实克:《抒情与史诗:现代中国文学论集》,郭建玲译,上海三联书店2010年版,第139页。

[④] 王德威:《抒情传统与中国现代性》,季进:《另一种声音:海外汉学访谈录》,复旦大学出版社2011年版,第106页。

统,气势阔大的创作'史诗'传统,注重社会分析的'理性化'叙事传统"①)被学界加持。然而,细读茅盾,茅盾之另面"抒情茅盾"却跃然纸上,呈现出作为一个思考者的独特感受与想象力,以及个人主体性的发现和欲望的解放,茅盾之作品实为"史诗"与"抒情"的变奏。正如吴宓称茅盾之笔势"如火如荼,甜恣喷微",细微处亦"委婉多姿,殊为难得"。②其抒情的面向体现为:个人主义视野下的"革命"书写,大胆奔放的情爱书写。

一

"革命"是20世纪中国文学的一个关键词,从"文学革命"到"革命文学",从"革命样板戏"到"告别革命"。"革命"常常以摧枯拉朽之势登堂入室,成为现代性多样面貌中的一种。但在早期茅盾的笔下,"革命"成为悬置之物,在孜求、走近之后又遽然疏离,这在早期茅盾的作品中较为常见。以茅盾的《子夜》为例。当时持有两种意见,冯雪峰认为《子夜》是"普罗革命文学里面的一部重要著作",并"把鲁迅先驱地英勇地开辟的中国现代的战斗的文学的路,现实主义的创作的路,接引到普罗革命文学上来的'里程碑'之一"③。这种声音到了20世纪70年代亦有回响,李牧称《子夜》"无一不是迎合当时中共的政策要求","不但是一部'政治小说',而且是一部最标准、最有力的'政治小说'"④。然而,这种声音并非没有异议。韩侍桁在《〈子夜〉的艺术思想及人物》一文的结尾中写道:"我不是从无产阶级文学的立场来观察这书以及这作者,如果那样的话,这书将更无价值,而这作者将要受更多的非难。"⑤韩侍桁对《子夜》中的无产阶级立场有所怀疑。其实茅盾本人也对此深感不安,认为《子夜》很遗憾"没有表现出中国革命的伟大……没有宣告革命必胜的终局"⑥。茅盾的不安是劫后余生的惶惑,还是浴火冲洗后的信念转换?什么原因造成了相互矛盾的结论?《子夜》中的真实的"革命"形象是什么?这需要文本细读来重新梳理"革命"的形象。

在《子夜》中,部分共产党员是作为"他者"的形象而出现的,是通过别人之嘴而呈现出的形象。小说中在后半部接近结尾的部分出现了几个党员形象:克佐甫、苏伦、玛金等。但克佐甫作为一个发动群众运动的领袖也只是一个会背口号不顾群众生命安危的党员形象。在丝厂罢工中,他对苏伦说:"苏伦,你的工作很坏!今天下午丝厂工人活动分子大会,你的领导是错误的!你不能够抓住群众的革命情绪,从一个斗争发展到另一个斗争,不断的把斗争扩大,你的领导带着右倾

---

① 王嘉良:《论"茅盾传统"及其对中国新文学的范式意义》,《浙江学刊》2001年第5期,第81页。
② 吴宓:《茅盾长篇小说〈子夜〉》,原载1933年4月10日《大公报文学副刊》。钱振纲编:《茅盾评说八十年》,文化艺术出版社2011年版,第80页。
③ 冯雪峰:《〈子夜〉与革命的现实主义文学》,原载1935年4月20日《木屑文丛》第1辑。钱振纲编:《茅盾评说八十年》,文化艺术出版社2011年版,第161页。
④ 李牧:《关于茅盾的〈子夜〉》,钱振纲编:《茅盾评说八十年》,文化艺术出版社2011年版,第351页。
⑤ 韩侍桁:《〈子夜〉的艺术思想及人物》,原载1933年11月《现代》第4卷第1期。钱振纲编:《茅盾评说八十年》,文化艺术出版社2011年版,第157页。
⑥ [法]苏珊娜·贝尔纳:《走访茅盾》,丁世中、罗新璋译《新文学史料》1979年第3期,第192页。

的色彩,把一切工作都停留在现阶段,你做了群众的尾巴,现在丝厂总罢工到了一个严重的时期,首先得克服这种尾巴主义。"①在听完玛金对形势的分析,谈及裕华厂的基本队伍损失惨重时,他照例是最后做结论下命令:"我警告你,玛金,党有铁的纪律,不允许任何人不执行命令,马上和月大姐回去发动明天的斗争!任何牺牲都得去干,这是命令!"这是一个居高临下、没有感情、不顾群众死活的党员形象。和他一起的同志苏伦却以革命的名义向玛金求"安慰""鼓励":"苏伦抬起头来,一边抓住了玛金的手,一边把自己的脸贴到玛金的脸上。"后来见玛金推开他穿上工人衣服时,他"突然抢前一步,扑倒玛金身上"。未得逞的他对玛金说:"看到底:工作是屁工作!总路线是自杀政策,苏维埃是旅行式的苏维埃,红军是新式的流寇!——可是玛金,你不要那么封建……"小说展示了苏伦的丑恶嘴脸。这种对革命党员负面形象的书写,不排除是在国民党书刊审核制度下的无奈,但从另一个方面显示出茅盾对革命复杂性的认识,呈现了茅盾的矛盾:一方面是对革命与中国前途的苦苦追寻;另一方面"现实"消解了"革命"的正面崇高形象。玛金是革命者的正面形象,但着墨很少。简言之,小说中的共产党员形象多是灰色的。一个问题不得不思考:革命缘何在《子夜》中"失语""缺席"? 茅盾似乎成为一个革命悲观主义者。在我看来,茅盾在《子夜》中保留了个人对于当时革命的一种看法,也是对时代革命的记录。《子夜》始作于1931年10月,当时,他向冯雪峰请辞了"左联"行政书记之职,1932年12月《子夜》脱稿,1933年1月开明书店印行。茅盾对革命的书写超越了"普罗文学""左翼文学"的立场与范畴,他把个人的情感充分融入对一个大时代风云变幻的史诗之中。

除了《子夜》,《蚀》三部曲同样如此。如《幻灭》中静女士在省工会工作中所见的,"闹恋爱尤其是他们办事以外唯一的要件。常常看见男同事和女职员纠缠,甚至嘲着要亲嘴。单身的女子若不和人恋爱,几乎罪同反革命——至少也是封建思想的余孽……'要恋爱'成了流行病,人们疯狂地寻觅肉的享乐,新奇的性欲的刺激;那晚王女士不是讲过的么? 某处长某部长某厅长最近都有恋爱的喜剧。他们都是儿女成行,并且职务何等繁居,尚复有此闲情逸趣,更无怪那班青年了"②。恋爱的神圣被解构,成为革命的反讽,誓师典礼成为豪华而不实的装点。就是在战场上负了伤的连长强猛也道出了其参加革命的原由:"我追求强烈的刺激,赞美炸弹,大炮,革命——一切剧烈的破坏的力的表现。我因为厌倦了周围的平凡,才做了革命党,才进了军队。依未来主义而言,战场是最合于未来主义的地方:强烈的刺激,破坏,变化,疯狂似的杀,威力的崇拜,一应俱全……别人冠冕堂皇说是为什么为什么而战,我老老实实对你说,我喜欢打仗,不为别的,单为了自己要求强烈的刺激! 打胜打败,于我倒不相干!"③刺激胜于是非,人性的强力崇拜超过了革命的正当性。它能造成什么样的革命呢?《动摇》中劣迹斑斑的土豪劣绅胡国光成为新发现的革命家,成为"革命的店主"。"到处放大炮"的特派员史俊,陷入多角

---

① 茅盾:《子夜》,《茅盾文集》(第3卷),中华工商联合出版社2016年版,第286页。
② 茅盾:《幻灭》,《茅盾文集》(第1卷),中华工商联合出版社2016年版,第43页。
③ 茅盾:《幻灭》,《茅盾文集》(第1卷),中华工商联合出版社2016年版,第51页。

恋爱"玩"爱情的孙舞阳……革命伴随着"共产共妻""拥护野男人,打倒封建老公"的口号以及底层暴动的虐杀。正如方罗兰的内心独白:"你们赶走了旧式的土豪,却代之以新式的插革命旗帜的地痞;你们要自由,结果仍得了专制。所谓更严厉的镇压,即使成功,亦不过你自己造成了你所不能驾驭的另一方面的专制。"①这里既有茅盾对政治乌托邦的希冀,又含有其生活人格上的自然主义和个性主义。

总之,这一时期茅盾笔下的革命是灰色的,它既是信念与激情的展示,也成为藏污纳垢之所,无论是北伐的革命军,还是共产党员,都在时代的飘摇风雨中变得捉摸不定,前途不明。它绝不是最标准、最有力的"政治小说",也非普罗革命文学的"里程碑",茅盾后知之明式的自我忏悔恐也难言真心。它是茅盾在那个时代的矛盾,纠结着他对革命、对时代去向的迷惘与思考,背后有其独特的自我情感体验。它非口号式的简单粗暴的概念化公式化的呐喊狂欢,也非对时代与革命矛盾的置若罔闻。只有负着时代与革命的重压,做抽丝剥茧的细致思考,才有找出出路的可能。负着幻灭的悲哀与生的孤寂,以"生命力的余烬从别的方面在这迷乱灰色的人生内发一星微光"②。这种独特的情感体验与思考使茅盾从时代的"史诗"传统中抽身出来,浮现在现代抒情的地表之上。

二

李欧梵的《上海摩登》中重绘了上海的外滩、百货大楼、舞厅、咖啡馆、亭子间,展示了上海的印刷文化、电影与文学现代性,以及施蛰存、刘呐鸥、穆时英、邵洵美、张爱玲等作家的上海书写。在我看来,似乎还缺少了茅盾笔下的"摩登女郎"。李欧梵笔下的《中国现代作家的浪漫一代》历数了郁达夫、徐志摩、郭沫若、蒋光慈、萧军等人,其实茅盾同样应该列席,只不过茅盾已经被其坚硬的外壳"史诗"的恢弘所遮掩,其内在的浪漫的抒情像一条暗河曲径通幽,抵达文学的至柔至情之处。其笔下的女性书写便是这一体现。

中国现代文学史上虽然有丁玲、冰心、陈衡哲、庐隐、冯沅君、凌淑华、苏雪林等女性作家,但在女性书写上却未像茅盾这样如此众多。其笔下的静女士、慧女士、孙舞阳、章秋柳、梅行素、徐曼玉、吴少奶奶……形象丰富,但无论是幽怨沉沦、多愁善感,还是壮怀激越、刚强狷傲,抑或放浪形骸、献媚拨弄,都是那个时代在女性中的投影。这些时代女性群像不乏艺术生命力的典型,茅盾以细腻、精湛的笔法描绘了时代女性的群像。这在中国现代文学史上极为壮观。

众多的女性形象中既有温婉的江南女子,又有摩登都市孕育的新女性。其中现代女性形象表现尤为突出。摩登女性则令老旧中国象征的吴老太爷初到上海时惊慌失措,目瞪口呆,一命呜呼!茅盾用大胆的笔锋将现代都市的妖艳、欲望、贪婪、古老交织在一起,而摩登女性的身影尤为突出。

这里有女性理想的光辉。《虹》中的梅行素受五四思潮中个人主义、自我权利与自由思想的影响,剪发,追求婚姻自由,自我价值的认识与生活意义的追寻构成

---

① 茅盾:《动摇》,《茅盾文集》(第1卷),中华工商联合出版社2016年版,第153页。
② 茅盾:《从牯岭到东京》,1928年《小说月报》第19卷第10号。

了其保持向上的心态。"天赋的个性和生活中感受的思想和经验,就构成她这永远没有确定的信仰,然而永远是望着空白的前途坚决地往前冲的性格!"①小说的结尾,历经挫折的梅女士在游行的队伍中"热血立刻再燃起","还是向前挤"。这是五四女性理想在《虹》中的投影,梅行素们代表了觉醒的新女性形象,成为这个灰暗时代的一抹亮色!

亦有女性的黄昏。《子夜》中几乎看不到女性解放的诉求。女性成为一种男性的装饰品,一种冗余的存在。冯云卿的无脑、徐曼丽与刘玉英的卖弄、林佩瑶的幽怨……似乎验证了尼采的"猫""鸟""母牛"说。② 这是现代社会中一种前现代景观,传统社会的遗留物,只不过换了新的躯壳、新的涂装,杂陈在"现代性"这个庞然的大舞台上,林林总总。她们成为茅盾对时代女性命运思考与凝视的对象。

缘何到了茅盾的笔下中国现代女性的画卷才如此丰富?这与茅盾对女子问题的关注是分不开的。新文化运动时期,茅盾发表《妇女解放问题的建设方面》(1920年,《妇女杂志》)、《男女社交公开问题管见》(1920年,《妇女杂志》)、《世界两大系的妇人运动和中国的妇人运动》(1920年,《妇女杂志》)、《评女子参政运动》(1920年,《妇女杂志》)、《我们该怎样预备了去谈妇女解放问题》(1920年,《妇女杂志》)等多篇文章,倡导思想革命、奋斗自力,个性之解放,人格之独立。在女子问题建设上,以教育培养为根本,实行男女同校,设立妇人补习学校,以职业使女子获得生活独立,促进家庭改革,从而真正实现女子解放。

正是对女性问题的凝眸与关注造就了"抒情茅盾"笔下的形形色色鲜活的女性形象。茅盾不仅关注女性在时代革命中承担的角色与使命,更大胆地揭示了其身体政治。"中国现代文学史上在性描写方面最有争议的两位大家郁达夫和茅盾,都是从浙西走出来的。郁达夫就不用说了,而茅盾则在密集的女性形象塑造深婉的性爱心理描写上,堪称大师,似乎无有出其右者……梦境、幻觉、心理暗示、意识流动和梗阻等新浪漫派的手法在他手里是不落斧凿痕的。郁达夫并没有像茅盾那样对女性形象世界倾注巨大的热情,他的心理描写还是'摄归'到一个个有柔弱纤敏气质的男性抒情主体身上,而茅盾则'投射'到众多的女性形象上。在很大程度上,茅盾上述恰当的口径使他的心理描写比郁达夫更为大气。"③

茅盾的女性书写交织了革命对女性身体的征用、商业与男性的凝视对女性身体的征用,女性主体的主动欲求。其中的紧张混杂了多种元素。茅盾对时代女性形象的书写以及对性的大胆描绘除了源自于他的"革命经验",以及"法国的自然主义",如左拉、莫泊桑的影响④,江南文化同样在其中扮演重要角色。

---

① 茅盾:《虹》,《茅盾文集》(第2卷),中华工商联合出版社2016年版,第134页。
② 尼采认为:"妇人只知爱,在妇人的爱中,对于不爱的是不公平,而且盲。妇人是不配做朋友,妇人仍不过是个猫是只鸟。挺好是个母牛罢了。……男人应当训练做战士,女人便训练做制造这战士的人;其余的一切,都是愚事。(茅盾:《〈历史上的妇人〉译者按》,《妇女杂志》1920年第14卷,第113—114页。)
③ 郑择魁编:《吴越文化与中国现代文学》,杭州大学出版社1998年版,第63页。
④ 陈建华:《革命与形式:茅盾早期小说的现代性展开1927—1930》,复旦大学出版社2007年版,第184—186页。

三

茅盾对革命的独特观察理解与对女性的现代书写之"抒情"造就了中国现代文学史上唯一的茅盾,当然"史诗"亦是他在中国现代文学史上的独特坐标。茅盾的抒情与郭沫若汪洋恣肆踏着节奏的抒情不同,他试着去独奏,从时代的大旋律中保持着一份理性与自我;茅盾的抒情不同于沈从文优美健康自然而不悖乎人性的抒情,他凝眸于变化的时代风雨与转瞬中的人与事,见出绵长与悲喜;茅盾的抒情也不同于徐志摩的爱、自由与美的抒情,他尝试接近人间的万象与激流中的幻变。茅盾的抒情来自他的文化视野,来自生于斯长于斯的文化故乡——江南。水乡乌镇与魔都上海共同哺育了抒情的茅盾。

新文学的发生发展和江南文化的浸染密不可分,鲁迅、胡适、陈独秀、茅盾、郁达夫、周作人、徐志摩、戴望舒、俞平伯等新文学主将均来自江南文化圈,较之中原文化、齐鲁文化、巴蜀文化、楚文化等文化圈,江南文化在新文学的发生上具有不可估量的作用。唐宋以降,江南地域凭借其发达的水运系统(长江、太湖、运河)发展迅速。"明清以后,已成为一个巨大的内陆商业区。当地的城市化程度远远超过其他地区,许多城市成为商业枢纽,日益繁荣。"①江南经济的繁荣促进了文化与教育的繁荣。

有学者考证:"晚明以来的西学非尽江南人所接受,但江南接受的人最多,水平也最高。江南地区受影响最大,在江南活动的其他地区士人也受很大影响。江南地区的科举水平最高,表现出其文化素养最深。在明清时期,科举成绩可以作为某地学术水平的一种标尺。晚明到清乾隆时期,江南太湖流域以及宁绍地区及徽州地区成为科举人物的集中地,代表士人的最高学识水平。"②"今据明清进士题名录统计,明清两代自明洪武四年首科到光绪三十年末科,共举行殿试201科,外加博学宏词科,不计翻译科、满洲进士科,共录取进士51681人,其中明代为24866人,清代为26815人。江南共考取进士7877人,占全国15.24%,其中明代为3864人,占全国的15.54%,清代为4013人,占全国14.95%。总体而言,明清两代每7个进士,就有1个以上出自江南。"③清顺治四年,全国录取进士298人,江南88人,占了近三分之一。(此处的江南明代为应天、镇江、常州、苏州、松江、杭州、嘉兴、湖州八府,清代雍正二年太仓升为直隶州,为八府一州。)由此可见,江南至清朝是已经成为教育重镇。而出生于乌镇的茅盾的文学创作与吴文化的浸淫密不可分。

茅盾童年及少年时期在乌青镇度过,乌青镇在清之乾嘉时期尤为繁盛,因处水陆要冲,为两省三府七县交界之地,商业和手工业发达,有酒楼及娼妓专区,繁

---

① [美]艾尔曼:《从理学到朴学:中华帝国晚期思想与社会变化面面观》,赵刚译,江苏人民出版社2018年版,第5页。
② 周振鹤:《晚明至晚清江南士人与西学的关系》,复旦大学历史系编:《江南与中外交流》,复旦大学出版社2009年版,第396页。
③ 范金民:《科第冠海内 人文甲天下:明清江南文化研究》,江苏人民出版社2018年版,第4页。

荣远超一般县城。茅盾的父亲沈永锡十六岁中秀才,"喜买书,求新知识","买了一些声、光、化、电的书,也买了一些介绍欧美各国政治、经济制度的新书,还买了介绍欧洲西医西药的书"。① 但他十岁时父亲过世,母亲"管教双雏":茅盾和他的弟弟沈泽民。茅盾受到他的母亲陈爱珠的影响极大,他成名后曾说他的一切成就都来自伟大母亲的培养。在地域文化上,浙西与浙东分别承载着吴文化的秀婉与越文化的刚韧,诸如茅盾、郁达夫、徐志摩、戴望舒等浙西作家偏柔婉、隐秀。吴文化造就了茅盾的细腻、含蓄、敏感的"阴柔"气质。"他的谈锋很健,是一种抽丝似的,'娓娓'的谈法,不是那种高谈阔论;声音文静柔和,不是那种慷慨激昂的。他老是眼睛里含着仁慈的柔软的光,亲切的笑着。"② 吴文化培育了茅盾的文化性格与底蕴。

上海对茅盾的成长同样具有重要意义。茅盾是"真正的 made in Shanghai,离开了上海这座现代化城市,还有没有文学史上的茅盾,实在难说"③。上海襟江带海,连接经济富庶的江南腹地。但明清时期,官方禁止海外贸易,上海一直默默无闻,直至康熙解除海禁,但其仅为松江府下辖的一个滨海县,不可和苏杭同日而语。1843 年 11 月,根据《南京条约》《五口通商章程》上海正式开埠,从而迈向现代都市。太平天国时期,成为江南民间资本的避难地。其后,随着对外贸易的发展与移民的日益增多,银行、服务业等的发展,上海逐渐成为著名的商业中心。这也带来了上海文化的开放、多元与包容。西学也多从上海传播至江南腹地,辐射全国。因此江南常能得风气之先,造就文化上的势力。茅盾 1916 年 7 月北大预科毕业,8 月通过表叔卢鉴泉的引荐,来到上海的商务印书馆工作。其时的上海是中国经济与现代文化的中心,报业发达,商务印书馆作为当时最大的现代印刷出版企业集中了大量的文化资源。也正是因为上海,茅盾笔下才会有纵横开阖纷纷扰扰的时代画像,才会有多声部的革命交响,才会有形象丰富的女性群像。茅盾正是以此为起点,从默默无闻的沈雁冰成长为大名鼎鼎的茅盾。

简言之,茅盾的江南记忆与文化认同孕育了其作品的抒情面向:个人主义视野下的革命书写与大胆奔放的情爱书写,这一抒情面向构成其"史诗"大合唱中一支清新的旋律,互相辉映,成就了文学史上唯一的茅盾。在这一意义上,也可以说,茅盾是"made in Jiangnan"。

---

① 茅盾、韦韬:《茅盾回忆录》(上),华文出版社 2013 年版,第 27 页。
② 吴组缃:《雁冰先生印象记》,原载 1945 年 10 月 1 日版《文哨》第 1 卷第 3 期。钱振纲编:《茅盾评说八十年》,文化艺术出版社 2011 年版,第 24 页。
③ 杨扬:《茅盾与上海——2014 年 7 月 5 日在上海图书馆的讲演》,《名作欣赏》2015 年第 16 期,第 124 页。

《霜叶红似二月花》古典式浪漫的二重性

韩旭东[①]

摘 要：《霜叶红似二月花》语言典雅凝练，节奏错落有致，线索清晰明确，是茅盾精致圆熟的长篇代表作。残篇整体上呈内倾性，在承续作者早年双面浪漫追求的同时，以理性节制情感。本文在分型浪漫主义视角下重读《霜叶红似二月花》，探寻以钱良材和张婉卿为代表的两类浪漫主义者，以"度"参与建构人格主体性的过程和表征。《霜叶红似二月花》走上完成人性启蒙—回归古典浪漫主义—拒绝激进革命之路，说明古典式浪漫主义意在凸显人思维智慧的灵动性，高扬理性大旗，强调自由的限度和义务。

关键词：茅盾；《霜叶红似二月花》；古典式浪漫；理性主义

《霜叶红似二月花》（后文简称《霜叶》）是茅盾艺术上的圆熟之作。小说题名源自杜牧诗歌，作者于新版后记中暴露了矛盾的创作心理和刻意被掩藏的意图谬误。一方面，茅盾在1958年认为小说中的革命派都是假左派，"红"都是冒充的，秋后霜叶必将掉落。但根据作者对题目来源的交代，可以看出茅盾对这部残稿的珍视和他的"晚期风格"。他认为少年得意的人"经不起风霜"，虽然"二月的花盛极一时，可是我觉得经霜的红叶却强于二月的花"。[②] 枫叶经霜才能成熟，晚期的《霜叶》语言典雅凝练，叙事节奏错落有致，主题线索清晰明确，有古典小说精致圆熟的韵致。与其早期的革命题材小说相比，如《蚀》《虹》等，该作再未出现无病呻吟的哀叹、无所事事的烦闷感，或混乱狂暴的大场面等，小说整体上呈内倾性。根据上文再现的自白来看，茅盾珍视残稿的原因，不仅是由于小说的未完成性，而是该作在承续作者早年双面浪漫追求的同时，懂得以理性节制情感。隐含作者站在文化保守立场让张婉卿和钱良材刚柔相济，在显现人物不同浪漫特质的同时，注重"度"在人格主体建构中的重要性。

浪漫主义的本质是人精神的解放和思想的自由，浪漫的面相呈双重、多维性，主体的内在强力支撑浪漫的"人"情绪的抒发及情动经过。浪漫主义具有不可穷尽的多样性，它求新求变，既是"骚动、暴力、冲突"，又是"安详"、秩序的和谐一致、对事物的欢悦感。当人准备为信念战斗到最后一刻时，他们正直真诚、以身赴死，全身心投入到真诚的理想中；当人不再相信普世真理，生活中受挫时，他们又将情

[①] 作者简介：韩旭东，博士，南开大学文学院助理研究员。
[②] 茅盾：《新版后记》，《茅盾全集小说六集》，人民文学出版社1984年版，第249—250页。

感转向到无限遥远的事物上,探索内面心智。① 以荷尔德林为代表的浪漫主义者曾一度反对希腊风,直到他"深入感觉一切人性"时,才明白"希腊人身上才具有最丰富的人性"和"永恒的自然"。② 古典与浪漫看似矛盾,它们尊重高贵人性的内核却是一致的。古典即保守,古典主义遵循一个完美精致的文化框架。保守并非守旧,而是以人文精神为标尺革新既有文化历史结构,以承认人性装置的普世性。在此个体在坚持精神自由、相信人的不完善性之前提下,尊重自我与他人的价值尊严,遵守恒久的道德秩序,沿袭已完成现代性转换的传统习俗,尊重文化多样性。③ 古典式浪漫主义反对激进革命,凸显人思维智慧的灵动性,高扬理性大旗,强调自由的限度和义务的重要性。古典抒情主体可以具有浪漫反叛气质,但在实践行动上,不能将浪漫革命滑向反启蒙或反人性。

李玲认为,《霜叶》提出命运的偶然性、个体生命有不可承受之重的哲学命题。小说在道德层面关怀脆弱的个体,探究人存在的勇气,追问生命的本体性问题。④ 该解读路径的前在立场是启蒙主义和人道主义,即尊重个体差异和人与人平等的主体间性。无独有偶,真浪漫主义的内核亦是对人性的尊重。本文认为,以钱良材和张婉卿为代表的两类古典式浪漫主义者,虽然时刻在为他们与生俱来的东西、心目中的真理而奋斗,但他们对自由的寻求并未牺牲秩序。他们在不同空间中将家族或村庄打理得井井有条,浪漫主体自我充分发展、建构人格主体性的同时,并未流于无秩序、不节制或放纵。《霜叶》打破了浪漫主义必将激烈革命、打碎既有启蒙结构的刻板印象,走上主体完成人性启蒙—回归古典浪漫主义—拒绝激进革命的浪漫话语建构之路。这亦是小说魅力所在之处。

一、内倾型古典浪漫主义

张婉卿是古典式内倾性浪漫主义者。是永骏提出《霜叶》具有古典美,精确的细节描写产生《红楼梦》般的现实性幻象。他认为叙事人"以人物出场时的动作、感觉投射、听到的声音、笑声等言行描写"构筑小说场景,古典白话小说中"表现听觉和视觉作用的词描写人物的出场以形成场景的框架",这暗示了人物活泼的性格。⑤ 叙事人借姑太太的主观认知观照张婉卿的衣着外貌:"婉小姐穿一件浅桃灰色闪光提花的纱衫,圆角,袖长仅过肘,身长恰齐腰,配着一条垂道脚背上的玄色印度绸套裙,更显得长身细腰,风姿绰约。头上梳着左右一堆盘龙髻,大襟纽扣上挂一个茶杯口大小的茉莉花球,不戴首饰,单在左腕上戴一只玻璃翠的手镯。"⑥ 与五四新女性西式简约的装束不同,姑太太眼中的张婉卿衣着颜色低调、款式保守,

---

① [英]以赛亚·伯林:《浪漫主义的根源》,吕梁等译,译林出版社2011年版,第16页、第20页、第23页。
② [丹麦]勃兰兑斯:《十九世纪文学主流》第二分册《德国的浪漫派》,刘半九译,人民文学出版社2018年版,第43页。
③ 刘军宁:《保守主义》,东方出版社2014年版,第22—25页。
④ 李玲:《存在的不完满性与茅盾〈霜叶红似二月花〉的性别建构》,《扬子江评论》2011年第5期,第60页。
⑤ 是永骏:《〈霜叶红似二月花〉和其〈续稿〉的叙事世界》,《茅盾研究》第13辑,2014年8月,第23页。
⑥ 茅盾:《霜叶红似二月花》,《茅盾全集 小说六集》,人民文学出版社1984年版,第20—21页。

发式典雅华贵,但不失素雅尊贵之美。隐含作者难掩对古典闺秀与复古美感的喜爱认同,管家媳妇穿着得体,张婉卿的外貌穿着受到家族前辈老人的赞美。

《霜叶》诞生于"后五四"时代,具有返归保守的文化倾向,其家庭书写与五四新小说、巴金、路翎、张爱玲的同题材作品大相径庭:《霜叶》中神似《红楼梦》的没落贵族之家,没有阴暗诡异的家族氛围、暴虐极端的父亲、阴鸷狠毒的母亲和吸血虫般贪婪的兄弟姊妹,抒情主体不再抗拒父母权威,争做走出家门的娜拉,在思想启蒙与社会革命间迷茫徘徊。隐含作者让人物"回家"的文化立场极其鲜明。小说中的张府虽不如前辈人在世时辉煌,但每位家庭成员均在尝试以个人的一技之长维系家族良性运转,以建构和谐的宗族文化,确立个体存在的意义。张婉卿身为管家媳妇,每日需打点张府日常用度,维系和谐的人际关系,并对家庭未来规划有所展望。她对上要孝敬长辈,对下需合理利用佣人的才能,这是其个人管理才华和人格魅力的显现,亦是其内倾型浪漫性格的来源之一。在《红楼梦》中,秦可卿曾将王熙凤视作知己,死前曾托梦给妯娌,告知她挽救贾府走向衰落的途径。两人缔结女性同盟的原因在于,她们均为豪门管家媳妇,彼此心中深知掌管大家族的苦楚难处,只能和有同类境遇的人交流,抒发内心的愤懑不满。《霜叶》虽借多为家庭成员视角或直接引语交代张婉卿聪慧能干,但从姑太太性格尖锐难伺候、堂兄弟不务正业、妯娌夫妇不和需大姑姐安慰等情节来看,张家绝非清净之地。她"素性好强,纵有千般烦恼,却依然有说有笑"①。一方面,张婉卿要为上述家庭琐事劳心费神,争取让每个人都心满意足,以增进家族向心力;另一方面,她还要忍受丈夫性无能的婚姻悲剧。配偶无法满足自身合理的性需求,这诱发了后文即将谈论到的人物情绪爆炸。家庭屈辱与伤痛催生浪漫主体的内倾型偏好,隐含作者承认个体存在与个人能力的有限性。"如果你无法从这世上得到你渴望的东西,你就必须教会自己如何不想得到它。这是一种精神退向深处,退向心灵城堡的常见形式","以使自己尽可能不再受到更多的伤害"。② 此为张婉卿内倾浪漫情绪的生成原因。叙事虽未明确交代上述人物浪漫情动的诱因,但两个层面的因素却作为"隐性进程"③存在于人物的情绪潜流中。

张婉卿的古典式的浪漫风范体现在她对家人的亲情关怀、待人接物的方式及个人办事能力上,隐含作者欣赏她的贵族气质。贵族品质、精神、气质的核心是自由意志,它涵盖勇气、责任、诚信、自律、自尊、荣誉、礼数等,具有超越性和高贵性。贵族风范特指人接受过良好的启蒙教育后,培养了高雅的品位和修养,在追求进取的同时,注意做事的限度和节制,且拥有尊重弱者的同情心,向往理想的善和美。④ 张家虽为逐渐走向没落的豪门望族,但贵族与贵族精神没有必然联系,有钱

---

① 茅盾:《霜叶红似二月花》,《茅盾全集 小说六集》,人民文学出版社 1984 年版,第 67 页。
② [英]以赛亚·伯林:《浪漫主义的根源》,吕梁等译,译林出版社 2011 年版,第 43 页。
③ 申丹:《叙事的双重动力:不同互动关系以及被忽略的原因》,《北京大学学报》(哲学社会科学版)2018 年第 3 期,第 85 页。
④ 杨春时:《贵族精神与现代性批判》,《厦门大学学报》(哲学社会科学版)2005 年第 3 期,第 6 页;冯梅、姬生雷:《从英国文学看英国人的贵族情结》,《河北学刊》2013 年第 1 期,第 105 页。

人不一定拥有贵族气质。具备古典贵族气质的张婉卿待人接物有礼有节,拒绝戳他人痛处以彰显自我优越性,并意图在总体上维持家族和谐,让每个有难言之隐的人都能活得自尊自爱。面对与丈夫不和、猜忌张恂如在外面有其他女人的恂少奶奶,张婉卿无意隔岸观火看热闹,反而安慰她要相信自己的伴侣,做男人在家中的坚实后盾。恂少奶奶处理不好与家族中人的关系,又质疑丈夫难以在事业上有所作为,张婉卿内心反感且斥责她的错误想法,却以"我看恂弟也不太笨,没有什么学不会……近来他老是失魂落魄的,我看他是心里有事"①给她维系良好夫妻关系的信念。同时,张婉卿也轻微责备张恂如应该将注意力调整到核心小家庭上,不要在外面胡作非为。当张恂如向张婉卿借钱资助静英上学时,她深知弟弟对表妹的爱意是难言之隐,且看穿了他撒谎的借口,却不故意戳穿张恂如的自尊心。张婉卿站在保护堂弟隐私、维护弟妹脸面的角度,信任并慷慨资助弟弟,嘱托他要把事情做圆,不要伤害任何一个女性或给自己留遗憾。

张婉卿的丈夫黄和光性无能,无法满足伴侣自然合理的性需求,不能尽为人父的责任。他靠抽大烟度日过活,无事业建树,精神上严重依赖妻子。张婉卿对丈夫生理缺陷的理解、将他当作孩子来宠溺、不苛求他没有事业责任心,体现了"女性的牺牲精神",她在"无男权文化压抑的时候自觉与男性共同承担",接受"难以摆脱的生命无奈"和"命运的偶然性"。②隐含作者赞扬了她崇高的奉献精神,奉献的背后是贵族式的限度和内倾型浪漫心态。其一,黄和光急切想戒烟和谋事时,张婉卿以"自然要做事,可也不必急于要做事"③安慰他不必急于求成,人在有所作为前先要认清自己的现状和自身性格局限性,以便一步步开展计划,细水长流方可持之以恒。其二,在安慰丈夫时,两人畅想戒烟并谋得职位后的夫妇旅行之美好画面,他们计划穿着新衣到海边游山玩水,坐在沙滩上吹风缓解压抑,浪漫是情绪的释放。全知叙事人以夫妻直接引语对白谋划未来,内倾性浪漫主义者生性拘谨,但仍有向往自由的灵魂,"纯粹精神就是某种超验性的实体"④。张婉卿的节制之心和弱德之美激励了丈夫的进取心,她拒绝激进冒动,雍容华贵地以慢节奏处理贵族家庭的日常烦恼,隐含作者对其行为方式和心态的欣赏,这亦体现了茅盾晚期小说的保守主义立场。

现代人内面心理的真实性和复杂性,体现在人物潜意识之内和情动瞬间的讯变,看似完美的圆形人物并非毫无瑕疵,人的本质不确定,本性不完善。良性伦理要求人应向善,但人潜意识中的兽性不可被改造,作恶比行善会产生更大的乐趣,潜恶面前人人平等。⑤李玲认为,在处理仆人阿寿与阿巧的关系上,张婉卿违反了人人平等的现代伦理,"其威权意识主要是由主人发出的对仆人在心理上、人格上

---

① 茅盾:《霜叶红似二月花》,《茅盾全集 小说六集》,人民文学出版社1984年版,第51页。
② 李玲:《存在的不完满性与茅盾〈霜叶红似二月花〉的性别建构》,《扬子江评论》2011年第5期,第60页。
③ 茅盾:《霜叶红似二月花》,《茅盾全集 小说六集》,人民文学出版社1984年版,第73页。
④ [英]以赛亚·伯林:《浪漫主义的根源》,吕梁等译,译林出版社2011年版,第93页。
⑤ 刘军宁:《保守主义》,东方出版社2014年版,第66页、第79页。

的整体控制力",隐含作者承袭封建等级观念"损害了作品的思想性"。① 本文认为,就《霜叶》的主仆关系书写而言,不存在绝对的人人平等,人本身会因智力能力差异、家庭教育出身或职业身份拉开层次。阿寿违反张家入夜后男性仆人不得进后院的规定,并当着少奶奶面与丫鬟调情,内心葆有贵族气质的张婉卿难以隐忍破坏规矩和不懂礼数的男仆,故隐含作者站在张婉卿立场指责仆人违背规矩。这不仅是隐含作者对人物的过度喜爱所致,而是茅盾在古典式小说中对规则、秩序、礼节的重视。此外,就张婉卿鲜少情绪爆发的温婉性格来说,启蒙并非一蹴而就,理性意识再强的人,当某种环境或事件刺激了其羞耻心时,非理性作用会干扰个体情动经过。张婉卿在迎接姑太太的家宴过后醉酒,"婉小姐有了几分酒意,自觉得步履飘飘然"。她一贯雍容大度、仁厚沉稳,此时却因佣人违反家规、私下搞小动作而发怒。她呵斥阿巧,用尖利的眼神扫射阿寿,装作未看到两人的暗号,并冷冷地警示两人:"你得安分些,阿巧!刚才你和阿寿做什么鬼戏?下次再犯了,定不饶你!"②此前,张家人在家宴前悲悯张婉卿夫妇无子的遗憾,发怒事件过后,黄和光自陈性无能的痛苦。结合上下文内容和张婉卿醉酒的状态不难看出,无性的少妇因嫉妒少男少女隐秘的恋情而愤怒,典雅的贵族在饮酒后无法控制性压抑。隐含作者并未批判张婉卿的酒后失态和愤恨刻薄,人性具有不可塑性,人无法变为至善,张婉卿潜意识内的情欲和自由意志的生发是人之成为人的本性所在。③

李玲认为:"徐淑贞被贪财的哥哥嫁给财主的疯儿子,这个形象可以说是一年后张爱玲创作《金锁记》中曹七巧的前身,作品亦入木三分地揭示出其悲苦幽怨而又不失刚强温情的丰富的内心世界。"④目前尚无材料能证实《金锁记》的兄妹关系书写是否收到《霜叶》的影响,但从人物性格、兄妹关系、话语风格、嫁妹动机来看,《霜叶》均比《金锁记》更为内敛保守。在《金锁记》中,曹七巧以市井泼妇连珠般语言,控诉常来姜家打秋风的哥嫂:"我靠你帮忙,我也倒了楣了!我早把你看得透里透——斗得过他们,你到我眼前来邀功要钱,斗不过他们,你往那边一倒。本来见了做官的魂都没有了,头一缩,死活随我去。"⑤她不信任亲情,悲愤悲剧命运,痛恨哥嫂不争气,鄙视他们的贪婪与无能。兄妹斗气的语言常为口语短句,句子的衔接你来我往,恨意和委屈内蕴于曹七巧火山喷发式的语言中,最终在嫂子的调节下,终结怄气。《霜叶》中的徐士秀被胡月亭所骗,将妹妹嫁给有钱人家的傻子,除了贪图富贵,叙事人主要凸显徐士秀的愚痴和徐淑贞的无奈。与《红楼梦》中元妃省亲时贾元春对父母说的话相似,隐含作者强调的是徐淑贞的怨而非恨,"把人家送在这么一个好地方!可又倒像探监似的,三天两头来"⑥。妹妹对哥哥哀其不幸怒其不争,在吵架事件中的情动过程为沉闷—幽怨—委屈,最终因自觉言语过

---

① 李玲:《存在的不完满性与茅盾〈霜叶红似二月花〉的性别建构》,《扬子江评论》2011年第5期,第62页。
② 茅盾:《霜叶红似二月花》,《茅盾全集 小说六集》,人民文学出版社1984年版,第57页、第62页。
③ 刘军宁:《保守主义》,东方出版社2014年版,第77页。
④ 李玲:《存在的不完满性与茅盾〈霜叶红似二月花〉的性别建构》,《扬子江评论》2011年第5期,第61页。
⑤ 张爱玲:《倾城之恋》,北京十月文艺出版社2009年版,第229—230页。
⑥ 茅盾:《霜叶红似二月花》,《茅盾全集 小说六集》,人民文学出版社1984年版,第89页。

分和不忍哥哥的上进心,以"你多少也得替自己想一想,总该有个久长之计"①结束情绪发泄。曹七巧对哥嫂的亲情本能体现在以财物打发两人,徐淑贞则更为冷静内敛,在认同隐忍当下悲剧婚恋的同时,将救赎途径调转到基督教上,懂得以己度人,体谅兄长的难处。同为兄妹斗气场景,《霜叶》比《金锁记》的调子更为保守矜持、光明典雅。

二、激情型古典浪漫主义

已有研究者注意到钱良材坚守理性立场,张扬良知与理性的价值尺度,否定暴力斗争。他在世风日下的环境中没未减退自由理想主义精神,"作品由此显示出现实主义的冷峻风格与理想主义的浪漫激情并存的特质",但他的命运悲剧和性格局限性"也不能完全排除先天因素的规约"。②但该论点与解读思路仍未明确指出钱良材形象背后的文学思想史价值。钱良材曾遭遇丧妻悲剧,女儿年幼无妻子照看,自己又想在事业上有所作为,继承父亲留下的家业。他建构人格主体性的背景是农民与地主矛盾爆发、地主贪图村民土地、农村遭遇自然灾害的乱世。钱良材被抛在世,个体无法选择出身环境和生活遭遇,丧妻与乱世体现了生活的偶然性,激进的浪漫抒情主体遭遇古希腊命运悲剧。"悲剧是建立在人的某些可避免的或无从避免的缺失——知识、技能、道德勇气、生存能力以及正确行事的能力的缺失。"③家内家外的生命困境让他忧郁多思,叙事人以纠结复杂的心理描写再现了茅盾式的哈姆雷特追问,内在愤懑与存在之思构成催动古典式激情浪漫者的生成。赵守义吞没姜奎的田,又向他放高利贷,并勾结司法人员,乡下农民逃不出地主的手掌心。王伯申自私自利,办轮船公司压榨农民血汗钱,自称该行为是服务故乡的公益活动。他们两人是浪漫英雄的对立面。英雄出场前,叙事人以压抑紧张的环境描写暗示村中地主与农民的矛盾一触即发:大雨暂停后,天空阴沉,钱良材脸上堆满忧郁,心中想的都是钱家庄的堤岸。有正义心的古典贵族看不起赵守义等跳梁小丑,他为了村民的利益和小人据理力争,市侩们害怕他体内的内驱力。全知叙事人再现了钱良材慷慨激情前的身体状态,"他的脸上忽然红了一阵,眼睛也越发光芒四射了,正像好多年前他站在父亲病床前,一边听着父亲的谆谆嘱咐,一边如同父亲的那种刚毅豪迈的力量已经移在他身上"④,他全身的骨节里充满了力,力量是贵族家庭血脉传统的延续,亦是英雄拯救钱家庄的阳刚气质显现。面对艰难险阻或不可能达成的任务,钱良材有狂热强烈的事业心,意图摆脱命运偶然性对个体的束缚,以钱家庄的乱象为自我超越的对立物。但人物的忧郁气质又限制了其激情浪漫主体的过度生发,狂热的强力意志和殉道精神拘束在古典人性装置内,情感的纯洁与浪漫者的精神状态比行动结果更重要。

人性的复杂、不完善、不确定体现在钱良材内面情动经过中。一方面,他是驾

---

① 茅盾:《霜叶红似二月花》,《茅盾全集 小说六集》,人民文学出版社1984年版,第93页。
② 李玲:《存在的不完满性与茅盾〈霜叶红似二月花〉的性别建构》,《扬子江评论》2011年第5期,第60页。
③ [英]以赛亚·伯林:《浪漫主义的根源》,吕梁等译,译林出版社2011年版,第19页。
④ 茅盾:《霜叶红似二月花》,《茅盾全集 小说六集》,人民文学出版社1984年版,第156页。

船治水的激情浪漫骑士;另一方面,他是对女儿心怀愧疚、不违逆长辈心愿、以良知点化堂弟的启蒙者。钱良材理解外祖母想为他说媒续弦的好意,感激长辈一直惦念自己的婚事,认为自己如果此时说"不"会让老人内心痛苦,这是晚辈的罪恶。故他虽然坚守自己与亡妻心灵相知的情谊,但仍未被自己心意,打起精神陪两位老太太谈话,弥补自我罪恶感,这是孝子的仁和爱。钱良材忙于工作,抽不出时间陪女儿继芳,"他抱着继芳在膝头,一边啜着那临时弄起来的肉丝面,一边逗着继芳说笑,心里却盘算着怎样办起那件村里的大事,继芳夹七夹八对他说的话,他都没听清",①且时常遗忘自己要给女儿送礼物的许诺,为工作牺牲父女亲情。愧疚心与负罪感源于现代人的爱,以爱为表征的亲情话语出于人性本能和无意识,不必再进行后天人为限定。《霜叶》以家庭书写为表现中心,钱良材对长辈和女儿的爱即家族血缘本身,主体之间以情换情,②隐含作者认同的情感维系是"后五四"时代亲子之爱的重要内容。现代意义上的"慈"与"孝"的前提是主体间人格平等和家庭民主。祖母并未询问钱良材内心真实想法,他因亲子之爱不便反驳长辈的"美意",这在一定程度上压抑了他的心灵自由,加深忧郁情绪。英雄在前现代亲情差序格局中让渡部分权利,不辩驳长辈对自己的误解,《霜叶》的家庭书写显现了隐含作者伦理观的悖谬处。此外,在钱良材启蒙张恂如之前,张恂如是个内心烦闷、无所事事,又意识到自己该有所作为,却无路可走的准个体。叙事人以全知限知交错视角再现其寂寞、惆怅、烦闷、惘然、狡黠的情动过程:无人陪伴深感孤独,卧室内反射的光激怒其情绪,位置不对的家具摆设刺激他想改革的念头,幻觉中产生的恶意被窥视感又让他觉得自己是孤岛。隐含作者虽未将钱良材建构为高大全式的家族英雄,但以他为代表的理性话语,激发了张恂如人格主体意识的建构:"我们为人一世,忙忙碌碌,喜怒哀乐,究竟为了什么?为了谁?恂如!你是……大中华民国的一个公民,然而你又是人之子……但在五伦的圈子中,你又哪里有一个自由自在的自己?"③启蒙理性的作用是让人在生存存在之思后确立自我价值,找到适合自己做的事,而不是在室内无意义情动。张恂如身为"人之子"的意义在于借个体自由意志有所作为,但叙事人对张恂如在雨夜不知所措的讽刺,及隐含作者对钱良材启蒙话语的认同之间构成不可靠叙事。隐含作者过于喜爱激情型浪漫骑士,在思想改造的可能性问题上,压抑了被启蒙者新生的可能。

  古典浪漫骑士登场前,王伯申的小火轮冲塌钱家庄堤岸,淹没农民的田地;赵守义指使同党煽动农民以暴力方式阻止轮船行进,制衡王伯申。钱良材要处理三个面向的问题,即治水、安抚农民、解除制衡,叙事人详细交代了火轮行进的进度、河水对农田的破坏、钱家庄农民的愤怒情绪。钱良材出场时,水声呼啸,农田处汪洋一片,骑士驾晃动的一叶扁舟行走在河面上,内心满怀对农民的责任感,打算不计较自己家族得失,满足群众经济需求。小火轮翻起河水,"轮船已在左近,三角的船头冲着一河的碧波,激起了汹涌的浪花,近船尾处,却卷起了两股雪练,豁刺

---

① 茅盾:《霜叶红似二月花》,《茅盾全集 小说六集》,人民文学出版社1984年版,第187页。
② 姜瑀:《无恩有爱:新文化运动亲子伦理再考察》,《文学评论》2020年第1期,第117页。
③ 茅盾:《霜叶红似二月花》,《茅盾全集 小说六集》,人民文学出版社1984年版,第165页。

刺地直向两岸冲击,像两条活龙……那股浪正在这当儿从后卷上来,小船的尾梢骤然一翘,险些儿将那船夫摔下水里"①,"我们把绝对地大的东西称之为崇高"②。火轮是吞噬底层的机械怪兽,河水为阻挡骑士前进的帮凶,风景或机械本体被叙事人灌注进崇高的力,天险的自然崇高反衬英雄人格的崇高,"对自然中的崇高的情感就是对于我们自己的使命的敬重"③。治水时的钱良材表情虽温和,但两道浓眉和闪光的眼睛却显得雍容华贵,不怒而威,内心充满能战胜天险人祸的自信。面对听信谣言便军心涣散的群众,他嘱托道:"不要性急,不要乱来……不许乱动,不许乱说!什么事都有我!办法已经有了,只要大家拿出力气来干!"④在稳定农民情绪的同时,他迅速想到解决办法,宁可牺牲钱家田地,也要以私钱贴补农民损失,不让乡亲们失望。面对农民误解他与王伯申有交情、明目张胆地回护他,钱良材不置一词。钱良材在为治水付出努力后,被人无端猜忌,他虽投身事业中,情绪却是消极痛苦的,他的身上产生了被阻止和拒斥的不快,崇高伴随一种消极的快乐。此外,崇高亦建立在个体内心冲突之上,人只有自身返回到"理性中寻找到一种更强大的主体的力量,才带来一种更强烈的快乐"⑤。隐含作者肯定浪漫骑士的崇高精神。当轮船持续行进,赵守义下令让警察开枪打人时,他制止农民以暴动形式伤害地主,而且及时止损,存留证据以待来日。浪漫骑士意图攻克天险,以想象力反对人为束缚,放任自由的活动引起娱乐,但人物古典的崇高感时刻要求启蒙主体以理性、原则、规则限制人的非理性情绪。启蒙的要义在于个体以理性精神衡量行为是否得体,反思装置伴随"我思"时刻开启检查功能。钱良材非但没有责备怨恨农民,反而站在他们的角度思考问题,认为善良的人都能将心比心、换位思考。他认为,人均向往至善,不能以自己的思维衡量他人抉择是否合理,凡事要想到反面作用。在治水暴动结束后,他又思考好坏、善恶、中和之间的界限,哪类事件催动了一个人成为好人或坏人,父母性格遗传是否对孩子人格构型产生影响,同类人能否气质相吸。这些哈姆雷特式的追问,均源自启蒙者的理性自觉。个体承认人性的不完满与生长环境对人性格塑形的影响,并独立地以人性标尺衡量自身行为是否合法,隐含作者肯定钱良材的理性意识和反思机制。这亦是茅盾以古典浪漫主义的二重性支撑《霜叶》艺术魅力的价值所在。

---

① 茅盾:《霜叶红似二月花》,《茅盾全集 小说六集》,人民文学出版社 1984 年版,第 173 页。
② [德]康德:《康德三大批判精粹》,杨祖陶、邓晓芒编译,人民出版社 2018 年版,第 364 页。
③ 邓晓芒:《康德〈判断力批判〉释义》,生活·读书·新知三联书店 2018 年版,第 241 页。
④ 茅盾:《霜叶红似二月花》,《茅盾全集 小说六集》,人民文学出版社 1984 年版,第 196 页。
⑤ 邓晓芒:《康德〈判断力批判〉释义》,生活·读书·新知三联书店 2018 年版,第 241 页、第 243 页。

《霜叶红似二月花》的秘密：时间之谜与政治隐喻

马　蔚①

摘　要：《霜叶红似二月花》是茅盾的一部具有古典气息的作品，写于"民族形式"论争之后，借鉴了古典文学资源。小说讲述了1918年20天内发生的事情，它是一部反映特定时段独一无二的作品。1974年创作的《霜叶红似二月花（续稿）》，接续了《霜叶红似二月花》的故事，基本实现了作者的创作意图。将两者作为一个整体来研究，即可解开《霜叶红似二月花》中一直存在争议的时间问题。在《霜叶红似二月花（续稿）》中作者把政治指向隐藏在诗句之中，用古诗呼应了书名，亦暗示了人物的革命转向，写出了"革命"的矛盾性和复杂性。

关键词：茅盾；《霜叶红似二月花》；故事时间；政治隐喻

茅盾1942年创作的《霜叶红似二月花》（以下简称《霜叶》），刚刚出版就受到文艺界的好评，可以说它是茅盾的一部独具特审美价值的作品。历来对《霜叶》的研究相较于茅盾的其他代表作数量较少，研究者在主题、人物形象、叙事、文体等方面已取得一定的成果，大多数研究者把《霜叶》当作一个独立的文本进行研究。但不可忽视的是，1974年创作的《霜叶红似二月花（续稿）》（以下简称《续稿》），亦是《霜叶》的一个组成部分，它们是不可分割的一个整体。沿着整体性的思路，抓住以往被忽视的古诗在文本中的意蕴，《霜叶》中的一些问题即迎刃而解。

一、《霜叶》的故事时间之谜

《霜叶》是1942年3月9日到12月3日茅盾暂居桂林时创作的。他在回忆录《我走过的道路》（下）中说："我计划写'五四'运动前到大革命失败后这一时期的政治、社会、思想的大变动。……全书的规模比较大，预计分三部，第一部写'五四'前后，第二部写北伐战争，第三部写大革命失败以后。"②这一说法成为多数读者理解文本的参照和依据。按照茅盾的说法，1942年创作的《霜叶》是小说的第一部，第一部写完后，当时未能继续写下去，时隔32年后补写了《霜叶红似二月花（续稿）》（以下简称《续稿》）。《续稿》的各章由梗概、大纲、片段组成，不是完整的小说。从茅盾的计划来看，1942年的《霜叶》和1974年的《续稿》都可用《霜叶红似二月花》作为标题。由于茅盾实际完成的作品没有完全实现写作计划中的目标，小说丰富的内容、断裂的结构给读者的理解带来一定的难度，历来评论家称《霜

---

① 作者简介：马蔚，硕士，浙江师范大学知行学院教师，主要从事20世纪中国文学研究。
② 茅盾：《我走过的道路》（下），人民文学出版社1988年版，第300页。

叶》为"未完成"之作,也形成了研究的不同对象和状况。学界大多以1942年的《霜叶》为研究对象,其中争议较大的问题是《霜叶》的背景。

关于《霜叶》的背景,茅盾的说法可归纳为以下三种:第一种是前面回忆录中所提到的"第一部写'五四'前后"①,这是回忆1942年创作《霜叶》时的情景,当时计划写三部,实际完成了第一部。第二种是1958年新版后记中所说的"本来打算写从'五四'到一九二七这一时期的政治、社会和思想的大变动"②,这一说法的时间范围为五四到1927年。第三种是1974年创作的《续稿》所说"前十四章的故事发生在五四运动前夕"③。这三种说法中,第一种比较宽泛且涵盖了后两种,后两种说法则互相矛盾。据此,学界对《霜叶》背景的研究并不统一:一是认为在辛亥革命到五四运动后④;二是认为在五四运动之后⑤;三是认为在五四运动之前⑥。这三种说法分别对应茅盾自己的解释,但问题仍未解决。实际上,细心的读者已经发现,《霜叶》的故事时间之谜就隐藏在作品之中。通过对文本的分析,有学者认为故事发生在1918年⑦,另有学者提出故事发生在1923或1924年⑧。

小说第二章有一段朱行健的回忆,交待了故事发生的时间。"幸而朱行健没有觉察,他拿起茶来呷了一口,沉吟着又说道:'十五年前,那还是前清,那时候县里颇有几位热心人,——'他转脸向恂如,'令亲钱俊人便是个新派的班头,他把家财花了大半,办这样,办那样,那时我也常和他在一道,帮衬帮衬,然而,到头来还是一事无成。五六年前,——哦,那是俊人去世的上一年罢,他来县里探望令祖老太太,他——豪情还不减当年,我们在凤鸣楼小酌,他有一句话现在我还记在心头……'一个似乎兴奋又似乎沉痛的笑痕掠过了朱行健的脸上,他忽然把声音提高些,'哦,那时他说,行健,从戊戌算来,也有二十年了,我们学人家的光化电,多少还有点样子,唯独学到典章政法,却完全不成个气候,这是什么缘故呢,这是什么缘故呢?'"⑨

"从戊戌算来,也有二十年了"从这里推出1918年,由于这话是钱俊人在"五六年前"说的,所以加上5或6,即可得出现在为1923年或1924年。如果以此为

---

① 茅盾:《我走过的道路》(下),人民文学出版社1988年版,第300页。
② 唐金海、孔海珠等编:《茅盾专集第一卷》(下册),福建人民出版社1983年版,第910页。
③ 茅盾:《霜叶红似二月花》,台海出版社1998年版,第201页。
④ 钟桂松:《社会转型时期的历史画卷——纪念茅盾〈霜叶红似二月花〉创作70周年》,《茅盾研究》第12辑,2013年,第164页。
⑤ 是永骏:《〈霜叶红似二月花〉和其〈续稿〉的叙事世界》,《茅盾研究》第13辑,2014年,第35页。康新慧:《20年代社会状貌的回溯与展示——茅盾〈霜叶红似二月花〉主题新探》,《山花》2014年第4期,第137页。
⑥ 曹书文:《历史、家族与知识分子的悲剧——论〈霜叶红似二月花〉的审美意蕴》,《内蒙古社会科学》(汉文版)2002年第1期,第92页。
⑦ 秦林芳:《历史转型期的文化反思——〈霜叶红似二月花〉思想意蕴新探》,《北京师范大学学报》2001年第4期,第51页。刘奎:《士绅的文学形象与政治想象——对茅盾〈霜叶红似二月花〉的延伸阅读》,《新世纪茅盾研究论文集——〈茅盾研究〉》,第14辑,2014年,第60页。
⑧ 丁尔纲:《历史发展的画卷,社会风情的华章》,《贵州社会科学》1983年第1期,第89页。
⑨ 茅盾:《霜叶红似二月花》,台海出版社1998年版,第33页。

基准,推出"十五年前"为 1908 年或 1909 年,这与"十五年前,那还是前清"相符。①再看第九章良才和恂如的对话,良才说:"恂如!拿你来说罢,你是张恂如。大中华民国的一个公民,然而你又是人之子,人之夫,人之父。"②这句话印证了前面的时间。

《霜叶》正文结束后有这样的标注:(前九章原载一九四二年八月至十一月《文艺阵地》第七卷第一至第四期;后五章题名《秋潦》,原载重庆《时事新报·青光》,自一九四三年一月二十二日起至六月九日止,并非逐日登载)一九五八年四月修订。③ 在另一版《霜叶》的《〈秋潦〉解题》一文中,茅盾说:"这是《霜叶红似二月花》第一部的最后五章。前九章登在《文艺阵地》七卷一号至四号。故事的梗概如下:'五四'运动的上一年,江南某县城内,两派的绅缙为了争夺善堂公款的管理权而发生了暗斗。"④前九章和后五章虽然分别发表在两份杂志上,但故事时间是连续的,即是说前九章与后五章是一个整体。由《〈秋潦〉解题》可知,时间为 1918 年。这与前面的 1923 年或 1924 年相矛盾。

行文至此,上述 1918 年说、1923 年或 1924 年说都可以自圆其说,但问题依旧没有解决。回到文本,我们发现《霜叶》中有多个叙述者,他们之间有很多对话。每一章的对话都发生在特定的时间和地点,这样每一章就是一个场景,每一个场景都提供了一条时间的线索。通过分解每一个场景,我们即可确定各章的时间,然后在横向分解的基础上,再进行纵向聚合,这样就可解出各章所用的总时间,即小说故事发生的时段。为了清晰地展示故事的发展进程,笔者将每一章的时间抽出,并简要概括当时的人物和事件。

第一章:"9 点钟了"⑤,瑞姑太太到张府,老太太、张恂如、恂少奶奶、黄和光、张婉卿依次登场,瑞姑太太劝婉卿去大仙庙求子。

第二章:"午饭以后"⑥,张恂如偶遇朱行健(老绅缙),结伴去雅集园,冯梅生(伯父冯退庵为上海买办)、梁子安(惠利轮船公司账房兼庶务)、宋少荣、胡月亭、樊雄飞、徐士秀登场,冯梅生等想动用善堂公款办贫民习艺所。

第三章:"西斜的阳光"⑦(黄昏),张府恂少奶奶房内,婉卿从恂少奶奶口中探

---

① 需注意的是这里的"前清",从叙述者的角度来看指的是民国前,即现在所说的晚清。这也可在后文中得到证实,如赵守义与人谈论时说:"说起近来有一个叫什么陈毒蝎的,专一诽谤圣人,鼓吹邪说,竟比前清末年的康梁还要可怕可恨。"茅盾:《霜叶红似二月花》,台海出版社 1998 年版,第 67 页。
② 需注意的是这里的"前清",从叙述者的角度来看指的是民国前,即现在所说的晚清。这也可在后文中证实,如赵守义与人谈论时说:"说起近来有一个叫什么陈毒蝎的,专一诽谤圣人,鼓吹邪说,竟比前清末年的康梁还要可怕可恨。"茅盾:《霜叶红似二月花》,台海出版社 1998 年版,第 135 页。
③ 需注意的是这里的"前清",从叙述者的角度来看指的是民国前,即现在所说的晚清。这也可在后文中证实,如赵守义与人谈论时说:"说起近来有一个叫什么陈毒蝎的,专一诽谤圣人,鼓吹邪说,竟比前清末年的康梁还要可怕可恨。"茅盾:《霜叶红似二月花》,台海出版社 1998 年版,第 200 页。
④ 茅盾:《茅盾作品经典》(第Ⅳ卷),中国华侨出版社 1996 年版,第 238 页。
⑤ 茅盾:《霜叶红似二月花》,台海出版社 1998 年版,第 3 页。
⑥ 茅盾:《霜叶红似二月花》,台海出版社 1998 年版,第 19 页。
⑦ 茅盾:《霜叶红似二月花》,台海出版社 1998 年版,第 34 页。

得恂如生活不如意的原因。

第四章:"老陆妈提了个马灯"①(晚上),黄府西式四间楼房内,黄和光告诉张婉卿恂如要借一百大洋,张婉卿第二天要去钱家庄。

第五章:"那天在雅集园茶社"②,徐士秀(破落户)到赵府"报信",樊雄飞与鲍德新(监生,敦化会会长)、贾长庆、赵守义、胡月亭(秀才)几位大老官鉴赏冥屋,赵守义派徐士秀去曹家庄、钱家庄催讨欠款和高利贷。

第六章:"婉小姐从钱家庄回来的第二天"③,张恂如来黄府借钱,张婉卿透露去钱家庄领女孩子的事,张恂如把一百大洋交给表妹许静英并表明心意。

第七章:"隔了一天"④,许静英拜访未来的同学王有容,王伯申(绅商)派梁子安到朱宅探口风,冯王两家定亲,王伯申预请钱良才吃饭解释误会。

第八章:"他挨到第二天下午,才到南门外百花巷朱宅"⑤,梁子安到朱宅,听说朱行健与钱良才预联名县里绅商上公呈开浚河道,大雨将至,朱行健自制量雨器测雨。

第九章:"一小时后大雨停止了"⑥,张府,张恂如搬到东院平屋,钱良才打算明天回钱家村,他不愿娶静英为续弦。

第十章:"小划子清早从县城开出"⑦,快到十一点时路过小曹庄,村民扔石子打小火轮,徐士秀看热闹、出主意,程庆喜("暴发户")、曹志诚(地主)登场。钱良才、朱行健预上公呈开浚河道及让惠利轮船公司停开几班轮船的计划落空。

第十一章:"午后两点钟光景"⑧,小曹庄来人说想和钱家村合作打轮船,钱府大门梧桐树下等钱良才拿主意的人们空盼一场离去,钱良才视察水势让村民不要乱来。

第十二章:"太阳快落山的时候"⑨,钱良才想出"办法",全村村民连夜动工筑土堰,良才睹物思人。

第十三章:"东风吹送细雨,跟着曙光来到了钱家村了"⑩,轮船经过五圣堂小石桥洞,曹家庄村民扔巨石打轮船,茶役乌阿七受伤。

"那一夜,曹志诚大醉。"⑪

"早么?九点多了!"⑫小石桥上村民准备好石头等候轮船到来,第二批大石头

---

① 茅盾:《霜叶红似二月花》,台海出版社1998年版,第46页。
② 茅盾:《霜叶红似二月花》,台海出版社1998年版,第65页。
③ 茅盾:《霜叶红似二月花》,台海出版社1998年版,第85页。
④ 茅盾:《霜叶红似二月花》,台海出版社1998年版,第97页。
⑤ 茅盾:《霜叶红似二月花》,台海出版社1998年版,第111页。
⑥ 茅盾:《霜叶红似二月花》,台海出版社1998年版,第124页。
⑦ 茅盾:《霜叶红似二月花》,台海出版社1998年版,第139页。
⑧ 茅盾:《霜叶红似二月花》,台海出版社1998年版,第151页。
⑨ 茅盾:《霜叶红似二月花》,台海出版社1998年版,第163页。
⑩ 茅盾:《霜叶红似二月花》,台海出版社1998年版,第173页。
⑪ 茅盾:《霜叶红似二月花》,台海出版社1998年版,第181页。
⑫ 茅盾:《霜叶红似二月花》,台海出版社1998年版,第181页。

未安置好,船上枪响,慌乱中祝大的儿子小老虎被打死。

第十四章:"上午九点光景"①、"十一点左右"②,黄和光夫妇备酒席宴请好友,认钱永顺岁半的女儿为义女。贫民习艺所办成,事情已了。

小说中出现的空间场所,张府、黄府、赵府、王府都位于县城,曹家庄、钱家庄在乡下,交通工具为船。前四章叙述的是一天内发生的事情,第五章补续雅集园茶社那天的事情。从小说中推算可知从县城到钱家庄来回加办事大概需2天。③假设前五章为故事发生的第1天,第六章则为第4天,第七章为第6天,第八、第九章为第7天,第十、第十一、第十二章为第8天,第十三章为第9天、第10天。

祝大的儿子被打死后,第十三章末尾写道:"祝大你是苦主,明天得上县里去。"④由此可知,第11天,祝大到县里告状。第十四章,叙述的是几天后的事情,这天良才为曹家庄的事跑了好几处,还要担任黄和光夫妇认义女的主持人。众人都在等良才,不料祝大夫妇在张府缠住他,想让他为他们伸冤。在这一过程中祝大夫妇因为一百大洋吵起来,祝大老婆说:"曹大爷给他写了状子,他刚到县里来,就有在王家当差的,姜锦生的兄弟姜奎来跟他说,不告状怎样?要是不告,王家给一百大洋……"⑤两句话后,祝大说:"可是,八九天过去了,拖着这官司,我又不能回乡下去,庄稼丢在那里……"⑥由此可知,第十四章为第19天或第20天。

通过对各章时间指示词的分析,我们可以得出故事发生的时间天数为19或20天,具体的年月日还无法明确,但可以确定这只能发生在某一年。根据前面的分析,我们得出两个关于故事时间的结论,分别为:1923年或1924年、1918年。这两种结论依据的是《霜叶》的内容及对此的一些解释。这里是把1942年的《霜叶》作为一个独立的文本进行研究,这部作品是《霜叶红似二月花》的第一部。我们知道茅盾在1974年又写了《霜叶红似二月花(续稿)》。《续稿》不是完整的作品,但接续了《霜叶》的故事,交代了人物的命运。笔者认为1942年的《霜叶》和1974年的《续稿》是一个整体。理由如下:其一,两者共用书名《霜叶红似二月花》;其二,从结构来看,《霜叶》写的是第一章到第十四章的故事,《续稿》从第十五章写起到第十八章以后各章梗概及片段,二者在结构上是连续的。其三,从内容来看,二者加起来基本实现了茅盾的创作意图。此点较为复杂,后文再论。

基于此,在分析《霜叶红似二月花》的故事时间时,我们有必要把1942年的《霜叶》和1974年的《续稿》结合起来。《续稿》中同样给出了时间的线索。《续稿》的开头是这样一句话:"前十四章的故事发生在五四运动前夕,江南某县城内,新旧两派的缙绅为争夺善堂公款的管理权而明争暗斗。"⑦前面在另一版《霜叶》的

---

① 茅盾:《霜叶红似二月花》,台海出版社1998年版,第186页。
② 茅盾:《霜叶红似二月花》,台海出版社1998年版,第187页。
③ 小说中写钱良才从县城回钱家庄,"小划子清早从县城开出"(第139页),"午后两点钟光景,钱良才到了家"(第151页)。
④ 茅盾:《霜叶红似二月花》,台海出版社1998年版,第185页。
⑤ 茅盾:《霜叶红似二月花》,台海出版社1998年版,第190页。
⑥ 茅盾:《霜叶红似二月花》,台海出版社1998年版,第190页。
⑦ 茅盾:《霜叶红似二月花》,台海出版社1998年版,第201页。

《〈秋潦〉解题》一文中,茅盾的话印证了此观点,不妨再次引用,以便分析:"这是《霜叶红似二月花》第一部的最后五章。前九章登在《文艺阵地》七卷一号至四号。故事的梗概如下:'五四'运动的上一年,江南某县城内,两派的绅缙为了争夺善堂公款的管理权而发生了暗斗。"①二者互证,可得出故事时间为1918年。

二、《霜叶》书名中隐藏的政治指向

如前所述,历来评论家认为《霜叶》是"未完成"之作。这表现在茅盾计划写三部,实际只完成了第一部和作为残篇的《续稿》。学界大多将这两部作品分开进行研究,前面笔者已经分析了《霜叶》的背景。从目前来看,对《续稿》的研究论文寥寥无几,研究内容主要集中在《霜叶》有无寓意及革命的转向问题。刘奎认为:"续篇延续了前篇士绅的权力格局,历史线索则是国民革命的胜利与失败,随着北伐战争的顺利推进,钱良材等开明士绅也顺利转变为革命者;而随之而来的革命挫折,让钱良才亡命日本,但他并未消沉,而是预备北上行刺。可见,钱良才在失败后变得更为激进,茅盾1961年对'霜叶红似二月花'的解释并不适用于他。"②是永骏在1999年的一篇论文中说:"标题仍然是与作品本身脱节的象征性的存在。当然也可能茅盾原来的赋予'霜叶'的意思不仅是左派的变节,也包括右派的暂时性抬头和猖獗,那么,将政治上的混沌带来的人的立场改变这个抽象化的意义赋予标题也是可能的。"③他在2014年的另一篇论文中说:"《霜叶红似二月花》原著所追求的根本性的主题并未能在《续稿》中显现出来,相反却呈现了作者的隐秘的政治意识和性爱意识,并最终回归到中国文学的传统语境。"④这两位研究者都认为作者所预设的主题未能在《续稿》中显现出来,即作品的内容与书名是不相关的。关于革命的转向问题,是永骏说:"《续稿》中登场的所谓要被批判的'假左派',只不过是从外边传来的消息或者像樊雄飞那样的外围人物。"⑤那么,茅盾所预设的主题在《续稿》中到底有没有实现?书名和文本的内容有无关系?关于"霜叶"是否还有别的解释?这些都是笔者旨在下文中要讨论的问题。

按照茅盾1958年在《霜叶》新版后记中的说法,书名《霜叶红似二月花》借用了杜牧《山行》里面的诗句"霜叶红于二月花"⑥,此句原意是经霜后的枫叶是春花所不能比拟的,是诗人志趣的寄托。茅盾将"于"改为"似",虽一字之差,寓意则恰好相反。关于书名和主题,茅盾在回忆录《我走过的道路》(下)中说:"我计划写'五四'运动前到大革命失败后这一时期的政治、社会、思想的大变动。书中的主要人物是一些出身于剥削家庭的青年知识分子,他们有革故鼎新的志向,但认不

---

① 茅盾:《茅盾作品经典》(第Ⅳ卷),中国华侨出版社1996年版,第238页。
② 刘奎:《士绅的文学形象与政治想象——对茅盾〈霜叶红似二月花〉的延伸阅读》,《新世纪茅盾研究论文集——〈茅盾研究〉》第14辑,2014年,第70页。
③ 是永骏、袁蕴华:《〈霜叶红似二月花〉续稿的世界》,《茅盾研究》第7辑,1999年,第205页。
④ 是永骏:《〈霜叶红似二月花〉和其〈续稿〉的叙事世界》,《茅盾研究》第13辑,2014年,第44页。
⑤ 是永骏:《〈霜叶红似二月花〉和其〈续稿〉的叙事世界》,《茅盾研究》第13辑,2014年,第43页。
⑥ 唐金海、孔海珠等编:《茅盾专集第一卷·下册》,福建人民出版社1983年版,第909页。

清方向。当革命的浪潮袭来时,他们投身风浪之中,然而一旦革命退潮,他们又限于迷茫,或走向了个人复仇,或消极沉沦。这也是我之所以把书名取作《霜叶红似二月花》的原因,书中的主人公大多是霜叶,不是红花。"①这段话是解读《续稿》的重要依据。

上面的说法解释了书名和茅盾的创作意图,这只是作者的创作设想,实际完成的作品有没有实现这一设想还需进一步分析。1942年的《霜叶》讲述的是江南某县城内新旧两派绅缙因争夺善堂公款的管理权而引发的矛盾,采取的是横剖面的写法,涉及政治、社会、思想等各个方面。前九章主要写地主、资产阶级、农民之间错综复杂的矛盾,后五章写青年地主钱良才领导农民斗争,但最终失败。从《霜叶》的文本来看,故事只展开了一半,茅盾所设想的主题并未实现。"从现在出版的《霜叶红似二月花》中只能看到'五四'前后江南城乡新旧势力错综复杂的斗争,还看不出我原来的写作意图,霜叶还没有红,围绕男主人公钱良才的故事刚刚展开,女主人公张婉卿的性格还有待发展,而另一位女主人公张今觉则尚未登场。"②这也是《霜叶》被称为"精美的残篇"的重要原因。1974年的《续稿》写了北伐战争到大革命失败前后主要人物的选择及命运,展示了国民党内部的斗争。按照茅盾的说法,《霜叶》预计分三部,写五四运动前到大革命失败后这一历史时期的政治、社会、思想的大变动。③ 实际完成两部,《霜叶》写到第十四章,《续稿》从第十五章写起,它们是一个整体,二者合起来基本实现了茅盾的创作意图。因此,我们在解读《续稿》时要和前面的《霜叶》结合起来。

《霜叶》在进行社会剖析时,通过某些人物对当时中国的发展道路进行思考。钱俊人(钱良才之父)、朱行健经历过戊戌变法,他们是维新派,提倡学习西方的科学技术和典章制度,走的是资产阶级改良的道路。钱俊人是"县里第一个新法人"④,后来转向革命。"老太太沉吟着说,'花几个钱还是小事,要是结交了什么坏人,再不然,像他老子(指钱俊人,笔者注)那样进什么革命党,都是够麻烦的'"⑤。他们的子辈张恂如、黄和光毕业于上海法政学院,学的也是"新法"。张恂如被束缚在"五伦的圈子里"⑥,抑郁不得志。黄和光毕业后,本想干一番事业,不料省议员复选失败,仕途失意,闲居在家。钱良才一开始继承了他父亲的遗留下来的一些事业,最后对父亲的"路"进行反思:"老人家指给我的那条路,难道会有错么?可是,可是,如果你从前自己是坐了船走的,我想我现在总该换个马儿或者车子去试试罢?"⑦他所走的"路"到底是什么? 作品给出了暗示:"路呢,隐约看到了一条,然而,我还没有看见同伴。"⑧我们知道在《续稿》中,钱良才加入了国民党。

---

① 茅盾:《我走过的道路》(下),人民文学出版社1988年版,第300页。
② 茅盾:《我走过的道路》(下),人民文学出版社1988年版,第300页。
③ 茅盾:《我走过的道路》(下),人民文学出版社1988年版,第300页。
④ 茅盾:《霜叶红似二月花》,台海出版社1998年版,第131页。
⑤ 茅盾:《霜叶红似二月花》,台海出版社1998年版,第15页。
⑥ 茅盾:《霜叶红似二月花》,台海出版社1998年版,第135页。
⑦ 茅盾:《霜叶红似二月花》,台海出版社1998年版,第137页。
⑧ 茅盾:《霜叶红似二月花》,台海出版社1998年版,第136页。

《续稿》接续了《霜叶》的内容，第十五章到第十七章围绕张婉卿、黄和光、钱良才、冯秋芳、王民治等人物，写了他们之间的交往。女主人公张婉卿的性格更加完善，她帮助黄和光戒烟，主动学习诗文，巧妙助琴仙解围。这些情节突出了张婉卿聪明伶俐、多谋善断的性格特征。此外，人物的对话暗示了社会的动荡。第十八章及以后各章，另一位女主人公张今觉登场，主要写了北伐、大革命失败、逃亡日本、北上复仇。其中严无忌夫妇拜会黄和光夫妇中的一段话隐晦地展现了他们各自的革命立场。"婉卿听得，低声对今觉吟道'旧巢共是衔燕，飞下枝头变凤凰'。今觉报以会心的微笑，便道：'只怕是伪凤易悦楚。'婉卿沉吟片刻，便道：'真龙反惊叶。'今觉：'无忌有愧于真龙，姊夫如何便是叶公？'婉卿：'非也，叶公是指另一个人，他奔走南北，物色英雄，数年来似有所得，却又一无所得，要是会见了主任，我怕他会望而却走呢！'"①"旧巢共是衔燕，飞下枝头变凤凰"指严无忌和黄和光曾是同学，现在严无忌是北伐军师政部主任，黄和光竞选省议员失败，之后又抽上了鸦片，意志消沉。后来严想请黄和光当副主任，黄和光坚辞。可见黄和光无意于政治。"伪凤易悦楚，真龙反惊叶"②，用了伪凤悦楚和叶公好龙的典故来隐射严无忌和钱良才。这句诗正好印证了茅盾所说的"霜叶"。后面严无忌和钱良才都被蒋疑为共产党，严被杀，钱逃亡日本。张今觉早前加入国民党，她的父亲是国民党左派，1926 年在港被暗杀。后张今觉与钱良材北上复仇，"至于牺牲，她说为了父亲，为了丈夫、也为了弟弟，为了其他被害同志，她甘愿牺牲"③。张今觉受伤住院，"他们慨叹于所谓国民党左派大都变节"④。作品结尾用"收拾铅华归少作，排除丝竹入中年"⑤暗示了张今觉、钱良材退出历史舞台。主要人物的这些表现印证了茅盾所说的革命退潮时，有的消极沉沦，有的走向个人复仇。

据此，我们认为《续稿》揭示了《霜叶》书名中所隐藏的政治指向。从表面上看，作品写的是地主阶级和小资产阶级知识分子在北伐到大革命失败后的矛盾和斗争，实际展现了国民党内部的冲突，暗示了国共内战。1958 年，茅盾在《〈霜叶〉新版后记》中说："书中一些主要人物，如出身于地主阶级和小资产阶级的青年知识分子，最初（在一九二七年国民党叛变以前）都是很'左'的，宛然象是真的革命党人，可是考验结果，他们或者消极了，或者投向反动阵营了。如果拿霜叶作比，这些假左派，虽然比真的红花还要红些，究竟是冒充的，'似'而已，非真也。"⑥这一说法与回忆录中的基本一致，比较来看，回忆录中的更加客观，这里则带有明显的政治色彩，如"革命""反动"。从解释作品《霜叶》的年代（1958 年）和创作作品《续稿》的年代（1974 年）来看，都是处于一种"革命"的语境。"中国革命如果狭义的算

---

① 茅盾：《霜叶红似二月花》，台海出版社 1998 年版，第 258 页。
② 这句诗出自王安石的《再用前韵寄蔡天启》，前半句意思是路人花了重金买了"凤凰"，没过一夜就死了，他不惜金钱而可惜没能把"凤凰"献给楚王。人们都以为那只山鸡是真凤凰，楚王听后为臣民的忠心所感动，重赏路人。选自王安石著，李壁笺注：《王荆文公诗笺注》，上海古籍出版社 2010 年版，第 28 页。
③ 茅盾：《霜叶红似二月花》，台海出版社 1998 年版，第 273 页。
④ 茅盾：《霜叶红似二月花》，台海出版社 1998 年版，第 273 页。
⑤ 茅盾：《霜叶红似二月花》，台海出版社 1998 年版，第 274 页。
⑥ 唐金海、孔海珠等编：《茅盾专集第一卷·下册》，福建人民出版社 1983 年版，第 910 页。

法,1911—1949年,长达38年;如果宽泛一点,往前追溯到1894年孙中山成立兴中会,往后延伸到1976年'文化大革命'结束,则长达80多年。前30年是国民党主导,后50年是共产党主导。前后基本上是一个连续的过程。"①从"革命"的语境来看,《续稿》所反映的内容在当时是敏感题材,茅盾巧妙地通过古诗传达了自己的创作意图。书名中的"霜叶"和"似"是解题的关键,其中暗藏着主要人物的革命倾向及文本的政治指向。杜牧的原诗"霜叶红于二月花",指的是经霜后的枫叶比春花更鲜艳,同时也说明它更耐寒,更经得起考验。茅盾将"于"改为"似",是反其道而用之。《续稿》中的主要人物都是"霜叶",他们经历了大革命的考验后,变得消极或投向反动势力(国民党的变节),最终退出历史舞台。其中的政治指向就是说他们不是革命的真正领导力量。

"对燕卜荪来说,文学作品是开放的:理解作品必然包括对于文字被社会地使用于其中的总体语境的把握。"②回到《续稿》的故事背景,主要人物的经历及选择其实也带有政治化色彩。国共合作始于"打倒列强除军阀"的呐喊声中,它在另一历史时段接续了辛亥革命的未竟事业。在这一过程中,革命成为一个狂热的词汇。"北伐进程中,随着国共斗争和国民党内部分化的加剧,'反革命'也成为对立各方互相攻讦的武器。"③共产党人和国民党人有各自对"革命"的理解和选择,这也造成了两者不可调和的矛盾和最终的分裂。"时人注意到'谁革命谁反革命'之不易辨识,不同的革命主张、不同的革命目标、不同的革命取径和不同的革命手段,均相互隐含着'反革命'的因子,或同时具有'革命'与'反革命'的双重属性。"④"革命"一词因人而异、因时而变。《续稿》写出了"革命"的矛盾性和复杂性,曲折地表现了作者的政治立场。

结语

《霜叶》及其《续稿》是茅盾作品中比较独特的一部,这体现在作者在内容和结构上所花的心思。《霜叶》背景的模糊性及叙事的漏洞、《续稿》主要人物转向的复杂性,造成了读者解读的困难和研究观点的差异。究其原因,20世纪40年代和70年代的创作环境使茅盾的创作既要与时代保持一定的距离,又要考量政治上的审查,这些都会对作品题材的选择、人物的命运造成一定的影响。《霜叶红似二月花》虽是"未完成"之作,但它在思想和艺术上都达到了很高的水平,堪称一部时代的史诗。

---

① 王奇生:《革命与反革命:社会文化视野下的民国政治》,社会科学文献出版社2010年版,第3页。
② [英]特里·伊格尔顿:《二十世纪西方文学理论》,伍晓明译,北京大学出版社2018年版,第55页。
③ 王奇生:《革命与反革命:社会文化视野下的民国政治》,社会科学文献出版社2010年版,第98页。
④ 王奇生:《革命与反革命:社会文化视野下的民国政治》,社会科学文献出版社2010年版,第100页。

茅盾在延安文化语境下的"鲁迅"再阐释

孟丽军[①]

摘 要：自1936年鲁迅逝世以后，茅盾为《鲁迅全集》的出版来回奔波并写作多篇纪念鲁迅的文章，侧重从民族斗士和"韧性战斗精神"等层面对鲁迅进行解读，其背后暗含着20世纪30年代的左翼文化资源和抗战以来的民族国家立场。1940年5月至10月茅盾曾暂居延安，在此期间茅盾对鲁迅的阐释重点与此前存在着微妙的差异和视角的转换。这种变化一方面表现为对鲁迅思想中"人民"立场的关注，另一方面则体现在茅盾有意丰富"延安鲁迅"的形象，并为当时僵化鲁迅的主观主义和机械主义的方法论做纠偏。将延安文化语境纳入考察，这种变化可以被理解为茅盾面临"新民主主义话语"的"延安鲁迅"而做出的调整，也是茅盾积极介入延安文化语境的自觉尝试。

关键词：茅盾；鲁迅；延安；新民主主义；人民

1936年10月19日，鲁迅在上海逝世。当抗战全面爆发，鲁迅的逝世也在一定程度上成为激发中国民众抗战爱国情感的重要事件，"葬仪的受难渲染结合了民族国家的受难"[②]，中国共产党和国民党也借此开启了鲁迅作为"民族魂"的形象建构。既有研究表明，鲁迅逝世三周年之前的国共两党在从民族主义话语上宣传鲁迅这一点上存在共识，但随着抗战相持阶段国共之间关系的变化，国民党和共产党都试图建构起区别于彼此的独有的鲁迅资源。[③] 换句话说，此时的"鲁迅"不是作为一个具有主体性的作家存在，而是作为被有效地整合进国共博弈场域的话语存在。因此，在1939年国民党召开五届五中全会提出"溶共、防共、限共、反共"方针之后，1940年1月毛泽东在边区文协第一次代表大会上《新民主主义论》的讲话，正式将鲁迅置于中共阵营中，从"同路人"到"旗手"的身份转换也将"鲁迅本身的复杂性和丰富性剪除"[④]，成为"新民主主义文化的方向"。但需要注意的是，尽管毛泽东的《新民主主义论》"成为指示当下以及未来如何解读鲁迅的'原典'，开

[①] 作者简介：孟丽军，中央民族大学文学院硕士毕业生。
[②] 宋夜雨：《鲁迅葬仪与30年代民众动员的情感机制》，《现代中国文化与文学》2019年第3期，第170页。
[③] 田刚、李茸茸：《从"同路人"到旗手——鲁迅形象塑造及其"杂文自觉"》，《现代中国文化与文学》2021年第1期。
[④] 田刚、李茸茸：《从"同路人"到旗手——鲁迅形象塑造及其"杂文自觉"》，《现代中国文化与文学》2021年第1期，第110页。

启了一个话语权独属于延安的'鲁迅'阐释系统"①,但如何去丰富、充实并且建构起延安"鲁迅"并使之成为引导新民主主义文化的旗帜才是问题的关键。

1940年5月至10月,茅盾暂居延安期间正值建构"延安鲁迅"的阶段,而此时"延安鲁迅"并非定于一尊,毛泽东和张闻天的"鲁迅"在相似的立场之下也存在着由于中共内部权力变动而产生的微妙差异。作为曾与鲁迅并肩战斗的左翼作家,茅盾早在1921年就为鲁迅的小说正名,1927年发表的《鲁迅论》成为第一部系统阐释鲁迅思想的文章,"阿Q相"甚至成为附着于"阿Q"的经典特征并得以广泛传播。也就是说,茅盾是作为阐释鲁迅的经典作家来到延安的,丰富的文学理论和生活经验也使得他具有成熟的批评方式。值得探究的是,面对延安语境下从"马克思主义中国化"和"阶级话语"建构鲁迅形象的这一过程,茅盾如何参与到"延安鲁迅"的建构中? 茅盾在延安阐释鲁迅的文章到底有没有论述的变化或者策略? 而要解答该问题势必要将此前和此后茅盾的"鲁迅论"纳入,并以此观照延安语境下茅盾论述鲁迅的文章,联结起延安文人与国统区文人的论述鲁迅的更大场域。

一、作为"民族斗士"的鲁迅与抗战动员

1921年载于《小说月报》第12卷第8期的《评四、五、六月的创作》,第一次表达了茅盾对鲁迅《故乡》的看法:"我觉得这篇《故乡》的中心思想是悲哀那人与人中间的不了解,隔膜。造成这不了解的原因是历史遗传的阶级观念。"②1922年《关于〈阿Q正传〉》定义阿Q是中国人品性的结晶;1923年的《读〈呐喊〉》认为《呐喊》诸篇皆是"旧中国的灰色人生的写照",而"阿Q相也未必是全然是中国民族所特具,似乎这也是人类的普通弱点的一种",因而鲁迅"衹在刻画出隐伏在中华民族骨髓里的不长进的性质——'阿Q相'"。③ 相较社团组织及党派的文学批评,这些批评大都带有明显的个人观点,往往凸显建基于批评家价值标准之上的美好喜恶。从上述批评来看,早期茅盾的鲁迅论受到阶级观念和自然主义创作方法的影响,倾向于从反封建和国民性批判的角度对小说的"写实"做出定位,独特的视野和颇具感受性的心理也让他能精准地把握住文章的核心和鲁迅论述的重点,开启了阐释鲁迅的"漫长路途"。1927年的《鲁迅论》更是标志着茅盾鲁迅论"社会历史批评风格的成熟和作家论文体的正式形成"④,文中时代性的观照视角也指出鲁迅小说"没曾反映出弹奏着五四的基调的都市人生"的遗憾,因而缺乏浓郁的社会性。

自30年代从日本回到上海后,茅盾与鲁迅有了深入地交往,在担任左联行政书记期间,与冯雪峰、瞿秋白和鲁迅等人就《前哨》等理论刊物交换意见,并与鲁迅并肩作战批判国民党的"民族主义文学"。即使在"两个口号"中,茅盾也致力于在

---

① 张钰:《"从民族鲁迅"到"延安鲁迅"——国共博弈与"中华民族新文化的方向"》,《西南民族大学学报》(人文社会科学版)2021年第7期,第217页。
② 茅盾:《评四、五、六月的创作》,《茅盾全集·中国文论一集》,黄山书社2014年版,第154页。
③ 茅盾:《读〈呐喊〉》,《茅盾全集·中国文论一集》,黄山书社2014年版,第444—446页。
④ 姬学友:《评茅盾1949年前的"鲁迅论"》,《殷都学刊》2011年第4期,第74页。

"民族革命战争的大众文学"之上实现抗日民族统一战线的联合。鲁迅同样珍惜与茅盾的友谊,据许广平在《欣慰的纪念》中回忆,鲁迅对茅盾的回国深感喜悦,认为这是"添了一支生力军"①。然而鲁迅的身体每况愈下,1936年10月19日在上海逝世,此时茅盾虽因病在乌镇未能见鲁迅最后一面,但他成为纪念鲁迅逝世活动的重要参与者,并多次发文阐释"鲁迅精神"。在鲁迅逝世之后的第12天,茅盾在《中国呼声》上发表《一口咬住……》,提出要"继承他那争取民族自由和解放的事业","把文学遗产看作是所有被压迫民族争取解放的武器",而在介绍其文学遗产时,茅盾特别指出杂感"这种新型的文学形式"是"斗争的锐利武器"②,可见茅盾对鲁迅杂文的重视。1936年11月20日,《中流》第一卷第六期发表由茅盾起草、蔡元培签署的《鲁迅先生纪念委员会筹备会公告》。茅盾作为筹备委员之一,帮助置办鲁迅坟地、筹集捐款等各项工作,并同蔡元培、宋庆龄等国民党左派共同签署《致法国左派作家协会》向法国左翼作家筹集资金以建立合适的纪念像。③ 实际上,"纪念委员会的主要任务是募集纪念基金,由纪念委员会出版全集的任务,尚未提到议事日程上来"④。在出版《鲁迅全集》的过程中出现多个插曲,茅盾、蔡元培等人努力排除万难。据茅盾回忆,鲁迅逝世之后他们就与许广平商量出版完整的《鲁迅全集》,并且组成小型编委会,约定由商务印书馆出版,但上海战争的爆发使计划推迟直至鲁迅逝世周年时出版全集之事再次提出。茅盾为此辗转拜访蔡元培和黄访书等人,与许广平多次通信,经过各方努力终于得到解决。⑤ 1938年10月纪念鲁迅逝世两周年,茅盾在香港发表五篇短文,即《"宽容"之道》《有背于中国人现在为人的道德》《谨严第一》《韧性万岁》《以实践鲁迅精神来纪念鲁迅先生》;1939年鲁迅逝世三周年茅盾在新疆发表了《在抗战中纪念鲁迅先生》一文,该文强调了鲁迅"挖烂疮"的手法,揭示出隐藏在膏药下面的烂疮,而不是"讳疾忌医"。

在历次茅盾纪念鲁迅的文章与讲话中,茅盾强调的是鲁迅向着压迫人民和破坏民族团结的反动分子"韧性战斗"的精神以及他对于人生处处忠实并以此剖析社会与人心的做事特点。换句话说,前者对应的是鲁迅作为"革命者"和"民族斗士"的身份,将鲁迅的遗产扩大至"所有被压迫民族争取解放的武器",寻求世界范围内被压迫民族的联合;后者落脚于鲁迅作为"文学家"和"艺术家"的"现实主义创作",敢于直面黑暗的批判意识。茅盾对"鲁迅精神"的阐释,勾连着他对国统区经验的把握和对革命的现实主义的理解,既不单从文人角度去定义,也不将其归结为某一原则,而是不断地跟随时代的需要对其做出贴合现实的解释,或将其作为"治疗青年们浮而不实的一剂良药"(《战斗的生活进一解》),或是"教导我们一

---

① 叶子铭:《茅盾漫评》,百花文艺出版社1983年版,第172页。
② 茅盾:《一口咬住……》,《茅盾全集·中国文论四集》,黄山书社2014年版,第235页。
③ 宋庆龄、茅盾、蔡元培、戴君华:《宋庆龄、茅盾、蔡元培致法国左派作协》,《上海鲁迅研究》,1983年第1期。
④ 沈濯:《关于鲁迅先生纪念委员会的史料及辨析》,《上海鲁迅研究》1991年第1期,第107页。
⑤ 茅盾:《我走过的道路》(下),人民文学出版社1988年版,第70—71页。

件最重要的事:反公式主义"(《研究和学习鲁迅》)。从这一角度来看,茅盾所定义的"鲁迅精神"和毛泽东1937年的《论鲁迅——在"陕公"纪念大会上的演辞》(简称《论鲁迅》)中的阐释也存在着一致之处,毛泽东于陕北公学鲁迅逝世周年纪念大讲话中将鲁迅精神概括为"政治的远见""斗争精神""牺牲精神",其目的即是将鲁迅塑造为抗战到底的"民族英雄",但是也需要注意两者之间的微妙差异。在《论鲁迅》中,毛泽东提到:"我们纪念他,不仅因为他的文章写的好,是一个伟大的文学家,而且因为他是一个民族解放的急先锋,给革命以很大的助力。他并不是共产党组织中一人,然而他的思想、行动、著作,都是马克思主义的。他是党外的布尔什维克……他近年来站在无产阶级与民族解放的立场,为真理与自由而斗争。"①

从引文来看,毛泽东承认鲁迅作为民族解放斗士的身份,但也将鲁迅纳入无产阶级阵营中,视其为"党外的布尔什维克",凸显马克思主义的阶级立场。此时毛泽东已经有意去获得鲁迅阐释的话语权,论述的模糊性指向的是淡化"左翼精神的多元构成"而突出其最核心的斗争精神以"确立中国共产党对边区文化领导的权威性"。② 以此观照茅盾的阐释,他没有将鲁迅思想及其作品置于无产阶级话语之下论述,而是有意使其突破中国民族阶级的框架而寻求鲁迅的"世界性"意义。尽管在1938年抗日进入持久战之后,茅盾更为频繁地突出鲁迅"韧的战斗精神",以此来保证"抗战必胜,建国必成"(《以实践鲁迅精神来纪念鲁迅先生》),郭沫若的《持久抗战中纪念鲁迅》也从持久战的现实考虑中阐释鲁迅,但两人均未从阶级话语下对其进行定位,而是着眼于鲁迅的"清醒的现实主义"态度。这关涉国统区对鲁迅话语的建构面向,即在一个布满斗争与汉奸等现实的矛盾环境中,茅盾对"革命的现实主义"的倡导蕴含着对时代性和真实性的需求,通过揭露黑暗明确光明的存在,反对在此之上的"讳疾忌医"与"掩饰"的态度。

因此从来延安之前的鲁迅阐释来看,20至30年代茅盾着重从五四反传统的角度突出鲁迅作品中的启蒙姿态和批判视角,并不断从中提取典型环境的典型人物,例如"阿Q相"作为摄取鲁迅作品精华的关键,在理性的分析之外也不时闪烁着感性的光芒;随着抗战爆发,鲁迅逝世之后,茅盾继承了"杂文笔法"和"战斗精神",以笔为武器向国统区乃至全世界压迫现象战斗,带有明显的现实针对性。但区别于标语口号的功利性纪念,茅盾对于现实的深切关怀及其不尚空谈的倾向也使得他在倡导鲁迅精神的同时在现实中践行它,创办《呐喊》周刊,筹备鲁迅基金以及帮助编撰《鲁迅全集》等都是茅盾做的切实的工作,其目的是发扬鲁迅的不断批判的战斗者形象,为"忠勇之将士"与"义愤之民众""呐喊助威"③。

---

① 毛泽东:《论鲁迅——在"陕公"纪念大会上的演辞》,《七月》1938年第3期。
② 周维东:《延安时期毛泽东评价鲁迅的模糊性与策略性》,《现代中国文化与文学》2010年第1期,第25页。
③ 韩晗:《烽火中的呐喊——以〈呐喊(烽火)〉周刊为支点的学术考察》,《西南民族大学学报》(人文社会科学版)2011年第6期,第204页。

二、调整与介入：阶级立场下的"革命追随者"

如前所述，在 1927 年《鲁迅论》和《读〈倪焕之〉》中茅盾旨在运用社会历史批评分析方法品评鲁迅的小说，在此基础上也表达了他对宏大时代书写的要求；鲁迅逝世之后，茅盾在国统区的鲁迅阐释意欲形成一个韧战的"民族斗士"鲁迅形象，借鲁迅精神联结起文人和革命青年组成"抗日民族统一文化战线"，重在以实际行动纪念鲁迅，而并未凸显的阶级话语在国统区文人中也较为普遍，这也与抗战爆发之后国共合作的态度相关。但如果说 1940 年之前国共两党还能同在民族国家话语之下利用鲁迅的"民族魂"共同抗战建国，那么 1940 年《新民主主义论》中对鲁迅的"新文化"的定位给延安文人和领导者提出了新的建构鲁迅的方向。

"由于中国政治生力军即中国无产阶级和中国共产党登上了中国的政治舞台，这个文化生力军，就以新的装束和新的武器，联合一切可能的同盟军，摆开了自己的阵势，向着帝国主义和封建文化展开了英勇的进攻……而鲁迅，就是这个文化新军的最伟大和最英勇的旗手……鲁迅是在文化战线上，代表着全民族的大多数，向着敌人冲锋陷阵的最正确、最勇敢、最坚决、最忠实、最热忱的空前的民族英雄。鲁迅的方向，就是中华民族新文化的方向。"①

在毛泽东的论述逻辑中，鲁迅作为文化生力军的旗手的身份是伴随着五四时期无产阶级登上政治舞台的情况而成立的，对鲁迅政治人格的倡导乃是将其塑造成为左翼阵营的精神领袖，这也基本成为鲁迅在中国现代文化与文学史中所居地位的论断，并"支撑了鲁迅研究的繁荣局面"②。但在上述"鲁迅方向"的确认中，毛泽东虽借助整合鲁迅复杂丰富的精神资源"使得鲁迅形象从纯粹的思想史，文学史的层面抽象为一种政治规定"③，然而在《在延安座谈会上的讲话》正式建立延安文艺规范之前，中共内部乃至延安文人内部对于鲁迅的阐释存在着诸多缝隙，构成了交织着多重人际关系和观念方法的斗争场域，茅盾的文章也与既有的"延安鲁迅"产生多方面的碰撞和对话。

已有研究在论及茅盾在延安对鲁迅的再阐释时聚焦于《为了纪念鲁迅的六十生辰》和《关于〈呐喊〉和〈彷徨〉》两文，但他在延安首次提及鲁迅的文章却是《纪念高尔基杂感》一文。在该文中，茅盾将鲁迅比作"中国的高尔基"，认为"应当学习高尔基与鲁迅的现实主义的创作方法，用犀利的笔尖，从抗战的现实中，揭出这些城狐社鼠的鬼蜮丑恶，痛加声讨"④。该文凸显的是鲁迅和高尔基创作方法上的一致而非阶级立场的相同，"揭出丑恶"和批判现实的诉求仍旧延续了茅盾"暴露黑暗"的一面。但发表在《新华日报》上而非延安内部刊物显示了茅盾的政治立场，两者的比附也蕴含着茅盾对鲁迅支持苏联文艺和革命运动的行为的强调，这难免

---

① 毛泽东：《新民主主义论》，1940 年 1 月 19 日《中国文化》。
② 蔡翔峰：《毛泽东与左翼"鲁迅传统"的形成——兼论延安时期周扬对"鲁迅传统"的阐释》，《红色文化资源研究》2018 年第 4 期，第 173 页。
③ 吴翔宇：《动态文化结构中鲁迅形象的建构和反思》，《鲁迅研究月刊》2015 年第 9 期，第 33 页。
④ 茅盾：《纪念高尔基杂感》，《茅盾全集第十六卷·散文六集》，黄山书社 2014 年版，第 346 页。

使人联想起瞿秋白论述鲁迅与高尔基关系的左翼传统。在《鲁迅杂感选集》序言中,瞿秋白开篇将鲁迅杂文和高尔基的"社会论文"并称,最后指明学习鲁迅"清醒的现实主义""韧的战斗精神""反自由主义"和"反虚伪的精神"。茅盾的文章秉承了瞿秋白论述鲁迅的思想资源,在延安语境下重申鲁迅与高尔基的联系,牵涉到茅盾对延安主流话语下"鲁迅形象"的把握,也是介入延安的尝试。然而问题不止于此,1938年之后毛泽东虽成为中国共产党的实际最高领导者,但以王明为代表的"共产国际派"仍具有相当的势力,张闻天、萧三等人皆通过比附鲁迅与高尔基强调文学中的苏俄因素;但张武军表示,毛泽东从未在公开场合称鲁迅为"中国的高尔基",而是纳入孔子的现代比附脉络中,指向的是"马克思主义中国化"理论下摆脱共产国际束缚、实现独立领导的意图。① 理清这一关系,不难看出茅盾携带着以瞿秋白等具有共产国际背景的领导者的左翼资源参与到延安文艺话语的建构当中,但同时一些活动与文章也显示出茅盾参与"新民主主义文化方向"的"鲁迅形象"建构的自觉。

1940年5月至10月,茅盾在延安解放区总共参与发表了三篇有关鲁迅的文章。8月份,茅盾参与纪念鲁迅诞辰六十周年,《为了纪念鲁迅的六十生辰》一文刊于8月15日出版的《大众文艺》第一卷第五期,刊物的同一期上也发表了周文、丁玲、胡蛮等人的文章。茅盾与林伯渠、吴玉章、徐特立等十六人发表的《鲁迅文化募捐缘起》刊于《中国文化》第二卷第二期;1940年10月15日《大众文艺》第二卷第一期发表《关于〈呐喊〉和〈彷徨〉》一文作为茅盾纪念鲁迅逝世四周年的文章,该文集中体现了茅盾在延安语境下阐释鲁迅的重点。自1936年鲁迅逝世以后,鲁迅纪念活动虽与作为文学家的鲁迅形象无多少关联,但也确乎在扩大鲁迅影响,"确立鲁迅在新文学史上的领导地位,提供必不可少的社会文化基础"②。1940年10月19日是自《新民主主义论》提出后纪念鲁迅的第一个活动,延安文人均发文纪念表明立场,这可从1938年艾思奇的《学习鲁迅主义》到1940年《"鲁迅的方向就是中华民族新文化的方向"》的论述重点的变动窥探出来。而将茅盾此前和此后的文章纳入对照,通过细读《关于〈呐喊〉和〈彷徨〉》也能看到茅盾论述鲁迅的重点,这恰恰反映了作家在介入延安鲁迅建构时的思想资源和其对延安风向的把握。

该文开篇就有针对的对象,即"《彷徨》显示了作者的更浓重一些的'悲观思想'"③,《离骚》代表作者转变的起点,反对这种机械主义和主观主义的解读方式成为茅盾在延安论述鲁迅的出发点。为了联系起《呐喊》和《彷徨》的内容,茅盾采用"宇宙观"统摄其思想,同时表明"作者观察现实时所取的角度却显然有殊",前者建立在"反封建"的立场之上,后者则是基于前者的探索与渴望,而不是极度的悲观。问题不在于前后两者的不同而在于相同,"宇宙观"其实是毛泽东在《新民主

---

① 张武军:《"中国高尔基"与"政治家"鲁迅》,《开放时代》2020年第6期。
② 段从学:《鲁迅在新文学传统中的领导地位之建立——文协与抗战初期的鲁迅纪念活动》,《鲁迅研究月刊》2008年第7期,第35页。
③ 茅盾:《关于〈呐喊〉和〈彷徨〉》,《茅盾全集·中国文论五集》,黄山书社2014年版,第174页。

主义论》中论述五四以来的文化生力军时运用的重要概念,也是贯穿毛泽东的文艺思想的关键基点。因此从一开始,这篇文章就包含着延安的立场,即在无产阶级视野下分析鲁迅的作品,将其置于接受共产主义宇宙观的话语之下来分析。基于这一观点,茅盾重新分析《呐喊》和《彷徨》中的鲁迅思想。《呐喊》书写了"被封建势力压迫与麻醉的人们",他们作为"大地的儿女",身上有着旺盛和坚强的生命力,而鲁迅"看见了革命的力量,然而还没有看见革命的人物"①。《彷徨》是鲁迅目睹五四落潮之后青年知识分子迷茫彷徨而做出的"渴望的暗示"。有意思的是,在《鲁迅论》中茅盾认为:

《呐喊》所收15篇,《彷徨》所收11篇,除几篇例外的,如《不周山》《兔与猫》《幸福的家庭》《伤逝》等,大都是描写"老中国的儿女"的思想和生活。"老中国的儿女",并不含有已经过去的思想,我们只觉得这是中国现在百分之九十九的人们的思想和生活。②

从这一段话来看,茅盾其实此前并未严格区分《呐喊》和《彷徨》描写对象的不同,而是以"现代"的视角总结两者反映了"'老中国的儿女'的灰色人生"。尽管在《读〈倪焕之〉》中,茅盾认为《彷徨》的《幸福的家庭》和《伤逝》描写现代都市人生,但"也只能表现了'五四'时代青年生活的一角",一方面固然与茅盾对都市的熟悉有关,同时"都市—乡村"和"现代—传统"的批评标准也成为茅盾论述鲁迅的核心。回过头来看《关于〈呐喊〉和〈彷徨〉》,该文规避了此前对于"老中国的儿女"的论述以及作品中的悲观思想,代之而起的是对农民"生命力之旺盛和坚强"和"大地的儿女"的强调,并且区分了《呐喊》中"大地的儿女"和《彷徨》中"青年知识分子"的描写对象,说明《彷徨》的渴望与"光明"。通过界定《呐喊》和《彷徨》的写作节点,即五四高潮与五四落潮期,茅盾对鲁迅小说中反映的思想变化做了贴合时代环境的解读,这表明茅盾延续了此前社会历史批评的模式。茅盾指出鲁迅"没有看见革命的人物"的缺陷也在一定程度上使我们联想到瞿秋白在《鲁迅杂感选集序言》中"看不见群众的'革命可能性'"③的定位。如果说"老中国的儿女"对应着鲁迅对国民劣根性的批判和批判现实主义的传统,那么"大地的儿女"在一定程度上则勾连着鲁迅人道主义和民主主义的立场,而这也反映了茅盾在延安语境下阐释鲁迅视角的转换。

从"老中国的儿女"到"大地的儿女",其归根重在突出鲁迅对于人民大众的态度和立场。而早在1938年毛泽东在鲁迅艺术文学院的讲话中就说道:"艺术上每一派都有自己的立场,我们是站在劳苦大众方面的……但在统一战线之下,我们不能丧失自己的立场,这就是鲁迅先生的方向。"④由对鲁迅作品的批评到对鲁迅

---

① 茅盾:《关于〈呐喊〉和〈彷徨〉》,《茅盾全集·中国文论五集》,黄山书社2014年版,第175页。
② 茅盾:《鲁迅论》,《茅盾全集·中国文论二集》,黄山书社2014年版,第170页。
③ 何凝:《鲁迅杂感选集序言》,《鲁迅杂感选集》,青光书局1933年版,第18页。
④ 毛泽东:《在鲁迅艺术学院的讲话》,《毛泽东文集》(第二卷),人民出版社1993年版,第122页。

思想以及立场的把握,成为毛泽东塑造鲁迅的策略,在其导向之下周扬的《一个伟大的民主主义现实主义者的路——纪念鲁迅逝世二周年》同样避免了鲁迅对农民落后性的批判而彰显鲁迅对民众的深沉的爱,将鲁迅纳入无产阶级阵营中。然而这种简单的"接受——影响"理论并不足以解释茅盾阐释鲁迅的重点的转移,茅盾对"延安鲁迅"的建构也是在其既有资源基础之上对延安文化乃至整个延安风向的把握。一方面,相较于国统区文化,延安文化是在苏区文化和左翼文化基础之上开辟的关于新民主主义文化形态的场域,"呈现出与国统区文化相异的特殊品格"①。换句话说,延安文化从根本上来说是农民文化,"马克思主义中国化"理论的关键创新就是强调农民作为革命主力军的地位,同时结合中国的国情运用马克思主义理论解决问题。在延安时,茅盾本就向党组织申请重新入党,结合此前茅盾在延安的文学活动也均与马克思主义理论中国化的接受有关。作为"新民主主义的新文化方向"的鲁迅,批判民众的思想在毛泽东那里被有意模糊甚至忽略,以此作为消化知识分子内部芥蒂和争夺文化领导权的联合策略。茅盾后来也指出这种批判和暴露黑暗的精神并不符合整个延安的氛围。② 另一方面,在解释《彷徨》的创作目的时,茅盾提出的新文化运动主将的分化则暗含《新民主主义论》中所提到的资产阶级知识分子在第二个时期的反叛,与敌人妥协站在反动的一面。说明"青年知识分子"的缺陷时,茅盾从其所处的环境出发将其归结为"前代"的遗留,"不合理社会制度的包围",这并非"命定"的缺陷既指向鲁迅本人的"唯物思想"也使人的改造和转变成为可能,反过来赋予了五四以来的新民主主义革命和延安环境的正当性与合理性。

自《鲁迅论》后,茅盾在延安语境下重评《呐喊》和《彷徨》,这绝不是"重说旧话",而是在对鲁迅作品与时代环境关系的考察基础上利用历史唯物主义阐释鲁迅的思想,视鲁迅为朝向马克思主义的"革命追随者"。然而值得深究的是,茅盾从未明确说过鲁迅是中国新文化的方向,对鲁迅思想的分析最终仍旧落脚于文学作品的倾向而非明显的政治定位。换句话说,作为一位成熟的马克思主义者兼文人,茅盾并非是抛弃文学独立性和艺术性的知识分子,他总是在既有左翼思想资源基础上对政治进行审慎地解读,在政治语境下具有一定的主体性,因而对"延安鲁迅"的建构也蕴含着茅盾对文艺、政治乃至革命的认识,思路的转换有其内在的一致性。

三、坚持与建构:方法论的自觉与纠偏

区别于雷加等年轻作家,茅盾早在1919年年底就接触马克思主义,并在左联时期运用成熟的马克思主义理论分析文坛复杂的文艺现象,成为与鲁迅并肩对抗国民党"民族主义文艺"的文豪。茅盾从国统区来到延安,尽管延安的意识形态话语有时会规定茅盾的阐释方向,但规约强制的话语与作家内在的思维逻辑并非完

---

① 陈晋:《从抗日文化到延安文化——对毛泽东思考和实践新民主主义文化的梳理和分析》,《毛泽东文化创新之路》,商务印书馆2020年版,第78页。
② 茅盾:《我走过的道路》(下),人民文学出版社1988年版,第233页。

全吻合,在权力话语的规范和作家的阐释之间往往会出现一些缝隙。即便茅盾面临延安文艺话语的建构表现出了一些调整和偏移,但茅盾阐释鲁迅的文章中也保留着个人的思考,并为"延安鲁迅"提供更多的思考面向。

根据史料研究,茅盾在鲁迅逝世四周年之前就已经离开延安,但他还是作了《关于〈呐喊〉和〈彷徨〉》登在《大众文艺》上表明自己的观点,并且在离开延安时将鲁迅的手稿《答苏联国际文学社问》交由方纪保管以便提供给鲁迅展览会展览①,该文被认为是鲁迅表现对无产阶级运动和苏联文学的支持的文章。茅盾此举也是以实际行动参与延安的鲁迅建构。在《我走过的道路》中,茅盾曾提及以《呐喊》和《彷徨》为题的意图:

> 自 1927 年写了《鲁迅论》之后,我没有再写过评论鲁迅作品的文章,但鲁迅逝世之后,在众多的评论文章中,我发觉对鲁迅前期思想有估价不足的倾向,认为从《呐喊》到《彷徨》显示了作者的"悲观思想愈加浓重了",而《彷徨》是"悲观思想的顶点",我以为这样的论断是表面和皮相的。我借纪念鲁迅逝世四周年的机会,写了这篇文章批驳了这种观点。②

"前期思想"的不足与论断的"表面和皮相"是对该文写作意图的表示,从当时历史语境来看,情况也确实如此。1940 年 1 月,张闻天在《抗战以来中华民族的新文化运动与今后任务》中就提出要"组织新文化运动大师鲁迅先生的研究会",并"委托在延安马列学院工作的刘雪苇编辑这本选集,编成以后于鲁迅逝世四周年的当天(10 月 19 日)刘即送请张闻天审阅,并请求撰写序言"。③ 从《鲁迅论文选集》呈现的结果来看,选集共收入鲁迅从 1918 年到 1936 年的 79 篇文章,而鲁迅 1927 年"左转"之后的文章占了 50 多篇。可以说张闻天在借鉴和延续瞿秋白《鲁迅杂感选集》的基础上将鲁迅的战斗的杂文传统继续推进,同时淡化五四的启蒙话语。相较于延安,尽管"鲁迅被放置在国统区这样一个由党政军人、知识分子、普通读者等多重关系组成的接受网络中,呈现了与解放区、沦陷区不同的演说特点"④,但其间较为一致的地方则是从抗战出发论述鲁迅的战斗精神,强调鲁迅的杂文批判对抗日民族统一战线的作用。一些研究者也指出,毛泽东"对鲁迅杂文表现了一种一以贯之的阅读热情,那么与之相比,他对鲁迅小说却表现了一种惊人的冷淡,有时还不惜对之做出倾向于否定性的评价"⑤,在公开场合从未提及鲁迅的小说。正是基于对鲁迅"从个人主义到集团主义,从人道主义到社会主义,从

---

① 茅盾:《我走过的道路》(下),人民文学出版社 1988 年版,第 219 页。
② 茅盾:《我走过的道路》(下),人民文学出版社 1988 年版,第 219 页。
③ 张培森主编:《张闻天年谱(1900—1976)》,中共党史出版社 2000 年版,第 639 页。
④ 周淑:《战时国统区的鲁迅话语》,西南大学硕士论文,2010 年,第 i 页。
⑤ 袁盛勇:《延安时期鲁迅启蒙小说传统的不断弱化》,《纪念鲁迅逝世七十周年国际学术讨论会论文集》,2006 年。

进化论到史的唯物论"①的判断,相当多的作家将鲁迅后期的创作看作贴近无产阶级的证明,如此导致的结果便是难以解释,甚至忽略鲁迅前期和早期的思想。而茅盾向来就重视鲁迅小说中的反封建和批判性思想,更何况茅盾既有的社会历史批评的方法本就蕴含着对作家与时代关系的考察,如若解释不清鲁迅前期思想的特点,后期的转变就缺乏足够的说服力。

可以看到,基于较为自由开放的环境,在延安语境下对鲁迅的塑造存在着多重面向,其中最具核心统摄力的是毛泽东《新民主主义论》中对鲁迅的权威定位,他从抽象的政治理念出发,将鲁迅的复杂面向淡化而突出革命家的身份,建构成为"新民主主义文化的方向";萧军等人继承了鲁迅的批判精神,在鲁迅逝世四周年大会上提倡国民性批判的启蒙思想。与毛泽东重视政治倾向和萧军强调批判自由的精神不同,茅盾的《关于〈呐喊〉和〈彷徨〉》显示了他独有的文学批评理念和对现实主义的理解。其间贯穿的是历史唯物主义的精神,即反对《呐喊》和《彷徨》之间的断裂,而利用辩证唯物的方法将两者联系起来,从而将后者视为更积极的探索。这样从鲁迅前期小说出发,通过对作家转向共产主义之前的思想进行解读并挖掘内在的民主主义因素和人道主义立场的方法,在一定程度上为鲁迅研究中存在的机械主义和主观主义倾向做纠偏。在文章的最后,茅盾借延安的"阿Q"讨论表达了对文学典型的看法。事实上,对阿Q的定位在抗战时期始终是一个难题,牵涉"国民性"与"阶级论"两大范式,如果说阿Q寄寓了鲁迅的国民性批判,那么如何解释这一精神胜利法被安置在农民身上? 周立波在1941年的《谈阿Q》中认为,鲁迅发现"半殖民地国家的国民性带着浓厚的农民色彩",因而借批判阿Q批判"半殖民地"的社会②。毛泽东在私下对冯雪峰说,"阿Q是个落后的农民,缺点很多,但他要求革命",即将"阿Q"视作落后农民的典型。③ 这些机械的划分和政治的概括为茅盾所警惕,从《读〈呐喊〉》认为阿Q的色厉内荏是人性的弱点到该文中反对以阶级论界定阿Q,茅盾对阿Q的解读始终立足于文学典型的意义之上,即尽可能将阿Q的典型普泛化。这些有关阿Q的讨论,正显示了茅盾在延安语境之下对文学中的艺术性的坚守,反过来也是赋予鲁迅作品生命力的努力。

从"革命文学"论争中反对太阳社和后期创造社以历史虚无主义和左倾机械主义轻率否定五四新文学的主张,到茅盾加入左联之后对标语口号和脸谱主义的批判,茅盾始终反对将马克思主义理论教条主义地庸俗化地使用。换句话说,不考虑时代政治以及其他的社会思想等因素而生硬地套用理论,既无助于理论的完善和与现实的联系,也会忽略批评对象的丰富复杂的内在。作为在五四时期成长起来的左翼大家,茅盾所具备的丰富的国统区经验和理论知识也使得他在接受理论的过程中"贯穿着他作为批评主体的具体问题具体分析的客观性"④。因此茅盾论述鲁迅有着非常独特的全面解读的逻辑和倾向,尽可能地"顾忌全世全人全文,

---

① 艾思奇:《民族的思想上的战士——鲁迅先生》,夏征农编:《鲁迅研究》,生活书店1937年版,第52页。
② 周立波:《谈阿Q》,《周立波文集》(第五卷),上海文艺出版社1985年版,第278页。
③ 庶人:《在两个伟人之间》,《党史文汇》1992年第8期。
④ 姚玳玫:《中国现代文学研究通史》,广东人民出版社2020年版,第55页。

在全部世事或时代社会发展的总趋势中考察作家全人,从作家总的心理流向中把握全文"①,以期对其做出整体和准确的判断。

在离开延安之后,茅盾依旧在鲁迅逝世周年发表纪念文章,但相较于30年代,1940年之后的纪念文章有一个突出的特点,即注重研究鲁迅的方法,在社会历史批评之上突出辩证唯物主义的面向。当然在这之前茅盾的鲁迅论也包含阶级的分析视角,但1940年之后茅盾不再集中于论述鲁迅的韧性战斗精神,而是关注研究鲁迅中出现的偏向并适当地进行批评。1941年《最理想的人性——为纪念鲁迅先生逝世五周年》提出从民族解放运动和人性的角度研究鲁迅的两个思路;《研究、学习并且发展它》提出"把鲁迅作为战士",反对僵化鲁迅的研究方法;《关于研究鲁迅的一点感想》则借助平心《论鲁迅的思想》一书关注鲁迅前期思想中辩证法的种子……可以说,茅盾对于鲁迅研究方法的总结和纠偏在一定程度上构成了对国统区僵化"鲁迅形象"的斗争。

结语

作为鲁迅最早的知音,茅盾对鲁迅的阐释往往随着时代文艺思潮和所处具体语境的变动而有微妙的变化,同时也勾连着茅盾文学思想观念的调整。在众多的鲁迅论中,延安时期的鲁迅阐释虽很难说能构成他的漫长创作生涯的一个转折点,但其对于"延安鲁迅"的积极建构和对鲁迅"人民立场"的强调也在一定程度上反映了茅盾逐渐走上"人民文艺"道路的思想轨迹。当然,这次延安之旅并非只是茅盾在接受延安话语之下的被动调整,具有深厚政治意识和方法自觉的茅盾在延安话语之下也以纪念鲁迅的文章为当时存在的机械主义和主观主义做纠偏,为"延安鲁迅"的建构和丰富提供思想资源。

---

① 黄曼君主编:《中国20世纪文学理论批评史》,中国文联出版社2002年版,第340页。

茅盾史料考证

抗战时期茅盾佚简两通释读

刘世浩[①]

摘　要：由于战争以及通信条件等因素的影响，茅盾写于新中国之前的书信散佚情况较为严重。近年来，随着现代文学史料发掘工作的持续向前推进，茅盾散佚各处的佚文佚简陆续"出土"，形成了茅盾研究的一个新的方向。可尽管如此，茅盾集外文献的搜集、整理与研究工作仍有较大可发掘空间。此次披露的两通茅盾抗战时期的佚简便是对茅盾史料研究的进一步拓展。这两通佚简涉及茅盾对于抗战时期文艺刊物办刊方针的看法，以及他对于"一稿两登"问题所做的说明。其中，茅盾对战时文艺刊物应当担负起服务抗战的责任的强调，对于考察其战时文艺思想而言，具有重要的提示意义。

关键词：抗战时期；茅盾；佚简；文艺刊物；办刊方针

一

第一封信是茅盾写给《战时艺术》杂志编者的信。《战时艺术》1938年在桂林创刊，半月刊，属于艺术理论刊物。该刊由战时艺术半月刊社编辑，重要撰稿人有欧阳予倩、李文钊、茅盾等。主要栏目有各地艺术救亡工作动态、插图说明等。该刊主张将艺术与现实斗争结合起来，为争取抗战胜利和民族解放而呐喊。刊有各地抗战运动、青年生活、艺术救亡团体概况、公演情况等报告，还刊登了很多与战争有关的诗歌、歌曲、戏剧、评论、漫画等。刊有茅盾书信的1938年第5期的出版时间为1938年5月1日。

信中提到的《把笔端触到后方种种》以及《发动职业剧人……》《关于旧戏改良……》等文章，分别是雁沙的《把笔端触到后方种种》、吴启瑶的《发动职业剧人来参加抗敌救亡工作》、彭世桢的《关于旧戏改良的一点意见》，这几篇文章均刊登在《战时艺术》1938年第2期。

从内容上来看，此信是《战时艺术》杂志的编者就刊物的编辑方法问题向茅盾请教，茅盾所写的回信。其中，茅盾的意见有两点值得注意：一是对该杂志所刊登的具有现实指导意义的文章进行了肯定；二是认为在战时环境下，办刊方针应当灵活机动，即"少登作品，多登指导性质的论文"。在茅盾看来，如能沿着这个方向办刊，"一方可为××社同人发表研究及与国内其他文化工作的团体和个人交换

[①] 作者简介：刘世浩，浙江师范大学人文学院讲师，研究方向为现代文学学术史。

意见之机关,另一方面可尽了推动广西国防文艺的使命"。根据信中信息可知,该信的写作时间为1938年4月18日。当时茅盾刚忙完《文艺阵地》创刊号的出版工作,紧接着便辗转于广州、香港等地,并为自己没有时间给《战时艺术》写稿表达了歉意,最后表示等自己时间宽裕时,一定向该刊投稿。

显然,茅盾的着眼点在于强调文艺刊物对现实革命斗争的推动作用。1938年4月16日,茅盾在《〈文艺阵地〉发刊词》中指出,《文艺阵地》的目的在于"拥护抗战到底,巩固抗战的统一战线"①。在《〈文艺阵地〉征稿简约》中规定,该刊在用稿方面侧重于那些"发表积极的建设性的主张,提供直接间接与抗战有关联的文艺上的研究"②。另外,茅盾在同时期写给其他人的信中同样透露过这层意思。例如,1938年2月18日《致长江、陆诒》中提到:"我希望的,是报告文学式的东西。凡是战地的,不论是士兵生活,人民生活,各种现象,只要一片段,就行。……只要是现实生活的素描便成。"③1938年9月13日《致孔另镜》中再次提到刊登报告文学的相关事宜:"反正关于'报告文学'一类的作品,若精选则将无以满篇幅,向来就只存了'但问材料,不苛求技巧'之标准。"④1939年写给楼适夷的信中说:"关于《文阵》,甚望兄支持下去,编辑体例,照现在样子,就已不坏,似无改革之必要。短评则常有更妙。"⑤

从这个角度来看,茅盾写给《战时艺术》编者的回信一方面肯定了其做法的积极之处,同时也体现出茅盾本人在战时文艺刊物的编辑方针问题上的观点,即以服务抗战为首要任务,以此集结进步文艺工作者,为争取民族解放贡献自身的力量。

××先生:

来示及《战时艺术》二册,收到已久,迟覆为歉。我已经读过这二册,意见如下:论文方面如一期的《把笔端触到后方种种》、《发动职业剧人……》、《关于旧戏改良……》等篇,都是针对当前的实际问题提出了精确的意见的,我相信这样的主张应当使桂林一地普遍到全国去。作品方面,比较薄弱一点,但这自然是客观事实所限,——人少与无外来投稿。鄙意少登作品,多登指导性质的论文,亦一办法;因为此刊既为××社所办,一方可为××社同人发表研究及与国内其他文化工作的团体和个人交换意见之机关,另一方面可尽了推动广西国防文艺的使命。所以我对于贵刊的前途抱有莫大的期望!目前我因积压事件太多,急待清理,一时不能写些短文奉上,出月以后,当有时间,敬当遵命奉上短文。……

茅盾 启 四月十八日
(原载《战时艺术》1938年第5期)

---

① 茅盾:《〈文艺阵地〉发刊词》,《茅盾全集》第21卷,黄山书社2014年版,第422页。
② 茅盾:《〈文艺阵地〉征稿简约》,《茅盾全集》第21卷,黄山书社2014年版,第439页。
③ 茅盾:《致长江、陆诒》,《茅盾全集》第37卷,黄山书社2014年版,第168页。
④ 茅盾:《致孔另镜》,《茅盾全集》第37卷,黄山书社2014年版,第198页。
⑤ 茅盾:《致楼适夷》,《茅盾全集》第37卷,黄山书社2014年版,第216页。

二

第二封信是茅盾写给时任《笔阵》主编厉歌天的信。《笔阵》1939年2月16日在四川成都创刊,"文协"成都分会发行,文艺刊物,是中华全国文艺界抗敌协会成都分会会刊。编委会由陈翔鹤、顾绶昌、萧军、李劼人等11人组成。同年8月5日第8期起,"文协"成都分会决定由出版部聘请刘开渠、厉歌天、萧蔓若三人主持编务。同年11月25日出至第14期休刊。1941年11月20日复刊,出版新1期,厉歌天任主编,从新2期起由"文协"成都分会出版部叶圣陶、厉歌天编辑,并改由成都莽原出版社发行,1943年4月15日出至新8期休刊。主要栏目有编务报告、会务报告、附文、短论、诗歌、散文、小说、杂文、通讯、特写、报告文学、剧本、书评等,也载有翻译文学作品和文艺论文。《笔阵》的创刊是"为了要使各地——更是成都——文艺工作者取得密切联系"。作为边区文艺阵地的巩固和建设,该刊内容以富于战斗性的文艺作品为主,主要探讨了一些文艺理论上的问题。信中提到的"盛亚兄"即刘盛亚,曾任成都文协理事。

茅盾在这封信中就"一稿两登"的问题进行了说明。虽然此信有缺漏之处,但根据上下文意思可以推断出导致此次"一稿两登"问题的起因在于,茅盾将相关稿件投递给《笔阵》之后,自己留有底稿,恰巧在此期间又有他人向茅盾索稿,得知茅盾已将此两稿投递给《笔阵》之后,索稿者称《笔阵》在桂林没有代售处,因此不必担心"一稿两用",而茅盾也因筹备赴渝之事,无暇另写文章应付索稿者,并且考虑到《笔阵》印刷时间要早于索稿者的刊物,因此就顺手将《桂林通讯》(即《雨天杂写之四》)与《读书偶记》交给了索稿者。根据黄山书社2014年版《茅盾全集》中的《茅盾生平著译年表》相关记载可知,1942年11月底,茅盾"作赴重庆的准备工作",12月3日"离桂林",12月14日"到达重庆"。① 反观茅盾在这封信中所提到的"因筹备赴渝,琐事丛杂","日内即赴渝",以及落款时间,可以断定该信写于1942年11月22日。

茅盾在1941年6月16日的一封信中就曾对这种问题表达过歉意。在这封题为《致××》的信中,茅盾将投给桂林《文化杂志》创刊号的《高尔基与现实主义》一文,稍后"亦以付文艺通讯社俾发南洋,盖如此则虽一稿两投,未必有冲突也"。茅盾之所以这么做,实在是因为"文债逼来",无暇应付。然而"不料'文通'干事将此稿亦在香港一发,且未告弟",导致该文稿先于《文化杂志》创刊号登出。茅盾为此事写信给《文化杂志》编者,试图以《大题小解之二》代之,并表示"甚为抱歉"。② 1946年1月15日,茅盾在另一封《致××》信中也表示不同意将自己的文章同时刊登在不同刊物之上。③

其实,在抗战时期,"一稿两登"甚至"一稿多登"的现象十分普遍,这一方面与战时特殊社会环境下通讯不便有关,另一方面,也不乏有些作者以此多赚取稿费

---

① 茅盾:《茅盾全集》第42卷,黄山书社2014年版,第211—212页。
② 茅盾:《致××》,《茅盾全集》第37卷,黄山书社2014年版,第228—229页。
③ 茅盾:《致××》,《茅盾全集》第37卷,黄山书社2014年版,第277页。

的动机。在这种情况下,茅盾原本不必专为此事向《笔阵》编者致歉,但由于涉及稿酬事宜,茅盾认为既然"一稿两登"已成事实,自己就不应当再接受《笔阵》的稿费。从这一点可以看出茅盾在为人处世方面坚持自己行事原则的特点。

茅盾先生来信

牧野先生:

十月二十七日手示奉到多日,乃因筹备赴渝,琐事丛杂,遂迟作答,殊为仄歉。《笔阵》昨始收到新五期,拙作《桂林通讯》等二稿蒙刊登新六七期,甚感,惟稿酬所不敢受,此因该二稿已在此间出版之《人世间》及《诗创作》中先登出矣,该二期刊皆为在月初出板(注:应为"出版")者。此事应当向先生略加说明。两稿先后寄给盛亚兄后,弟处本留有底稿,后此间友人索稿,见此二篇,询知为《笔阵》……则此间无代售,不可得见,遂谓两用无……当时弟因借此了却一事,轻减负担,固所乐意……出版在前,发行不及桂林,该二刊出板(注:应为"出版")必后,……都,似乎两不相碍。不料《笔阵》因印刷关系,出板(注:应为"出版")反后,则该二刊先已在成都市上发见而《笔阵》登此二稿遂形同转载,此为弟所对不起《笔阵》者,稿酬自不宜再受。惟既已汇来,退回反多周折,故一面弟即收下,一面请叶圣陶先生代弟归还《笔阵》,附致圣陶先生一信,即祈代交,并与面恰为荷。弟赴渝后当续为《笔阵》再写,并望不再闹此种纠葛。盖此间文艺刊物多至十二种,一家应酬一篇,已索十二篇,弟文思迟拙,实在应付不开,而索者又颇韧性,故有上述之事,日内即赴渝,余容后详,即颂
日祺

弟雁冰　启　十一月二十二日
(原载《笔阵》1943年新7期)

青年论坛

崔南善書

颠覆与困囿：茅盾早期小说中的"新女性"书写

李雨菲①

摘　要：茅盾的女性观具有两重性：一方面承认妇女解放的重要性，并将其和人类解放的宏远目标联系在一起；一方面又对她们拒绝承担性别职能的行为表示忧虑。从他推崇妇女解放的一面考察，"新女性"刚强的性格、开放的性观念、强烈的社会责任感无疑颠覆了传统的性别力量关系，展现出新时代女性从贤妻良母的身份定义中解脱，获得了掌控自己身体与命运的权利。但从他偏于保守的一面考察，"新女性"却依然沦为承载男性凝视的欲望对象，在"阉割焦虑症"的影响下被肆意操纵，失去了原本和谐的生命逻辑。总而言之，茅盾早期创作中的"新女性"群像是他的女性观的结晶，虽符合女性主义精神，却未能逃开被男权视角所困囿的命运。

关键词：茅盾；女性观；"新女性"

茅盾是中国现代作家中尤其关注女性的一位。他早期创作的《蚀》《野蔷薇》《虹》等作品，塑造出在变乱之年沉浮彷徨的"新女性"群像，令人耳目一新。而在踏入文学创作之前，作为编辑的茅盾即已发表一系列关涉妇女解放、妇女教育问题的时评，提出"女性的自觉"，认为新女性区别旧女性之标志就是自觉地把自己当作一个人格独立、意志自由的人。此后，在成体系的女性观影响下，茅盾早期小说中的"新女性"形象呈现出鲜明的时代特色，也镌刻上了个人的精神印记。本文在吸收前人研究成果的基础上，试图从作家有迹可循的女性观出发，剖析影响茅盾"新女性"塑造的多重因素，并考察其在何种程度上贴近或背离了女性主义精神。

一、茅盾的女性观：激进与保守之间

赵园指出："文学现象的集中性的背后，通常总有着社会历史与普遍审美心理的强有力的背景。"②不仅文学形象如此，沉浮在变乱之年的每一种思想倾向、政治立场，均逃不开社会历史与普遍审美的干预。伴随着思想解放与社会改造运动而生的知识女性，在时代的剧变中迅速集群，凝结为不可忽视的时代典型，为茅盾有关女性解放的复杂思考提供了历史注脚。这群令人瞩目的新女性，不仅深刻参与社会变革的过程，而且在文学的领域为各大作家提供了鲜明可感的时代风向。而

---

① 作者简介：李雨菲，北京师范大学文学院中国现当代文学专业2022级硕士研究生。
② 赵园：《大革命后小说中的"新女性"形象群》，《茅盾研究》第2辑，文化艺术出版社1984年版，第81页。

对茅盾而言,"新女性"问题处于复杂的二元分裂状态——他一方面极力号召新女性突破旧势力封锁,一方面又对她们的激进表示忧虑,容不得对承袭职能的挑战。

受到五四精神的洗礼,以及无政府主义的社会乌托邦理想浸染,茅盾以昂扬的反传统姿态探讨女性解放问题。1919年10月28日,《时事新报》刊登读者来信探讨青年人对聘定未婚妻的态度问题,引发社会热议。茅盾参与其中,发文申明:"结婚问题不当以恋爱为要素!"①他支持接受聘定的未婚妻,并怀"世间一切男女,莫非姊妹兄弟"的思想,主张伸出援手拯救无社交无知识的"可怜虫"。11月18日,茅盾在回复《时事新报》编辑虞裳的通信中顺势公开声讨时下火热的"小家庭"制度:

> 所以我以为我们提倡打破大家庭之后,便欲提倡废去家庭制度;将来没有家庭(home)也没有什么叫家族,(family)大家都是人,都是在同一社会中的人,社会即是大家庭,社会中各员,即是大家族,只有社会生活,没有家庭生活,社会生活即家庭生活。②

在这封回信中,茅盾还言辞激烈地提倡实行儿童公育、公厨,以及消灭小家庭,可以说是一个典型的"新文化运动的激进分子"③。

茅盾的妇女解放理论无疑是极端反传统的,然而,令人疑虑的是,他最初显露出对妇女问题的公开关注,却是在为男性进行某种意义上的"脱罪"。1919年7月,少年中国学会王光祈、左舜生的小组织讨论如火如荼。热心社会工作的茅盾当即注意到了黄蔼提出的"侵略女权"的质问,并撰写《对于黄蔼女士讨论小组织问题一文的意见》表示反对。在这篇文章中,他以一种相当严肃的口吻来谴责那些不甘于繁重家务束缚的女子,斥之为"懒惰"主义:

> 他们套上文明的假面孔,实行他的"懒惰"主义——不屑管家务……到头来,都把丈夫当个 play-thing,不当他是个 co-partner。口里说 manly-woman,却做不出 manly 的事情,口里说男人不肯解放女人,却不自求解放之道,便真个解放了,他还是不能挺起胸膛自立,做个堂堂的人。④

文中隐约可见的对于妇女脱离控制之后的恐惧,显然与茅盾在前述中所提及的取消家庭、放女子入社会任生产者的激进言论有所冲突,暴露出其保守的一面。即便是在文章结尾,他意欲声明自己并非反对妇女解放时,也不免沾染了上位者说教的意味:

---

① 雁冰:《"一个问题"的商榷》,《时事新报》1919年10月30日第3版。
② 沈雁冰在《铸错》栏对虞裳的回信,《时事新报》1919年11月18日第4版。
③ 陈建华:《紫罗兰的魅影:周瘦鹃与上海文学文化,1911—1949》,上海文艺出版社2019年版,第177页。
④ 冰:《对于黄蔼女士讨论小组织问题一文的意见》,《时事新报》1919年7月25日第4版。

临了，我还有一句话欲声明：我绝不反对解放女子，也未尝不想帮助女子得了解放；但我看情形，以为女子先要有个彻底觉悟，先要有点本事显出来给男人看看，否则徒然利用很好听的名词是无益的，是反有害的！①

茅盾对新女性的观察带有了天然的"扶助"色彩，女性被视为需要进行自我改造的对象，并且，在维护权益的过程中，不应对想要帮助她们的男同胞提出哪怕是有理有据的意见。在茅盾回复黄蔼的措辞中，伴随着对于男性群体的维护意图，一些历史沿袭的痕迹就悄然浮现了。

茅盾对新女性的认识在赞颂之中夹杂着复杂的疑虑。他呼唤新女性的出现，同时又对她们的"越轨"行为表示不赞同。无论是时刻提醒新女性的活动"不出于现社会生活情形所能容许的范围之外"②，抑或是批评做《新妇女》的女性作者发表意见"还是不要'自立门户'的好"，茅盾的解放论调"是以男女绝对平衡，同担改良社会促进社会之责任为究竟目的"③。从这点看来，他始终以一种十分谨慎的态度来处理女性权利的"膨胀"，虽然极力主张女性解放，为其争取教育平等、经济平等、政治平等，但这种追求显然不能够打破他设定下的男女之间的微妙平衡，也难怪后来的研究者怀疑他"仍然用男性话语小心地建构他的女性观"④了。

由上可知，茅盾的女性解放观点有趋于保守的一面，他不赞成由女性主导的激烈的社会运动，唯恐"闹乱子"。这或许与他思考妇女解放问题的立足点有关。在回复郭虞裳的通信中，他指出自己设想的妇女解放"要做成男女在社会上简直毫无二致，同为生产者，同为消费者"⑤。他从社会进步的角度出发，为妇女解放寻找合理性与合法性——将妇女从非人的地位解放到人的位置，实际上是为社会的发展贡献了一个具有完备劳动力与智力的"人"的力量。他主张废除小家庭，也是因为"小家庭制尚不能使女子到社会上做个生产者"⑥。换句话说，在茅盾看来，妇女解放就是为解放社会生产力和推进社会进步服务，所以一旦女性的激进行动有损社会稳定，就容易被认定为非法的、不值得提倡的。因而，对于稳健的格外强调就成为茅盾各色文章中常见的倾向。与此同时，这种趋稳的态度下对新女性的疑虑，也就与茅盾的女性主义思想交织呈现在他早期的小说创作中。

二、颠覆传统的"新女性"

审视20世纪20年代以爱情为主题的启蒙小说，许子东发现，无论是鸳鸯蝴蝶派伤感的虐恋、创造社颓废的咏叹调，还是从《伤逝》到《倪焕之》，都共享着一个悲

---

① 冰：《对于黄蔼女士讨论小组织问题一文的意见》，《时事新报》1919年7月25日第4版。
② 雁冰：《男女社交公开问题管见》，1920年2月5日《妇女杂志》第6卷第2号。
③ 佩韦：《解放的妇女与妇女的解放》，1919年11月15日《妇女杂志》第5卷第11号。
④ [美]刘剑梅：《革命与情爱——二十世纪中国小说史中的女性身体与主题重述》，郭冰茹译，上海三联书店2009年版，第72页。
⑤ 沈雁冰在《铸错》栏对虞裳的回信，《时事新报》1919年11月18日第4版。
⑥ 沈雁冰在《铸错》栏对虞裳的回信，《时事新报》1919年11月18日第4版。

剧的结尾——"女方成了牺牲品,男人死于革命战场"。概言之,这些小说都包含着一种"爱情小说的启蒙教育模式"①。无论作家从何种角度塑造角色,小说中的男性力量多象征着启蒙的光明面,他们对女性狂热缠绵的爱情之中掺杂着教育、启蒙、创造的欲望。男性始终在爱情这盘棋局中占据了文化上的优势地位,而女性则是被启蒙、被教育的对象。

茅盾对男女爱情地位的规划,从一开始就处于这些"启蒙教育模式"的对立面。与前述占据了文化、经济甚至恋爱优势的男性不同,研究者在茅盾所刻画的男性角色中发现了"女性化"的一面,又从时代女性身上窥见了外赋和内蕴的"雄强美"②。"新女性"的女性气质与女性力量通过肢体语言、身体感召、果决行动、凌驾一切的控制欲狂风骤雨一般袭来,压在男性角色的身上,使他们变得敏感、犹疑、软弱、臣服。甚至,以往诱惑、控制着女性埋头步入家庭深渊的贤妻良母主义,也在茅盾的笔下消失无踪,预示着新时代的"新女性",已经暂时完成了逃离家庭、拥抱启蒙的时代任务,转而将前途命运问题尖锐地戳向了自己的内心。茅盾的这一调转,深刻地体现在他笔下的"新女性"狂狷孤傲、特立独行的一面上,也体现在男性为之臣服、为之疯狂的扭曲爱欲上。

最具典型性的案例非《创造》莫属。君实的自我认知还未脱离开"启蒙者""创造者"等自设的殊荣,然而,无论是故事的结果还是目的都充满了讽刺的意味。启蒙的路径脱离了掌控,便使得君实心中慌乱不安,急于向娴娴确证自己创造的理想未遭失败。被新思想所浸染的娴娴则日益看破丈夫无可救药的掌控欲,在一个沐浴着晨气的上午悄然离开,徒留一段隐喻色彩浓厚的留言:"出去了。她叫我对少爷说:她先走一步了,请少爷赶上去罢。——少奶奶还说,倘使少爷不赶上去,她也不等候了。"③以往被教育、被蔑视的女性在政治教育中突破了男性启蒙者所设置的枷锁,快速地冲到了时代的前头,转而毫不留情地抛弃了落后的另一半,性别的秩序由此对调了。

茅盾的《蚀》三部曲更是如此。慧女士、孙舞阳、章秋柳,以及她们的精神姐妹,冲破了传统女性的评价尺度,富有一种"男性化"的气质。而为了充分展示时代女性雄强狷傲之气,男性作为对比映衬的绝佳对象,通常显得胆小谨慎、犹疑不决,甚至身体与精神上多显出病态。抱素在慧女士面前含糊不前;史循更是虚无主义的代言人,枯瘠衰颓,寻求自杀;韦玉身患肺病,"带几分女性的"面容,性格懦弱,一再推诿梅行素爱情的渴求;方罗兰优柔寡断,在两位女性之间徘徊迷惘,最终深陷泥淖。

同时,茅盾注意到在封建中国的道德体系中,不仅是地位上女性沦落为男权的附属,女性身体的自然欲望也被贞洁论严格禁锢。因而他指出,"魔障"一般的贞操观念是一定要被打倒的,"创造新道德,男女共守的新道德,才是'人'的办

---

① 许子东:《重读茅盾的〈创造〉〈动摇〉》,《现代中文学刊》2021年第1期,第12页。
② 赵园:《大革命后小说中的"新女性"形象群》,《茅盾研究》第2辑,文化艺术出版社1984年版,第82页。
③ 茅盾:《创造》,1928年4月25日《东方杂志》第25卷第8号。

法"①。而要破除禁锢，首先应当解放被束缚的身体和思想。于是投射了茅盾理想的"新女性"，不单单显示出性格能力气势的"雄强"，更在性道德的方面先进开放。她们敢于突破悠久的性封锁，肆意展示和利用女性性感的身体，表达对爱欲的自然渴求。

性道德的解放，首先在于对身体的解放，对性欲的正视。如李蓉所述，"文化对人的禁锢首先是对身体的禁锢，而这种身体的禁锢又主要体现为对'性'的压制"②。女性的身体承载了贞操的枷锁，同时也被赋予了性挑逗的隐喻。千百年来，女性挣扎在节妇和荡妇的两极间，女性自然的身体欲望不是被压制，就是被妖魔化。而茅盾笔下的"新女性"，以一种健康饱满的姿态正视自己的爱欲，肆意展示身体的能量。《自杀》中的环小姐，顺从"难抵抗的"爱欲感召，将道德观念抛之脑后，追求灵与肉的结合。《创造》的女主人公经过启蒙的洗礼，放肆展示着自己肉感的身体。这种潇洒不羁、纵情声色的态度与过去的她大相径庭，以至于让丈夫焦虑不堪。女性身体在男性面前是觊觎的对象，但当身体的能量被女性本身体察到并利用时，男性又会感受到脱离掌控的恐惧。慧女士遭遇过男性的背叛，自此封心锁爱，誓要把男性当作玩物。孙舞阳的自信和潇洒来自对身体全然的掌控和理解："我也是血肉做的人，我也有本能的冲动，我时或不免——但是这些性欲的冲动，拘束不了我。"③身体的需要只是再平常不过的生理现象，在孙舞阳的道德领域内掀不起一丝涟漪。章秋柳活泼健壮，头脑灵活，作风开放，与张曼青互诉衷肠时，表明虽然有许多男同学和她好，可是她没有爱人。"新女性"不再像过去一样，压抑青春的身体，而是明确接受与表达身体的欲望，冲破禁锢身体的道德囚笼。

坦然接受身体欲望之后，"新女性"通过复仇式的性爱观进一步展现了反传统的激进性。她们首先以自己的实际行动抵抗贞节牌坊。孙舞阳和多名男性保持暧昧关系，慧女士以放纵心态周游在男人之间，章秋柳则认为一个有着"道德上的自信"的女人，即便是暂时的卖淫，也是道德。这是茅盾所批评过的"堕落"问题，但同时也显现出她们破坏封建道德程度的彻底。所以，尽管茅盾本人并不认可仇视男性和放纵、堕落的激烈反抗，但也在小说中展现了相当程度的同情与理解。她们复仇式的性观念也是事发有因：杨琼华受到了世情卑劣的打击，慧女士的"风流逸宕"源于她被男人欺骗和抛弃的经历。作为在男权社会的阴影下受刑已久的女性，这股浓烈的仇恨既源于个体经验，也是千百年来的历史债务。"新女性"将男性当作玩物的宣言，内蕴着明显的同态复仇心理，呈现的是反传统性道德的激进一脉。

五四小说中的知识女性，很少从性道德的方面着手表现。而那些挑战了封建性道德的著名形象，诸如张资平和郁达夫的例子，则有肉欲冲动盖过一切之嫌。与五四小说中反抗性道德的一部分作品相比，茅盾所塑造的叛逆女性，从不受困

---

① 雁冰：《我们该怎样预备了去谭妇女解放问题》，1920年3月5日《妇女杂志》第6卷第3号。
② 李蓉：《中国现代文学的身体阐释》，中国社会科学出版社2009年版，第50页。
③ 茅盾：《动摇》，《蚀》，开明书店1930年版，第169页。

于畸形的肉欲追求,正如孙舞阳对待性欲冲动的态度——"这些性欲的冲动,拘束不了我。"性欲是需要被满足的,但并不能支配她们的思想与行为。她们的反叛性更多地是经过了缜密的思考与决断,在现代人文精神的感召下,明确表达出自己的意愿。

《幻灭》中的慧女士将男性狠狠玩弄于股掌之间。她对于旧道德的蔑视不仅是被受骗的伤痛激发,更来自清醒的社会洞察:"道德,那是骗乡下姑娘的圈套,她已经跳出这圈套了。"①传统性道德束缚女性的本质,已经被慧女士看破。她固然也感伤过真心爱人的稀有,但她并不妥协:"然而不受指挥的倔强的男人,要行使夫权拘束她的男人,还是没有的好!"②以往的三纲五常在慧女士这里受到了清洗,"夫权"转而成为压制性的力量,褪去了神圣的光环。《诗与散文》中的桂更是对青年丙发出震耳欲聋的质询:

> 你们男子,把娇羞,幽娴,柔媚,诸如此类一派的话,奉承了女子,说这是妇人的美德,然而实在这是你们用的香饵……你,聪明的人儿,引诱我的时候,惟恐我不淫荡,惟恐我怕羞,惟恐我有一些你们男子所称为妇人的美德;但是你,既然厌倦了我的时候,你又惟恐我不怕羞,不幽娴柔媚,惟恐我缠住了你不放手。③

青年丙的前后不一激发了桂的觉醒。她仔细考量,发现传统道德观下被称赞的女性品质,实际上是引诱女子的"香饵",以便男性能够把女人玩弄于股掌间。她从青年丙那里汲取到的思想资源成了她逼迫、嘲弄、压制住青年丙的手段。桂不是因为"性的寂寞"而寻求反叛,而是因为她体会到了性的正当与神圣,坦然接受了性的需要。她借用"人的解放"的启蒙思想资源,肯定人的自然欲求的合理性,从贞节牌坊中跳脱开来,寻求到了人格独立与意志自由。

《虹》中的梅行素更是直言批判五四偶像娜拉的"女性"气质,赞扬林敦夫人利用"性"作为交换条件,认为后者忘记了自己"女性"身份,是"不受恋爱支配的女子"。梅行素已然看破在男性主导的文化结构中,"性别,特别是女性性别,早已失去性别内涵"④。在封建身份阶层系统中,女性并非单纯的性别所指,而被扭曲成了劣等的、物质性的、居于从属的文化符号。抛弃自己"女性"的身份定位,实际上是在与男性中心文化的绵延历史做抵抗。《追求》中的章秋柳也有振声发聩的自主声明:"我理应有完全的自主权,对于我的身体,我应该有要如何便如何的自由。"新女性们敢于否定历史加之于其身上的重担,在桂是娴静淑德的"香饵",在梅是"恋爱"的支配,在章是性道德对身体自主权的约束。这些时代的叛逆者从不同角度向男权社会的痼疾开炮,拨开历史的迷雾,寻得不受规训的自主性。据此观之,茅盾坚守了他的女性主义立场,在相当程度上突破了男权话语的束缚。

---

① 茅盾:《幻灭》,《蚀》,开明书店1930年版,第36页。
② 茅盾:《幻灭》,《蚀》,开明书店1930年版,第33页。
③ 茅盾:《诗与散文》,《野蔷薇》,开明书店1929年版,第138—139页。
④ 孟悦、戴锦华:《浮出历史地表:现代妇女文学研究》,北京大学出版社2018年版,第18页。

三、男性凝视下的"新女性"

在五四启蒙思想中，身体话语和反封建伦理道德话语混同，而身体问题，常以"性"的方式被谈论。在男作家笔下，女性角色带着浓重性暗示的身体，往往成为藐视传统的符号，或是极具叛逆性的革命象征。但是，由于历史沉重的沿袭，即使女性身体是作为一种对抗既有秩序的象征物进入文学世界，也会沦为男性有意无意的凝视对象。正如福柯所述，"不具有确定的话语实践的知识是不存在的"①。任何话语都是权力关系运作的结果，身体话语与反封建道德话语的合作，实质上反映出女性身体仍处于被利用、形塑的状态。换句话说，在封建传统中，女性身体被禁锢与压制，在新时代的革命狂想诗中，则又被拿来充当叛逆的例证，然而"女性"自身的真实性别内涵早已不见踪影。

性感香艳的女性身体，在茅盾早期的小说中屡见不鲜。杨联芬肯定茅盾的身体描写，认为这些"肉感"不是男性凝视，而是女性的自我欣赏，其依据在于女性身体"既是欲望主体，也是人格主体"②。基于茅盾借性解放的举动来破坏贞操观、展示女性主体性的意图，此一对"人格主体"的分析不无道理。但不得不承认的是，茅盾所喜用的被雨淋湿的胸部、被风扬起的衣角、被白色薄绸紧裹的胸脯等种种画面，属实对得起"男性狂想"的指摘。

这不是说，胸脯的丰满与身体的曲线就是男性凝视的例证。女性的胸部、臀部以及身线抛开了男权中心文化加之于它们的性含义，只是普通的身体部位而已。而"凝视"是一个具备观看者与被看者的主动行为。在茅盾的小说中，女性身体描写急遽增多的场合，多有男性同伴的在场。《虹》中的梅女士呵止徐自强上前的行为，诚然可以视为性别劣势的转换，象征着徐自强被强悍的梅女士压过。但是，被呵退后，徐自强的目光却依旧没能放开梅女士的身体：

> 一面说着，她很大方地披上了手里的新旗袍，便走到沙发旁边，坐在一张椅子上穿袜子。旗袍从她胸前敞开着，白色薄绸的背褡裹住她的丰满的胸脯，凸起处隐隐可以看出两点淡红的圆晕。
> 徐自强似乎枉然了，也带着几分忸怩。他回到沙发上，然后再移近着梅女士的身边，迷乱地吐出这样一番意思……③

如是需要展示梅女士刚强的性格和面对骚扰者义正辞严的决心，或者将徐自强刻画成为某种丑角，那么这段细致到乳晕的注视不仅显得非常没必要，而且会造成理解的含混与行文的拖沓。

不仅是梅女士，茅盾在《动摇》中对孙舞阳的性感描写，也多是由男性的在场生发开来的：

---

① ［法］米歇尔·福柯：《知识考古学》，谢强、马月译，生活·读书·新知三联书店2007年版，第203页。
② 杨联芬：《茅盾早期创作与女性主义》，《厦门大学学报》（哲学社会科学版）2021年第3期，第160页。
③ 茅盾：《虹》，开明书店1930年版，第270—271页。

这天很暖和,孙舞阳穿了一身淡绿色的衫裙;那衫子大概是夹的,所以很能显示上半身的软凸部分……即使你不再看她的肥大的臀部和细软的腰肢,也能想象到她的全身肌肉是发展的如何匀称了。总之,这女性的形象,在胡国光是见所未见。[1]

胡国光观赏着"像一大堆白银子似的",耀得他"眼花缭乱"的孙舞阳,深感是"见所未见"。甚至当她高唱"起来!饥寒交迫的奴隶"在房间里肆意挥洒革命热情之时,在场的林子冲、史俊所看到的,也是她飘扬的短裙下"一段雪白的腿肉和淡红色短裤的边儿"。在男性审视的目光下,孙舞阳的身体沦为被凝视的客体。

此外,随风掀起的裙摆、被水打湿的身体,这类带有明显偷窥和性幻想欲望的色情化场景,在茅盾早期的小说中屡屡出现。章秋柳去张曼青的学校,出现在大讲堂时,"细腰肢的扭摆,又加上了乳头的微微跳动,很惹起许多人的注目"[2]。孙舞阳参与党部讨论时,"圆软的乳峰在紫色绸的旗袍下一起一伏的动"[3]。娴娴与丈夫同游龙华时,"那浅红的小圆片落在她的眉间,她的嘴唇旁,她的颈际,——又从衣领的微开处直滑下去,粘在她的乳峰的上端"[4]。诸如此类"微微跳动"、"一起一伏"的细节,是非要拿着放大镜仔细观察慢慢品味,才得以烙印在虹膜上,留下深刻印象的。也难怪有学者在考察《创造》中的身体书写时,形容"像有一架男视目光控制的摄影机"[5],刻意放大、捕捉着女体每一分每一寸能够激发起男性欲望的"性感"。这种"性感"不是浑然天成的女性气质,而是由男性主导的欲望语言,是根据男性作家的性别心理需求将女体"性感化"、"客体化"的潜意识行为。这也证明了不单是女性,男性也同样被困囿在男权中心主义的文化圈套中——当茅盾想要借用"新女性"的道德虚无主义来与革命意识形态达成联结时,处于男性凝视下的性感身体却漫溢文中,破坏了"'时代女性'与'大一统'的理想时间之间的和谐幻象"[6]。

四、被工具化困囿的"新女性"

男性凝视破坏了"新女性"与革命意识形态的和谐幻象,而被选作承担启蒙、革命的象征意义的女性,也从来没有真正获得不受父权文化扭曲控制的自主性。她们在男性作家的笔下被肆意装点,沦为"意义的承担者",而非"意义的创造者"[7]。换句话说,她们从始至终就是男性创造的文化符号,被困囿在工具性的职

---

[1] 茅盾:《动摇》,《蚀》,开明书店1930年版,第96—97页。
[2] 茅盾:《追求》,《蚀》,开明书店1930年版,第188页。
[3] 茅盾:《动摇》,《蚀》,开明书店1930年版,第83页。
[4] 茅盾:《创造》,《野蔷薇》,开明书店1929年版,第26页。
[5] 郑世琳:《绚烂中有哀伤——〈创造〉中的身体书写》,《名作欣赏》2020年第24期,第109页。
[6] 陈建华:《"革命"的现代性——中国革命话语考论》,上海古籍出版社2000年版,第337页。
[7] [英]劳拉·穆尔维:《视觉快感与叙事电影》,金虎译,吴琼编:《凝视的快感——电影文本的精神分析》,中国人民大学出版社2005年版,第2页。

能之中。

　　女性身体的"性化"与消费主义、现代都市的结合,仅仅只是最为表层的"工具化",这是由历史悠久的"物品化"①修辞转变过来的。因此,研究者一度从都市文化、商业氛围、消费主义、文化工业等角度来解读茅盾的女性写作。刘剑梅认为,茅盾对于革命与爱情主题的复制,反映了"他为了生计不得不依赖消费文化"②的一面。郑世琳则从时代背景出发,分析女性处于"被观看、被消费"③的商业氛围里。实际上,宏大而完备的男权秩序始终贯穿着自母系社会崩溃、家庭与私有制起源以来的社会文化史,不单单中国封建社会如是,即便是在21世纪的今日,消费女体的狂欢依旧如日中天,且未见衰颓之势。而在五四这样一个颠覆性的时期,骤然"冲出历史地表"的女性主体,也正直面着封建伦理秩序崩盘、资本主义都市文化崛起的历史情境。在前一阶段里勇敢冲破封建囚笼,确信身体的完全自主权的女性,却又在革命时代消费主义盛行的都市生活场重新沦为新时期"色相市场的商品"④。不管是从文学消费品的角度,还是从实际社会生活的角度,即便以往拘束身体的枷锁已经被打碎,新的消费话语依旧物化着女性的身体和灵魂。被凝视的女体成为繁华的都市场内很明显的标志物。甚至茅盾本人也顺应此种类比,自然地接受了女性身体与现代资本主义都市文化之间的联结,用直白显露的肉感形象,象征现代大都市给封建旧物带来的冲击。《子夜》中吴老太爷骤入东方大都市上海"魔窟",二小姐"丰满的乳房""雪白的半只臂膊",街边时装少妇"赤裸裸的一只白腿"等应接不暇的性感刺激便排山倒海般冲将过来,"耀着肉光的男人女人的海"毫无怜悯地碾碎了遗老的神经。

　　女性与启蒙、革命譬喻的合流,则是更为隐蔽的"工具化"。象征着进步一面的新女性被放在了"半女神"的祭坛上,以供顶礼膜拜。但是即便如此,男性作家的"阉割焦虑症"依旧在干扰着"新女性"极具自主性的话语,搅起一阵阵逆流。英国电影理论家劳拉·穆尔维在《视觉快感与叙述电影》一文中指出男性时常患有"阉割焦虑症",这是男性面对想要进入父权制的社会秩序中的女人而感到的焦虑。⑤ 离经叛道的女人对男性造成了威胁,使得男人面临被阉割的危险,他们需要想方设法规训女人重归沿袭的旧例,重拾"女性气质"。这里的女性不是生理意义上的,而是文化、权利意义上的。

　　许是因此,当抛弃贞操观念,并且明确表达出灵肉分离的性爱观的章秋柳想要尽情使用着她那令人着迷、极具热情的身体能量来挽救男性同伴时,茅盾要为她安排一个沾染上梅毒的失败结局。如果史循真的被章秋柳的肉体拯救成功的

---

① 孟悦、戴锦华:《浮出历史地表:现代妇女文学研究》,北京大学出版社2018年版,第14页。
② [美]刘剑梅:《革命与情爱——二十世纪中国小说史中的女性身体与主题重述》,郭冰茹译,上海三联书店2009年版,第42页。
③ 郑世琳:《绚烂中有哀伤——〈创造〉中的身体书写》,《名作欣赏》2020年第24期,第110页。
④ 孟悦、戴锦华:《浮出历史地表:现代妇女文学研究》,北京大学出版社2018年版,第26页。
⑤ [英]劳拉·穆尔维:《视觉快感与叙事电影》,金虎译,吴琼编:《凝视的快感——电影文本的精神分析》,中国人民大学出版社2005年版,第11页。

话,那么"被拯救"的弱势男性也将在文化定位上被看作"被阉割"。史循只得用死亡来逃避这种"易性"的恐惧。同时,梅毒作为主要在性行为中传染的疾病,承担了对于禁忌的性放纵的恐惧,对于道德败坏的指摘,甚至在现代政治话语中被当作"一种惩罚性的观念"①使用。疾病的隐喻性思考与应用,为患者罩上了一层偏见的阴霾,并延续在文学表述中。《骆驼祥子》中祥子的性病是他堕落的见证,《月牙儿》中的母女与《丽莎的哀怨》中的丽莎均是沦为妓女而得梅毒,《冲出云围的月亮》中王曼英故意把梅毒传染给别的男人……上述的性病描写,有的是滥交的结果,有的反映了某种人格缺陷。而《追求》中充满拯救情怀的章秋柳,竟然也染上了这种象征着伦理败坏、秩序崩塌、堕落放纵的疾病,则未免显得有些微妙。

同时,在茅盾的小说中,不论怎样放荡不羁、魅力四射的女人,在面对男人时,还是不免露出娇羞的女儿姿态。慧女士对男性的玩弄已经足具报复性了,但她依旧独自怀伤,自问:"抱素这个人值得我把全身交给他么?"孙舞阳拒绝了方罗兰的求爱,但她那亲热的语气、耐人寻味的深意,"像一个大姊姊告诫小兄弟那样",在描写中极尽温柔与宏大的母性。孙舞阳的柔情蜜意,是否在某种程度上抵消了男性被阉割的恐惧?

而类似的母性召唤不止一处。当章秋柳对王诗陶不打掉遗腹子的行为腹诽"不彻底"时,一句貌似评论的话旁逸了出来:"一个女子还没受到怀孕的神秘的启示时,是不会了解将做母亲者的心情的。"②这明显是叙述者自有的价值判断。为何茅盾在遵循叙事逻辑的正常行文中,突然捎带上对堕胎行为的主观评价呢?恐怕依旧是隐秘的男权思维在作祟。"旧道德观念很薄弱,贞操的思想尤其没有"的章秋柳,认为女性对自己的身体享有完完全全的掌控,她对堕胎的支持是一个基于现实考量的理性行为。但从患有"阉割焦虑症"的男性看来,章秋柳是在拒绝承担女性被父权社会加之于上的母亲的责任。出于某种潜在的焦虑,茅盾在这里需要补充一句母性必然的复归,寄希望于怀孕的神秘启示能够改变女子叛逆的心。但即便是这样,章秋柳依旧造成了一层恐怖的阴影——"她的眼光里有一些犷悍的颜色,很使人恐惧"③。是谁在感到恐惧?不是王诗陶就是叙述者,但王诗陶的恐惧又何尝不是作者的心理投射?

在茅盾的小说中,女性被作为是一种启蒙或者革命的象征物,预示着反叛性的力量。但当女子自身的异质性能量大到足够冲破父权制的封锁时,男性作者又转而用疾病的隐喻抨击起女性的"放纵"和"堕落",用所谓"天然的"母性来召唤女性返归母职。殊不知,这些女性形象同时也是在他们固有的性别认知下创作的。为什么偏偏是女性被选用来表达这种反叛性的力量?恰是因为在长久的父权文化阶级影响下,女性气质被认为是破坏性的、异质的、地位卑下的,女性本身被边缘化到了一个从属于男性性别的"第二性"的尺度中。而这正对应了处于需要反抗一个虽然古朽但是庞大的封建系统阶段的男性启蒙者、革命者的心理,他们深

---

① [美]苏珊·桑塔格:《疾病的隐喻》,程巍译,上海译文出版社2003年版,第72页。
② 茅盾:《追求》,《蚀》,开明书店1930年版,第163页。
③ 茅盾:《追求》,《蚀》,开明书店1930年版,第164页。

感自己被压抑、被剥削的情境,并与已经被阐释为"男性中心社会中的从属意味"①的女性形象产生了共鸣,正如中国古代文人自比为思妇、善女哀叹君王不识,怀才不遇。在这个意义上,女人如劳拉·穆尔维所述,在父权文化中变成了男性创造的,可以任意控制的,承担了男性的"幻想与着魔"②的沉默的空洞能指。

---

① 孟悦、戴锦华:《浮出历史地表:现代妇女文学研究》,北京大学出版社 2018 年版,第 18 页。
② [英]劳拉·穆尔维:《视觉快感与叙事电影》,金虎译,吴琼编:《凝视的快感——电影文本的精神分析》,中国人民大学出版社 2005 年版,第 2 页。

循环还是进化？
——重读《追求》中的革命书写

邹雯倩①

摘　要：茅盾经历了大革命的失败后，于1928年写下《追求》。小说中一切追求最终归于幻灭的结局暗含着茅盾本人在时代动荡中的怀疑和颓废。怀疑派哲学家史循的历史循环论观点打破了革命所具备的前进意义，在文本中呈现出"怀疑——自杀——新生——自杀"的循环逻辑。一方面，这是史循和章秋柳两人性格决定命运的悲剧；另一方面，尽管章秋柳通过爱欲改造了旧史循，暂时恢复了革命的前进性和活力，但是作品中处处显露着知识分子对时间的焦虑，对未来时间的抹杀打破了具有历史必然的革命信仰。正是时间的不确定和焦虑使得故事发展受到命运的牵制，呈现出戏剧性的悲剧循环。

关键词：历史循环，大革命，《追求》，史循，章秋柳

《追求》创作于1928年，这一时期茅盾正处在大革命失败的苦闷之中。1927年7月，茅盾由武汉到达九江，与共产党失去联系，不得不回到上海，却遭到国民党的通缉。政治上的尴尬处境、革命上的失意让茅盾从积极参与政治转向文学创作，撰写了《蚀》三部曲，表达自己此时内心的失落。《动摇》《幻灭》《追求》以细致入微的心理分析和众多人物群像展现了从五卅运动到大革命失败后这段时间青年的心理状态。三部曲中的《追求》在大革命失败的背景下，尤其突出了青年的世纪末颓废。

《追求》一开篇即向读者传递出了强烈的颓废和悲观意识：张曼青倦于谛视人生的眼神，王仲昭自以为满心乐观，却在张曼青疲倦的呻吟中萌生出一丝无名的惆怅，整个客厅只剩下大时钟忙于奔赴它循环的前程。时钟这一具有强烈"循环"意义的时间意象，预示了众人疲于追求的未来只是一场幻灭，奠定了整部作品的叙述基调。小说在"颓然""迷惘""悲怆"的气氛中开场。张曼青与王仲昭的对话，率先引发了众人在"追求"与"幻灭"之间矛盾的思索："我们各人有一个憧憬，做奋斗的对象；但是假使你的憧憬只是一个虚幻的泡影的时候，你是宁愿忍受幻灭的痛苦而直前抉破了这泡影呢，还是愿意自己欺骗自己，尽在那里做好梦？在我是

---

① 作者简介：邹雯倩，南京大学文学院中国语言文学专业硕士研究生在读，主要研究方向为中国现当代文学。

宁愿接受幻灭的悲哀的。"①张曼青把自己失败后的苦闷称作"幻灭的悲哀,向善的焦灼和颓废的冲动"②,直指当下的"时代病",向读者传递出革命失败后青年无路可走的失望和迷惘。

一、打破"历史必然"的革命信仰:史循与历史循环论

如果说张曼青和王仲昭的对话已经表现出小说所处的"消极""颓唐"的时代征候,怀疑派哲学家史循的出场则将小说的悲观气氛推到了更深,上升到了理论高度。史循甫一出场就表达了他的"历史循环论":"我看见的,只是循环而已。人性有循环,一动一静。"③张曼青在革命失败后,将教育视作新憧憬;王仲昭保持乐观,将新闻视作可及的目标,怀揣着憧憬和热情,一步一步努力接近;章秋柳陷入无聊和沉闷,却仍要在颓废中浪漫地前进;曹志方积极投入办社活动中……这些人的未来在史循这个怀疑主义者眼中最终都不过是幻灭,一切追求在史循那里都是失败的循环,他们最终的悲剧命运均为史循这一观点做了例证。

要探讨史循坚持的历史循环论,首先要考察"革命"一词在20世纪革命文学中的内涵。陈建华在"革命"的现代性:《中国革命话语考论》中对"革命"一词的内涵发展做了详细的考证。他指出:"'革命'是中国固有的,但当梁启超经由日本将受过西化的'革命'(revolution)传入中土,和本土原有的'革命'话语接触,它就不可能回到原点,结果是西化的和固有的'革命'相激相成,产生种种变体。尤有甚者,一旦当这个西来的'变革'意义的'革命'被等同于进化的历史观,并与中国原先'革命'一词所包含的王朝循环式的政治暴力相结合,就只会给现代中国政治和社会带来持续的建设和破坏并具的动力。"④

"革命"一词在西方文化的语境中带有很强的"进化"色彩,中国传统文化中的革命带有获取合法性的暴力斗争色彩。近代以来革命承担了中西方革命的两种内涵,即以暴力斗争的方式,指向新事物取代旧事物的光明的未来。反观《追求》的革命书写,以大革命的失败为叙述背景,首先就切断了革命的未来时间,对可追求的光明未来的怀疑使得整个叙述风格陷入颓废、迷惘。作品开篇即表现了知识分子陷入革命失败的痛苦中的群像,他们的追求只是在未来时间"被斩首"的情况下摆脱沉闷和无聊的工具。没有明确指向性和美好未来许诺的追求必然受到"命运"的支配,陷入深刻的自我怀疑之中。王仲昭的追求之路便是典型。

作为新闻工作者,王仲昭希望在新闻界崭露头角,他不谈新闻救国这些高远的、伟大的、容易幻灭的主题,他以为新闻事业是一个最近的追求。第四版的改革被编辑否定的时候,他仍坚信如果一步一步走行不通,那就先走半步。王仲昭凭借他的半步主义实现了新闻的改革计划,也娶到了自己一直追求的陆女士。王仲昭通过不断追求看似拥有了一个"光明"未来,但是,史循突然的死亡让他感受到

---

① 茅盾:《追求》,商务印书馆1928年版,第4页。
② 茅盾:《追求》,商务印书馆1928年版,第5页。
③ 茅盾:《追求》,商务印书馆1928年版,第26页。
④ 陈建华:《"革命"的现代性:中国革命话语考论》,上海古籍出版社2000年版,第14—15页。

了命运的威权和难以避免的现代的悲哀,而陆女士的车祸让他陷入了终极的幻灭,"这是最后的致命的一下打击!你追求的憧憬虽然到了手,却在到手的一刹那间改变了面目"①。这是王仲昭的结局,也是《追求》的结局。看似偶然性的希望破灭中,实则隐含着人生而幻灭的存在论,亦即史循所谓的"人生是一幕悲剧,理想是空的,希望是假的,你的前途只是黑暗,黑暗,你的摸索终是徒劳……你所谓实际还不过是虚空,你的最小限度的希望仍不免是个梦"②。王仲昭在怀疑和反思中前进,在一次次失败中磨砺出了勇气,不如说他通过一次次构建"虚构的未来"以抚平他的怀疑和焦虑,虚构的未来实现之后则要面临轰然倒塌。他的半步主义哲学是现实打压下追求压缩的结果,王仲昭以走半步总比不走好来安慰自己,从最终的结局来看,只不过是一次次懦弱的妥协。

除了王仲昭,作品中处处表现了追求之后猝不及防的幻灭。正如王仲昭所说,"他们都是努力要追求一些什么的,他们各人都有一个憧憬,然而他们都失望了;他们的个性,思想,都不一样,然而一样的是失望!"③史循重生后追求新生,却摆脱不了死神的诅咒;张曼青追求的理想女子,终究在新婚后撕下了沉静缄默的伪装;章秋柳追求正则的未来,最终屈服于短暂的现在,沦为欲望发泄的工具;王仲昭追求如他的信仰一般的陆女士,却败给了残酷的现实,以失去陆女士为最终结局。各色人物在期望、追求、动摇、再追求、幻灭之间循环往复。黄子平评价当代革命历史小说时有如下叙述:"人们都愿意坚信,在通往未来的大道上,一切都是美好的。历史性的反讽在于,粉碎由包括'革命历史小说'在内的历史写作所做的美妙许诺的,正是革命历史本身的,可以说是合乎逻辑的发展。纯以未来为价值取向,不单蔑视过往,也必然抹杀现在。"④这段话同样适用于《追求》的革命书写。革命过程中前进口号的呼喊、光明未来的许诺,本应该为作家构筑文本提供更为广阔的未来空间,但事实上,由于缺乏成功的现代革命范式予以借鉴,在大革命失败的现实情况下,现实的不明朗使得对未来的合理叙述更加困难。过去的革命沦为失败的符号,导致现在和未来都成为没有前进希望的无根之木。茅盾在《追求》中将所有对未来的想象都归于幻灭,表明了革命并未完成实现美好未来的许诺之后,知识分子对于现在和未来时间的焦虑。文本中描绘的意象,如循环往复的时钟、落日残照下西飞的乌鸦、连日灰色麻木的天空,指代着光明未来的消逝和当下黑暗的现实情境,希望随太阳的落下而永坠黑夜。一切都如史循所住的屋子一样——污秽潮湿。

史循这样一个怀疑主义者,在普遍描绘革命的前进和理想图景的20世纪20年代革命文学里,是一个较为突兀的形象,这和大革命失败的社会背景有着密切的关系,隐含着茅盾本人在大革命失败后的态度转向。这一点将在第三部分立足"新史循"的死,展开叙述。《追求》作为《蚀》三部曲的最后一篇,与《幻灭》《动摇》

---

① 茅盾:《追求》,商务印书馆1928年版,第248页。
② 茅盾:《追求》,商务印书馆1928年版,第44页。
③ 茅盾:《追求》,商务印书馆1928年版,第246页。
④ 黄子平:《灰阑中的叙述》,北京大学出版社2020年版,第22页。

呈现的知识分子面对革命失败后的沮丧、绝望不同,它在知识青年面临革命失败后新的"追求"中揭示了"历史循环"这一更为消极和绝望的命题,史循的历史循环论将未来交给了命运,消解了革命向前进步的逻辑,打破了"历史必然"的革命信仰,将个人的颓废气质上升到了宿命论的哲学高度,增强了文本的反思意味。

二、情欲与革命的前进:章秋柳重燃的革命信仰

"革命与性之间的'象征关系'以转喻的方式(metonymic way)连接在左翼小说的叙事中,两者凭借时间上的连续与空间上的临近构成了一个符指化过程(signification),从而实现其意义生产的功能。甚至可以说,转化为知识/话语的'革命'及'革命行动'是小说叙事转喻性地(metonymically)从小说的主要情节(master plot)偏离游移(digress)的结果。"[1]革命与情欲在隐喻和转喻的互动之中融为一体,情欲成为革命能量的源泉,革命与恋爱在左翼文学的叙述中呈现出双线并进的模式。作为爱欲和革命共同集合体的女革命者形象,因其充满性诱惑力的身体描绘和革命精神,成为革命叙述中男性摆脱颓废的疗救者以及走向革命的引路人。在《追求》中,章秋柳作为新时代的革命女性,承担着从爱情和思想上拯救史循的双重任务。

章秋柳改造史循的方法是与他恋爱,用爱欲唤起史循生的意志。章秋柳代表了女性形象的转变——成为小资产阶级知识分子中一部分男性的拯救者。她们采用形而下的方式,用鲜活旺盛的生命力来作为拯救和启蒙的工具,以唤起经历革命和爱情挫折后失意苦闷的史循们,让他们重新拾起生命的意义,回归到最初的生命本能。弗洛伊德认为人身体内部存在着爱欲和死亡两种本能,这两种本能都有着恢复到原始早期状态的迫切性,这种迫切是受到外部破坏力量压制之下曾被抛弃的状态。据此,弗洛伊德猜想,倘若生命产生于无生命之中,那么它希望回归到这种无生命状态的过程就是一条死亡之路。但是外部的力量迫使有机体走向更复杂的死亡之路,"这条'死亡之路'越漫长,越复杂,有机体就会越有特色,越有力量"[2]。弗洛伊德由此认为,外来因素决定了主要本能的发展。在受到外来因素的刺激时,会产生两种本能:一种是通过营造对未来的不满意而向内倒退,形成死亡本能以逃避原始挫折;另一种则是通过解除外部因素对性本能的压抑,从而将死亡本能改造为对社会有益的攻击和道德。性与革命之间的关系需要追溯到人的本能,革命能量作为一种被压抑的欲望,需要身体内部的性本能将之唤醒。性本能通过外部因素的解除得到释放,以此唤醒革命能量,这是性和革命之间的内在逻辑。大革命失败后的一群青年人,出于对自身存在的不确定而产生动摇和怀疑,试图解除外部因素的压抑而回归本能。章秋柳试图通过排除史循外部的焦虑,通过身体使他的性本能得到释放,从而回归原始生存本能,将死亡本能改造为对社会有益的攻击和道德,而不是通过自杀的方式逃避原始挫折。

马尔库塞进一步将弗洛伊德的性本能和革命的关系发展为爱欲与政治的关

---

[1] 曹清华:《中国左翼文学史稿(1921—1936)》,中国社会科学出版社 2008 年版,第 229—230 页。
[2] [美]赫伯特·马尔库塞:《爱欲与文明》,黄勇、薛民译,上海译文出版社 1987 年版,第 97 页。

系,他以为爱欲已经与政治合为一体,是革命的内在组成成分。"这个意义上,文学热衷于革命和热衷于性是一致的。革命不仅发生于经济、阶级、民族、社会关系这些传统的政治学范畴,同时,革命还发生于身体内部。革命是爱欲的解放。文学早已意识到,爱欲是革命的重大资源;然而,对于 20 世纪说来,这也许是知识分子力图冲出重围而开发的最后一个资源。"①不同于革命决定恋爱或恋爱促进革命的单向联系,章秋柳和史循的恋爱与背后喻指的革命之间是相互纠缠的,符合马尔库塞所谓的爱欲与政治合为一体的观点——在爱欲和革命的互动中形成的 20 世纪 20 年代特殊的"革命+恋爱"模式。具有小资产阶级情调的身体叙事一方面以情色性消解了严肃宏大的革命命题;另一方面,以爱欲勾起革命的激情,作为新的生命能量推动革命的爆发,完成对革命的隐喻。

茅盾于 1926 年年初赴广州参与大革命,大革命失败,使他感到失落、迷惘,随即退出历史舞台,开始文学创作。他内心善良,对女性本身怀有同情和怜悯,对于一些在婚姻、恋爱和追求解放中失败的青年女子又敬佩、怜惜。尽管茅盾是男性作家,但他几乎是一个女性主义者,茅盾主张妇女解放,提出"让妇女从贤妻良母中解放出来",所以茅盾笔下的女性更多带有着超肉感的北欧女神力量,起到一种引领男性前行的作用。茅盾在创造各种女性角色时非常注重对新女性内心世界的描摹,试图站在女性视角下审视爱欲与革命之间复杂多变的关系。史循的自杀使旧的章秋柳变成了新的章秋柳。原来她在灵肉之间挣扎,不知道应该走向充满荆棘的光明未来,还是沉沦物质的享乐和肉感的狂欢。章秋柳有着强烈的个性,怀着个人主义的她有时并不愿意牺牲自己以换取他人的幸福,但是天生的革命情绪和破坏的能量又让她不愿意无所事事地度过余生,像史循一样突然失去生命力而走向堕落。她写下:"以前种种,譬如昨日死;以后种种,请自今日始;刻苦,沉着,精进不休;秋柳,秋柳,不要忘记你已经二十六岁;浪漫的时代已经过去,切实地做人从今开头。"②史循的自杀促使她反思自己的生命力和人生出路之间的关系,全新的章秋柳诞生了,她要用自己的力量改造史循,哪怕牺牲自己也要换取他人的幸福。章秋柳以代表"现在"的命运女神姿态,让史循忘记过去,"旧日的史循,早已自杀在医院里;这眼前的,是一个新生出来的史循,和过去没有一点关连"③,以"新史循"的方式,充分享受当下生活的乐趣。

章秋柳之所以可以依靠爱欲的力量重塑史循,是因为史循曾在周女士身上体会到"浪漫!疯狂的肉感追求!这都在认识周女士以前,然而在失去了周女士之后,便连这种样的颓废的心情也鼓动不起来。从此他堕入了极顶的怀疑和悲欢"④。章秋柳丰腴健康的身体和温柔爱怜的关心,让"复生"后的史循重新体验到了周女士带给他的激情,恢复了"生的意识"。每一次与充满活力和生命力的章秋柳相见,史循都能感受到感情和理智之间的冲突,这种冲突为史循创造了欲望的

---

① 南帆:《文学、革命与性》,《文艺争鸣》2000 年第 5 期,第 33 页。
② 茅盾:《追求》,商务印书馆 1928 年版,第 86 页。
③ 茅盾:《追求》,商务印书馆 1928 年版,第 198 页。
④ 茅盾:《追求》,商务印书馆 1928 年版,第 71 页。

冲动,也创造出了被情欲激起的"生的本能"。

三、走向绝望的"循环":"新史循"的幻灭

当章秋柳骄傲地将"新"史循介绍给大家的时候,史循却突然吐血而亡,宣告章秋柳改造的失败。身患梅毒的史循在临死前提醒章秋柳当心,将悲剧推向了高潮,宣告了章秋柳改造史循计划的彻底失败。一方面,这是史循和章秋柳两人性格决定命运的悲剧;另一方面,也是主人公对未来的时间焦虑使然。

史循再次走向死亡,可以说是史、张二人性格导致的必然结果。史循是信奉怀疑主义的黑影子,衰颓是属于史循特有的气味。即使章秋柳反复要求史循忘记那个过去的自己,帮他剃去了充满"颓废"气息的胡子,也依旧难以去掉史循"怀疑"的本性。新史循说话"冷冷的音调,语气,甚至于涵义,都唤起了旧史循的印象,很无礼地闯进章女士的脑子。过去的并不肯完全过去。'过去'的黑影子的尾巴,无论如何要投射在'现在'的本身上,占一个地位。眼前这个新生的史循,虽然颇似不同了,但是全身每个细胞里都留着'过去'的淡痕。正如他颊下的胡子,现在固已剃得精光,然而藏在不知什么地方的无尽穷的胡子根,却是永远不能剃去,无论怎样的快刀也没法剃去"①。深植在史循思想中的"怀疑"无法被抹去,即便章秋柳的激情和热情暂时感染了他,他也依旧发出了新史循能否长成的疑问。这与开篇章女士试图用探戈这一充满"野蛮的热情"的舞蹈激发史循体内的热血,引领众人围着史循大声欢呼,用一切热烈的喧闹抵抗"黑影子",也依旧无法改变史循的冷漠和衰颓的情境,形成了呼应和对照。正如处在改版危机中的王仲昭从舞场上的亢奋和刺激中看见了中华民族的的麻木和失望,"中国民族大概只能麻木污秽地生活着,无忿怒无悲哀无希望地生活着,未必像德意志民族在战败后的疑惧痛苦中会迸射出躁动的力求复活的表现主义那样的火花;目下上海人的肉感的歌舞的疯狂,怕只能比拟于古代罗马人的醉梦的颓废罢了。失望,失望! 在这时代,无论事之大小,所得的只有失望"②。史循这"怀疑"的黑影子不仅成为他自己难以抹去的阴影,也成为埋在每个人心里的种子。史循早已参透当下社会现实呈现出的含泪的狂笑。在肉欲的狂欢中寻求刺激,是一种无病呻吟和麻木颓废,是难以掌控未来时间的无力的狂叫,所以即便章秋柳等人试图用强烈的舞蹈热情感染史循,所得的不过是史循内心更深的鄙夷和怀疑。

章秋柳自始至终都保持着社会的"活跃度"。最开始提倡结社的时候,章就指出:"我们这一伙人,都是好动不好静的……我们有热火似的感情,我们又不能在这火与血的包围中,在这魑魅魍魉两大活动的环境环境中,定下心来读书。我们时时处处看见可羞可鄙的人,时时处处听得可悲可泣的事,我们的热血是时时刻刻在沸腾……我们还是要向前进。"③章秋柳时时刻刻都保持着对热烈、痛快、刺激的追求,她身上呈现出来的乐观性格和向上的生命力,决定了她将史循的怀疑、颓

---

① 茅盾:《追求》,商务印书馆 1928 年版,第 201 页。
② 茅盾:《追求》,商务印书馆 1928 年版,第 59 页。
③ 茅盾:《追求》,商务印书馆 1928 年版,第 11—12 页。

丧、自戕倾向视作不顾廉耻地混日子,火一般的热情促使她找到自己存在的意义和摆脱无聊日常的任务——拯救史循。将史循从绝望边缘中拉扯回来,甚至改造成一个极阳光的青年,投射了章秋柳强烈的改造社会现实的勇气和毅力。章秋柳像一个英勇无畏的战士,希望用她的泼辣直率、温柔善良的性格和健康丰腴的身体带着史循走上一条光明的大道。但女性冲破家庭后面临的黑暗和腐败社会,使她难以冲破男性欲望的凝视,不得不以身体换取革命胜利,往往容易沦为欲望发泄的工具。她为了支付史循的医药费,不得不委身张曼青;她尝试和周女士一样,用身体勾起史循生的本能和浪漫的激情,但当章秋柳自以为傲的健康身体被史循的梅毒传染之后,则预示她与史循一同堕入欲望的深渊。大革命时期前后,中国始终面临着内忧外患的局面,在一次次为现代中国而努力奋斗的梦想破灭中,知识分子逐渐开始在想象中构建现代性,在想象现实的驱动下又不免化为实际行动。章秋柳试图利用爱欲创造出新的史循,完成人生意义的实现和革命理想的重构,以一种无产阶级式的革命英雄观代替小资产阶级式的浪漫爱情。然而在这种个人主义和集体主义关系的思索时,又常常伴随着幸福与痛苦、欢笑与泪水、爱与恨、狂喜与失望的乌托邦渴望和革命理想之间意识的摇动。"在这一历史时期,爱情的概念,即使被用来传递反资本主义的意识形态,也依旧包含着浓厚的小资产阶级趣味。"①小资产阶级的脆弱性让她成为一块"似坚实脆的生铁"②,在向善的追求和堕落的胆量之间拼命挣扎。她越是将拯救史循视作摆脱生活无聊的方式,视作人生价值的强烈归属,越容易陷入被爱欲包裹的幻象之中,最终也被黑暗吞没,走上"堕落,可是舒服,有物质的享乐,有肉感的狂欢"③的另一条路。浪漫过后坠入黑暗,正如张曼青所预料,"他们浪漫的习性或者终究要拉他们到颓废堕落……在这混乱黑暗的时代,像他们这样愤激而又脆弱的青年大概只能成为自暴自弃的颓废者了"④。小资产阶级性格中的浪漫和颓废之间形成巨大的张力,展现着章秋柳所代表的"革命公妻"走上社会后依旧无法摆脱的欲望矛盾(即是否依靠身体欲望换取革命的前进性)。

此外,怀着革命理想的章秋柳经历了史循改造的失败、好友王诗陶的堕落、自己身体的破坏后发出"太多的时间对于我是无用的。假定活到十年二十年,有什么意思呢?"⑤的感叹。从充满信心要从身体和精神两方面消除史循的怀疑主义到最终一同毁灭和堕落,茅盾在叙述章秋柳与史循的故事中流露出了主人公对于过去、现在、未来的时间意识变化。正是时间的不确定和焦虑使得故事发展受到命运的牵制,呈现出戏剧性的悲剧循环。

章秋柳在改造史循的过程中存在着隐含的过去、现在和未来的革命时间限

---

① [美]刘剑梅:《革命与情爱——二十世纪中国小说史中的女性身体与主题重述》,郭冰茹译,上海三联书店2008年版,第61页。
② 茅盾:《追求》,商务印书馆1928年版,第85页。
③ 茅盾:《追求》,商务印书馆1928年版,第84页。
④ 茅盾:《追求》,商务印书馆1928年版,第14页。
⑤ 茅盾:《追求》,商务印书馆1928年版,第248页。

制,她要改造史循以实现自己的革命理想,力比多转化为革命的能量,将爱情转化为宏大革命的能指,这相当于首先悬置了一个未来的时间。在这个悬置的未来的时间,史循和章秋柳又沉溺于现在,他们在海滨旅馆里的一夜春宵是对过去和未来时间的双重否定。对此,安敏成有明确的解释:"《追求》的人物当中,章秋柳和史循是'时代病'的重病患者。他们傲慢地否认生活当中时间的控制能力,在缠绵的夜晚,'他们忘记了过去也不担心将来',但是,将往日性爱的放纵与现在身体疾患痛苦联系起来的梅毒,却无情地标志着时间的绵延;正如章秋柳所想象的,'过去的黑影子的尾巴,无论如何要投射在'现在'的本身上'。因为不相信历史的力量,他们与张曼青和王仲昭一样,被一种破碎、狭隘的世界观遮住了双眼。"①茅盾试图将章秋柳比作一个引领不断向前的北欧女神,但是在时间的叙述上却表现为对未来时间的悬置,对过去时间的否定,史循的未来连带着章秋柳的革命理想被乌托邦化,成为空洞的能指。在镜子面前,史循的身体枯瘦可怖,章秋柳的身体丰腴健康,两相对比,史循再次想起他的患病的身体、颓废的气质,时间在这一时刻又指向了过去,与此同时,身体暗藏的梅毒又将他们的未来一同消解。过去的不堪和未来的绝望通过"现在"连通,呈现出过去直接指向未来的颓废和幻灭。这正印证了开篇张曼青的猜测:"这位枯瘦的人和明艳丰腴的章女士并坐在一起,给了一个强烈的对照……将来的章秋柳终不免要成为现在的史循或许更坏。"②表面上章秋柳看似对史循的拯救指向宏大的革命未来,实际上从一开始就奠定了史循和章秋柳悲剧的命运,是绝望的"循环"。

  显然,这样的时间叙述安排透露着时代环境对茅盾创作心理的影响。茅盾的作品展现了现实生活中青年的政治和爱情生活,他早期的作品更像是中国共产党在大革命时期路线的隐晦政治史,他希望在作品中真实反映革命的现状。"茅盾的小说里的人物的主要涵义,不在于他们的存在或者他们的影射为何,而在于他们的造型中蕴含了的茅盾对当时革命动态这一历史现象的观察和理解。"③茅盾借章秋柳的形象表达自己在大革命失败后内心的焦虑和不安,是他对自我内心的审查和反省。茅盾通过构建一个想象的未来形成一个时间幻象,然而这个幻象中没有过去和未来,只有"现在"在不停地运动变化,从而形成时间叙述的混乱。虚构的光明未来是指向革命宏大叙事的重要途径,而沉溺于现实、抛弃过去和未来则是茅盾本人的纠结和不安。"作品一开始描绘章秋柳等都市青年男女的'世纪末的苦闷',就被笼罩在所谓'时代病'的历史命定的阴影中。"④章秋柳和史循身上呈现的"幻灭的悲哀,向善的焦灼和颓废的冲动"是茅盾焦虑的创作状态的反映。茅盾于1925年发表的《论无产阶级艺术》中曾经描绘了光明美好的未来出路,并以此作为阐发自己革命文学观点的前提逻辑,但是在大革命失败后,他显然有些怀

---

① [美]安敏成:《现实主义的限制:革命时代的中国小说》,姜涛译,江苏人民出版社2011年版,第126页。
② 茅盾:《追求》,商务印书馆1928年版,第20页。
③ 陈幼石:《茅盾〈蚀〉三部曲的历史分析》,社会科学文献出版社1993年版,第16页。
④ 陈建华:《革命与形式——茅盾早期小说的现代性展开(1927—1930)》,复旦大学出版社2007年版,第142页。

疑了。1928年发表的《从牯岭到东京》中,他对这一出路产生了怀疑。他说道:"我就不能自信做了留声机吆喝着:'这是出路,往这边来!'是有什么价值并且良心上自安的。我不能使我的小说中人有一条出路,就因为我既不愿意昧着良心说自己不以为然的话,而又不是大天才能够发见一条自信得过的出路来指引给大家。……我实在是自始就不赞成一年来许多人呼号呐喊的'出路'。这出路之差不多成为'绝路',现在不是已经证明得很明白?"①在创作《幻灭》时,他开始使用"茅盾"这一笔名来表达内心的矛盾和怀疑。

  陈幼石仔细考察了《追求》和历史的联系,《追求》于1928年的4月到6月创作完成,文本中记述的时间是1927年8月到1928年6月,这一时间段中国共产主义运动正遭受巨大挫折。②八七会议期间,茅盾远赴牯岭调整,此时他已经对未来有些悲观和消沉,但仍未绝望,希望以生命力的余烬从别的方面在这迷乱灰色的人生内发一星微光。因此他对《追求》的早期设想是描写现代的青年不愿"忍受寂寞,以及他们幻灭动摇后不甘寂寞尚思作最后之追求"③。可是广州公社的摧毁和一系列起义的夭折让他产生了怀疑,因而在《追求》中,茅盾的叙述相较前两篇要混乱复杂得多。④茅盾在这部作品中呈现出来的循环史观和悲观的革命书写,既是他对现实革命无能为力的愤怒,也是对死于盲目和无情的领导下的同志的悲哀和痛心。

四、结语

  《追求》中人物各自追求的幻灭可以说是对现实革命状况的隐喻。"革命未到的时候,是多么渴望,将到的时候是如何的兴奋,仿佛明天就是黄金世界,可是明天来了,并且过去了,后天也过去了,大后天也过去了,一切理想中的幸福都成了废票,而新的痛苦却一点一点加上来了,那时候每个人心里都不禁叹一口气:'哦,原来是这么一回事!'这就来了幻灭。这是普遍的,凡是真心热望着革命的人们都曾在那时候有过这样一度的幻灭。"⑤这种幻灭既是茅盾内心的沮丧,也是当时环

---

① 茅盾:《从牯岭到东京》,《小说月报》1928年第19卷第10号,第1140页。
② 据陈幼石引用张国焘回忆录言:1927年12月里发生了连续三天的血腥的广州公社事件,广东省农村的海陆丰苏维埃的失败和它的杰出的青年领袖彭湃的被害。在城市里,继武汉分裂而来的白色恐怖夺走了许多共产党领导人的生命;李大钊在1927年10月被捕后牺牲;章太雷在广州起义中阵亡;陈独秀的两个儿子在上海遭难;许白昊也在上海牺牲于1927年底的一次盲目发动的城市罢工之中。陈幼石:《茅盾〈蚀〉三部曲的历史分析》,社会科学文献出版社1993年版,第147页。
③ 茅盾:《从牯岭到东京》,《小说月报》1928年第19卷第10号,第1139页。
④ 茅盾自己在《从牯岭到东京》里袒露自己在创作《追求》时的心理变化:"我那时发生精神上的苦闷,我的思想在片刻之间会有好几次往复的冲突,我的情绪忽而高亢灼热,忽而跌下去,冰一般冷。这是因为我在那时见了几个旧友,知道了一些痛心的事——你不为威武所屈的人也许会因变爱者的乖张使你失望而发狂。这些事将来也许会有人知道。这使得我的作品有一层极厚的悲观色彩,并且使我的作品,有缠绵幽怨和激昂奋发的调子同时并在。《追求》就是这么一件狂乱的混合物。我的波浪似的起伏的情绪在笔调中显现出来,从第一页以至最末一页。"茅盾:《从牯岭到东京》,《小说月报》1928年第19卷第10号,第1142—1143页。
⑤ 茅盾:《从牯岭到东京》,《小说月报》1928年第19卷第10号,第1141页。

境下一部分知识分子的心理状态。《追求》的革命书写中处处有着绝望的声音——"因既无蒙恩赦免的希望,也无超度解脱的希望而产生的绝望的声音。"[①]绝望的循环和命运的威权在作品中反复呈现,对过去的抛弃和未来的悬置让指向未来的宏大革命叙事出现混乱。

  茅盾在之后创作的《野蔷薇》系列,可以看到他开始重新反思和清算自己在大革命时期的颓废和绝望,他跳脱革命的熔炉,着意要刻画的并非追究历史事件的起因及其后果或确实的责任问题,而是以局外人的姿态重新审视之后得出结论:不要感伤于既往,也不要空夸着未来,应该凝视现实,分析现实,揭破现实。正如他1980年在《蚀》的新版后记中解释道,1927年大革命的失败只是暂时的,譬如日月之蚀,过后即见光明;同时也表示他个人的悲观消极也是暂时的。如此,其实也可以这样理解他在《追求》中呈现的时间观:忘记了过去,也不焦虑着未来的章秋柳和史循将目光聚焦于现在;爱情悲剧即将到来之前的高潮指涉广州公社悲剧前的可怕的激情和壮丽的气概;爱欲和革命双重激情的进行时观照,让这充满浪漫的追求在未来时间成为泡影之前,定格成永恒。在那一瞬间,他们沉浸在爱欲和革命的双重激情之中,无关过去的颓废,也无关未来的绝望,某种程度上来说也是对自身现实存在的确认和打破循环、创造历史的尝试。正如章秋柳结尾跳着代表激情的查尔斯顿舞(Charleston),充满理想和希望的舞姿中似乎是章秋柳对命运所作的最后的反抗,为这部作品的悲观色彩增添了一抹亮色。

---

① 陈幼石:《茅盾〈蚀〉三部曲的历史分析》,社会科学文献出版社1993年版,第150页。

作为"过程"的革命主体
——论茅盾小说《虹》

向润源[①]

摘 要:1929年,历经大革命冲击的革命文学家纷纷寻找新的革命主体,而小资产阶级多遭受质疑和批驳。"革命主体"本身即具有过程化的话语内涵,茅盾有关《虹》的文学实践,在一定程度上缓冲了对于革命主体和小资产阶级的本质化论调。实际上,无论是在历史事件中还是文学作品中,五四式的个人主义都受到了现代革命和都市环境的规训,小资产阶级个体同集体、社会之间的关联呈现辩证而复杂的形态。既然时代环境和革命要求发生了重大变化,那么,小资产阶级就有可能重新搭建自身与革命的关联,他们拥有的文化资本对于解决革命难题或仍有价值,而革命不失为该阶级的救赎之道。此外,为改变对小资产阶级的单质化叙写,茅盾在小说中构造了革命组织,由此展现了不同类型的小资产阶级,为主人公的爱情和革命提供了多维的生长演变空间。但质询本质化概念的同时,创作者也在不可避免地吸收些许本质化思想,刻板化的男性革命者形象、突变式的革命转型、文本中未到来的"大革命",均传达出茅盾锻造革命主体时的犹疑和折中处理。

关键词:茅盾;《虹》;革命主体;过程

20世纪20年代中后期,政界和文坛对革命道路的摸索、革命话语的博弈与调试,决定了革命主体、无产阶级、小资产阶级、群众等概念尚有丰富的构造和解读空间。不同于投注在无产阶级身上的主体想象,茅盾于1929年创作的《虹》,让小资产阶级回归五四至五卅时期,重新为革命寻找动力源。

革命主体,不能被简单理解为革命政治中的阶级概念。当是时,新的革命阶段到来,革命政治与革命文化的结合与深入会展现新的形式,所吁求的革命主体自然被纳入混合型的、过程化的观察视野。同理,以革命主体为轴,发散性地考察文本内外的多种因素,才能突破以单一决定性因素为标尺的历史形态,思考在革命政治不可避免地渗入文化领域的条件下,写作者以哪些方式回应、折中、超越曾经的政治和文化立场,而这一脉络中的创作的断裂与连续,呼应着革命主体产生与变形的过程。

[①] 作者简介:向润源,硕士,湘潭大学。

一、缓冲对革命主体的本质化定性

大革命失败后,阶级划分所产生的区隔作用被无限放大,敌友之分成为总结与清算的前提,而小资产阶级至此的功过成败受到额外关注与争论,这不仅因为"几乎全国十分之六,是属于小资产阶级的中国"①,更在于革命的低潮与小资产阶级有莫大的关系。在八七紧急会议上,大批知识分子出身的领导者"诚恳检讨自己的阶级成分问题"②,无产阶级的领导作用首先在党组织内部被大加强调。到了1928年,中共仍在大力警醒小资产阶级,指出后者"竟使豪绅资产阶级的国民党军阀,拿青天白日的旗帜,破坏了革命的联合战线,使中国革命受了绝大的打击",并且"因而失望,呻吟,烦闷,摇动,徘徊,想在迷途中找寻出路"。③ 一旦此种政治决断波及文艺界,小资产阶级知识分子出身的作家和批评家便会遭遇身份认同的危机,出于自我保护和对进步性的追求,他们迫切地想挣脱其阶级属性。茅盾曾苦恼于创造社、太阳社将他的创作题材延伸至他自身的立场选择,其实症结不是在两者之间画等号就能解决的,而是通过这个问题反映出文坛的集体焦虑,即在革命路线本身还未明朗的情况下,革命文艺家们需要用摸索和互辩的方式,才有可能实现主体的革新。创造社、太阳社成员主张把关于无产阶级的理论进行提纯,直接作用于文学创作,相形之下,茅盾对革命形势保持着考虑和反思,加上他不愿舍弃文艺的审美特性,使得小说并非直达以工农大众为本的意识形态。总之,茅盾创作意图的间接性和一定的遮盖性容易致使他成为批判的对象,但当时的批评者又何尝不是以批判为由,来增加自己脱胎换骨的底气。在《关于小说题材的通信》中,鲁迅对小资产阶级作家的创作出发点和其所属阶级的关系做了鞭辟入里的分析。"别阶级的文艺作品,大抵和正在战斗的无产者不相干。小资产阶级如果其实并非与无产阶级一气,则其憎恶或讽刺同阶级,从无产者看来,恰如较有聪明才力的公子憎恨家里的没出息子弟一样,是一家子里面的事,无须管得,更说不到损益。"④时事易变,而革命文学的创作者们想要拿捏好革命与文学的关系,就先得学会巧妙地控制自我主体性与阶级性的距离,以确保战斗者的自觉而不至于一味地被革命漩涡所吞噬。

小资产阶级在党政纲领中得以明确内涵并定性,而其文化形态却由于具体的文本、特定的文史关系显现出不同的意义和作用,尤其在理论论争时期,对小资产阶级的话语征用实则在很大程度上代表着诸家的文化思考与现实出路的探索。钱杏邨在《批评与分析》一文中,质问"茅盾为什么硬要把自己当做整个小资产阶级的代表,而规定整个小资产阶级动摇幻灭呢"⑤。这句话传递出两个信息:一是

---

① 茅盾:《茅盾全集 第19卷 中国文论二集》,人民文学出版社1991年版,第190页。
② 杨奎松:《"中间地带"的革命——国际大背景下看中共成功之道》,山西人民出版社2010年版,第186页。
③ 中央档案馆编:《中共中央文件选集 第4册 1928》,中共中央党校出版社1989年版,第558页、第560页。
④ 鲁迅:《鲁迅全集》(4),人民文学出版社1958年版,第293页。
⑤ 钱杏邨:《批评与分析》,庄钟庆:《茅盾研究论集》,天津人民出版社1984年版,第448页。

在钱杏邨看来,动摇幻灭是小资产阶级的共同体特征;二是茅盾主动靠拢了这种不可取的情绪态度,进而言之,政治图解和文化空间中的二次构造形成了钱杏邨等批评者对小资产阶级的"刻板效应"。与此同时,对于无产阶级的理念化认知与解读,左右着革命文学拥护者的文学信念,五四文学所欲寻根问底的人性、自由、解放等永恒性问题被悬置,由阶级观念填充的文学想象已容不下某一具体个体的声音。革命时期,无产阶级与资产阶级的对立抗争,以及前者的最终胜利具有历史必然性,但无产阶级的文化力量相对于革命需求而言,还是较为薄弱。"一个显而易见的事实是,'革命文学'论争中关于无产阶级的陈述存在着经验与想象的分裂。经验性的陈述来自中国作家无法回避的现实感受,想象性的陈述主要来自马克思具有召唤性质的阶级理念。这二者之间的分裂,借用马克思主义的话来说,意味着社会存在与社会意识不一致的状况。"①概念化、公式化的文学现象随即成为文学应时而生的未成型状态。

  茅盾于1929年撰写的《西洋文学通论》里,写道:"社会的意识形态,时时刻刻在影响一个文学家。"②同时,他指出社会阶级力量的相互制衡或此起彼落,关系着创作者对阶级的态度、对阶级意识的吸收。后期创造社近乎决绝地转身,狂热地为新兴的无产阶级做文艺宣传;太阳社以大革命后的社会意识为起点,可以毫不掩饰对小资产阶级的驳斥之意。茅盾的现代性意识来源于五四,沉积的革命经验让他无法像文坛新秀那样,给小资产阶级贴上几个概念化的标签。不可否认,小资产阶级务必求得新变,才有可能再次得到革命政治的认可,只不过其实际内涵与外延都趋于复杂,创作者对小资产阶级的复盘和新造得循序渐进。在《虹》之前,茅盾的创作就呈现出小资产阶级个体成长变化的趋势,消释着如章秋柳般转变却更加无望的因素,使其过渡到革命的阶级有了隐约的指向性。《创造》中的娴娴由启蒙对象快要转变为启蒙者;《自杀》中的环小姐在临死前,"一个模糊得很的观念忽又在她脑里一动:应该还有出路,如果大胆地尽跟着潮流走,如果能够应合这急遽转变的社会的步骤"③;《诗与散文》中的青年丙尝到爱情的苦果后,有可能加入革命队伍而找到"史诗"的生活。开放式的小说结尾颇具对出路的试探性,与绝对的失败悲剧不同,上述小资产阶级青年的出走或死亡迎来的也许是对阶级"劣根性"的埋葬,进而投入那结局尚未可知的革命,革命含有的革除旧我、导向新生的作用便在青年觉悟的那一刻得以放大。从表面上看,茅盾把姿态放低,自陈只写"'平凡'者的悲剧或闇淡的结局"④,其实,他在内里坚持着小资产阶级需被重新估值的想法,因此他在后期的创作中加强了人物的行动力,为小资产阶级能否占据新兴阶级的一席之地而探求答案。

  小说《虹》可谓是形形色色小资产阶级的依次展示,不管是何种性格和思想的

---

① 李怡:《词语的历史与思想的嬗变——追问中国现代文学的批评概念》,吉林出版集团有限责任公司2013年版,第378页。
② 茅盾:《茅盾全集 第29卷 外国文论一集》,人民文学出版社2001年版,第186页。
③ 茅盾:《茅盾全集 第8卷 小说八集》,人民文学出版社1985年版,第51页。
④ 茅盾:《茅盾全集 第9卷 小说九集》,人民文学出版社1985年版,第523页。

人物,其实都给政治框架中的"小资产阶级"概念添了一些色彩。每一个命运阶段的梅,都会相应地遇上一类和她相似又相异的小资产阶级,并通过梅行素的人际取舍,来展现小资产阶级的思想意识与人生选择。伴随着革命主体性变得逐渐明晰的,是梅行素的奔波、阶级群体的变动所显现的革命势头的进程。五四阶段,梅行素的个性解放是主旨,围绕在她身边的只有小有产者柳遇春和梅的父亲、知识分子韦玉和徐绮君,羁绊她的主要是小家庭,时代性的冲击于她而言才刚刚开始。在梅行素任职于泸州师范学校的章节,小资产阶级群体出场,但梅行素并未从中获得历史的参与感,反而让她心生更为浓烈的离群索居之感。直到她努力适应上海的环境时,革命者和革命工作让她慢慢摆脱惯常的想法——"永不曾有过一件事使她感得个人以外尚有群的存在"。① 梅行素的命运流转防止了僵化的书写方式,她在五卅运动中喊出的激动人心的口号,已经不止是出于激愤的情绪,也包含着家国情怀及无产阶级簇拥之后的感同身受。茅盾曾赞叹高尔基笔下的流浪汉群体,"他们是永不知休止,不知道躺下来不动的"②。这同梅行素的内在动力如出一辙,而由此形成的开放形态为革命自主运动提供了条件,尽可能地阻挡了政治的过强干预。《虹》的一个特殊意义在于,茅盾"以为这是我第一次写人物性格有发展,而且是合于生活规律的有阶段的逐渐的发展而不是跳跃式的发展"③。将创作的"目的"隐藏于合乎逻辑的发展轨迹中,此为茅盾吸收高尔基、巴比塞等外国作家的创作资源后,所认准的新写实主义的要义。马克思主义阶级理论中,人的阶级性是社会性的集中表现,文艺作品中纳入的阶级视野往往对历史主体具有约束效力,人物的行动表现力受到客观环境和社会陈规的支配,而茅盾在此基础上,力求挖掘主体对于外部世界的创造性价值,让革命新人有开辟并顺应新的历史机遇的能量。30年代,茅盾在文坛上首屈一指的地位重又得到确立,他因此能更直接、更辛辣地对文艺痼疾展开批评。在蒋光慈的创作问题上,茅盾连接起30年代的文学思考,分析概念化文学倾向不能断绝的原因。他指出对方的革命文学作品有"脸谱主义"的弊病,其中"给读者以最不好的印象就是这些人物不是'活'的革命者而是奉行命令的机械人"④。如果说30年代的革命文学只处于幼稚期,那么"左翼"作家对文学的要求就包含了阶段性总结和反省的意味,文学塑造的历史主体不能仅充当"传声筒""留声机"一类的角色,而应同革命实践一起生长,作用于无产阶级夺取领导权的斗争。

然而,即使谨慎处理主人公的阶级主体性的问题,茅盾似乎也难以全然避免小说中其他革命者成为革命政治的指符。一边是努力缓冲对于小资产阶级本质化的论调,一边是对小资产阶级革命人的样貌感到些许陌生。当茅盾跨过重重理论和概念,要刻画"成熟"的革命领导者时,他碰到了精神和现实资源的困境,文本后半部分的革命导师反倒有些失真——小资产阶级给革命做注解,事先得正视革

---

① 茅盾:《茅盾全集 第2卷 小说二集》,人民文学出版社1984年版,第208页。
② 茅盾:《茅盾全集 第29卷 外国文论一集》,人民文学出版社2001年版,第376页。
③ 茅盾:《茅盾全集 第34卷 回忆录一集》,人民文学出版社1997年版,第421页。
④ 茅盾:《茅盾全集 第19卷 中国文论二集》,人民文学出版社1991年版,第333页。

命与生俱来的规约,接受革命施加在小资产阶级身上的理想愿景。在小说的革命阵营内,作者为梅行素设置的参照系是梁刚夫、黄因明等引路人,以及秋敏、老张等不纯粹的革命参与者,而梅行素正是介于两种类型的人物之间,她厌恶老张在会后对她不正经的夸赞,也不满秋敏对妇女会的领导无方,但当她准备加入梁刚夫和黄因明时,她心中产生了不可捉摸的神秘感觉。不管是在四川,还是在上海,黄因明在梅行素的眼里都是如野猫似的存在。从爱情造成的极端个体性的诉求表达到投入革命工作,黄因明身上存在空白和断裂,她的成长仿佛是一蹴而就的。这种突变式的革命概念化倾向,是作者想借此来彰显革命天然的正当性与号召力,还是他尚未摸清小资产阶级主体性之于革命的位置及形成过程? 梅行素到上海后,已成革命者的黄因明对她晦暗不明的态度,是否影射着现实,即小资产阶级知识分子尝试投入革命的远景并不是前者所想的那般乐观? 有研究者认为,小资产阶级的突变"实际上是个体获得革命信仰这一过程的特征,它发生在意识领域,可能就在一念之间;它本身就是神秘的、'莫名其妙'的,根本无法言说,也无须言说"①。若顺此思路,则指引梅行素前行的"命运女神"也可被视为同历史的必然走向达成了某种一致,革命的合法性交由先验性质的革命乌托邦来托举。茅盾刻画黄因明时,最频繁的描述是其"阴沉沉"的眼睛,联系黄因明的思想性格,这双眼睛便表征着冷静与理智,而梁刚夫恰巧也常常是一副冷峻的面孔。茅盾没有道破两人之间隐微的关系,但浪漫主义的爱情显然不会生成;同样的,生性桀骜的梅在梁刚夫面前也有些无所适从——当革命成为第一要务,且化成凌驾于个体成长与感性需求之上的理念时,革命理性变得不容接近和侵犯。

二、个人与革命社会的互动关系

1930 年,一篇题为《读茅盾的"虹"》的时评写道:"这部《虹》比起三部曲来,一切都有了新的开展了,我爱此书,因为我们都是这个时代的巨轮下的过来人。"②对于接受并运用马克思主义唯物史观的茅盾来说,在"时代的巨轮"向前迈进的过程中,最能标志阶段性的历史进步的,是一个个富有跨越性的社会革命事件,但茅盾自主建构的一个悖论在于"一个运动的本身,可以写,但也不一定要写;譬如投一石于池水中,写石子本身还不及写池子里的水被石子所激起的波动,更有意思"③。因此,他始终将叙事的焦点落于个体同社会阶级、革命浪潮的合力与张力,以确证或再次斟酌革命的有效性,社会事件本身会有一个客观收场,而个体与阶级的政治、文化等意识的获得与否影响了革命持续新造的能力。当然,这并不妨碍对繁复叙事结构的挑战,以及文本对宏阔历史场景的包容。

小说《虹》中,梅行素在五四时期的经历植根于现实社会背景,当五四运动由发源地北京拓展到四川,一系列社会变革随即在青年群体中如火如荼地展开,并

---

① 李跃力:《精神秩序的整一化与革命历史主体的诞生——论革命文学对革命信仰的书写与强化》,《文史哲》2011 年第 4 期,第 141 页。
② 莫芷痕:《读茅盾的"虹"》,《开明(上海 1928)》1930 年第 27 期,第 14 页。
③ 茅盾:《茅盾全集 第 21 卷 中国文论四集》,人民文学出版社 1991 年版,第 392 页。

蔓延到这片地域的多个角落，思想与文化的革命空间得以初步建立。一方面是抵制日货运动——"5月17日早晨……在高师校致公堂前广场上，从成都各校来的数千学生集会，高呼口号，支持北京学生的爱国运动，随即整队上街游、演讲，并向督军署和省政府请愿，要求通电全省各县和各省，共起反日救国，加强抵制日货运动。"①《虹》所提到的于少城公园举办的抵制日货大会，在当时的《国民公报》上记载为："各校教职人员及各学生均须到会，闻数少亦在六千人以上。"②这足以见得紧急的时代号召需要广大青年知识分子响应，"爱国"有了具体的形式。然而，一些买办资产阶级"百般阻挠，进行破坏，污蔑徐盛，抗拒检查，不断和学生发生口角冲突"③，小说中的柳遇春的店铺便是销售东洋货的，这首先就安排了梅行素的婚姻在个人命运的基础上，关涉国家社会层面的要事。尽管茅盾采用的是五四题材，但他已推进了像莎菲女士、露莎、子君等人物的个性解放的表现，将小资产阶级女性的精神困境做了进一步的延伸和泛化。另一方面，剪发风潮带动了一大批新女性反抗旧礼教、旧习俗的行为，《我们女子剪发问题》《女子剪发问题》《对于禁止妇女剪发者之解释》等文章如雨后春笋般刊登在各大报纸上④，新旧势力的冲突将女子推到了冲锋的前线。梅行素的思想在学校和社会的新风气中得到了启蒙，但细读小说可发现，梅行素所具备的反叛才能并未施展在社会运动方面，她所投身的改造事业没有搭建起牢固的城池营垒。例如，梅耳濡目染着五四运动的各项内容，却时常以旁观者自居，即使她对新式报刊杂志产生了兴趣，其间也掺杂着对韦玉的爱慕，并且新思想给她带来的是"架空的理想"⑤，现实的困境依然存在；由于剪发而引起了流言蜚语，梅行素的婚期差点提前，徐绮君提醒梅行素要做好为未来打算的准备，可梅"简直说不出什么是她的目标"⑥，她的思想提升遇到了一个难以突破有限性的问题。小说对梅行素内心的细腻开掘好像耽误了她对外部变化的反应，诚然，梅行素的自我革命最终以离家出走而宣告暂时的胜利，但她的社会革命意识仅处在萌芽的阶段，那么是什么阻止了她在更开阔的社会运动中成长？

一个首要的因素在于，相对于新的时代语境，小资产阶级所处的五四时期只有逼仄的发展空间。1931年3月5日，《文学导报》刊登了茅盾的《"五四"运动的检讨——马克思主义文艺理论研究会报告》，文章对五四的性质做了大量论述，其中就包括小资产阶级知识分子和五四的关系：

> 我们不能够因为"五四"的中心壁垒"新青年派"是小资产阶级的智识分子，遂怀疑于"五四"之资产阶级性。小资产阶级智识分子常常做了正在和封建势力斗

---

① 陈世松、贾大泉、温贤美主编：《四川通史》第7册，四川大学出版社1994年版，第7页。
② 中共四川省委党史工作委员会主编：《五四运动在四川》，四川大学出版社1989年版，第78页。
③ 中国科学院历史研究所第三所编：《五四运动回忆录》，中华书局1959年版，第180页。
④ 中共四川省委党史工作委员会主编：《五四运动在四川》，四川大学出版社1989年版，第535—548页。
⑤ 茅盾：《茅盾全集 第2卷 小说二集》，人民文学出版社1984年版，第53页。
⑥ 茅盾：《茅盾全集 第2卷 小说二集》，人民文学出版社1984年版，第53页。

争的新兴资产阶级代言人。而且这些代言人最初是未必就能得到资产阶级的十分宠爱的。①

正如这篇文章的标题所述,茅盾有意识地运用马克思主义相关理论去看待五四,所要达到的目的,是构筑起"无产阶级/资产阶级"对应"革命/反革命"的话语体系,小资产阶级在此种关系中有着机遇与挑战的双重可能,紧要之处在于其斗争性落脚到何处。小资产阶级的革命动机通常来源于个体性的充分释放,而在茅盾看来,以梅行素为代表的小资产阶级如若只是实现个人主义的满足,那么他们将会成为革命抛弃的对象,因之要让梅行素们摆脱这一落后性和局限性,前往革命前沿阵地,接受对曾有的"新兴资产阶级意识形态"的洗礼。"对五四'新青年'的这种'小资产阶级性'的评断,是在新的历史时期由掌握新的话语模式、思维方式的更新的人们追加的。这些新的话语模式、思维方式是另一种现代性想象和方案。"②概言之,茅盾对五四的框定及借助笔下人物冲破个人主义,是与茅盾转向新的革命势能相同步的。

革命先驱瞿秋白在《多余的话》一文中,针对小资产阶级意识进行挖心自食:"马克思主义是什么?是无产阶级的宇宙观和和人生观。这同我潜伏的绅士意识,中国式的士大夫意识,以及后来蜕变出来的小资产阶级或者市侩式的意识,完全处于敌对的地位……"③此番话代表着寻找革命出路之知识分子的普遍心理,也折射出确立新的革命理论,就要做好对"旧"的思想意识质询和艰难克服的准备。创作者对历史主体的锻造不是一味改换后者标签化的政治身份,至关重要的是认识到主体诞生其实是一个过去与未来的对抗和承接。如前所述,茅盾让梅行素承担了历史进化论的见证者和适应者的功能,但小说中也不乏作者排遣不掉的对历史循环的驻足。

这些书籍(笔者注:《马克斯主义与达尔文主义》等等)在梅女士眼前展开一个新宇宙。她的辨不出方向那样的迷惘的苦闷暂时被逼到遗忘的角落里。现在她的心情,仿佛有些像四五年前尚在中学校时初读"新"字排行的书报。那时她亦能够暂时把要恋爱而不得的苦痛扔在脑后。④

按理说,梅行素所学习的新的"主义"应当激发她头脑中的遗忘机制,推动她更快地树立主流革命意识,然而,她竟获得了一些同五四时期相仿的精神体验。旧有思想的牵制造成了新女性接受新思想、新主义的障碍,自主学习和外部灌输可以解决这一难题,不过,更为困难的是如何从根本上摆脱新旧循环的怪圈。在

---

① 茅盾:《茅盾全集 第19卷 中国文论二集》,人民文学出版社1991年版,第237页。
② 郑坚:《吊诡的新人——新文学中的小资产阶级形象研究》,百花洲文艺出版社2005年版,第57页。另见郑坚:《五四以来中国文学中的小资产阶级形象溯源》,博士论文,复旦大学,2004年,第36页。
③ 瞿秋白:《瞿秋白文学精品选》,现代出版社2017年版,第66页。
④ 茅盾:《茅盾全集 第2卷 小说二集》,人民文学出版社1984年版,第239页。

革命的号角愈发紧促的情形下，创作者所凝眸的历史远景会使其自身将革命视作理所应当的发展模式，革命的时间线看似毋庸置疑，受到鼓吹的革命文学为造就革命伦理的神话而持续加码，可问题在于革命现实是否就如文学中的革命那样理所应当？王德威在《茅盾，老舍，沈从文——写实主义与现代中国小说》中分析道："除了客观记录不断滋生的现实状况之外，茅盾另有一种意识形态的律令：即要使他的编年纪事'加速'进行，以期待他所信仰的历史早日自我实现。"①就小说总体而言，主要情节都指向对神圣化的革命秩序的无限趋近，可每当梅站在思想变更的十字路口，革命符码的作用力就会被短暂地截断，茅盾马不停蹄的叙事节奏和文本中的历史时间就有所延宕，他在革命要求的另一端，看到了主体自身历史的相对独立性，理想化的革命时空不再规整。裂隙存在于泛化的革命道德意义和小资产阶级的思想真空之间，"毫无裂缝的发展连贯性可能排斥所有的首创精神，从而使历史成为了一个机械过程"②，它提醒着革命文学作家在憧憬阶级政治的彼岸时，不要忘了革命并非铁板一块，认识革命历史这件事本身就是一个复杂的历程。

　　受革命意志驱动的梅行素抵沪后，其心理落差持续了很长的时间。家庭生活中，她可以让父亲和柳遇春向自己妥协；学校工作中，她能吸引到李无忌、惠师长等男性的目光。然而，数月的上海生活使她个人自主性有所削弱，现代个体的内在分裂一度令她感到不可控——"现在竟公然有第二个自己在对她本来的自己捣乱！"③一般来说，相对于经济资本，小资产阶级所拥有的文化资本更胜一筹，他们敏感于时代风云的变幻而善于用自身的知识文化参与社会的进程。革命势态的不稳定催生了一大批流浪的城市小资产阶级，"上海本地社会经济某些部门的迅速发展却使许多受过职业教育的知识青年能方便地谋求出路"④。但在小说中，梅行素在上海近乎无事可做，学习法文、蹬自行车、当"少奶奶"都不能算作一份固定的职业，她也拒绝了"醒狮派"李无忌共同办报的邀请。在进入革命团体前，梅行素眼中的上海充盈着"市侩气"，"大报馆，大书坊，还有无数的大学"等文化机构代表着"大洋钱小角子"⑤，她在这样的文化环境中感到迷茫。倘若说，《子夜》中的吴老太爷因其封建顽固而与光怪陆离的上海格格不入，定会走向衰亡的话，那么背负着革命寓意的梅行素如何弥合二重人格而成就一种新的主体希望，是小说需解决的问题。不同于在家庭和在学校尚有一条出路，梅行素在上海可谓是无路可退，况且她的"现在主义"不容许自己再折回四川。茅盾正是要设计梅行素的物质保障与情感精神都受到威胁，如此才能最大限度地扩充革命的拯救效力，因为"对于衣食无虞的小资产阶级来说，投身于革命是一件奇怪的事"⑥，相应的，革命所召

---

① 王德威：《茅盾，老舍，沈从文——写实主义与现代中国小说》，麦田出版社，城邦文化事业股份有限公司2009年版，第31页。
② ［匈］豪泽尔：《艺术社会学》，居延安译编，学林出版社1987年版，第53页。
③ 茅盾：《茅盾全集 第2卷 小说二集》，人民文学出版社1984年版，第189页。
④ 唐振常主编，沈恒春副主编：《上海史》，上海人民出版社1989年版，第763页。
⑤ 茅盾：《茅盾全集 第2卷 小说二集》，人民文学出版社1984年版，第191页。
⑥ 南帆：《小资产阶级：压抑、膨胀和分裂》，《文艺理论研究》2006年第5期，第5页。

唤的对象,在很大程度上须遭受"苦痛",正如无产阶级挣扎于物质生产资料的不可得,如梅行素那样的小资产阶级不能亲近文化之都上海,就等同于其对生存资料的占有和使用出现了危机。由此可见,茅盾致力于对《蚀》三部曲中的小资产阶级知识分子的颓败与狂放作改造和创新,即将这些消极的都市感受转化为促成革命理想的力量,革命由此具备了一切有关现代主体的思想行动的解释权。

曾经叱咤风云的小资产阶级,其社会接受度岌岌可危,茅盾深知再现小资产阶级的前卫性实非易事,但这项工作的意义不单是重构小资产阶级个体与现代革命的关系,还是茅盾内观并填补自身情感、文学叙事、革命认知之间裂缝的途径。《读〈倪焕之〉》中,茅盾认为鲁迅的《呐喊》"很遗憾地没曾反映出弹奏着'五四'的基调的都市人生",其他一些作家的作品没有表现出"'五四'以后的青年心灵的振幅"。①《蚀》《虹》《子夜》等在都市场域中诞生的小说,无疑拓宽了五四后文学的表现范围,而茅盾之所以要在乡土小说的疆域外开辟都市文学,离不开他对都市生活的熟知,以及他很长一段时期内对城市革命暴动的思考与亲身体验。五卅时期的茅盾走上街头,同孔德沚、杨之华等女士切身感受了群众运动,"打倒帝国主义"的口号、水枪扫射、包围总商会等都是茅盾亲历和耳闻的,这在《虹》中亦有所叙写。5月30日之后,茅盾、韩觉民、杨贤江、侯绍裘、沈联璧等同志发起上海教职员救国同志会,并发表号召教育者参与救国活动的谈话;当时问世的《热血日报》《公理日报》背后是瞿秋白等革命家和群起的学术团体。知识界的努力使得其自身的群众观更为深化,而《虹》中梅行素派发宣传单、怒喊口号等街头政治活动在一定意义上契合着上述知识分子先锋作用的发挥。时过境迁,茅盾通过小说来叩问历史给予小资产阶级知识分子的回音。从客观的历史情势来看,分化阶级的措施对革命转危为安的作用有限:"自1928年到1935年,中国共产党中央委员会执行了一条激进路线,试图再次发动起义罢工。然而上海的无产阶级还没有就新的革命冒险做好准备。"②"城市小资产阶级的生活也更加艰难了……他们在思想上政治上所受的残酷压迫,更是空前未有。"③大革命失败之前的五卅运动就成了一个值得被凝定的光辉历史,"《虹》的结尾指出的与其说是灵光一现的结局,不如说是茅盾与时间角力的痕迹,一种试图在实践造成历史变异之前叫停的努力"④。革命的现代价值追寻囊括了上海这座摩登城市的现代性,五卅运动再次点燃了梅行素的斗争精神,她与这座大都市有了真正意义上的交汇,戏剧化的经历最终抵达了革命的乌托邦。就在此时此刻,我们看到了茅盾对大革命高潮的些许眷恋。

三、男性革命者在场的意义

诚如研究者所指出的,"茅盾的小说《蚀》写作中最重要的特征是男性能指的

---

① 茅盾:《茅盾全集 第19卷 中国文论二集》,人民文学出版社1991年版,第199页、第200页。
② [法]白吉尔:《上海史:走向现代之路》,王菊、赵念国译,上海社会科学院出版社2014年版,第145页。
③ 胡华:《中国新民主主义革命史》,中国青年出版社2009年版,第82—83页。
④ 王德威:《茅盾,老舍,沈从文——写实主义与现代中国小说》,麦田出版社,城邦文化事业股份有限公司2009年版,第72页。

始终缺席,这种能指的不断滑动和始终缺席造成了'不断的追求,不断的幻灭',造成了小说迷乱、苦闷、焦虑和空虚的氛围"①。在初期的小说中,茅盾塑造了如方罗兰、史循等孱弱无能的男性形象,他们黯淡无光的历史姿态反衬出"时代女性"的优秀特质,更谈不上以他们为主体代表革命的动向。《虹》却形成了一个反差,尽管有韦玉、李无忌等怯懦而摇摆不定的男性,但小说明确指示了这些男性不合于时代大潮。梅行素与韦玉的恋情无果,说明她结缘于五四终会无疾而终,而梁刚夫的出场,隐喻着梅行素的选择将离不开革命的范畴。1928年问世的《从牯岭到东京》中,茅盾的立场是:"我不能积极的指引一些什么——姑且说是出路罢!"②他悲观地认为前一两年所呼喊的"出路"已然成为"绝路",而到1929年,茅盾转变为主动地为小资产阶级谋求一条出路。

  梅行素同梁刚夫的结识改变了她的人生轨道,后者的一句"你们做了一首很好的恋爱诗,就可惜缺乏了斗争的社会的意义"③给梅行素以沉重的一击,促使她随后就参加了五卅革命运动。这恰似"革命+恋爱"小说通用的叙述模式,其中,男性革命者处于引路人和话语掌控者的地位,梁刚夫看似来无影去无踪,实际上他每次都在关键时刻影响梅的抉择,如是否留在上海、同黄因明住在一起、灌输革命之道等等。这位革命者就如革命工作的代言人,帮助梅提速其革命进程。研究者陈建华曾在谈论茅盾文学的"摩登"趣味时,说到"他的时代女性,有一个革命性,她们是完全自由的,甚至于在男女关系上也是这样的"④,此观点贴合《虹》之前的小说,甚至能阐释《虹》前半部分的内容,但它似乎不适用于梅行素在梁刚夫面前的表现。梁刚夫令人难以接近的神情和脾性意味着革命的强力,"中和"了他的小资产阶级本质,这样一个给人距离感的革命者却吸引到了梅和其他两位新女性(黄因明、秋敏)。在二十世纪二三十年代交汇期的很多小说中,女性对男革命者的仰望几乎成了一个定式,而鲁迅对此提出了批评:"你如有一个爱人,也是他赏赐你的。为什么呢?因为他是天才而且革命家,许多女性都渴仰到五体投地。他只要说一声'来!'便都飞奔过去了,你的当然也在内。"⑤茅盾在《虹》中默认了一个前提,即男性革命者先在地掌握着对革命的解释权。相比较而言,小资产阶级女性要先战胜自己的性别"劣势",往后才能参与到政治活动中。由此观之,《虹》又出现了一个矛盾的地方——梅行素须时刻不放松地改造自我,以获得革命的入场券,同梁刚夫站在同一个战壕里,但如果在一个绝对理想化的情境中,梅行素转变成一个男性化的革命英雄,那么作为梅行素投身革命之最初动力的爱情自然土崩瓦解;更重要的是,爱情可谓是一种建基于强烈个体意识的个人主义产物,强调集体主义的革命,尤其是早期现代革命很难容纳不易调和的个体化的执念。所以,小资产阶级女性只能长时间地对爱情可望而不可即,革命无法承诺爱情的实现,

---

① 旷新年:《1928革命文学》,人民文学出版社2017年版,第308—309页。
② 茅盾:《茅盾全集 第19卷 中国文论二集》,人民文学出版社1991年版,第181页。
③ 茅盾:《茅盾全集 第2卷 小说二集》,人民文学出版社1984年版,第241页。
④ 荣跃明主编、陈占彪执行主编:《上海文学发展报告2017版》,上海书店2017年版,第225页。
⑤ 鲁迅:《鲁迅全集 3》,人民文学出版社1958年版,第377页。

但它不能缺少这份可以激活小资产阶级行动力的意念,"革命浪漫主义"式的直觉和激情犹存。

革命主体的形塑过程,是伴随着此前典型形象书写的裂变而展开的。《虹》之前的小说中,"时代女性"大胆恣肆的浪漫性情盖过了其不足之处,然而,她们终究是大革命失败后短暂出现的特异群体,表征的是面向特定时代狂热叫嚣的历史态度,当应激状态平缓下来,新的革命主体需要新兴而持久的社会心理,而更新的前奏即为调整、变更此前被遮蔽了的缺憾。小说《虹》对男女优势地位的置换过程,就同暴露小资产阶级知识分子之问题的过程相挂钩。茅盾通过创作,一反"时代女性"可突破社会规约的叙述机制,把梅行素框定在革命的程式中,让她不断进行具有意识形态性质的内省。本来,梅行素就是一个"时或感觉得数千年来女性的遗传在她心灵深处蠢动"①的女性,感性想法时不时会占据她的头脑,到了上海,她惯性般地因梁刚夫而受到情绪的牵动,每当她敏感地觉察到梁刚夫贬低她,她对自我和革命的解读就会异常混乱,甚至突然终止谈话,夺门而出。但梁刚夫这位冷静到无以复加的革命者,只是用批判性的眼光来看待梅行素的冲动行为——革命正统对需加改造之个体和阶级的审视。

在当时的时代情境下,中国共产党正严肃且全面地进行组织化的改造,小资产阶级在组织观念上的错误必须得到肃清。在《关于组织问题草案之决议》(1928年7月10日)的《附二:组织问题决议案提纲》中,"小资产阶级的意气之争"被标注为"组织上错误倾向和方法"②之一;《中国共产党中央委员会告全体同志书》(1928年11月11日)再次把"个人的意气之争"③纳入政治路线上不正确的思想来源。思想活泛本是小资产阶级运用其文化资本的显现,革命理性的缺乏却使得小资产阶级的思想轻易被一时的情绪和感念轰炸。在小说里,黄因明评价梁刚夫"已经不是从前的冲动主义者,他把自己纳入了更有意义的生活"④,这就反证了即使像梁刚夫那样冷静从容的革命人,也有过易受刺激、感性主义至上的情感经验。但此时的茅盾已不再放任笔下的革命先驱不堪一击,而是让梁刚夫们的革命意志优于"意气之争",进而带动还不成熟的倾向于社会运动的小资产阶级——在这个意义上,梅仿佛是早期梁刚夫的模样。无论如何,"时代女性"曾有的运筹帷幄的能力在梁刚夫们跟前有了一百八十度的翻转,前后人物设定的差异是不是暗示了茅盾决意把最拿手的表现对象做最深刻的改换?

其实,小资产阶级遭到大加挞伐的同时,中国共产党总结经验教训,仍没有彻底放弃能战斗能革命的小资产阶级,以尽可能多地存储进步势力,夺取并巩固革命的领导权。

全国小商人,学生,自由职业者,国民党内的革命分子们!现在是你们对于国

---

① 茅盾:《茅盾全集 第 2 卷 小说二集》,人民文学出版社 1984 年版,第 6 页。
② 中央档案馆编:《中共中央文件选集 第 4 册 1928》,中共中央党校出版社 1989 年版,第 453 页。
③ 中央档案馆编:《中共中央文件选集 第 4 册 1928》,中共中央党校出版社 1989 年版,第 705—706 页。
④ 茅盾:《茅盾全集 第 2 卷 小说二集》,人民文学出版社 1984 年版,第 220 页。

民党绝望而找自己的出路的时候,你们在悲痛的事实中得了深切的觉悟,必不愿再走入骗人的错路。中国共产党特依上列之分析敬告你们并提出如左列之口号,愿你们站在本身利害与革命前途的关系上,有切实的选择!①

  有关资料显示,革命宣传和改造的重点对象就包含着小资产阶级,中国共产党着力于为小资产阶级指引一条出路,以至于促进无产阶级领导的革命活动,也有志于为小资产阶级提供坚实的保障。可在小说《虹》中,梅行素并没有在五卅运动之前获得切实的安全感,她对身处的集体环境有太多的疑问,如梁刚夫、秋敏、黄因明之间的关系,革命者们令人捉摸不透的话语及行踪等等。当梅想弄明白他们的想法时,革命阵营似乎有意要同她划清界限;当她做好了孤军奋战的准备时,梁刚夫等人又向她投递了橄榄枝。诚然,革命团体对梅行素的态度是相对宽容的,但宽容的另一面就是些许轻视。一则是来自革命者梁刚夫的"别有用心",他邀请梅行素共同工作,是因为"希望像梅女士那样的各方面熟人极多而且善于对付官僚政客的老手来帮助进行"。② 二则是作为男性的梁刚夫对梅行素的嘲讽。"密司梅,你的经验不好说说么?"③如此轻描淡写的一句问话,体现的却是男性自居于更高一等的位置,知识女性拥有了申诉自由的权利,不表示她们能轻易跨进革命的门槛。

  显而易见,以梁刚夫为中心的革命群体中,男性是权威的发言人,革命组织潜藏着繁琐的关系和个体的情结。"现在党内许多小组织的倾向,都是由私人感情的结合,或部落的观念形成的。"④至少在理念上,茅盾让梁刚夫承载的不仅是必定指向光明的革命路线,还有别的男性所不及的个人魅力。梅行素因情感使然而对梁刚夫无比信任,却对参与其中的革命群体抱着怀疑的态度,如此形成了准革命主体对内外同时观照的拉锯感,给小资产阶级认同革命造成了考验。梁刚夫所领导的"小组织"鱼龙混杂,理应受到批评和整顿,不过可被看作当时多方路线冲撞与交汇的缩影。小说中的李无忌宣扬国家主义的思想,没有得到逐步靠近梁刚夫所在组织的梅的赞同,而在革命组织内部,无政府主义思想却时隐时现,主流革命立场暂且没有将其排除在外。如在五卅前夕,黄因明秘密布置工作时,特意强调"对巡捕的武装压迫,取无抵抗态度"⑤,梅行素立刻发起质问,并回想起了信奉托尔斯泰主义的韦玉。可见在那时的时代环境中,无政府主义是一股不可小觑的政治思潮。无政府主义"在中国影响至1927年"⑥,1929年的茅盾对其做了一次匆匆的回顾,主人公梅行素的"很不满足似的"反应,表明作者在大革命后,冷静地思考包括无政府主义在内的、带动了革命情绪和行动的一系列主张。

---

① 中央档案馆编:《中共中央文件选集 第4册 1928》,中共中央党校出版社1989年版,第563页。
② 茅盾:《茅盾全集 第2卷 小说二集》,人民文学出版社1984年版,第206页。
③ 茅盾:《茅盾全集 第2卷 小说二集》,人民文学出版社1984年版,第240页。
④ 中央档案馆编:《中共中央文件选集 第4册 1928》,中共中央党校出版社1989年版,第706页。
⑤ 茅盾:《茅盾全集 第2卷 小说二集》,人民文学出版社1984年版,第255页。
⑥ 俞可平:《马克思主义历史考证大辞典》第1卷,商务印书馆2018年版,第181页。

一边是革命道路上坚定不移的领导者和执行者梁刚夫,另一边是大小矛盾不断的革命阵营,两者在乍看之初却是浑然一体的。如果进一步把革命组织作拆解,可观察到环绕在革命这一核心要义周围的多重质素,其中仍混合着茅盾在大革命前后的深切体验,而这种体验更多是反观到了作者曾置身其中的革命组织。"在大革命中我看到了敌人的种种表演——从伪装极左面貌到对革命人民的血腥屠杀;也看到了自己阵营内部的形形色色——右的从动摇、妥协到逃跑,左的从幼稚、狂热到盲动","尤其清楚地认识到小资产阶级知识分子在这大变动时代的矛盾"。① 结合《虹》来看,茅盾在小说中对革命阵营的描述,表明他还没有完全放弃大革命后的思考方式及叙事逻辑,只不过以一种更为含蓄的方式来反映革命行进过程中的内部问题。革命者梁刚夫的出现,既是作者思想更迭的一个集中所在,也不可避免地成为了制衡消极暴露的附属品——在引导梅行素克服个人主义的缺点,以及让革命组织里的多重声音"万变不离其宗",梁刚夫都或多或少担任着如此的角色功能。这位"现实版"的"命运女神",略有解决茅盾文化实践中,小资产阶级终归走向混乱和沉沦的难题,作者耳闻目睹的现实正在向本质化的、排除异质性因素的现实演进,可"机械降神"式的叙述模式在一时之间只有无解。时隔约30年,同为小资产阶级知识青年成长小说的《青春之歌》问世,茅盾针对这部小说的一些评论,亦较为贴合他自己的作品。"三个共产党员是写得好的,他们是林道静思想上的引路人,政治上的引路人;可是,好像他们也只为完成引路人的任务而在书中占了一定的位置。"②撰写这篇文章时,茅盾是否联想到了自己的早期小说,我们不得而知,但能确信的是,一直以来茅盾都关注甚至困惑于何为小资产阶级革命性的话题,他所对话的也不是某一个或几个小资产阶级个体,而是革命的前路与要求。在遭受排挤的20年代后期,茅盾选择一个思想行为本就合乎正统的男性革命者,来中和自身对待革命的谈判与坚持,以此见证不完美的革命主体的蜕变。茅盾对该人物的绝对优势地位和平面形象不置一词,反而助成了作者有所偏移的革命文化表述策略。

---

① 茅盾:《茅盾全集 第34卷 回忆录一集》,人民文学出版社1997年版,第383页、第387页。
② 茅盾:《茅盾全集 第25卷 中国文论八集》,人民文学出版社1996年版,第443页。

书　　评

上海的辨识
——读李国华《黄金和诗意：茅盾长篇小说研究四题》

刘祎家①

摘　要：不同于以往对茅盾作品的分析，李国华的茅盾研究新著《黄金和诗意：茅盾长篇小说研究四题》，以知识者寻求在上海都市空间中的"在家感"为其笔下的时代女性走向革命的内在情感逻辑，从而将对茅盾早期小说《虹》的解读，发展为对上海都市空间的勉力辨认。通过辨认出自己所处的城市空间与"我"之关系，空间中的人也便与"我"发生联结，"我"因之寻得了一种具有生产性的上海的面目。这一问题线索也延伸到当下的问题情境之中，由此重新激活了茅盾作品的时代性。

关键词：茅盾；《虹》；"在家里"；"上海的时空"

读李国华的新著《黄金和诗意：茅盾长篇小说研究四题》，颇受触动的是他在讨论《虹》中梅行素作为"空间依赖者"的一节，涉及一个不断游荡的主体如何把握和辨识"上海的时空"，短短几页，却力透纸背。这里不妨引用如下：

在《虹》中，梅行素被叙述为一个空间依赖者。小说第一章即叙述她在长江上出了夔门的未来想象："从此也就离开了曲折的窄狭的多险的谜一样的路，从此是进入了广大，空阔，自由的世间！"梅行素以为上海之大，必能找到她所合意的生活方式，事实上却发现上海太复杂，容易迷路。她向来"换一个新环境便有新的事情做"，但到上海却自觉成了一面镜子，照见别人，却不见自己。梅行素在上海照见了一切，而自己却在一切中隐形，这的确是非常特殊的体验。在此意义上，梁刚夫对她的批评可谓一针见血："就是太复杂。你会迷路。即使你在成都也要迷，但是你自己总觉得是在家里。"梅行素所以能够自信"换一个新环境便有新的事情做"，很可能就是因为"自己总觉得是在家里"。在去上海前，她的生活是"只有过男子们来仰望她的颜色"，的确有点家中女王的意思，梅行素有足够多的经验来应对问题；或者，她不需要多少经验就能应对问题。但是到了上海之后，"真是时代环境不同了"，她"看不透人家的秘奥"，没有经验可用以应对了，于是不期然成了镜子。……为了防范在上海遭遇的震惊，梅行素试图像镜子一样照见别人，侦知一切意识形态的秘密，却发现自己的主体性消失了；同时，她试图对上海作出一个全

---

① 作者简介：刘祎家，北京大学文学博士，同济大学人文学院中文系助理教授。

称判断,将上海概括为市侩式的拜金主义,却发现自己的判断是无效的。在意识的主体和客体两个层面上,梅行素都丧失了完整性。因此,作为一个空间的依赖者,她决定搬家,她希望借此摆脱镜子的命运。尽管其搬家有着从上海意识形态地图的右边搬到左边、"从自由主义到集团主义"的意义,事实上却是寻找"在家里"的感觉。从谢诗人家里搬出来,原是为了去除腻烦不适之感,与能够形成共同话题的黄因明同住。但是正如上文曾经分析的那样,"集团主义"并不即刻提供意识形态的安宁,也即提供"在家里"的感觉;同住之后,自己与黄因明也陡生隔膜。而且,即使意识形态提供安宁之后,梅行素重获时间,看到上海的总体,却完全牺牲了自己,将自己交给了第三个恋人——主义。不过,在"五卅"的风雨之中,她又始终芳心可可,牵挂着梁刚夫。她的意识始终被多股力量撕扯着,构不成主体的完整性。因此,在最根本的意义上,空间并不意味着方向,也不能换来时间。梅行素必须正视这一残酷的现实,也正是觉悟了这一残酷的现实,梅行素才从内室的情感纠葛中挣扎出来,走上革命的风雨街头,汇入人群之中,得到真正的"在家里"的感觉。当然,这种感觉是暂时的,她必然重新进入内室密谋革命,经历新一轮的挣扎。①

这里的关键词是"在家里"。在著作者看来,梅行素的主体状态真正得以翻新,其重要的契机恰恰是在上海这座被横光利一描绘为充满分裂感的现代"魔都",最后终于给了置身其间的知识者主体一种稳定的"在家感",使得原本在时代的风雨中飘摇而缺乏方向感的时代女性获得一个自我的位置,重获生活的力量。因而,小说《虹》的主题,除却对"从自由主义到集团主义"这一条主体"奥伏赫变"曲线的肉身化的勾勒,还有一个可能是"上海",或者说,恰恰是在"上海"这一混杂了多种面目的生活方式、交缠着多条历史方向的"失了时间"的都市空间,梅行素在经历最初的迷茫,又经受了多种欲望和话语的诱惑之后,逐渐通由加入"集团主义"运动,重获了进步"时间",从消费性的商场、作为私人空间的公寓和酒店房间走向街头,重拾生活的生产性,其原本漂泊无定的动荡感因之也得到抚慰和平定。梅行素通过汇入陌生人群,加入革命的集体街头运动而得到的那种暂时安定下来的"在家感",即是其从夔门出来以后一直试图寻找的东西,而她终于在一片混沌和扰乱中,经历了多重实与虚、肉身与现实之间镜像式的对照,勘破了虚像和迷雾,识别出了一个"集团主义"的上海。这个"集团主义"的上海是一个全新的上海,代表着最新的时间,通向未来,也成为梅行素勉力辨识上海的诸个轮廓之后所得的实像——一种新的上海的总体性,在小说的结尾开始在梅行素汇入人群的行动中得以呈现出来,并在茅盾在 20 世纪 30 年代写作的《子夜》中获得它更清晰的面貌。

《黄金和诗意:茅盾长篇小说研究四题》对《虹》中女主人公参加革命的逻辑的分析,归因于一个不断迁徙的知识者对"在家感"的获取,由此克服在混沌的时空

---

① 李国华:《黄金和诗意:茅盾长篇小说研究四题》,华东师范大学出版社 2022 年版,第 60—62 页。

中的迷失，这一运思颇令人动容。这也是中国都市革命的逻辑之一，也是在上海这座城市生发的左翼文学，其内在蕴含的那个主体生长的方向感。早期创造社、太阳社小说及近似风格作品展现了人物模棱两可的力比多出口，及此一出口遭遇堵塞而生的感伤与颓废特质；蒋光慈、阳翰笙诸君的普罗和"革命加恋爱"小说，展示了"小资产阶级知识分子"的经验、实感与壮阔时代相融合的路径；茅盾创作了"蚀"三部曲来吞咽和消化大革命的顿挫心史；丁玲在 20 年代和"左联"初期的许多作品，细腻描绘了一个顾影自怜的"我"，但也从对这个"我"的打量和识别中，提取出自我的问题化处境，并以之作为通向革命的主体条件；巴金在无政府工团主义视角下写作的小说，铺展了种种对革命的个人毁灭式体认，这一体认毫无疑问带来主体力量的塌损；叶圣陶带有"成长小说"意味的故事，书写了青年知识分子纠缠在理想与现实间苦闷彷徨的受挫情绪。这些作品均展示了各式小知识分子式人物在瞬息万变的时代和个人境遇中动摇、失措于雄大和颓唐间的复杂矛盾感受。特别地，这些小说的情节许多发生于城市，尤其发生在上海。无论是在一个动态的城市地图中游走和发现新的人群，还是在一个自己所熟稔甚至封闭在其中的空间里自我耽溺，一个困惑的知识者主体持续不断地试图在自己所处的空间或与周围空间的关系中勉力辨识出自我的形态，从而辨识出那个"我"的城市、"我"的上海。尽管这些小说里的结局也常常通向这一识别自我过程的中断，甚至自我的死灭，但也有像茅盾、丁玲这样的作家，细腻地勾勒了一个知识者主体由死灭而新生的过程，在"我"向死灭的一步步堕落中寻找到了对"我"加以扶持的力量，这一力量往往来自于"我"曾经所不熟悉的、城市里另外的空间，来自于那些空间里不同的、陌生的面孔。在左翼文学这里，这些面孔往往指涉"集团主义"的他人，意即工人、农民和更多无产者聚集起来的劳动世界。

《黄金和诗意：茅盾长篇小说研究四题》一个更有意味的观察，在于此般对都市或上海的识别，更多来自于外来者的眼光，而非本地人。在"虚构上海的四重根"一章，著作者开门见山地提出一条两相对照的叙事逻辑链：外来者通过叙述上海而重获了时空，从而构建起新的、坚实的总体性；本地人则通过对上海进行事无巨细的描写，对都市空间反而产生了误认，迷失了时空，从而使得叙事的视景彻底碎片化。这里，叙述与描写这一对概念对子采用卢卡奇的经典区分，叙述上海的代表指认给了茅盾，描写上海的代表则被派给了穆时英。著作者通过对比茅盾的《子夜》和穆时英的《中国一九三一》，鲜明地勾勒出两者的不同：同样试图呈现上海的总体面貌，穆时英"在一系列漂浮的物象和精巧的细节背后，缺乏应有的连贯线索，穆时英让读者似乎熟知了上海的一切，其实却应接不暇，无法形成关于上海的总体判断"，"穆时英将一切空间毫无征兆地拼贴在一起"，"描写了一切，也抽空了一切，唯独以重复的修辞方式并置一切空间场景"，"完成表面的勾连"。[①] 其原因或许在于穆时英"生于斯，长于斯，或者潜意识中已形成对上海的总体判断，或者因过于稔熟不必对上海构建总体判断，他眼睛中的上海只能是不连贯的、熟悉

---

① 李国华：《黄金和诗意：茅盾长篇小说研究四题》，华东师范大学出版社 2022 年版，第 122 页、第 128 页、第 127 页。

的断片",尽管他"熟知上海街头的所有细节和秘密,还是有可能在总体的意义上误认城与人的关系","穆时英在根本上失去了把握上海的能力,但这并非因为他不熟悉上海,而是因为他太熟悉上海,然后迷失于其中"。[1] 茅盾则与之恰好形成对照,由于借助了城市外来者的眼光,茅盾必须通过人物与新的生活空间之间强烈的介入和博弈关系,才可能勉力把上海的形象识别和建构起来,因而通过外来者之眼所看入的上海的一切,是叙述的而非描写的,仰赖主体与外部间折冲往返的运动,因而能够在一个动态的、变化的视域中发现上海的总体性,甚至再造上海的总体性。著作者进而评论道,"穆时英是想在其虚构上海中精细地描写每一个细节,描红上海地图的每一个角落,最终却陷落其中,完全丧失对上海都市边界的把捉","茅盾则不是要熟悉上海,他有更高的目的,就是征服上海,在虚构的意义上将上海作为一个总体把握在手里"。[2] 在《虹》中,梅行素正是通过切身卷入上海都市的诸个空间中,在不同的人群里穿行出入,经历"漂浮在上海时空之外",到"迷失在上海时空之中",最后"把握了上海时空的总体"[3],抽象的总体性在这时具体化为梅行素苦苦觅得的"在家感",它由五卅运动的人群和革命的振奋空气所赋予,而指向"集团主义"的历史潮流之中,向着历史新生的方向。梅行素经由携带着过往阵痛经验的外来者,在陌异的上海都市中逡巡流转了那么一大圈,终于识别出了属于自己的、上海的面目,从而"展开了一个深具典型性的都市认知过程"[4]。因而,在这个意义上,《虹》也是一部都市小说,一部经典的以"上海"为主题的小说。

《黄金和诗意:茅盾长篇小说研究四题》以茅盾起意,但它的问题意识却勾连到当代。在梅行素试图努力辨识出一个可以把握和投身的上海的迷惘与焦灼中,在《子夜》通过叙述"民族资产阶级的没落"而把"下层阶级的兴起"宣示出来的叙事历程中[5],著作者本人的生命经验也杂裹、流贯于论述的内外。"空间"、"时间"本来是一组抽象的范畴,但《黄金和诗意:茅盾长篇小说研究四题》的作者并没有在抽象的意义上去讨论它们,而是将《虹》中所呈现的时空关系具体落实在以"在家感"为表征的主体论上:小说《虹》中的"空间"是经由梅行素对上海都市的深度历险而挣扎着呈现出来的,"时间"的方向性也是通过梅行素与不同人的关系来开掘的,在对主体感的描绘里,那个在现代文学中被反复书写的肉感的上海便呈现出另外一种逻辑,这种逻辑通向革命,而且是由具有特定感觉结构的外来者带来的,他们的核心行为是不停地"搬家",不停地"换一个新环境",发现新的就厌弃、诅咒旧的。在茅盾这里,汇入人群让最有爱欲的那一部分时代女性最后安心下来,更多的主体交汇了,他们互相交换了自己的声音,自己的主体已经不是原先的那个主体。置身上海的"在家"与"不在家"之间,《虹》形成了动荡的叙事历程,褶

---

[1] 李国华:《黄金和诗意:茅盾长篇小说研究四题》,华东师范大学出版社 2022 年版,第 122 页、第 127 页。
[2] 李国华:《黄金和诗意:茅盾长篇小说研究四题》,华东师范大学出版社 2022 年版,第 133 页。
[3] 李国华:《黄金和诗意:茅盾长篇小说研究四题》,华东师范大学出版社 2022 年版,第 128 页。
[4] 李国华:《黄金和诗意:茅盾长篇小说研究四题》,华东师范大学出版社 2022 年版,第 128 页。
[5] 吴组缃:《〈子夜〉》,《文艺月报》创刊号 1933 年 6 月,第 105 页。

皱和缝隙蔓延生长,考验着叙事者对时代和形式的双重把控力,哪怕像茅盾这样取现实主义路径的作家,也不能说一开始就抓住了时代的心脏,找到了撑托这颗心脏的最恰切有力的形式。但这个问题脉络延续至今,也构成茅盾的早期创作时至今日仍旧具有历史的回响和感召力的原因所在。"不在家"的痛觉和丧失感,延伸到当下许多青年作家采"弱判断力"的叙事策略和种种以"失败"面目为表征的文学书写之中,在不同的、具体的问题情境中加以复现。这是茅盾笔下慧女士、梅女士的一种感觉结构,也成为茅盾的小说在 21 世纪的今天读来仍旧能够打动我们,对我们的生活提示着意义的根由所在。

总体性的诗学建构
——评李国华《黄金和诗意：茅盾长篇小说研究四题》

孙 荣[①]

21世纪以来，相比于文献整理方面的成绩斐然[②]，茅盾研究著作在小说研究方面可谓是屈指可数。特别是关于茅盾长篇小说的研究，只有陈晓兰、陈建华、李城希等人的几部学术著作：他们或从跨文化语境探究茅盾与城市文学的互生关系，以此观照其"对于都市化、现代化的态度、理解和想象"[③]；或从现代性视角发现茅盾将其早期小说及笔下的"时代女性"形象"作为革命与自我的反省和救赎之具"[④]；或以历史还原的方式来揭示茅盾"史诗性历史叙事小说的真实样态"[⑤]；或以文学审美的方式来"重新面对并深入理解茅盾及其小说艺术世界的开创性和局限性"[⑥]。当然，在这些亮眼的著作之外，茅盾的长篇小说研究尚有可深入挖掘的空间，而李国华新近出版的《黄金和诗意：茅盾长篇小说研究四题》（华东师范大学出版社2022年版，以下简称为《黄金和诗意》）便可以说是在这一研究领域值得广泛性关注、具有突破性贡献的学术著作。

源自于卢卡奇的"总体性"，是李国华解读和把握茅盾长篇小说的核心理论。这一思想一以贯之地渗透到卢卡奇所提出的诸如"远景"、"史诗性"等概念之中，其所呈现的是西方马克思主义的乌托邦式构想，既与社会现实有关，又与文艺诗学相连。而现有的研究已经初步指出，"中国革命小说的史诗性诉求"在一定程度上契合了卢卡奇的总体性诗学理论，这一点在茅盾长篇小说创作中得到了明显的印证。[⑦] 正是在此基础之上，通过深度运用卢卡奇的总体性理论，李国华在其《黄金和诗意》一书中对茅盾的多部长篇小说进行了更为细致且富有创见的分析，以

[①] 作者简介：孙荣，中国现当代文学专业博士，华东师范大学中文系。
[②] 新世纪以来，《茅盾全集》（共42卷，黄山书社2014年版）、《茅盾珍档手迹》（共10卷，浙江大学出版社2011年版）、《茅盾回忆录》（共3册，华文出版社2013年版）、《茅盾译文全集》（共10卷，知识产权出版社2013年版）、《茅盾年谱》（浙江大学出版社2021年版）相继出版，为茅盾研究的扎实平稳发展提供了基础性保障。王卫平：《新世纪茅盾研究著作评析》，《山东师范大学学报》（社会科学版）2020年第4期，第12—24页。
[③] 陈晓兰：《文学中的巴黎与上海：以左拉和茅盾为例》，广西师范大学出版社2006年版，第20页。
[④] 陈建华：《革命与形式：茅盾早期小说的现代性展开，1927—1930》，复旦大学出版社2007年版，第8页。
[⑤] 梁竞男、康新慧：《茅盾小说历史叙事研究》，中国社会科学出版社2013年版，第4页。
[⑥] 李城希：《〈子夜〉的艺术世界及周边问题》，中国社会科学出版社2013年版，第36页。
[⑦] 盛翠菊、董诗顶：《论卢卡奇的小说理论和中国革命小说的史诗性诉求》，《淮海工学院学报》（人文社会科学版）2021年第21期，第57页。

此论证茅盾是如何在遍地"黄金"的大上海摸索与建构事关革命总体性的"诗意"的。这样的一种研究思路,无疑对我们理解茅盾乃至其他左翼作家具有新颖独到的方法论启示。

在《黄金和诗意》的第一章"'旧小说'因素"①中,李国华以历时性为线索来力证茅盾长篇小说的生成受到"旧小说"因素的诸多影响,并且经历了从不自觉到自觉的消化吸纳过程。在他看来,尽管《蚀》三部曲在叙事技巧方面(回叙、留悬念、说书人等)与"旧小说"十分相似,但是,从茅盾在此阶段自觉学习西方文学的经历来看,从其强烈反驳钱杏邨批判的立场来讲,都只能算作是其不自觉的表露,即使是创作《虹》的阶段也只是一种过渡。"只有在开始创作《子夜》时,茅盾才全面自觉地考虑如何利用'旧小说'的因素"②,这不仅仅涉及文字表面,连人物设置、分章模式、创作题旨都存在明显的戏仿现象。当然,茅盾在其后的长篇小说创作中也并非一成不变的,比如,他在"民族形式"大讨论期间所提出的"翻旧出新"、"牵新合旧"主张"已升格为一种经验的总结和方向的确立"③,在表征着1940年代民族文化传统复兴的同时,也用以指导诸如《霜叶红于二月花》的长篇小说创作迈向中国化的实践之路。不过,在这些嬗变、驳杂的面相背后,也有其始终如一的特性:一方面,"时代性"是茅盾在长篇小说创作中、在消化吸纳"旧小说"因素时一如既往的追求,就如李国华所言,"茅盾从创作长篇小说始,即有明确的读者想象,且不时以读者的实际反应调整自我的创作,以成其既从自我的意义上合乎'时代节奏'又从社会大众的意义上合乎'时代节奏'之艺术追求"④;另一方面,"旧小说"因素在茅盾长篇小说创作中的角色定位也是一成不变的,即它"几乎始终扮演的只是一个补充性的、工具性的角色"⑤。

如果说消化吸纳"旧小说"因素在茅盾长篇小说的生成上、在其总体性的诗学建构中尚且只是起到补充作用的文本形式实践,那么,"从自由主义到集团主义"所涉及到的则是茅盾通过长篇小说创作以获得自我解剖与意识转向的心灵形式实践。此前,陈建华在其研究中曾指出,标志着时空叙事突破的《虹》正是通过"诉诸空间以取代时间"的方式来展现"女身与历史之间的替代或错置",并由此揭示出空间意义上的"'方向'才是'革命文学'的生命和灵魂"。⑥ 不同于此,在《黄金和诗意》的第二章"时间意识问题"⑦中,李国华则以时间为突破点来重新分析茅盾的

---

① 该章曾发表于《中国现代文学研究丛刊》,收入《黄金和诗意》一书时有修订。李国华:《"旧小说"与茅盾长篇小说的生成》,《中国现代文学研究丛刊》2012年第1期,第1—15页。
② 李国华:《黄金和诗意:茅盾长篇小说研究四题》,华东师范大学出版社2022年版,第26页。
③ 李国华:《黄金和诗意:茅盾长篇小说研究四题》,华东师范大学出版社2022年版,第40页。
④ 李国华:《黄金和诗意:茅盾长篇小说研究四题》,华东师范大学出版社2022年版,第37页。
⑤ 李国华:《黄金和诗意:茅盾长篇小说研究四题》,华东师范大学出版社2022年版,第43页。
⑥ 陈建华:《革命与形式:茅盾早期小说的现代性展开,1927—1930》,复旦大学出版社2007年版,第198—204页。
⑦ 该章曾发表于《茅盾研究》,收入《黄金和诗意》一书时有修订。李国华:《"从自由主义到集团主义"——论〈虹〉与茅盾的心灵形式》,选自王中忱、钱振纲主编:《茅盾研究》第11辑,新加坡文艺协会2012年版,第361—372页。

这部长篇小说《虹》。他认为："在最根本的意义上，空间并不意味着方向……所谓'方向'，就是'集团主义'或无产阶级意识形态。"①无论是梅行素还是茅盾自己，都是通过"集团主义"来摆脱镜子式窘境、重获总体性时空以安置个人与集体关系的。除此之外，李国华进一步指出："如果说长篇小说《虹》的写作使茅盾将'集团主义'内化到了自身的血肉当中，那么，1929 年 5 月发表的《读〈倪焕之〉》则意味着其'集团主义'开始获得小说理论的形态。"②这一以"集团主义"为方向所形成的"新写实派文学"理论与创作则成了茅盾以阶级分析方式理解社会、创造时代的"斧头"，也正是在"集团主义"的框架下，在文艺"斧头"的意义上，茅盾的《子夜》在左翼文艺运动中属于召唤无产阶级意识、昭示"集团主义"远景的重要环节。

当然，如果"想使一九三〇年动荡的中国得以全面的表现"③，茅盾仅仅将"集团主义"作为《子夜》的意识纲领尚且是不足够的，并且我们极易从这一角度质疑其存在理念先行、创作生硬的问题。在《黄金和诗意》的第三章"助手与《子夜》的诗学结构"④中，通过茅盾在完成《子夜》之后的总结与提示，李国华敏锐地发现，固然"整体性（或者史诗性、时代性）应当是理解茅盾的宏观视野"⑤，但是，作为旁观者的助手则具备了勾连小说复式结构、灌注文本整体架构的重要作用。只不过，这些助手式的小人物在促成《子夜》"整体性"诗意生成的同时，也因其功能上的暧昧性而使《子夜》文本的"整体性"缺乏具体的过渡、呈现模糊的轮廓。比如，通过对《子夜》中助手与门、窗关系的探究，李国华指出，无论是助手所处的尴尬境地，还是由此导致的叙事者的模糊位置，"都意味着《子夜》文本的整体性中混杂着太多的不确定性……不仅论者各有其立场、价值观和判断力……《子夜》本身也是一个含义混杂的文本，向读者或隐或显地敞开着众多的门、窗"⑥。

总起来讲，上海是茅盾最核心的关切。⑦ 通过对茅盾长篇小说的分析，李国华所探究的不仅是"黄金"和"诗意"复杂交织的畸形上海，更有茅盾以革命总体性虚构上海的诗学特点，既指向着宏观视野，又渗透微观层面。在《黄金和诗意》的第四章"虚构上海的四重根"中，李国华认为，茅盾在革命语境下努力建构的都市文学，与韩邦庆、穆时英等人的上海书写是大为不同的，其中，最为根本的不同就是在虚构的意义上对上海的总体性把握，即茅盾正是通过叙述外来者在上海的时空体验来展现其漂浮—迷失—把握的都市认知过程的，也正是通过外来者走向"集团主义"的道路来实现其批判都市上海、喻指未来方向的双重使命的。不过，需要指出的是，在这套诗学建构中，茅盾所要达到的目的并非以细节熟稔上海，而是要

---

① 李国华：《黄金和诗意：茅盾长篇小说研究四题》，华东师范大学出版社 2022 年版，第 62—63 页。
② 李国华：《黄金和诗意：茅盾长篇小说研究四题》，华东师范大学出版社 2022 年版，第 66 页。
③ 茅盾：《〈子夜〉写作的前前后后》，选自茅盾、韦韬：《茅盾回忆录》（上），华文出版社 2013 年版，第 389 页。
④ 该章曾发表于《东吴学术》，收入《黄金和诗意》一书时有修订。李国华：《黄金和诗意——茅盾〈子夜〉臆释》，《东吴学术》2010 年第 3 期，第 64—73 页。
⑤ 李国华：《黄金和诗意：茅盾长篇小说研究四题》，华东师范大学出版社 2022 年版，第 97 页。
⑥ 李国华：《黄金和诗意：茅盾长篇小说研究四题》，华东师范大学出版社 2022 年版，第 108 页。
⑦ 李国华：《如何研究"革命队伍中人"？——从李斌〈女神之光：郭沫若传〉谈起》，《文艺理论与批评》2019 年第 2 期，第 51 页。

以总体"征服上海"①,只是在革命总体性进行诗学建构的过程中,茅盾需要处理宏观远景与微观诗学、社会变革与文学转化等诸多难题。这既是《黄金和诗意》一书的问题意识之所在,也是李国华在这番深入探究茅盾长篇小说后所呈现的突破之处。

在评析李斌的《女神之光:郭沫若传》(作家出版社2018年版)一书时,李国华谈及了如何研究"革命队伍中人"这一复杂而关键的议题。众所周知,中共革命实践既不是一帆风顺的,也并非一成不变的,诸如茅盾、郭沫若这样的左翼作家,既因革命阵痛期而产生过顿挫的心灵烦闷,也因时代环境等因素的影响而生发出迥异的革命文学实践。随着西方史学视角的深度借鉴以及局部史料的过度论证,现有的部分研究者就会被他们短暂、琐碎、游移的心灵独白所左右,并由此对其一生的功过是非做出片面且失实的判断。所以,李国华才在其茅盾研究中一再强调"总体性"的重要意义,他认为,只有对革命总体性有提纲挈领般的把握,才能够进一步深入探索那错综复杂的微观诗学而不至于迷失,只有"抓住'革命队伍中人'这一具有总体性意义的身份……从更长的历史时段以及更广大人群的利益的基础上去考察"②类似茅盾这样的左翼作家,才能够凸显其之于中国革命实践的特殊功绩,从而在整体上对他们做出中肯的评价。可以说,正是透过李国华的茅盾研究,我们才重新关注这个时常被细节所湮没的总体性问题,也才能从文学性的角度理解茅盾在宏观远景与微观诗学等方面所做出的平衡与取舍。进一步讲,《黄金和诗意》一书所展现的细腻而有力的论证,不仅为茅盾研究,也为更多的左翼作家研究提供了一种兼顾整体评判与具体分析的新方法,在矫正以往研究思路的同时,也具备了填补该领域空白的创新意义。

---

① 李国华:《黄金和诗意:茅盾长篇小说研究四题》,华东师范大学出版社2022年版,第133页。
② 李国华:《如何研究"革命队伍中人"?——从李斌〈女神之光:郭沫若传〉谈起》,《文艺理论与批评》2019年第2期,第52—53页。

现代文学研究学人纪念专栏

学人的楷模,后学的导师
——追念著名现当代文学史家、茅盾研究专家丁尔纲先生

沈冬芬[①]

丁尔纲先生离开我们已有四个多年头了。

惊闻先生逝世的消息,真如晴天霹雳!

尽管知道丁先生近些年来身体一直欠佳,但总以为他能够像以往那样挺过来——期末结束后我还想给他老人家写信呢!然而,当2月5日晚上接到丁老的长公子丁斌先生给我打来的电话,说他的爸爸已于前一天下午离世时,我语塞了,眼泪夺眶而出。这噩耗来得太快太突然了!我陷入了深深的悲痛之中……我觉得我有许多话要说,但又不知道从哪里说起。我的头绪乱得很。

离丁老去世已有一些日子了,我想,我应当从悲痛中抬起头,理出个头绪来。尽管,万把字的一篇文章已无法容纳先生对我的垂爱与帮助及我要对先生说的话。将敲击我印记最深刻的那部分先写下来,以表达我对他老人家的逝世深深的哀悼吧。我如是想。

丁尔纲先生1933年4月8日出生于山东黄县(今龙口市)凤仪村。1957年北京大学毕业后,先后在内蒙古大学、北京函授学院包头站、包头师范专科学校等校工作,历任中文系副教授、中国现代文学教研室主任、系副主任。1984年8月,调入山东社会科学院语言文学研究所,历任副研究员、研究员。

丁先生是新中国成立以后成长起来的第一代学者,是我国茅盾研究的权威和鲁迅、丁玲研究的著名学者,是享受国务院特殊津贴的理论批评家和中国现当代文学史家。他专业基础扎实,理论水平高深,具有深厚的马列主义理论修养与过硬的科研素质,工作能力极强。他涉足众多学术研究领域,成就辉煌。他还是新时期中国现当代文学研究重要的组织者之一。他参与创建中国现代文学研究会,任常务理事。他更是中国茅盾研究会的主要发起者、组织者和创建者之一,长期以来一直担任学会的常务理事,并兼任副秘书长、名誉副会长和顾问等职务。他是中国当代文学研究会理事兼少数民族文学分会副会长和中国鲁迅研究会、中国丁玲研究会理事。他对戏剧、少数民族文学及山东省当代文学也有精湛的研究与评论。

丁尔纲先生以恢弘开阔而不乏严谨细腻、雄健豪爽又富思辨色彩的独特的学术研究和写作风格著称于学界。"一切以学术建树说话",这是他做学问的准则。

[①] 作者简介:沈冬芬,浙江省嵊州市崇仁镇升高小学教师。

丁先生孜孜矻矻，勤于耕耘，著述等身。他创作的中国现当代文学论著有《鲁迅小说讲话》《新时期文学思潮论》《丁尔纲新时期文论选集》(上下册)、《山东当代作家论》(担纲主编并主笔)。同时，丁先生还参与主编《中国现代文学史》(上下册)、《中国现代文学论文集》、《当代少数民族作家作品选讲》，参与编写《中国当代文学史》(上中下册)。丁尔纲先生是新中国成立以来论著宏富、成就卓绝的极少数几位茅盾研究专家学者之一。早在学生时期，他就发表了《试论茅盾的〈农村三部曲〉》(《处女地》1957年6月号)等著名论文。自20世纪80年代初以降，他撰著、出版的茅盾研究论著，传记系列有《大气磅礴的人生——茅盾传》《茅盾 孔德沚》《茅盾评传》《茅盾：翰墨人生八十秋》《茅盾人格》(合著)，创作研究系列有《茅盾作品浅论》《茅盾散文欣赏》《茅盾的艺术世界》《时代潮汐冲击下的文坛砥柱——茅盾》(上下册)等，选编《茅盾论文学艺术》《茅盾现代作家论》《茅盾序跋集》《茅盾作品精选》等，凡30余种。此外，他还发表了学术论文200余篇。在这些论著中，《茅盾的艺术世界》《茅盾：翰墨人生八十秋》《时代潮汐冲击下的文坛砥柱——茅盾》等都是极为厚重之作；尤其是笔耕7年、两易其稿的皇皇65万字的《茅盾评传》，更是他40余年茅盾研究的心得与智慧的结晶。其论著之纵横开阖、丰富博大，茅盾研究队伍中鲜有人能与之匹敌，即便在整个学术界，也极为罕见。

在《茅盾全集》出版伊始，中国作家协会即任命丁尔纲先生主持编辑40卷本《茅盾全集》(另有一卷附集)，为三人审定稿小组成员，任编辑室副主任。他负责校勘注释《茅盾全集》第7卷、第11卷、第27卷，校注定稿第1—6、第8—10、第12—17、第21、第26卷。几乎一半的"全集"都留下了他忙碌的身影，倾注了他极大的心血，凝聚了他作为现代文学著名学者和茅盾研究权威专家的智慧。另外，受中国茅盾研究会的委托，丁先生主持编辑了《茅盾研究论文选集》(上下册)《茅盾九十诞辰纪念论文集》《茅盾与中外文化》、《茅盾与二十世纪》等论文集。

丁尔纲先生极其关注学会的生存与茅盾研究的健康发展。新时期以来，茅盾研究与其母系学科中国现代文学研究一样，在突破已有格局、进入空前活跃的同时，面临着一波又一波的冲击。丁尔纲先生出于学者的良心，撰写了《艺术探索与政治偏见之间的徘徊倾斜——评夏志清的〈中国现代小说史〉茅盾专章》(《中国现代文学研究丛刊》1982年第4期)、《泼向逝者的污泥应该清洗——澄清秦德君关于茅盾的不实之词》(《茅盾研究》第6辑)、《论东西方文化碰撞中对茅盾的历史评价》(《茅盾与中外文化》)、《闻茅盾被〈大师文库〉除"名"有感》(《文艺理论与批评》1985年第2期)及《茅盾 孔德沚》《茅盾评传》等论著予以辩驳和剖析。这也招致了学界，尤其是部分年轻学者的颇多的误解。有人以为丁尔纲先生好辩，好为茅盾辩护；有人则因为丁尔纲先生运用相对传统的马克思主义理论，认为他保守，是极"左"。为茅盾辩护有何不可呢？如果在茅盾研究上出现偏差，对茅盾及其作品的评价不尽恰当，甚而过分贬损，歪曲污蔑，轻率否定，我们的理论家拿起笔来与之商榷、辩驳，不但可以，而且完全应该。再则，丁尔纲先生在著述中，常常采取正面立论为主，对错误观点与曲解茅盾及其作品的说法做批评讨论的策略，因而持论公允，态度平等，语言规范，与人为善。这属于正常的学术讨论和学术争鸣，应该被允许的。大凡正直、公允的学者都会这么做。我们不是痛恨以前的乱扣"帽子"、乱打"棍子"么？如果对丁尔纲先生以马克思主义的观点与方法做出的分析、辩驳，动辄责之以极"左"或保守，这在反"左"的年代，孰不是又一种"棍子"和"帽子"——我们尽可说马克思主义需随时代而发展。这不利于文学批评和论争的正常开展。丁尔纲先生对学会和茅盾研究的关注一以贯之。退休之后，在身体不适的情况下，仍想方设法了解学会的方向和茅盾研究的动向。

丁尔纲先生为学会工作的顺利开展，为《茅盾全集》历经较大困难而终于能够在21世纪初全部出版面世，为中国茅盾研究推向全面深入，贡献卓绝，成就突出。他以自己的学术建树和巨大贡献在茅盾研究界树起了标杆，是学人的楷模。他因此荣获首届茅盾研究最高奖——"突出成就奖"。

我无缘成为丁尔纲先生的学生，和他不是师生关系。缘于对茅盾文学及其研究的喜爱，为阅读茅盾研究论著，收集资料，我与先生取得了联系并结下了深挚的友谊。

大学毕业后，我走上了中学语文教学的讲台。课余，我阅读书报，搜集有关茅盾的资料，同时我还开始向学者索书。读大学期间，丁尔纲先生的《茅盾的主要文学建树及其主要特色》(《山西大学学报》1983年第4期)、《茅盾的〈虹〉和"易卜生命题"》(《中国现代文学研究丛刊》1989年第3期)等论著，恣肆博大，论辩性极强，尤其是我想说却囿于识见而无法说出的话语，先生每每能说到我心坎里去。这些都给我留下了极其深刻的印象。向丁尔纲先生索书，无疑成为我的首选。

我终于给丁尔纲先生寄去了第一封信，索要他于20世纪80年代初出版、我找遍书店却毫无结果的《茅盾作品浅论》一书。时间为90年代中期。我在信中还跟他说起，在八九十年代之交掀起的"重写文学史"热潮中，一些学者表现出对茅盾经典作品的轻率否定，甚至对作家人格的随意贬损。我明知不少观点极其偏激甚而是错误的，却无法从学理上加以辩驳，因而带给自己莫大的困惑与苦恼。虽然几个年头过去了，这困扰依然存在。信寄出了，但考虑到先生是著名学者，学术工作繁忙，他能不能给我回音，我心里没有底。我是抱着试试看的心情投出这封书信的。然而，先生很快给我回信了！他说，80年代初的那本书已经绝版，他手头也无余书，因而将刚出版不久的《茅盾 孔德沚》一书寄给了我。由于先生"手头仅存几个副本"，不久，我在阅读中发现这是一个错本。我只好再次给他写信，先生又一次给我寄来了书。

这是我给丁尔纲先生写信的开始。孰料此后的20余年，书信成为我跟先生联系的最主要方式。20余年里，我与先生信函往返百来通，他回我近40封，我给他写信则多达五六十封。倘将这些信函整理出来，当能见出一位著名学者如何奖掖、教诲后学，并一步步将其领上学术道路。这将是我对先生的极好纪念，容以后另写专文述之。

2006年对我来说是重要的一年，极具转折意义。这一年，也是我与丁老通信最频繁、得到他助益最大的一年。

2005年10月，我给著名学者、厦门大学庄钟庆教授去信，索取他的《茅盾的文论历程》一书。庄先生在给我寄大著的同时，附来了一份中国茅盾研究会的征稿函，并嘱我为次年召开的第八届全国茅盾研究学术研讨会撰稿。4月初，我凑成了一篇题为《关于茅盾的几次论争述评》的万余字长文。在给中国茅盾研究会投稿的同时，我也向丁尔纲、庄钟庆、钟桂松等专家寄上一份求教。不到半月，我就收到了丁先生的回信。他说，读了我的文章，他"特别高兴"，"钦佩之心油然而生"。他还不无谦虚地说，我读的资料比他还多，文中征引的资料很多是他未见到的，可见我"倾全力广览博取"。这是治学"非常宝贵的品格"。对于本文的观点与剖析方法，他也认同。他还与时任中国茅盾研究会常务副会长的万树玉先生通了电话，介绍了拙文的一些情况，并请万先生将我列入出席茅盾研究学术研讨会的邀请代表名单。在 5 月 7 日的信中，先生告诉我，为我能出席会议，他已同主持与会代表论文资格审查工作的中国茅盾研究会副会长、北京师范大学李岫教授通了电话，说她表示同意我参加会议。

  先生的这两封信可谓具体、细致，凡重要的或需要注意的地方，均打上了红杠杠，融入了他对后学的拳拳之忱和殷殷期望。然而，随着会议的召开日期越来越近，我自己却打起了"退堂鼓"。我生性内向，不善言辞，怕见生人，尤其害怕在专家学者面前露出自己的鄙陋来，普通话又说不好。先生知道后即给我打来了电话，鼓励说，出席会议，在大会或小组内发言，没什么的，只需将论文内容及成文因由、过程大致地介绍一下；至于我的普通话，虽然不很标准，但大致意思还是听得懂的。最后，他催促说，他将在茅盾先生故乡等待与我见面。

  由于丁先生的撮合与鼎力相助，我于 6 月中旬接到了中国茅盾研究会的邀请函，得以参加 7 月初在浙江桐乡市举行的纪念茅盾诞辰 110 周年暨第八届茅盾研究（国际）学术研讨会。承蒙学会领导的信任与厚爱，我还参加了秘书处工作，协助钱振纲教授做些会务工作。这样，我有幸晤面仰慕已久的丁尔纲先生，还新"结识"了不少文艺界领导与学界名家，如茅公的公子韦韬、中国作协副主席陈建功、浙江省作协主席黄亚洲、香港文艺家协会会长王一桃，以及庄钟庆、万树玉、李岫、钟桂松、王嘉良、唐金海、李庶长、王卫平、翟德耀、陈福康、钱诚一、李广德等专家学者。在学术研讨会上，我交流了自己的论文，得到了与会许多学者的肯定与好评。

  中国茅盾研究会于 7 月 5 日晚上举行了理事会，我被批准加入中国茅盾研究会。丁先生和钟桂松先生做了我的入会介绍人。

  会议结束后，根据学会要求，提交的论文须由作者带回，经修改后再发去。回家不久，我就给丁尔纲先生和钱振纲教授等去信，请教拙文的修改意见。丁先生给我写了一封长达 9 页的回信，关于拙文的修改，则密密麻麻写了两大页，提出了甚为详尽的指导性意见。钱先生也为我修改论文贡献了宝贵的意见。因此，拙文很顺利地为《茅盾研究》第 10 辑所刊载。后经修改与补充，发表于《绍兴文理学院学报》（哲学社会科学版），并为中国人民大学书报资料中心复印的《中国现代、当代文学研究》（2007 年第 7 期）收录。

  茅盾研究只是我的兴趣与爱好，是丁尔纲、钟桂松两位先生将我领进了中国茅盾研究会这片丰腴的学术园地。由于得到丁先生及钱振纲、庄钟庆、王嘉良、万树玉、钟桂松等专家的提携与润泽，使我的爱好染上了"研究"的馨香，兴趣而外多了一层学术的理性光彩。

此后,丁先生一如既往地关心、指导我的学术研究和论文写作。这种指导,大至布局、谋篇,材料的增补,小到标题的酌定,遣词用语,甚至标点的运用,是多方面、全方位的。《关于茅盾的几次论争述评》增引曾文渊先生《谁家的"文学批评论"》一文(1990年5月5日《文艺报》)的观点,就是我在丁先生提议下设法弄到并补上去的。我在阅读、搜集茅盾研究资料时发现,茅盾研究论著面世后,大多能引起学界的热烈反响与广泛好评,出现了一篇乃至多篇书评。这些书评或缕述内容,剔抉特点,揭橥意义,或指摘不足。它们是典型的"茅盾研究之研究"。具有同样性质的,还有前辈学者、著名专家应作者之请,为其茅盾研究论著所撰的序言。有关著作出版的书讯、简介一类的文字,也有分量不等的评述成分。倘将这些书评、序言一类的文章集中起来,对其中的观点加以梳理与整合,是一部别具特色的《茅盾研究概观》。因此,书评、序言一类的文字其价值与意义是显见的。基于这样的认识,我将曾在报刊、文集中出现过的书评篇目汇集起来,编著成一份长编的文章目录,并冠之以《一份别具意义的文章编目》的标题,提交2016年8月在华东师范大学举行的"茅盾抵沪百周年纪念暨第十届全国茅盾学术研讨会",同时也给丁尔纲先生寄去了一份。结果,丁先生既是"感谢",又是肯定鼓励,同时也指出了一些不足。比如标题,他说,会让人误以为是别人对"编目"的评价,由编著者本人说出,显得不够明确,且在内容上也没有加以概括。丁先生建议我改用一个明白醒目的标题。于是,我将其改为现题《"茅盾研究之研究"文章目录总汇》。发表于《粤海风》2008年第3期上的《评复旦本对夏志清〈中国现代小说史〉的隐匿》一文,这是我读了大陆版夏著《中国现代小说史》而写成的。由于对夏氏的政治观而投射到评论现代作家作品观点的不能认同,以及对沪上某知名学者为让夏著能够在大陆出版,删去书中若干较为"敏感的提法",以为这是对未读过香港友联本夏著的读者的蒙蔽,即政治立场的不同而导致的学术偏见,再则,局部内容与词句的删改无法改变充溢整部史著的观点和语气。因此,拙文中也存在着较浓厚的情绪化色彩,用语较为偏激。文章写成后,除投给《粤海风》杂志外,我照例也给丁尔纲先生寄去了一份。收到拙文后,丁先生即于2008年4月2日给我写了一封回信,严正指出,文章需要修改,要严格控制自己的情绪,冷静地论述,运用规范的学术用语,尤其要剔除大批判语言。收到先生的信后,我知道问题的严重性,立即去电《粤海风》杂志社,谓欲收回文稿,需做些修改。然而,已经来不及了。《粤海风》杂志的编辑回电说,拙文置于本期首篇位置,这是首都某名牌大学的中文系主任的大文都无法"享受"的待遇,并说,刊物正在排印之中,不日就要出版了。我只好又写信丁先生,告知了这一情况及我的担忧。丁先生却在信中宽慰我,说文章既将发表,只好作罢。并说,我这篇文章观点与内容并无问题,完全是说理的,善意的,负责任的;至于存在的情绪化等不足,则是次要的,第二位的。这也是青年作者常见的问题。他自己也年轻过,他早先的论文也有类似的问题。他说,包括被我批评到的学者在内的广大的学界朋友应该会理解和宽容于我;倘拙文真为个别学者驳难,这也正常,如有可能,他将从学理的角度为我辩护。不过,他最后指出,此类问题以后需要力戒,这毕竟不是学术研究学术论争的正途。这件事给我以深刻的教训,同时也照见了先生对我的爱护与关心。

出于对茅盾研究与后学的关心,我稍有一点成绩与进步,先生则对我大力肯定,褒赞有加。前文述及对于《关于茅盾的几次论争述评》一文的肯定即是。再如,茅盾研究的起点通常以为是 20 世纪 20 年代末,即 1928 年茅盾的处女作《幻灭》等作品发表不久。权威专家对此已有过论述,茅盾研究的母本学科中国现代文学研究也一直以此为依据描述茅盾的。因此,这实际上已成定论。而我觉得,这应该是"作家的茅盾"研究的开始,倘以研究"全人"及"茅盾学"的大视野,茅盾研究的起点应提前 8 个年头。可我心怀顾虑,我现在重新提出,是否有标新立异、故作惊人之论之嫌? 我将这些想法告诉了丁先生说。丁先生当即给我回信,鼓励我有自己的观点,只要言之有据,持之有故,尽可以写出来,不会有标新立异之嫌。后来,我果真把文章写了出来,并发表在《茅盾研究》第 11 辑里。丁先生读了拙文后说,观点新颖,"有突破性见解",且材料丰富,论述充分,"一气呵成"。并说,这是他看到的我所写文章中"最好的一篇"。同样如前文提到的《一份别具意义的文章编目》,先生虽然为我指出了不少不足,但对拙编还是有了过多的溢美之词。他说,"深以你大量的资料工作及细致的编著为感","体现了为茅盾研究事业提供基石,为他人阅读研究提供方便的奉献精神"。在茅盾研究队伍中,肯像我干这种"吃力工作的人",老一代学者中有,新一代学者中却"凤毛麟角"。

与此相联系,丁尔纲先生还鼓励我写专著。我写作论文,有一个较大的问题,就是篇幅被拉得过长。学会提交论文限在 8 000 字以内,我的论文初稿往往会有一万六七千字;后来学会将论文字数宽限到 10 000 字,我草成后的文字常常会拉长到两万来字。然后就删改,压缩篇幅。起初是两三千、千把字的砍去,接着是几百字、几十字的删削,最后是几个字几个字挤去,宛如割自己身上的肉,很难把文章删改到规定的篇幅。为此求助于丁尔纲先生,他每每能示我以一些切实可行的方法。诸如尽可能地砍掉内容上的枝蔓,人名后的"先生"二字尽删,注释可用可不用的情况则尽量不用,等等。不过,先生有时也认为我的某些文章容量确实很大,因此,就多次鼓励我写成专著。并说,我已具备了写专著的能力。早在 2006 年,我在给丁先生寄《关于茅盾的几次论争述评》一文时,由于在附信中有一句"拙稿原文所论涉及方方面面,本文只是截取其中一方面衍生而成",因而先生以为我有《茅盾研究史》与"资料汇编"的写作计划,要我争取申报省级科研项目。我立即给先生去信,说我无意写专著,也无申报项目的打算。先生又于 5 月 7 日给我写信,为我介绍申报项目与评奖手续的不同途径;要我别知难而退,并引用他家乡山东的谚语"有枣没枣,打三杆子再说",鼓励我着手写出"内容提要或专著章节大纲"。两年后,先生在给我的信中又写道:"我始终以为你应该写一部《中国茅盾研究史》或《史论》。"他还说,"你既已材料齐备,不妨徐徐图之",并连用两个"盼甚",对我寄予厚望。几年前,在讨论我的论文在高校学报或一般的期刊发表不出来,其中的一个原因是篇幅过长时,先生"再次建议"我把重点转到写书上。他说,"你到了写书的水平了","书版篇幅从容,不致缩手缩脚"。还说,一旦有本像样的专著,学报与期刊编辑就会"另眼相看了"。然而,我以为,我几乎每一次写论文,一篇文章固然容不下所收集的材料,需要两三篇文章,倘真要写成专著,又觉得材料不够用。另外,我没有写作专著的经验。因此,我不敢贸然答应先生去写专著。

然而，先生并没有气馁。当我编著出《一份别具意义的文章编目》，先生在肯定我"为茅盾研究事业提供基石，为他人阅读研究提供方便"的同时，将话题一转："但你应该把这些基础工作当作起点，为自己的'茅盾研究史著'做准备"。他说，我"应该开出更大的花，结出更大的果"，并"翘首以盼"。然而，我终于还是辜负了先生的厚望——而今，先生再无耐心等待就匆匆离我们远去了！

也许先生太希望看到我出书了。因此，即便只是书籍模样的东西，他总要给予极大的热情去肯定和鼓励。应出版社邀请，我为"中学生读名家"丛书编选、评点茅盾卷，并以《林家铺子》的书名和全新彩绘版式于2012年1月由北方妇女儿童出版社出版（"语文新课标必读丛书"之一）。应该说，这只是一本学步性普及读物，读者对象是中学生。然而，评点本《林家铺子》出版后，80岁高龄的丁尔纲先生不仅在多封信函中提到此书，还撰写了两篇书评，分别发表于《绍兴文理学院学报》和《茅盾研究》中，对此著予以高度肯定和好评。

先生在书评中开宗明义地指出，本书具有"高屋建瓴"和"深入浅出"两大特点。他说，《茅盾全集》皇皇一千三四百万言，要从这样的巨著中选编能代表茅盾毕生文学建树的一二十万字的文本并做出简要评析，具有何等难度！然而，沈冬芬"举重若轻"。在具体选文中，我确实用过一番苦心的。丛书的其他选本或仅选作家的散文作品，如鲁迅、朱自清卷；或单选作家的诗作，如闻一多、冰心卷。我考虑到茅盾在中国现代文学史上最主要的成就是小说创作，尤其被称为中长篇小说巨匠；他当然也是一位散文圣手，且散文写作体裁多样；茅盾还是五四新文学的批评大家，评论文字多达500余万言，其成就和影响"并不在他作为一个著名作家之下"。因此，我竭力说服出版社，《林家铺子》一书在精选茅盾的22篇散文的同时，还收录了他的3篇评论和3篇小说。我的这番苦心竟被先生看出来了。他评论道，选本"兼顾茅盾作家与理论批评家双规并行的特征"，"打破单选创作的惯例，精选了三篇既具理论高度又具美文特点的评论文章"；它"突出了茅盾作为小说作家、散文作家掌握多副笔墨的特点（兼收散文作品与小说作品）；但针对中学生与语文教学所需，选文又以短篇散文为主"。先生以为，我这篇题为《茅盾其人其文及二十余年来运交"华盖"》的前言写得"颇不一般"，它"从作家论与文学史、文学思潮史多重视角审视评价茅盾"，写得"高屋建瓴"。

丁先生肯定选文的品评"继承发扬了中国文学批评史""评点派""传统"。他说，沈冬芬将最常用于章回小说且有实效的评点派的回（章节）前批、回中批（眉批、夹批、旁批）、回末批，改名称为"阅读指导"、旁注（相当于眉批）和"美文欣赏"，用之于散文和文论，每项又都有发挥与突破。先生进一步阐述道，"阅读指导"等三大板块受导言统率，"宏观批评与微观批评有机结合"，"使全书对茅盾作品的解读浑然整合，把文学家与革命家的活生生的茅盾推到读者面前，在心灵沟通中得到教益"。

先生的结论是，此书"虽是通俗读物，品评文字却具学术品格"，"在兼收并蓄几十年来茅盾研究成果之同时，常常阐发自己的创见与新意"。

在结束本文之前，有一件事决不敢秘藏，非公之于此不可。2011年年初，丁先生在电话里告诉我，要将他珍藏的一批茅盾研究资料赠给我。丁先生曾受中国作家协会任命,担任《茅盾全集》编辑室副主任,与叶子铭先生等主持编辑 40 卷本《茅盾全集》,负责审定稿工作。此外,他还为学会主持选编了《茅盾研究论文选集》《茅盾九十诞辰纪念论文集》《茅盾与中外文化》《茅盾与二十世纪》等多种集子。这资料主要包括《茅盾全集》原稿的复印件和学者们为学术研讨会或编集子撰写的刊用及未刊稿。这些材料太珍贵了!我既惊喜、激动,又深感责任重、压力大。我担心资料在我手里起不到应有的作用,而辜负先生的厚望。因此,刚开始时我并没有立即答应先生接收这份珍贵的资料。直到 4 月 18 日给先生的信中,我才说将"战战兢兢"奉接这份"厚礼"了。26 日,先生给我回信。他说,《茅盾全集》资料复印件数量太大(约 30 余卷),"我留着已用不上了(力所不逮),赠你适得其人,只是还没想出怎么交到你手里的办法"。他还说:"此事不急,徐徐图之可也。"后来,因我之请,要先生简单为我介绍一下他珍藏的《茅盾全集》复印件的情况。我还告诉先生,我有一远亲在济南做点小生意,并答应帮我去先生家里取回资料。先生于 6 月 14 日给我写了一封长信,为我介绍了《茅盾全集》与初刊本有"出入"的五点情况,以及"全集"档案的"不是每集档案都与相应的全集该卷相对应"和"底本不全,也无法与全集对应"两个特点。他说,这些情况只有他和茅公的公子韦韬、山东师范大学的查国华等少数几位学者了解。先生肯定初版、初刊文字仍有校勘的价值,而通常用之于古代文学的版本学、校勘学于中国现代文学也同样适用。这就是他一直保留"茅编档案"的原因。他说:"我已无力使用了,我的学生中也无此安于寂寞肯下死工夫者,我选择了你。"我的亲戚能去他家取资料,他自然很高兴。并说,他将尽快把它们给整理出来。7 月中下旬,我收到了寄自山东济南的大件邮包:两大纸板箱,足有八九十斤重:除《茅盾全集》复印件外,还有中国茅盾研究会年会及先生受中国茅盾研究会之托,在主持编辑《茅盾研究论文选集》(上下册)、《茅盾九十诞辰纪念论文集》《茅盾与中外文化》《茅盾与二十世纪》等论文集时用过的学者们的已刊或未刊稿。我即给先生拨通了电话,向他汇报我已经收到了他赠送我的这份珍贵的"礼物"。先生说:"太好了!我终于在有生之年办成功了一件大事,心中的一块石头落了地。"他嘱我不用太着急,等有时间了,慢慢去看,并用之于自己的学术研究。

我无尽地享受着先生的恩泽……

然而,先生对我的关怀与提携,决不是为了私情或个人原因。诚如在他生病住院期间,由他的夫人羡梦梅老师代笔的一封信里说的,他对于我的帮助,主要是"他对自己专业的热爱","有个年轻的认真的研究者在同一队伍里,他愿尽力而已"。

丁尔纲先生是我国茅盾研究的宝贵财富,更是我茅盾研究路上最主要的引领人之一。而今,他离我们而去了,这无疑是我国学界尤其是茅盾研究的巨大损失,我自此也将失去学术研究中像先生这样的导师和引路人!

呜呼,我之痛!呜呼,茅盾研究之大不幸!

2018 年 4 月 8 日初稿
2022 年 10 月中旬改定

现代文学语言研究专栏

日本文学研究資料叢書

"以质救文"
——试论章太炎的语文复古观念及其敞开的革命性[①]

赵 凡[②]

摘 要：章太炎的语言文字观念表面上与五四文学革命所倡之白话文体决然对立，然而本文通过考察章太炎的《后圣》《訄书·订文》《正名杂义》《驳中国用万国新语说》等相关文章，将章太炎的语言文字观念放在其不同时期的思想脉络中进行分梳，发现章太炎的语文复古观念在"以质救文"的层次上为五四的文学革命观念敞开了诸多可能性，尤其与胡适思考文学革命的某些路径相接壤。

关键词：章太炎；语言文字；正名；以质救文

在中国思想史与学术史上，章太炎可谓承前启后的关键人物。他不仅在西学的对应下以国学重构传统，亦为五四新文化运动敞开诸多法门，哪怕后者多以否定性的态度对之。现有的研究尤其多的研讨章太炎与鲁迅之间的关系[③]，但对于章太炎与胡适的关系却很难深入[④]，尤其是关乎语言文体方面的话题更是少见[⑤]，此或源于对二氏话语之表层差异所致的固有印象，即文言白话的二元对立。具体说来，章氏取径小学，强调先识字再造句作文，而胡氏则直取宋明以降与口语相近的白话，作为文学革命的基础。本文重论的尝试无意推翻二者歧异，而是意图深究表层话语所处的学思脉络，以此试论二者在何种程度上共享何种思想装置。在此率先分梳章太炎一面，以《后圣》《訄书·订文》《正名杂义》《驳中国用万国新语说》等篇为中心，将其语文观念放回到"正名""文辞与学说""文质"等议题中加以再脉络化（recontextualization），借此把握以章、胡为表征的晚清与五四之间的"断

[①] 本文系教育部人文社会科学研究青年基金项目"晚清民初文学变革机制研究"（项目编号：22C11393015）的阶段性成果，云南省教育厅科学研究基金项目"重构胡适文学革命的思想资源"（项目编号：2022J0667）的阶段性成果。

[②] 作者简介：赵凡，华东师范大学中国现当代文学博士，昆明学院人文学院讲师。

[③] 学界有专文梳理此一主题的学术史。张胧：《"章太炎与鲁迅"研究历史述略》，《现代中国文化与文学》2021年第4期，第203—216页。

[④] 现有的研究多从近代学术转型切入两者的关系，如：陈平原：《中国现代学术之建立——以章太炎、胡适之为中心》，北京大学出版社2010年版；江湄：《创造"传统"：梁启超、章太炎、胡适与中国学术思想史典范的确立》，社会科学文献出版社2014年版。前者偏于论述两者的连续，后者则偏于阐明两者的断裂。

[⑤] 陈平原注意到"章太炎以及胡适相对宽泛的文学观，代表了近代中国学人重新沟通文学与学术的尝试"。《胡适的述学文体》，《学术月刊》2002年第7期、第8期，第57页。

裂"与"连续"之潜在意涵。

一、奠基于"正名"的"订文":章太炎的语文观念及其学思背景

太炎生身之 1868 年,值中国社会、思想的剧烈变动,乾嘉考证学独胜的局面也一变而为古、今经说并行,诸子学、西学亦渐兴起。太炎早年即以段氏《说文解字注》与郝氏《尔雅义疏》通《史》《汉》,又读顾氏《音学五书》、王氏《经义述闻》等朴学名著,奠定了由顾炎武开辟的"读经自知音始"的清代朴学的方法论基础。章氏的第一部著作《膏兰室札记》(1892 年)采用的就是考证学常用的札记文体,沈延国在为其所作校点后记中云:"要以考释文字为主,凡证一义,必昭析音义,稽其事实,下以己意,发正冰释。"①正可一窥考证学的门径:"考释文字"是其目的,而"昭析音义"中所含的"音义互求"之理正是清代小学特出于过往的关键方法。②

在此种考证学眼光下,太炎对于彼时的帖括时文持鄙视态度自不待言,即对影响清代文章剧甚的桐城古文也颇有微辞:"自方、姚以来,浮华之士,冒古文之名,而丧其实,诩诩然自矜一得,而于古字古言不通一隙焉,撫用影响,如窥如盲,可矜也。"在太炎看来,所谓古文非散行而已,还涉乎词气、训诂需皆秦、汉以上:"古言之不解,古文云乎哉!字之不识,文云乎哉!"③通晓古言而后可为古文。这一早年的见解,贯穿太炎始终:

先求训诂,句分字析,而后敢造词也;先辨体裁,引绳切墨,而后敢放言也。④

造词之本,在于识字,风格体式,则辨乎体裁。所谓训诂,就是判断文字背后所代表的事实与意义。由此看来,正确地认识笔下所使用的汉字,是正确认识现实世界的基础,异常严格的析字造句与体裁畛域背后,蕴含了文字并非转写口语的工具,而是用以代表事实的"名",识字即辨名,辨名即可认清事实。换言之,如何顺畅无碍地表达事实,不在于语言是否简白,而在于是否正确地使用了汉字。这就涉及与章氏语言文字观紧密联系的"正名"思想。

太炎曾在戊戌年《上李鸿章书》中自述学术途径,自 17 岁废制义后,浏览周秦汉氏诸书,奠定"以荀子、太史公、刘子政为权度"。⑤ 随着乾嘉考证学的深入,考证的范围开始逐渐扩大,率先接触到的自然是儒家内部与孟子相异的荀子一脉,间

---

① 沈延国:《膏兰室札记校点后记》,《章太炎全集·膏兰室札记、诂经札记、七略别录佚文徵》,上海人民出版社 2014 年版,第 267 页。
② "疑于义者,以声求之,疑于声者,以义正之。"戴震:《转语二十章序》,《戴震文集》,中华书局 1980 年版,第 91—92 页。
③ 章太炎:《膏兰室札记·三六八,论近世古文家不识字》,《章太炎全集·膏兰室札记、诂经札记、七略别录佚文徵》,上海人民出版社 2014 年版,第 178—179 页。
④ 章太炎:《讲文学》,《章太炎全集·演讲集》,上海人民出版社 2014 年版,第 45 页。
⑤ 章太炎:《与李鸿章(二通)》,《章太炎全集·书信集》,上海人民出版社 2014 年版,第 33 页。

接使得对荀子的评价产生新的变化。① 这就不难理解同在考证学内部的章太炎对荀子的接受。太炎曾在《实学报》上发表《后圣》(1897年)一文,指出自仲尼而后,唯荀子一人,因其曾作《正名》《礼论》两文。首先,就《礼论》而言:

《礼论》未作,人以为祝史之事,作矣,人以为辟公之事。

"礼"即外在的理性秩序,与之相对的为"祝史"则与巫术关联,又说"孟氏未习,不能窥其意",有意将"祝史之事"暗接孟子的路径。辞气间,章氏更许"辟公之事"。② 其次,就《正名》而言:

黄帝正名,仲尼以治卫,夏乱于施,西域乱于塞种。正之以后王之成名,织及米盐,至于纬宙合,自一话一言,皆正其程度,解其玄纽,则析言破辞者,无敢臬乱,惟举枢要,故阂于《尔雅》,惟参伍捷际,故足以陷塞氏。

"正名"直接用以现实政治,现实政治直接与名实问题相联。一话一言皆有所正,僭乱之事自然平息。可见《礼论》与《正名》二章互为因果,礼仪秩序用以规范人性之恶,而典章制度又最近雅正,因此"正名"之用,渗透了深切的人伦秩序与政治理想。当然,"名"随"实"动,应时而变,是故"其风之迁,其志也亦迁,必守故号,则不给于用,故曰有王者起,必将有循于旧名,有作于新名(互市以来,新理日出,近人多欲造作新字者)"③。太炎将海通互市以来的状况放在夹注之中,以证荀子正名思想对现实状况的呼应。

1900年太炎初次辑定了《訄书》,以"尊荀"为始终,可见荀子在其早期思想中的重要地位。荀子的"正名"思想奠定了章太炎的语言文字观与文学观,至少在《訄书》初刻本中,与语言文字及文学相关的《订文》以及所附《正名略例》两篇,应当放回"尊荀"的文脉中来加以理解。实际上,我们可以从《订文》一篇所处的位置,来一窥太炎彼时逻辑中的语言文字问题处于什么样的位置。初刻与重订两版,《订文》皆位于思想学说与历史制度之后,尤其在重订本中,连上新增的《方言》一篇,其位置处于第三组文章"原变"之下,除《正名略例》,与《文学说例》相以增删而成《正名杂义》外,正文的文字前后几无改变。《订文》一篇,虽然涉及了文字起源、言文关系等议题,但其最终是服务于《正名略例》中所揭文例,为修辞造句寻找语言文字观念的根据,这条脉络除了上引《菁兰室札记》中一条,还有《文例杂论》(1897年),据顾炎武《救文格论》之例而作,也属此类,其目的在于接续顾氏"绳约

---

① 就章太炎尊荀思想的中西学术脉络,杨琥认为乃是乾嘉以来荀学复兴与近代进化论、社会学相结合的产物。杨琥:《戊戌时期章太炎尊荀思想及其中西学术渊源》,郑大华等编:《传统思想的近代转换》,社会科学文献出版社2007年版,第318—341页。
② 《荀子·王制》曰:"论礼乐,正身行,广教化,美风俗,兼覆而调一之,辟公之事也。"(清)王先谦著,沈啸寰、王星贤点校:《荀子集解》,中华书局1988年版,第170—171页。按:辟公,诸侯也。
③ 章太炎:《章太炎全集·太炎文录补编》,上海人民出版社2017年版,第35—36页。

骫骳,偃榘削墨"的文笔法则。①

《订文》开篇再申语言文字与政治秩序的联系:"泰逖之人,款其皋门而观政令,于文字之盈歉,则卜其世之盛衰矣。"文字盈歉决定了世道的盛衰治乱,因为文字肇起于社会日用,"名实惑眩,将为之别异",名实关系是语言文字的核心问题。文字随着官事民志日繁而增,所以太炎的文字缘起之论,仍然与政治之用相关:

> 吾闻斯宾塞尔之言曰:有语言然后有文字;文字与绘画,故非有二也,皆昉乎营造宫室而有斯制;营造之始,则昉乎神治,有神治,然后有王治。……当是时,布政之堂,与祠庙为一,故以画图为夬之政,以扬于王庭。②

在章氏看来,字母与汉字并无本质区别或价值高低,因为它们都起源于图画,又都遵循通转的原理而孳乳成文字,只不过是使用了不同的符号形式,以及不同的通转途径而已:"放勋、重华,古圣之建名;冢宰、祈父,官僚之定命;是皆两义和合,并为一称。苟自西方言之,亦何异一字邪?"③是故,太炎将探讨文字缘起的命意落脚于"今英语最数,无虑六万言,(斯氏道当时语)言各成义,不相陵越",也依照开篇所述文字盈歉与政令孟晋与否的关系相映照,从六万言的英语中找到了欧美之强大的文字根由。因而与中国之衰弱相比拟,日益简陋的语言文字便应承担责任:

> 北宋之亡,而民日啙偷,其隶书无所增;增者起于俗儒鄙夫,犹无增也。是故唇吻所侍,千名而足;檄移所侍,二千名而足;细旃之所承,金匮之所藏,箸于文史者,三千名而足;清庙之所奏,同律之所被,箸于赋颂者,四千名而足。其他则视以为腐木败革也已矣!若其所以治百官、察万民者,则荄乎檄移之二千而止。以神州之广,庶事之博,而以佐治者廑是,其庸得不澶漫捉捝,使政令逡巡以日废也?④

太炎将中国之衰弱推至北宋灭亡以降,自此文字日损,所用之名亦骤减。口头上仅用千余字,书面上至多也不过四千字,其余则废弃朽坏,与《说文》所备九千余字相距甚远。仅以此数量不及汉时一半的文字来治理广大国家与繁杂诸事,其结果必然限于名实眩惑,而终导致政令日废。如此见解,实际上与太炎对宋明学说的态度互为表里,宋代以降,"修不通六艺,《正义》不习,而瞜以说经,持之无故,

---

① 章太炎:《文例杂论》,《章太炎全集·太炎文录初编》,上海人民出版社2014年版,第39—46页。
② 章太炎:《订文》,《章太炎全集·〈訄书〉初刻本、〈訄书〉重订本、检论》,上海人民出版社2014年版,第44页。
③ 章太炎:《正名略例》,《章太炎全集·〈訄书〉初刻本、〈訄书〉重订本、检论》,上海人民出版社2014年版,第47页。
④ 章太炎:《订文》,《章太炎全集·〈訄书〉初刻本、〈訄书〉重订本、检论》,上海人民出版社2014年版,第45—46页。

諓諓以御人,辞人也"①。在太炎看来,此等风气滥觞于欧阳修、苏轼②,不讲故训,而以华辞示人,这是文字日简、政令日陋的根由所在。因此,尽管章太炎认为"文因于言",但"其末则言挚迫而因于文",原因就在于"文之琐细,所以为简也;词之苛碎,所以为朴也"。文字虽然起于语言,但那只不过是一种逻辑上的起点,渺远而不可测,反倒是语言在后来要遵循文字挚乳的逻辑,因为文字相比声音,更能因琐细苛碎而显示其区别之用,且表以最为简朴的形式。如果徒增语言而不造文字,那么"辞或冗矣,而进言动辞者勿便",因而需要史官撰具一名以引导"变若云气"的"历物之意,志念祈向之曲折"。③

关于语言与文字的缘起与关系的言说,并非纯粹的学理,其最终还是要落实到现实层面,"今夫含生之属,必从其便者也。然则必有弟靡以从彼者。虽吾文字,亦将弃不用矣。"今日之人类以便利为圭臬,更有甚者,卑顺而无己见,因而在器械志念之更新的状况下,甚至要废除汉字。"品庶昭苏,而啙偷者竞矣。"生民觉醒的同时,啙偷懒惰者也日众,因而"孟晋之后王,必修述文字",一是纠宋降之偏;二是新作文字。由此二端才能重令名实相合,政令通畅。此中当然不易,然太炎认为需"审谛如帝"④,即以周密审慎的态度来与现代性所显示的便利啙偷相抗衡。

二、"文质":在"文辞"与"学说"的对待中

如果说《订文》一篇及其所附《正名略例》(1900 年)主要讨论语言文字在"正名"与相应"文例"的"总问题"之下的基本原理,那么在《訄书》重订本中同样附属于《订文》的《正名杂义》(1904 年)则从逻辑学、修辞学、社会学、文体学等角度,讨论了语言文字的实际应用。由于篇幅关系,暂且不论作为《正名略例》与《正名杂义》之中介的《文学说例》(1902 年)。

以小学为权舆的章氏文章观,对一般意义上的文辞多有蔑视,而与之相应的学说之文则表赞许。从上文其对桐城文章,甚至欧、苏之文的排斥中已可见一二。在为馆森鸿的《拙存园丛稿》所作后序(1901 年)中,他再次重申对汉唐文章的推崇,因之"皆修经术"故。但更重要的是,太炎以"文质"二端来统御文辞与学说的关系:

文胜为史,而《七略》传《太史公书》于《春秋》。然则本六艺以述纪传,其余绪为文辞。笃学而不文,白贲也;尚辞而弱质,负乘也。⑤

---

① 章太炎:《订文》,《章太炎全集·〈訄书〉初刻本、〈訄书〉重订本、检论》,上海人民出版社 2014 年版,第 144 页。
② 太炎对苏轼之不喜,或出于尊荀,可从《后圣》中管窥一二:"夫治孟学以綦荀氏者,始宋程、苏。……利禄小生,不可与道古。其文学以程、苏为宝祐,从而和之,使后圣之学,终于闭锢伏匿;仲尼之志,自是不得见。"见章太炎:《后圣》,《章太炎全集·太炎文录补编》,上海人民出版社 2017 年版,第 36 页。
③ 章太炎:《订文》,《章太炎全集·〈訄书〉初刻本、〈訄书〉重订本、检论》,上海人民出版社 2014 年版,第 46 页。
④ 章太炎:《订文》,《章太炎全集·〈訄书〉初刻本、〈訄书〉重订本、检论》,上海人民出版社 2014 年版,第 47 页。
⑤ 章太炎:《〈拙存园丛稿〉后序》,《章太炎全集·太炎文录补编》,上海人民出版社 2014 年版,第 217 页。

纪传本乎六艺，文辞仅为"余绪"，尚质者朴实白贲，尚辞者则令文空转。在太炎这里，"文质"显然已非后世形容文学的所谓内容与形式或文体风格的概念，①它更根源于一种哲学范畴："事莫不先其质性，乃后有其文章也"。"文章"在此不单指书面文章，而是与之相关的一整套文明体系，以及一种相应的历史观与政治观。② 在《尊荀》开篇，章太炎说道：

使文质兴废，若画丹之与墨，若大山之与深壑，虽骤变可矣。变不斗绝，故与之莎随以道古。③

所谓"文质兴废"，犹如错杂的色彩或是相间的地理，兴废之道可骤变，而这种变化并非孤绝无由，文质损益相随，以此表复古之道。太炎随后补充道："近古曰古，大古曰新。"所谓"大古"即"远古"，"复古"之道在于远近之"古"相互损益而成。"文质之辩"揭示了一种不同于进化论或退化论的时间观，正如孔子的"文质彬彬"之理，它更是一种平衡理论，"通过透视'三代'历史中不同时期的社会构成的长短优劣之处，施之以具体的变革方案"。④ 当然，这种文质之辩其实是以论"文"为基础的，换言之，在"文质"范畴的界说下，思想学说呈现出了它固有的"语言学属性"，⑤而这一点恰恰在经历"言文一致"的现代思想文化运动后在某种程度上被忽略了。但回到章太炎的《正名杂义》，我们可以看到语言文字之文质差异如何影响到思想的表达，甚至对思想的性质如何产生决定性的影响。

太炎说："夫语言文字之繁简，从于社会质文。"⑥所谓"有其事，必有其言"。但是语言文字并不时刻与外部事物一一对应，诚如上文所引，语言的通转以表抽象

---

① 将"文质"解释为文学的内容与形式或自六朝始。傅璇琮等主编：《中国诗学大辞典》，浙江教育出版社1999年版，第21页。
② 孔子在回答子张问"十世可知也？"时道："殷因於夏禮，所损益可知也。周因於殷禮，所损益，可知也。"汉马融注为："所因，谓三纲五常。所损益，谓文质三统。"何谓"文质三统"？邢昺对此引经据典做出疏解："白虎通云：'王者必一质一文者何？所以承天地，顺阴阳。阳道极则阴道受，阴道极则阳道受，明一阳二阴不能继也。质法天，文法地而已，故天为质。地受而化之，养而成之，故为文。尚书大传曰：'王者一质一文，据天地之道。'礼三正记曰：'质法天，文法地。帝王始起，先质后文者，顺天地之道，本末之义，先后之序也。'事莫不先其质性，乃后有其文章也。"《十三经注疏》整理委员会整理：《论语注疏》，北京大学出版社2000年版，第25—28页。
③ 章太炎：《章太炎全集·〈訄书〉初刻本、〈訄书〉重订本、检论》，上海人民出版社2014年版，第6页。
④ 杨念群："文质"之辩与中国历史观之构造》，《史林》2009年5月，第85页。该文不仅钩沉出一种失落的史观，而且对其在不同时代的性质也有所辨析，需特别注意的是"文质之辩"必须在某种特定的语境下才能显现其特别的针对，因而它并非一种西方哲学意义上的概念或范畴。
⑤ 此一概念受林少阳的启发："所谓知识分子思想史和文学史，其实正是由语言建构的历史。它的语言学属性具体体现在知识分子对思想、理论体系的探求，对书写语体的选择以及作为话语历史（a history of discourse）的知识分子的话语之间的编织及冲突关系等方面。"林少阳：《"文"与日本学术思想——汉字圈1700—1990》，中央编译出版社2012年版，第3页。
⑥ 章太炎：《正名杂义》，《章太炎全集·〈訄书〉初刻本、〈訄书〉重订本、检论》，上海人民出版社2014年版，第214页。

意义,这本来是语言文字的孳乳之理,然而太炎由此更进一步追问,这种从汉字六书当中生成的原理,将会造成一种什么样的思维方式?他引用了日本与德国学者的学说,写道:

> 姊崎正治曰:表象主义,亦一病质也。凡有生者,其所以生之机能,即病态所从起。故人世之有精神见象、社会见象也,必与病质偕存。马科斯牟拉以神话为言语之瘿疣,是则然矣。抑言语者本不能与外物泯合,则表象固不得已。

所谓"表象主义"成为语言文字先天的"病质",换言之,作为一种符号的语言文字是人类不得已的表达工具,它当然不是事物本身,但除此之外,我们又别无它法来描述事物与表达情感。太炎举例道:"若言宇宙为理性,此以人之材性表象宇宙也。若言真理,则主观客观初无二致,此以主观之承仞,客观之存在,而表象真理也。要之,生人思想,必不能腾跃于表象主义之外。有表象主义,即有病质冯之。其推假借引伸之原,精矣。"①所谓"宇宙理性",不过是以人的主观出发,而这种主观又是不可避免的,一切思想都不可能跃出"表象主义"之外。②

但人们并不会一直在"象"的造字之法中运用文字,随着人类渐渐脱离自然而组成社会:"惟大庶事繁兴,文字亦日孳乳,则渐离表象之义而为正文。"这里的表象之义亦即神话时代文字初肇时的原始意义,而通过引申假借而成"正文"则需要摆脱表象。但显然,太炎批评了许多文辞仍旧不愿出离表象:

> 施于文辞者,犹习用旧文而怠更新体,是表象主义日益浸淫。然赋颂之文,声对之体,或反以代表为工,质言为拙,是则以病质为美疢也。③

太炎在此反思的其实上是中国文学赖以存在的古老传统,它根源于言意之间的断裂如何弥合的问题:在老庄那里,语言文字并不能真正传递意义,所谓"意之所随者,不可以言传也",④而孔子则认为"言以足志,文以足言"。⑤ 为了弥合言与意之间的矛盾,"象"恰恰是最为重要的中介,所谓"立象以尽意",⑥太炎所批判的

---

① 章太炎:《正名杂义》,《章太炎全集·〈訄书〉初刻本、〈訄书〉重订本、检论》,上海人民出版社2014年版,第215页。
② 章太炎此例或可为乔治·莱考夫(George Lakoff)的"拟人"隐喻的讨论增加一例。其著认为语言本身即是以隐喻的方式建构起来,所谓"隐喻"与太炎的"引申"之意略同。[美]乔治·莱考夫:《我们赖以生存的隐喻》,何文忠译,浙江大学出版社2015年版。
③ 章太炎:《正名杂义》,《章太炎全集·〈訄书〉初刻本、〈訄书〉重订本、检论》,上海人民出版社2014年版,第215—216页。
④ [清]郭庆藩:《庄子集释》,中华书局1961年版,第488页。
⑤ 《十三经注疏》整理委员会整理:《春秋左传正义》,北京大学出版社2000年版,第1176页。
⑥ 《易·系辞上》:"子曰:书不尽言,言不尽意。然则圣人之意,其不可见乎?子曰:圣人立象以尽意,设卦以尽情伪,系辞焉以尽其言。"《十三经注疏》整理委员会整理:《周易正义》,北京大学出版社2000年版,第343页。

"表象主义"在这种传统中常常被视作最高的修辞准则。由此太炎引出了"文辞"与"学说",并将二者对立并言,前者专务表象,而后者则力摒华辞:

> 言语不能无病。然则文辞愈工者,病亦愈剧。是其分际,则在文言质言而已。文辞虽以存质为本干,然业曰"文"矣,其不能一从质言,可知也。文益离质,则表象益多,而病亦益笃。斯非直魏、晋以后然也,虽上自周、孔,下逮嬴、刘,其病已淹久矣。①

"文辞"与"学说"的对待,其区别就在于文言质言,文辞本来即以传递意义为本,然而既叫作"文",当然不脱"文"的色彩,但故意让"文"离于"质",则只会徒生表象。"质"在这里成了"文"的根基,或者"文"生发的基础。章太炎的批判,实际上触及了汉语言文字以及相应思维方式的根本,他以"小学"作为"正文",令文辞以存质为根本,不仅通过文质之辩回应了世道衰微与文胜之弊的时代课题,更通过对"质言"的强调,敞开了汉语言文字的现代性改造。太炎有"通俗之言"与"科学之言"的分途,"此学说与常语不能不分之由"。可以说,他对所谓"表象主义"文学传统的批判,为后来的"文学革命"提供了根本的理据。即对"农牧之言"与"士大夫之言"的划分,并将后者视为"言之粉地",即语言之素质。当士大夫之言随时势之变失去了它的权势而不再发生效用之时,那么回到"言之粉地"的白话,不正是"文学革命"所潜藏的"绘事后素"之意吗?②

在章太炎的"总问题"里,"正文"蕴含了固定的内质,亦即历史民族的根本,回到"正文"就是令表象之文辞着落在经过训诂的学术之质当中。因而,太炎倡导"修废官",即将武岛又次郎所述"废弃语"重新打捞拾回,太炎认为所言"废弃"乃日人不懂小学,不知新作废弃可相摄代,也不明其汉语言文字的文质相复之理。太炎将这一"修废官"的工作寄托在"学说"当中:"废语所施,各于其党,其在学说,称名有界,先后同条。"③因而相对于"学说","文辞"就应当摒弃其表象,"制其律令,其巧拙则无问"。"学说"所持的"质"之修辞标准即文辞律令所在:"上者闳雅,其次隐约,知谀辞之不令,则碑表符命不作,明直言之无忌,则《变雅》《楚辞》不兴。"因为"文"本身就带有"表象"的"病质",所以文学不需要刻意委曲其辞,"直言"二字实际上拿捏住了文辞之所以衰弱的关键,因而太炎振聋发聩地说道:

---

① 章太炎:《正名杂义》,《章太炎全集·〈訄书〉初刻本、〈訄书〉重订本、检论》,上海人民出版社2014年版,第216页。
② 章太炎:《正名杂义》,《章太炎全集·〈訄书〉初刻本、〈訄书〉重订本、检论》,上海人民出版社2014年版,第217页。"粉地,犹言粉本。即绘画底稿。《论语·八佾》:'绘事后素'朱熹集注:……谓先粉地为质,而后施五采,犹人有美质,然后可加文饰。"章太炎著,徐复注:《正名杂义》,《訄书详注》(上),上海古籍出版社2017年版,第403页。太炎虽称"农牧之言"为"鄙语",但暗示"白话"有"礼失求诸野"之意涵,尤其他对"方言"的重视,可见一斑。
③ 章太炎:《正名杂义》,《章太炎全集·〈訄书〉初刻本、〈訄书〉重订本、检论》,上海人民出版社2014年版,第232页。

故世乱则文辞盛,学说衰;世治则学说盛,文辞衰。①

从语言文字之关系,到文辞学说之关系,无不与世道治乱相联系。《正名杂义》最终落在了庄子的《天道》篇,"九变知言,出于庄周,则百世不能易矣! 曰:天也,道德也,仁义也,分守也,形名也,因任也,原省也,是非也,赏罚也,以此大平"②,更显示出太炎对"文"的追求乃是为了明道的心意所在。

以上分析远未尽揭《正名杂义》的诸多深意。一言以蔽之,太炎将"文辞"与"学说"置于被赋予新意的"文质之辩"中,其分梳之意图在于通过"正文"之"质言"来纠偏宋代以降之"文"渐离其"质"而耽于"表象"。清代考证学已经为此奠定了方法上的基础,而西学的到来,正与此种实事求是的思想方法若合符节。可是历史的吊诡之处就在于,思想的权势走向完全朝着太炎所定之下流方向而去,或者说,文学革命与现代学术的话语,转换成一种太炎不能认识或主动加以排斥的面貌,反之,新文化一代或许因为需要建立自己的权势而讳言太炎复古的革命意义,一正一反之间就造成了所谓现代与传统的"断裂"。但如果以章太炎为视角,将"文学革命"视作一个"思想史事件",那么我们或许可以通过援引诸如"文质"这样的话语来重新理解实质上本就连续的"文"之历史。③

三、作为方法的"方言":重构语言文字的等级秩序

文质二端不唯上述一种思想文化观念的应用,同时也印证了章太炎"革命"与"学术"这两方面的"文"之实践,实为互为表里、互相推动的统一体,所谓"文质彬彬,然后君子"。处身季世,如何把握其中文质张力的分寸感,往往可表征于某一时期对特定学术问题的选择。从早年通过汉学内部的古今文之争,以及《訄书》的撰著,其所针对的基本上还是传统学术思想内部的问题。诚如上文所示,语言文字问题在其 1902 年东渡日本之前,并不能算作一个中心问题,而顶多位于"文例"或"文格"的范围内。但是,随着时势的变迁,或者空间的转换(东渡日本),令章太炎前所未有地感受到了"文"的危机,即连诸子学在内的整个中国学术都在面临西学的挑战,在步步退却的境地之下,寻找一个重整中西学术的出发点,语言文字之学自然就从过往的附属问题,一跃而为中心问题。这从《訄书》(重订本)中《正名杂义》比之前《正名略例》扩充了四倍之多的容量可见萌蘖。1902 年致梁启超书信

---

① 章太炎:《正名杂义》,《章太炎全集·〈訄书〉初刻本、〈訄书〉重订本、检论》,上海人民出版社 2014 年版,第 233 页。
② 章太炎:《正名杂义》,《章太炎全集·〈訄书〉初刻本、〈訄书〉重订本、检论》,上海人民出版社 2014 年版,第 233 页。
③ 木山英雄洞见到晚清与"五四"的代变内含的本质主义色彩:"章炳麟的极端的文学论,以其打破'应用文'、'美文'区别的作法而为'文学革命'的口语一元主义战略提供了有力的前提。"[日]木山英雄:《文学复古与文学革命》,北京大学出版社 2004 年版,第 237—238 页。胡适在文辞以"存质"为本的层面上,对章太炎的语言思想有所肯定。胡适:《五十年来中国之文学》,《胡适学术文集·新文学运动》,中华书局 1993 年版,第 127 页。

论修《中国通史》事,与同年致吴保初信中谈论发现语根中所含有的民族历史①,可见出太炎随后将小学看作"一切学问之单位之学"②,小学从清代考证学所谓"读九经自考文始,考文自知音始"③的方法中离析出来,成为无论学说还是文辞,都必须讲求的东西,并且在与西学或现代性的对待中,成了需要持守的根本立场。

1903年,太炎因"苏报案"身陷囹圄,1906年出狱至东京,作一面向东京留学生的演讲。其要义在此二事:"第一,是用宗教发起信心,增进国名的道德;第二,是用国粹激动种姓,增进爱国的热肠。"④前一事起于系狱之时深读佛典,暂且不论,后一事则依旧延续1902年以来的"社会学转向"⑤。同年8月,章氏在东京成立国学讲习会,得文三篇,分别是《论语言文字之学》《论文学》《论诸子学》,此三篇也成为后来《国故论衡》(1910年)的雏形,从主题内容的布局上来看,次第与前相同,即上卷论语言文字之学,中卷论文学,下卷论诸子哲学。可见从《訄书》到《国故论衡》,语言文字之学问题渐趋成为基础性的学问。特别是1906年以后,太炎将大部精力投入了方言的研究,而这一点也起源于重订《訄书》之时,不仅在《订文》之前增加了《方言》一篇,更在《正名杂义》中将之与"废弃语"之说联系起来:"夫废弃之语,固有施于文辞,则为闻见,行于亵谚,反为达称者矣。……此并旷绝千年,或数百稔,不见于文辞久矣! 然耕夫贩妇,尚人人能言。至于今日,斯例犹多。"⑥此中论说基本上已经为后来的方言研究确立了基本的命意。

章太炎将"一返方言"作为方法,其内在理路大概受到戴震《方言疏证》或"转语"思想的影响⑦,其外在则直接受到来自日本"汉字统一会"与法国《新世纪》诸人提倡"万国新语"(世界语)以代汉语的刺激,当然"言文一致"作为清末语文变革的基本原则,以及时代的"总课题",自然也在太炎的回应之列⑧。围绕相关话题,太炎先后发表了《汉字统一会之荒陋》(1907年)、《驳中国用万国新语说》(1908年)、《规新世纪》(1908年)颇具学理性的论战文章⑨,以及《新方言》(1908年)、《小学问

---

① 与梁启超述作通史之意:"一方以发明社会政治进化衰微之原理为主,则于典志见之;一方以鼓舞民气、启导方来为主,则亦必于纪传见之。……其纪传则但取利害关系有影响于今日社会者为撰数篇。"与吴君遂述寻求语根之意:"上世草昧,中古帝王之行事,存于传记者已寡,惟文字语言间留其痕迹,此与地中僵石为无形之二种大史。中国寻审语根,诚不能繁博如欧洲,然即以禹域一隅言,所得固已多矣。"《章太炎全集·书信集》,上海人民出版社2017年版,第61页、第119页。
② 章太炎:《论语言文字之学》,《章太炎全集·演讲集》,上海人民出版社2014年版,第13页。
③ (清)顾炎武著,华忱之点校:《古经解钩沉序》,《顾亭林诗文集》,中华书局1983年版,第73页。
④ 章太炎:《在东京留学生欢迎会上之演讲》,《章太炎全集·演讲集》,上海人民出版社2014年版,第4页。
⑤ 史伟:《"社会学转向"与章太炎的"文学"界定》,《文学评论》2019年第4期。
⑥ 章太炎:《正名杂义》,《章太炎全集·〈訄书〉初刻本、〈訄书〉重订本、检论》,上海人民出版社2014年版,第231页。
⑦ "试作通史,然后知戴氏之学,弥仑万有,即小学一端,其用亦不专在六书七音。"《章太炎全集·书信集》,上海人民出版社2017年版,第119页。
⑧ "果欲文言合一,当先博考方言,寻其语根,得其本字,然后编为典语,旁行通国,斯为得之。"章太炎:《博征海内方言告白》,《章太炎全集·太炎文录补编》,上海人民出版社2017年版,第291页。
⑨ 就此一语言论争,可参见彭春凌:《以"一返方言"抵抗"汉字统一"与"万国新语"——章太炎关于语言文字问题的论争(1906—1911)》,《近代史研究》2008年第2期。

答》(1909年)、《文始》(1910年)等专门著作。有论者已经指出,章太炎"通过寻古溯源的办法,将'今之俚语'与《说文》、《三仓》、《尔雅》所载古语等量齐观,从而提升了方言俚语的地位"①。换言之,自清代考证学将音韵学作为其切入文字训诂的方法起,"声音"的兴起令文字音韵逐步从书面典籍中跃出为实际语言。② 诚如太炎引马修·阿诺德(Matthew Arnold)的《评判论》所说:"殊为见在?在视其施于体格、关于目的者而定之,不在常谈之有无也。"③一语通行与否,不在于其语言文字是否施于唇吻或常文,而在于其所使用的目的所定。所谓"文辞之用,各有所当",因而创办《教育今语杂志》(1910年)之命意并非在于放弃文字的立场,而是为了"期农夫野人,皆可了解"④,其所用处在于普及,而非作精深之说。1909年,太炎曾致书简朝亮竹居讨论其著《尚书集注述疏》,他在其中自述历史观:"今以建兴之事例先汉,则缪矣;以秦、汉之事例春秋,则违矣,以春秋之事例宗周,则左矣。何者?"

  世有文质,事有缓急。古法不可以概今兹,今事亦不可以推古昔。⑤

  在这里,文质之说从上节所论文辞学说之辩转换为一种面对古今变迁时的分寸尺度。何谓文?何谓质?乃是根据事态情境的缓急而定,如何把握这其中的"一阴一阳之道"并不容易,"古今异变,宜弗可以同概,通经致用之说,则汉儒所以求利禄者,以之哗世取宠,非也。以为经典所言,古今恒式,将因其是,以检括今世之非,不得,则变其文迹,削其成事,虽谀直不同,其于违失经意,均也"⑥。世言太炎为复古,斯论仅得其表象。以今非古自不可取,但以古非今却同样"违失经意"。所以,在这种非线性的时间观中,如何把握个中的文质平衡便尤为重要。太炎的取径在于将"求是"与"致用"分途而视,如就语言文字一端,便于《驳中国用万国新语说》一文中进行了重构。
  废弃汉字的一般理据就在于汉字繁难,不易普及,象形文字在进化链条中理应被合声所弃。但太炎并未讨论象形与合声的问题,而是转向社会教育的强制性与商业社会对读写能力的要求这一社会学层面入手,"庶业滋繁,饰伪萌生,人不知书,则常苦为人所诈"⑦。所以问题就在于如何习得汉字,首先他通过方言来沟通古今:"通言别语,词气皆与古符。由此以双声叠韵展转钩校,今之词气,盖无一

---

① 张向东:《清代的音韵学与文学革命》,《中国文哲研究通讯》第22卷第2期。
② 就传统训诂理论与清末拼音运动的关联,可参见王东杰:《"文字起于声音":近代中国字拼音化思想对一个传统训诂理论的继承式颠覆》,《近代史研究》2013年第4期。
③ 章太炎:《正名杂义》,《章太炎全集·訄书》初刻本、《訄书》重订本、检论》,上海人民出版社2014年版,第232页。
④ 转引自姚奠中、董国炎:《章太炎学术年谱》,山西古籍出版社1996年版,第150页。
⑤ 章太炎:《与简竹居书》,《章太炎全集·太炎文录初编》,上海人民出版社2014年版,第169页。
⑥ 章太炎:《与简竹居书》,《章太炎全集·太炎文录初编》,上海人民出版社2014年版,第166—167页。
⑦ 章太炎:《驳中国用万国新语说》,《章太炎全集·太炎文录初编》,上海人民出版社2014年版,第354页。

不与雅训相会者。"①"雅"的观念不仅限于"古",而是转向了是否合其轨则,"所谓雅者,谓其文能合格"。② 既然古今无雅俗高下之分,那么剩下的就不再是进步或退化的线性时间问题,而是如何选择各相适用的共时性的体制问题。由此太炎制定了文字的金字塔结构:

  大抵事有缓急,物有质文,文字宜分三品:题署碑板,则用小篆;雕刻册籍,则用今隶;至于仓卒应急,取备事情,则直作草书可也。③

  小篆显然属于较"缓"与"文"的一端,而草书属于较"急"与"质"的一端,因此金字塔的底层应是最基本的读写能力:"一、欲使速于疏写,则人人当兼知章草",这是最为质急的一层,关乎国民最基本的生存问题,但这当然并非止境。"二、若欲易于察识,则当略知小篆,稍见本原。"在小篆中蕴含了汉字的象形本原,此事可以用来教以儿童,"一见字形,乃如画成其物,踊跃欢喜,等于熙游,其引导则易矣"。当然,更重要的是,太炎根据小篆的部件,制作了纽文三十六与韵文二十二,众所周知的是,这也成为国音字母的基础,以及汉语拼音的雏形,即连对草书的提倡,后来也演变为对简体字的倡导。不过就拼音一端之用处,太炎亦特别说明:"余谓切音之用,只在笺识字端,令本音画然可晓,非废本字而以切音代之。"④从小篆到纽文韵文,太炎极大地拓展了汉语言文字内部从形到声的最大弹性,在这一逐层上升的金字塔结构中,文字的运用在文质的张力中亦显现出较大的弹性。五四以降,汉语拼音与简体字的使用在最大限度上解决了质急之世的应急之用,胡适所谓"文学的国语"是否正暗示了通往更高层次的"文"才是其终极目标? 必须重审章太炎文字制度安排之于白话文所蕴含的思想潜力。

余论

  处身季世,又逢中西角力的章太炎,因其文辞有别于通行常语,往往被误解为复古主义或保守主义,然而至少从以上有限的分析当中可知,貌似古雅的文辞下面饱含了对以往文化的解构与重构。如果以章太炎为方法,重读胡适的《文学改良刍议》,我们会发现文学革命如何继承了章太炎对"文"的解构所敞开的种种可能性。譬如:"近世文人沾沾于声调字句之间,既无高远之思想,又无真挚之情感。文学之衰微,此其大因已。此文胜之害,所谓言之无物者是也。欲救此弊,宜以质救之。质者何? 情与思二者而已。"⑤但何以晚清与五四之间产生如此大的裂隙呢? 实际上,按照章太炎的逻辑来说,白话文只要合于其所适用即可算作近乎

---

① 章太炎:《驳中国用万国新语说》,《章太炎全集·太炎文录初编》,上海人民出版社 2014 年版,第 355 页。
② 章太炎:《讲文学》,《章太炎全集·演讲集》,上海人民出版社 2014 年版,第 45 页。
③ 章太炎:《驳中国用万国新语说》,《章太炎全集·太炎文录初编》,上海人民出版社 2014 年版,第 361 页。
④ 章太炎:《驳中国用万国新语说》,《章太炎全集·太炎文录初编》,上海人民出版社 2014 年版,第 360—362 页。
⑤ 胡适:《文学改良刍议》,1917 年 1 月 1 日《新青年》第 2 卷第 5 号。

"雅";而胡适、钱玄同认为俗语白话所拥有的方言理据可以用来创造一种新的"文",一种用以接受现代性的"白话"之语言基底。可以确言的是,五四一代从不同方面按照章太炎的逻辑汲取了构造新文化的养分。① 如果回到"文质缓急"的秩序之中,新文化运动与文学革命是否不过是被"现代性"所掩盖下不断地"以质救文"?② 或者说我们仍处在以"现代性"之"质"救传统之"文"的延长线上? 当然,强调两代人之间的勾连,并不意味着抹杀他们之间的差异。比如,在对"质言"的理解上,章太炎以一种"唯名论"的思路认定"正字"具有与相应之现象的固定联系,因而不断从引申义当中恢复至本义,所谓"以书志、疏证之法,施之于一切文辞"③,以此来保持"直言";而胡适对"质言"的理解则出于一种口头的声音,而非汉字音韵,白话是最接近口头声音的书面语,不同于章太炎的"学术"取径,这显然是一种"文学"/"文辞"的取径。但我想至少在"以质救文"的层面上,太炎敞开的可能性提供了胡适等五四一代的革命动力。

---

① 林少阳对此研究颇深入:"新文化运动到来之后,一个'章太炎'被年轻的一代分成几块,各取其需:胡适片段吸收章太炎之'国故';周作人则与沈兼士等将章太炎作为小学研究之一的方言音韵'挪用'于办《歌谣》杂志,以探讨白话文文学与学术由此成型的可能、方言与白话文运动结合的可能(尔后周作人淡出,1910年代复刊时胡适替之)。而鲁迅,他曾忠实地追随章太炎的复古的新文化运动,然后将之翻转为反复古的新文化运动。尽管如此,鲁迅文学复古与文学革命之间的关系,却又是难以彻底分离的。同时,在狂狷精神方面,鲁迅始终一贯地以他心目中的'章太炎'为导师。"林少阳:《鼎革以文:清季革命与章太炎"复古"的新文化运动》,上海人民出版社 2018 年版,第 428—429 页。
② 朱维铮注意到章太炎在东京留学生欢迎会上的演说辞中所提"文学复古"的说法,即为"文艺复兴"一语的翻译,而且钟情于意大利的"文艺复兴"乃是光复会一派学者的特色。参见《导言》,载章炳麟著,朱维铮编校:《訄书(初刻本 重订本)》,中西书局 2012 年版,第 31 页。就此一点看,即与胡适所说的"中华的文艺复兴"形成了概念与思想的系谱。
③ 章太炎:《讲文学》,《章太炎全集·演讲集》,上海人民出版社 2014 年版,第 47 页。

意到笔随乱谈天:"打油诗""烂古文"与刘半农的游戏文章[①]

房　栋[②]

摘　要:刘半农是新文学的主将之一,却创作了数量众多的游戏文章。民初时刘半农在上海旧文坛创作夹杂游戏笔墨的滑稽小说,写有打油诗、游戏文章。进入新文学文坛以后,他仍陆续创作了大量的此类作品。20世纪三十年代,他写了被鲁迅称为"打油诗"与"烂古文"的《自注自批桐花芝豆堂诗集》和《双凤凰砖斋小品文》,引来诸多批评。作家的自我检查,外界的批评与新文学话语的压抑并没有将刘半农挡在游戏文章的大门之外,这显示出新文学机制的内在复杂性。得益于复杂文学语境中游戏冲动的释放与他人的话语支援,压抑不住的游戏笔墨以生动的视角呈现出刘半农"无意"中搭建起来的国语构想蓝图。

关键词:打油诗;"烂古文";刘半农;游戏文章

1933年至1934年,刘半农的《自注自批桐花芝豆堂诗集》[③]和《双凤凰砖斋小品文》[④]陆续刊载于《论语》《人间世》等杂志,引来新文学界的诸多批评。鲁迅将这些作品称为"打油诗"与"烂古文"[⑤],他认为刘半农"不再为白话战斗,并且将它踏在脚下"[⑥],指出了一位新文学斗士的"叛变"之嫌。考虑到刘半农出身于民初上海文坛的"革命前史",这一系列文本似乎显示出刘半农鸳蝴底色的故态复萌。20世纪20年代,刘半农创作滑稽小说[⑦],偶尔涉足打油诗、游戏文章,并作为重要推手参与了重印小说《何典》的活动。30年代,他持续"经营"打油诗与"烂古文",再一次暴露其未被新文学体制彻底改造的野性面孔。这些被排斥于新文学殿堂外的

[①] 本文系中国博士后科学基金第70批面上资助二等资助(资助编号:2021M702914)、2023年度浙江省哲学社会科学规划课题"中国近现代文学中的游戏话语流变研究"(项目编号:23NDJC121YB)、2022年度浙江省社科联研究课题"古典文学资源与中国幽默的现代建构"(课题编号:2022N21)的阶段性成果。

[②] 作者简介:房栋,文学博士,浙江师范大学人文学院讲师。

[③] 诗集分9次发表,自序及诗62首。刘半农:《桐花芝豆堂诗集》,1933年9月16日、10月1日、11月1日、11月16日、12月1日、1934年3月16日、4月1日、6月16日、7月1日《论语》,第25期、第26期、第28期、第29期、第30期、第37期、第38期、第43期、第44期。

[④] 刘半农:《双凤凰砖斋小品文》,1934年4月5日、5月20日、10月5日、11月20日《人间世》,第1期、第6期、第13期、第16期。

[⑤] 鲁迅:《忆刘半农君》,《鲁迅全集》(第6卷),人民文学出版社2005年版,第73—77页。

[⑥] 鲁迅:《"感旧"以后》(下),《鲁迅全集》(第5卷),第351—353页。

[⑦] 关于刘半农民初时的小说创作,可参见郭长海:《刘半农前期研究》,团结出版社2014年版,第39—54页。

打油诗与"烂古文",显现出刘半农对游戏文章、消闲文类的青睐与耽溺。

刘半农经常用"游戏"一词描述自己的文章。他将两首文言诗称为"游戏之作"①,将《"作揖主义"》称为"游戏笔墨"②,将《骂瞎了眼的文字史家》称为"无聊游戏文章"③。在《自注自批桐花芝豆堂诗集》的《自序》中,他说自己"喜为打油之诗"④。在《双凤凰砖斋小品文》中,他说与钱玄同"每写信必打闹,甚至作为文章亦打闹"⑤。这种种说法表明刘半农对自己文章的游戏性质有着清醒的认知,而游戏的作文方式正是构建了他"滑稽文学家"形象的关键因素。

一、"滑稽文学家"的"革命前史"

刘半农曾自称"滑稽文学家",说自己"浮滑","同徐狗子一样胡闹"。⑥ 除了性格中喜好"滑稽"、爱开"顽笑"的一面,"滑稽文学家"的印象可归因于他游戏、滑稽的作文方式和他数量众多的游戏、滑稽之作。

民初时,刘半农身处上海文坛,曾大作滑稽小说,其中多穿插游戏笔墨。⑦ 例如,在《影》这篇滑稽小说中,有一位"善属文"的人立先生。他因为"善跳"被呼为"跳先生",又因为大跳特跳,常常把屋顶洞穿,很难与人为邻而常常迁居,甚至难以见容于世。有一天,他仰天长叹曰:"天之将丧斯跳也,死又奚赎! 天之未丧斯跳也,侦探其如予何!"小说中戏仿《论语》《史记》等经典文本的游戏笔墨处处可见。在小说中融入大量的游戏文章的片段,正是刘半农小说创作的一大特色,这一点在他的小说翻译中亦有鲜明的体现。

1914年11月24日,《新闻报》《谐著》栏刊登了刘半农创作的游戏文章《古语新解》。刘半农在文中交代了创作缘由:"比以窘于笔债,终日栗落,暇晷绝少。《快活林》投稿之事,荒弃久矣。而独鹤频索滑稽之文,清肚猢狲,将何以应。重违其意,勉自幼时所读古书之言近意远者,择若干首,加以新释,录以付之。"⑧ 1914年8月15日,严独鹤接替张丹斧主编《新闻报》副刊,将《庄谐丛录》改版为《快活林》。严独鹤与刘半农为中华书局同人,两人颇多交谊,故有此次"笔债"。所谓的"古语新解"意味着有意对经典之作进行游戏的解读和戏谑的嘲讽。试看其中一个片段:"翘翘车乘,招我以公⑨。岂不曰往,畏我友朋。(逸诗)(解)笑骂由他笑骂,元勋我自做之。友朋胡足畏耶?""新解"对"古语"进行重新"诠释",借古典以

---

① 刘复:《巴黎通信》,1925年3月30日《语丝》第20期。
② 刘半农:《"作揖主义"》,1918年10月15日《新青年》第5卷第5号。
③ 刘复:《奉答陈通伯先生》,1926年2月1日《语丝》第64期。
④ 刘半农:《自注自批桐花芝豆堂诗集·自序》,1933年9月16日《论语》第25期。
⑤ 刘半农:《无题》,《双凤凰砖斋小品文》(二十二),1934年10月5日《人间世》第1卷第13期。
⑥ 刘复:《自序》,《半农杂文》(第一册),北平星云堂书店1934年版,第3页。
⑦ 陈平原认为清末民初的小说家常常引笑话、游戏笔墨入小说,而小说家们为游戏笔墨而"草率成篇"的人也比比皆是。刘半农的小说往往也具有这种特色。陈平原:《中国小说叙事模式的转变》,北京大学出版社2010年版,第150—156页。
⑧ 刘半农:《古语新解》,1915年11月24日《新闻报》第8144号,第4张第1版。
⑨ 此处"公"原为"弓"字。

说今事,由此重构了"古语"的意义系统。"新解"以袁世凯的口吻说出:"别人想笑骂就由他们笑骂去吧,我自做我的元勋。友朋难道值得我害怕吗?"此一片段塑造出一个刚愎自用的窃国大盗的形象,从而引起读者的阅读兴趣和莞尔一笑。利用"新解"与"古语"的组合,正可形成对源文本的意义再造,从而制造笑料,呈现别开生面的谐谑场面。

而1916年以后进入《新青年》阵营并成为新文学家的刘半农,仍然不失"滑稽文学家"的本色。同人们的规劝,加上新文学阵营中集团话语的压抑,并没有终结刘半农作为"滑稽文学家"的生涯。新文学机制对刘半农产生了深刻影响,但在刘半农身上也表现出内在复杂性。1918年2月,由刘半农起意,钱玄同和刘半农合演"双簧信"的好戏。但这一组具有文学革命檄文性质的文本,却以具有游戏意味的文章形式完成其严肃的历史使命。刘半农在"复信"的开篇就对"敬轩先生"的"大放厥辞"加以"感谢",因为王敬轩的出现正填补了新文学家们提倡新文学而无人反对的寂寞。刘半农在信中逐段批驳王敬轩的"狂吠之谈"。王敬轩提笔圈点时的"摇头摆脑",阅读时"一唱三叹""弦外之音"的评点,殊为滑稽、可笑。为樊增祥、易顺鼎"烂污"笔墨与林琴南不通文句的辩护缺乏理据,显出王敬轩的"昏聩"。待王敬轩评论汉语文字至荒唐处,刘半农便大骂道:"哼!这一节,要用严厉面目教训你了!你也配说'研究小学','颜之厚矣',不怕记者等笑歪嘴巴么?"以游戏、滑稽的文体演绎文学革命庄重、严肃的主张,未免有些轻佻。这在当时就曾引起一些争议。胡适对此颇为不满,他认为"化名写这种游戏文章,不是正人君子做的"①。但"双簧信"却以游戏文章的形式在文学革命中取得了很好的效果。据苏雪林回忆,"这两篇游戏文章刺激读者心理,实远胜于百十篇庄严的论文"②。

此外,诸如《"作揖主义"》《悼"快绝一世的徐树铮将军"》《骂瞎了眼的文学史家》《南无阿弥陀佛戴传贤》等文章,不仅题目本身具有游戏意味,文章内部更富含插科打诨、游戏笔墨的文本片段。在《"作揖主义"》中,王敬轩先生再次登场,只不过这一次他作为帮手,与刘半农合作演绎了一番"作揖主义"。《悼"快绝一世的徐树铮将军"》并非一篇真正的悼文。刘半农所说的这位"荆生将军",令人想起林纾的《荆生》《妖梦》以及他与新文学阵营的论争。徐树铮死后,他的手下"现在'树倒猢狲散','两只眼睛地牌式',那末真正间架哉,阿要触毒头"③。这里的"树"是双关语,"树倒猢狲散"正描绘出徐树铮死后相关人等落荒而逃的滑稽场面。俗语、方言的运用,在此处增添了不少妙趣。《骂瞎了眼的文学史家》正话反说,为没被列入英国文学史的"陈源先生"鸣冤。在刘氏口中,陈源的英文据说比狄更斯更好,陈源是英国狄更斯和法国伏尔泰、左拉、法朗士四个人的合体,而在世界文学

---

① 沈尹默:《我和北大》,中国人民政治协商会议全国委员会文史资料研究委员会编:《文学资料选辑》(第61辑),中华书局1979年版,第232页。
② 苏雪林:《东方曼倩第二的刘半农》(第2卷),沈晖编:《苏雪林文集》,安徽文艺出版社1996年版,第318页。
③ 刘复:《悼"快绝一世の徐树铮将军"》,1926年1月11日《语丝》第61期。

史和世界史中竟看不到陈源的身影,"这真有些古怪了"①。同样遭到取笑的还有戴季陶。在《南无阿弥陀佛戴传贤》一文中,刘半农开篇即以一段文字"赫赫院长,婆卢羯帝!胡说乱道,上天下地!疯头疯脑,不可一世!那顾旁人,绉眉叹气"刻画了戴季陶当院长时不可一世的形象。刘半农善于以嬉笑怒骂的笔触,生动模拟戴季陶说话的口吻,对其倒行逆施之举——加以奚落、讥诮。②

发表在《新青年》上的《言对文照的尺牍》一文,同样因其游戏、诙谐而令胡适大为不满。试看其对文言的翻译:

□□仁兄同砚大人足人下,久睽尘教,时切驰思。辰维筹祺晋吉,道履绥和。引企芝仪,实深藻颂。……

□□仁善的阿哥,合用砚瓦的大的人的脚底下,长久离开了鹿尾巴的教训,时时刻刻很深的跑马般的想念。现在是筹画的福气长进而且吉祥,道德的鞋子平安而且和气。伸着头望灵芝的相貌,实在很深的水草的颂扬。③

刘半农以一种滑稽的直译方式,呈现出文言文的荒诞与不合理,并不只是从事于空洞的游戏之作。此文虽遭胡适批评,却得到鲁迅、钱玄同等人的支持。在鲁迅看来,刘半农这种"嬉笑怒骂"的游戏文章,有着值得肯定的现实价值。在鲁迅与刘半农的相识生涯中,两人也常互开玩笑。刘半农曾在给鲁迅的一张原属钱玄同的贺年卡上写上跋文,其中有云:"此片新从直隶鬼门关出土,原本已为法人沙君畹携去,余从厂肆中得西法摄影本一枚,察其文字雅秀,柬式诙诡,知为钱氏真本无疑。考诸家笔记,均谓钱通小学,壬子以后变节维新,主以注音字母救文字之暂,以爱世语济汉字之穷,其言怪诞,足滋疑骇,而时人如刘复唐俟周作(人)等颇信之……"④"鬼门关""出土""真本"等词的妙用,使得一张贺年卡如同文物出土一般。刘半农结合钱玄同生平的煞有介事的考证,也足以令人发笑。

二、"桐花芝豆堂"与"双凤凰砖斋"的文学园地

1934年7月18日,小报上一篇悼念刘半农的文章提及刘半农民初时在《小说画报》上发表的小说中掺入不少的"打油"之诗。⑤ 在小说《歇浦陆沉记》第7回中,小说人物陆博士与符其仁走到上海吟咏社,在社内陈列室中看到从古至今的文学作品,其中有一册《新上海竹枝词百首》。刘半农借小说人物之口说这些作品"诗笔虽俚俗不堪,于当时社会的真相,颇能描摹尽致"⑥。1933年9月16日,《论语》

---

① 刘复:《骂瞎了眼的文学史家》,1926年1月25日《语丝》第63期。
② 刘复:《南无阿弥陀佛戴传贤》,1934年6月1日《论语》第42期。
③ 莫笑:《言对文照的尺牍》,1918年12月15日《新青年》第5卷第6号。
④ 转引自周作人:《曲庵的尺牍》,钟叔河编订:《周作人散文全集·第九卷》,桂林:广西师范大学出版社2009年版,第600—607页。
⑤ 仙南:《悼刘半农先生》,1934年7月18日《晶报》第2235号,第2版。
⑥ 半侬戏述:《歇浦陆沉记》(第7卷),1917年4月《小说画报》第4期。

半月刊开始刊登刘半农的《自注自批桐花芝豆堂诗集》。对于这些打油诗,刘半农颇为重视。他刻有"桐花芝豆堂大诗翁"的印章,为诗集配了6幅插图,在日记中也曾记录其写作过程。① 所谓"桐花芝豆",乃是四种可以打油的植物,植物之油正用来比喻诗之"打油"。刘半农的这些打油诗常常源于他生活中遇到的具体事件②或时事新闻③,有时咏物④,有时写人⑤。虽是打油之作,刘半农却在"游戏"的文体形式中言之有物、有所寄托。

第一,作为一种特定类型的游戏文章,文字游戏是这组打油诗的拿手好戏,"桐花芝豆堂"堂主亦深谙此道。刘半农将符号掺入诗中,使得如"□"这样的符号与文字一起参与文字游戏,如:"大雨滂沱三日夜,眼看四野尽哀鸿。今年善业真交运,喜杀西山一老□。"⑥刘半农在此处"自批"道:"读者试思:□是何字?岂非此中有人,呼之欲出耶?"⑦直接邀读者猜谜,变诗歌为谜语,将文学阅读变为一种游戏。1932年刘半农在《中国文法讲话》中说"文言非死语而为符号语",则表露出对语言符号说的一种深层认知。⑧ 而以刘半农"文言乃符号语"的视角来看《桐花芝豆堂诗集》,我们会发现其中的文言不仅意味着对旧形式的被动采用,而且作为一种积极的"符号语"融入打油诗的游戏过程中。

第二,在众多的诗句中,戏仿的手法是推动游戏的关键要素。"银盾一去不复返,此地空余红木板。"⑨是仿崔颢《黄鹤楼》之句。"爸爸应恨妈应怨,碧海青天夜夜心。"⑩是仿李商隐《嫦娥》之句。而在《冯先生回泰安》一诗中,晏殊与杜甫"同台竞技":"无可奈何花落去,似曾相识燕归还。泰山顽石迎风拜,不尽文章滚滚来。"⑪此诗中除了有戏仿之句,前人诗句亦可化为今诗片段。这些戏仿之作往往并不强调对源文本的解构与质疑,而是意在借用前人诗句,结合当前人事,在新的语境中重构叙事单元。

第三,打油诗与自注、自批结合,共同构成游戏文章的完整结构,从而制造笑谑场面。中国文学素有对诗文进行批注的传统,明清以降的游戏文章亦常附有批注,但批注一般只对正文进行补充说明和赏析、评论。刘半农却将自注、自批与打油诗放在同样重要的地位。自注、自批与打油诗相互依存,共同完成文章的游戏。《钞诗稿寄群言堂》一诗曰:"群言幽默妙天下,老朽昏庸愧不如。试送旧瓶新酿

---

① 参见刘半农1934年2月6日、2月18日、3月15日、5月15日、5月17日、5月18日的日记。刘半农:《刘半农日记》,刘小蕙:《父亲刘半农》,上海人民出版社2000年版,第236—278页。
② 如《偷银盾》《阅卷杂诗》《飞行诗》《为王青芳题画》等。
③ 如《一变》《后煤山》《双易篇》《院长》等。
④ 如《自来水笔铭》《汽车铭》《佳妃铭》《阴丹士林布铭》等。
⑤ 如《赠拜古先生》《赠洋迷先生》《摩登女》《江博士》《赠蒋梦麟校长》等。
⑥ 刘半农:《大雨》,1933年9月16日《论语》第25期。
⑦ 刘半农:《大雨》,1933年9月16日《论语》第25期。
⑧ 刘复:《中国文法讲话》,北新书局1932年版,第11—12页。
⑨ 刘半农:《偷银盾》,1933年9月16日《论语》第25期。
⑩ 刘半农:《赠洋迷先生》,1933年9月16日《论语》第25期。
⑪ 刘半农:《冯先生回泰安》,1933年11月16日《论语》第29期。

酒,问君'能饮一杯无?'"作者自注道:"老朽,主词;昏庸,表词,犹言本老朽已昏庸,易言之,即老夫耄矣,无能为也矣。"此段自注一开始煞有介事,假装"一本正经"地对诗句作词性分析,然而紧接着却借《左传·隐公四年》中的句子("老夫耄矣,无能为也")来自谦,顿时露出其游戏文章的本相。而自批部分,如"末句借用旧句,幽妙入神,稳炼如铁,直是古人抄我,非复我抄古人,抄袭家应以此为圭臬"①、"不失诗人忠厚之旨,盛唐而后,仅见斯篇"②等句,带着自吹自擂的得意,点明自己文章的写法,品评自己文章的妙处,再现了一个活生生的"滑稽文学家"的形象。

第四,刘半农擅长在情境化、戏剧化的场景中展开充满戏谑意味的叙事。自注部分在翔实的叙事中,完成对打油诗的注释,往往使得文本充满戏剧张力。偶尔出现的小序,又平添了几分叙事的生动、曲折。《论语》第 37 期上刊有刘半农《答林妹妹》一诗,诗后附有署名"林黛玉姑娘"的"来信"。刘半农自注道"按准'论语社'编辑部转来自称'林黛玉'姑娘者明信片一通",此信当是刘半农为了唱"双簧戏"所戏拟而成。明信片交代刘复吊徐志摩诗中"万山云雾葬诗魂"之句乃抄袭林黛玉"冷月葬诗魂"之句,并控诉道:"该博士作诗,素好套用成句,有目共见。但皆自行告发,例可鉴宥。乃独于本姑娘诗句,一再套用,从未声明,岂亦以本姑娘为一'弱女子'而可欺负(非侮字,勿妄改)耶?"如此打上门来的声讨,竟源于之前刊登于《桐花芝豆堂诗集》中的诗。③ 诗集中的诗成为刘半农构造戏剧冲突,另起叙事炉灶的由头。刘半农以诗答道:"'冷月''诗魂'不专卖,《佩文韵府》试翻查。七分三与五分四,妹妹先为抄袭家。"他在自注中继续细说,《佩文韵府》就先有含"冷月""诗魂"的句子,"该姑娘'冷月葬诗魂'之句,却于五字中抄古人四字",而他"万山云雾葬诗魂"之句仅抄七分之三。刘半农指出"林姑娘"将史湘云误作薛大姑娘,实为有人"假托林姑娘名义,希图捣乱",揭露出事件的"真相"。④ 如此一波三折的叙事,以"双簧"的形式展开,令人莞尔。

第五,刘半农在这组打油诗中融入各种语言成分。白话与文言灵活组合,书面语与口语自由转换,国语中夹杂方言,雅言中带着脏话,《自注自批桐花芝豆堂诗集》呈现出生动有趣的奇异语言构型。⑤ "然而必须自注焉,恐后世考据家,瞎摸乱撞,费却许多精力,终不能得其要领也。"⑥此一语段中的文言句式中夹杂着白话语句,书面语与口语浑然一体,前后联结的语句流畅、贯通。刘半农在自注其打油诗时,尤其喜欢以文言开始其谈说,然后突然转为白话。例如,《院长》自注以浅近文言开篇:"女子学院顾院长以风潮去职,《平报》忽与区区小开顽笑,为之惶恐骇

---

① 刘半农:《冯先生回泰安》,1933 年 11 月 16 日《论语》第 29 期。
② 刘半农:《摩登女》,1933 年 9 月 16 日《论语》第 25 期。
③ 此诗是刘半农为徐志摩诗而写。刘半农:《飞行诗之一》,1933 年 11 月 1 日《论语》第 28 期。
④ 刘半农:《答林妹妹》,1934 年 3 月 16 日《论语》第 37 期。
⑤ 刘半农打油诗的这一特点与吴稚晖的游戏文章颇类似。文贵良:《吴稚晖:"游戏为文"与"自由的胡说"——以〈一个新信仰的宇宙观及人生观〉为中心》,《中国文学研究》2019 年第 3 期,第 119—126 页。
⑥ 刘半农:《自注自批桐花芝豆堂诗集·自序》,1933 年 9 月 16 日《论语》第 25 期。

汗……"然后刘半农突然改用白话讲道："这不知道是那一阵风里刮来的无根之谈,真是岂有此理,笑话奇鼻涕!"后面仍是一大段白话,而这一大段白话中又夹杂着"犹之乎军阀官僚""夫然后方合乎事理之当然"这种文言味实足的句子。"披了头发光了鸭"①中"光了鸭"是北京方言。"追要追在屁股头,迎头哪哼好追求?有朝一日两头碰,啊呦一声鲜血流"是以吴音写出。"乖格龙的冬""喔唷嗸""蛮好"等均为诗中出现的方言词汇。②"'合乎时代'摇身一,行见毛驴变你娘。"③"呜呼哀哉丢那妈!"④"'白头偕老'成胡屁,时结时离亦恼人。"⑤在这些句子中,脏话与雅言庄谐并陈,口语与书面语共存,制造出独特语趣。

当然,《自注自批桐花芝豆堂诗集》中的大部分内容,尤其是自注部分,往往还是以文言写成。这些文本在一定程度上显示出刘半农对文言文的某种沉湎与耽溺,另一方面,也呈现出文白融合在国语建设过程中被人忽视的面向。

所谓"烂古文",除了《桐花芝豆堂诗集》中的批注,其实还包括《双凤凰砖斋小品文》。除了较晚刊登于1934年10月、11月的4篇,《双凤凰砖斋小品文》的前20篇分别于当年4月、6月刊登在《人间世》半月刊上,《双凤凰砖斋小品文》与《自注自批桐花芝豆堂诗集》后期的创作时间比较接近。这组名为"小品文"的文章,多为题、跋、辞、记等,均属短小精悍之作。相比《桐花芝豆堂诗集》中的自注部分,《双凤凰砖斋小品文》反倒多了几分文言文的架子。文学革命时期,打破旧文体,建设新文体,正是五四文学的一大主张。彼时的刘半农声称:"吾辈欲建造新文学之基础,不得不首先打破旧时文体之迷信,使文学的形式上速放一异彩也。"⑥而时过境迁,此时的"双凤凰砖斋"主人于此则有着否定"昨日之我"和落伍、消沉的嫌疑。第一篇文章《题双凤凰砖斋》的叙述倒也颇符合这一文学形象:"昔苦雨斋老人得一凤凰专,甚自喜,即以名其斋。今余所得专乃有双凤凰。半农他事或不如岂明,此则倍之矣。"此后的第2至10篇亦以行文规矩的文言之作为主。在《枣天行》一文中,刘半农与友人游拈花寺,戏称将要剃度。他将妻子的问话以文言译出:"究以何日去,当治馔为君等别。"文言语句后面却接了一句"最好是吃遍四家,抹去嘴上油,仍不作和和",顿时又露出"双凤凰砖斋"主人身为新文学家的本相。一文之中,一处将口语、白话译作文言,一处却在文言语句后面接上白话。看似相互矛盾的写作策略在同一篇章中共存,显示出刘半农语言追求的复杂面向与多重可能。《无题》说及与钱玄同的交谊,叙述风趣,语言浅俚。⑦《记砚兄之称》则颇得周作人赞许:"文章里边存着作者的性格,读了如见半农其人。"⑧显然,《双凤凰砖斋小品文》以一种"小摆设"式的文体,难以具有"匕首""投枪"般的功能,同时也暴

---

① 刘半农:《飞行诗之一》,1933年11月1日《论语》第28期。
② 刘半农:《演义诗》,1933年10月1日《论语》第26期。
③ 刘半农:《一变》,1933年9月16日《论语》第25期。
④ 刘半农:《佳妃铭》,1933年12月1日《论语》第30期。
⑤ 刘半农:《有期婚》,1933年12月1日《论语》第30期。
⑥ 刘半农:《我之文学改良观》,1917年5月1日《新青年》第3卷第3号。
⑦ 刘半农:《无题》,1934年10月5日《人间世》第13期。
⑧ 知堂:《半农纪念》,1934年12月20日《人间世》第18期。

露出语言创造层面的某种危机。这种危机甚至在刘半农投稿《语丝》时期已有体现。徐瑞岳认为这时期的一组《东抄西袭》,"就显露了'弄烂古文'的端倪"①。所谓"东抄西袭"是一种戏称,同时也意味着语言资源匮乏状态下欲借他山之石来攻玉的一种渴求。在《东抄西袭》中,刘半农不仅仅是做"文抄公"而已。白话的论说中常常夹杂着文言语句,游戏的语调与游戏的行文相结合,文言的成分在他游戏为文时悄悄融入文章的肌体。这些压抑不住的游戏笔墨与成段抄录的前人古文,一同强化了他在别人眼中"弄烂古文"的印象。值得我们继续追问的是,这些在游戏冲动下写出的种种文字,是否无意之间泄露了刘半农还没有来得及向外人道的种种文学构想?

三、压抑不住的游戏笔墨与"无意"中的国语构想

讨论新文学家的游戏文章时,近年来学界开始"反思新文学的排斥机制及自我压抑的面向"②。新文学家们很多时候要同时经受"绅士鬼"与"流氓鬼"的纠缠。③ 与《新青年》其他同人不同,刘半农的特殊之处在于他从民初上海旧文学的营垒中走出,所要经历的从旧文学到新文学的转换过程更为复杂。鲁迅曾回忆道,刘半农加入《新青年》阵营后"几乎一年多,他没有消失掉从上海带来的才子必有的'红袖添香夜读书'的艳福的思想,好容易给我们骂掉了"④。此处所说的艳福思想未必即是实指,而好尚游戏笔墨的上海才子气确实存在,具有"礼拜六气"的"半侬"也因友人们的玩笑而去掉人字旁。⑤ 因此,刘半农从旧到新的自我改造尤其显得必要,甚至急切,他对创作中游戏冲动的压抑可能是很强烈的。

新文学家在反对文言文,提倡白话文的过程中,时常意识到他们自身的古典文学修养对于白话文写作与新文学建设往往构成一种负面的影响。对此,刘半农曾在给钱玄同的信中说:"'先生说本是个顽固党'。我说我们这班人,大家都是'半路出家',脑筋中已受了许多旧文学的毒。……故现在自己洗刷自己之外,还要替一般同受此毒者洗刷,更要大大的用些加波力克酸,把未受毒的清白脑筋好好预防,不使毒菌侵害进去……"⑥这一番表述,不仅道出新文学家共同的困扰——受旧文学的毒,更说出刘半农急欲自我"洗刷"的渴望。在《半农杂文集·自序》中,他曾有"严刻的反省":"说我的文章流利,难道就不是浮滑么?说我滑稽,难道就不是同徐狗子一样胡闹么?"⑦这就涉及对自身创作的游戏文章的反思了。关于《"作揖主义"》,1919年4月《新青年》《讨论》栏刊登过的一封信谈及刘半农时,涉及"革新家态度问题"并加以规劝:"吾是敬爱新青年的人,很望以后删除

---

① 徐瑞岳:第十一章《白圭微玷》,《刘半农评传》,上海文艺出版社1990年版,第281—283页。
② 袁一丹:《"吴老爹之道统"——新文学家的游戏笔墨及思想资源》,《中国现代文学研究丛刊》2017年第2期,第26—41页,第214页。
③ 周作人:《两个鬼》,1926年8月9日《语丝》第91期。
④ 鲁迅:《忆刘半农君》,《鲁迅全集》(第6卷),人民文学出版社2005年版,第73—77页。
⑤ 鹤生:《刘半农与礼拜六派》,《周作人散文全集·第九卷》,第746—748页。
⑥ 刘半农:《刘半农致钱玄同》,《中国现代文艺资料丛刊》(第五辑),上海文艺出版社1980年版,第303页。
⑦ 刘复:《自序》,《半农杂文》(第一册),北平星云堂书店1934年版,第3页。

这种无谓的笔墨,并希望刘半侬先生也少说这种毫无意思的作揖主义。"①自我检查、压抑,外界的批评与新文学话语的无形在场,共同构成影响、压抑刘半农游戏笔墨的力量。

早在1918年5月15日,《新青年》上刊登的一条《补白》中便记录了刘半农寄给二周的打油诗及二周的阅读反应。② 刘半农的诗曰:"苍天万丈高,翠柏千年古。我身高几何?我寿长几许?以此问夕阳,夕阳黯无语!寒食前一日,中央公园即目一首,录呈 五六两兄郢政,寒星(是半农的别号!)未是稿。"周作人第二天回信道:"半农兄:今早接到大作,读过后,便大家'月旦'起来:家兄说,'形式旧,思想也平常。'我觉得——稍偏于感情的,伤感的(Sentimental)一面,也不太好。于是'信口雌黄',将贵诗翁骂得'身无完肤',得罪得罪!而且我又用顽固的物质主义,作了一首和诗,就想来破你的感情的气分。别纸抄上,请'郢政'。四月四日,弟周作人白。"③这里尤其值得注意是二周对刘诗的回应。鲁迅说刘诗"形式旧,思想也平常"④。周作人较为客气,则和诗一首。⑤ 虽然在《答王敬轩书》刊登后,鲁迅站在刘半农的一边,但时移世易,鲁迅对《桐花芝豆堂诗集》以批评为主。⑥ 1926年,刘半农作《何典》时,鲁迅为此写了两篇文章。在《〈何典〉题记》中,鲁迅倒也肯定了《何典》的诸般长处,写了几句《何典》式的游戏笔墨。⑦ 而在《为半农题记〈何典〉后,作》中,鲁迅却流露出对刘半农重印《何典》、大做广告的某种不满。不满的原因是多重的,其中包括对刘半农长久沉湎和过度把玩游戏文章从而失去斗志的不满。⑧ 富有意味的是,鲁迅将未入刘印《何典》的《为半农题记〈何典〉后,作》收入《华盖集续编》,而原本收入刘印《何典》的"正菜"《〈何典〉题记》反倒不见于鲁迅个人文集。这也间接地表明了鲁迅对刘半农的游戏文章的含蓄批评。

显然,对刘半农来说,外界批评与自我检查两个方向的力量,都始终难敌"流氓鬼"的诱惑。曾经为《新青年》同人、同为游戏文章好手的钱玄同,与刘半农每写信、作文必打闹,可说是刘氏游戏笔墨的重要推动者。文学革命时期,正是钱玄同与刘半农合唱了"双簧信"的好戏。《"作揖主义"》在《新青年》上发表时,钱玄同在文后附上识语以支持。20世纪20年代,又是钱玄同与刘半农一同跟着《何典》与

---

① 蓝志先:《蓝志先答胡适书》,1919年4月15日《新青年》第6卷第4期。
② 朱金顺:《〈新青年〉上的一段游戏文字》,《新文学资料丛话》,河北教育出版社2006年版,第159—160页。
③ 刘半农:《补白》,1918年5月15日《新青年》第4卷第5号。
④ 《桐花芝豆堂》中有一句诗"试送旧瓶新酿酒,问君'能饮一杯无?'"可说是多年以后刘半农对鲁迅评其打油诗"形式旧"一说的回应,在刘半农看来,"旧瓶"可酿出"新酒","旧形式"同样可以表达出新的内涵。刘半农:《钞诗稿寄桐言堂》,1933年9月16日《论语》第25期。
⑤ 值得注意的是,到了20世纪30年代"桐花芝豆堂"开张的时候,依然是鲁迅批评刘半农,周作人与刘半农有打油诗的唱和。
⑥ 鲁迅对刘半农《阅卷杂诗》中发现错字就拈来作诗挖苦中学生颇为不满,他认为刘半农"拿出古字来嘲笑后进的青年了",况且刘半农所说的未必正确。《桐花芝豆堂诗集》备受争议,也多源于此。鲁迅:《"感旧"以后》(下),《鲁迅全集》(第5卷),人民文学出版社2017年版,第351—353页。
⑦ 鲁迅:《〈何典〉题记》,张南庄著,刘半农校:《何典》,北新书局1926年版,题记页。
⑧ 鲁迅:《为半农题记〈何典〉后,作》,1926年6月7日《语丝》第82期。收入《华盖集续编》。

吴稚晖跑,鼓荡起一股游戏文章之风。钱玄同对刘半农的"顽皮怠懒"习以为常,若刘半农端起写文章的架子,有"言辞之庄重""气度之安详","望之俨然",他反而要起"不敬之念"了。① 然而,将刘半农推入"打油诗"与"烂古文"之殿堂的,当属林语堂。20世纪20年代,林语堂与刘半农是《语丝》同人。1926年1月25日,《语丝》同时刊登了刘半农《论瞎眼了的文学家》及林语堂《写在刘博士文章及"爱管闲事"图表的后面》,这是两人同台创作游戏文章的一个生动场景。20世纪20年代,林语堂就曾提倡"幽默"。② 20世纪30年代,林语堂创办《论语》《人间世》《宇宙风》,更是将提倡"幽默"的主张发扬光大。③ 刘半农是《论语》同人,又位于《人间世》"特约撰稿人"之列,《自注自批桐花芝豆堂诗集》与《双凤凰砖斋小品文》均是经林语堂之手发表的。④

  外在的文学环境固然可能包含压抑创作者游戏冲动的因子,但复杂的文学语境往往也孕育着催动游戏文章产生的酵母。新文学家的自我检查,在某些历史场景中,并不能绝对阻止一个新文学家创作可能表面上看来与新文学大计相悖谬的文本。刘半农的游戏笔墨可为此一文学史的侧面提供生动写照。对胡适来说,白话打油诗是游戏文章,同时是文学的尝试与试验,是打开文学革命的敲门砖。⑤ 那么,对刘半农来说,游戏文章同样是锤炼文学语言的重要媒介,他的游戏文章"无意"中显露出他心目中国语构想的蓝图。以游戏文章塑造"文学的国语",当然不是凭空虚造。国语运动的重要推动者吴稚晖、钱玄同都擅作游戏文章,刘半农深受这两者的影响。黎锦熙曾经在《国语周刊》上发表声明说:"我们这个周刊却不尽然,有时嬉笑怒骂,有时'垂涕泣而道之',有时也要板起面孔来说话。"⑥"嬉笑怒骂"正是游戏文章之神髓,而这一声明正显示出游戏文章对于国语建设的重要价值。

  民初时刘半农小说中经常出现滑稽的古文片段,以游戏的方式解构着文言文的合法性。到了文学革命时期,《我之文学改良观》《答王敬轩书》《言对文照的尺牍》等文,均表达出刘半农反对文言文,提倡白话文的主张。但与陈独秀、胡适等人较为急切的白话文方案相比,刘半农认为"文言白话可暂处于对待的地位"。他认为文言应"力求其浅显使与白话相近",白话应"吸收文言所具之优点,至文言之

---

① 钱玄同:《写在半农给启明的信底后面》,1925年3月30日《语丝》第20期。
② 林玉堂:《征译散文并提倡"幽默"》,1924年5月23日《晨报副刊》1924年第115号;林玉堂:《幽默杂话》,1924年6月9日《晨报副刊》1924年第131号。
③ 相关的讨论文章为数不少,林语堂的《论幽默》最具代表性。林语堂:《论幽默》,1934年1月16日《论语》第33期;林语堂:《论幽默》(下),1934年2月16日《论语》第35期。
④ 刘半农于1934年3月2日在日记中曾记录林语堂向其约稿的过程:"林语堂来函,又欲办一小品文杂志,曰《人间世》,嘱撰稿,此等笔债,真对付不完。"刘半农:《刘半农日记》,刘小蕙:《父亲刘半农》,上海人民出版社2000年版,第251页。
⑤ 郭天平:《幽默与游戏的"尝试"——胡适新文学起源的美国现场还原》,《汉语言文学研究》2016年第3期,第34—45页;余蔷薇:《异域语境与新白话思维的形成——论胡适留学期间的打油诗创作与英汉互译》,《贵州社会科学》2019年第6期,第42—48页。
⑥ 黎锦熙:《国语研究会底年谱和我们底严重的声明》,1925年6月14日《国语周刊》第1期。

优点尽为白话所具"。① 在新文学朝着欧化白话化、大众语的方向前进，不断洗涤文言遗渍的同时，刘半农融合文言的游戏文章呈现出白话文发展的另一种可能。进入新文学阵营后，刘半农虽开始有意识地与过去的自己划清界限，但反讽的是，他与钱玄同合作的"双簧信"的游戏文章恰恰成为文学革命中最重要的文本之一。他用力于充满革新精神的新诗创作，却在新诗集《扬鞭集》中收入被他称为"游戏之作"的文言诗。② 他在加入新文学阵营后以创作实绩巩固自己新文学家身份的同时，也因数目众多的游戏文章而强化了"滑稽文学家"的形象。在《作揖主义》《悼"快绝一世的徐树铮将军"》《骂瞎了眼的文学史家》《南无阿弥陀佛戴传贤》等文中，游戏的作文方式与白话书写有机结合，带来了新的语言构造的可能。与《扬鞭集》《瓦釜集》相互支援，这些文章中同样出现了对方言的灵活运用。而《扬鞭集》《瓦釜集》中的拟歌，在有的读者眼中是"一种文艺游戏"③，对刘半农却是一种淬炼新诗体、新语言的重要体裁。《自注自批桐花芝豆堂诗集》中方言词汇的应用，亦深得《何典》"善用俚言土语，甚至极土极村的字眼"④的风神。虽然他与国语运动中的"武力统一派"意见不同，认为国语应该"超乎方言"，不局限于"京语""京调"⑤，但他仍充分肯定方言对于国语文学的重要价值。除了《扬鞭集》《瓦釜集》等诗集的民歌和他在 20 世纪 20 年代广泛搜集的歌谣，刘半农的游戏文章提供了方言融入国语文学的最生动的一种方案。

  当然，在写这些作品的同时，刘半农亦有"文抄公"式和"烂古文"式的创作，显现出对文言的某种迷恋。刘半农在《中国文法讲话》中针对有些人把白话看成"活语"、把文言看成"死语"这一现象反驳道："因为语言学中之所谓活语死语，是以当代有没有人口说为标准的"，"凡当代有人口说的语言，就叫作活语"，"凡从前有人口说过，而当代已没有人口说的，就叫作死语"。他认为历史上不曾被人说过的文言文不是"死语"，而是"活语"，只要是从未被前人说过的文言文就是"活语"，是一种可以成为国语有机组成的语言成分。在《文白之争》这首打油诗的自注中，一位主张文言的"某甲先生"说道："文白之优劣，可证以二例。如言'文言好，白话也好'是白话也。如言'白话好，文言亦好'是文言也。"⑥此言虽近于戏说，亦出于虚拟人物之口，却以戏谑之言解构了文言与白话的边界。这一处游戏笔墨显示出的积极信号还在于，所谓"文言"的句子和原本作为书面语的文言也存在着以口说出的可能，文言具有在国语书写中充当"活语"的潜力。鲁迅很敏锐地指出刘半农的创作和理论均表明他是持反对文学语言"太欧化"这一立场的。⑦ 这一立场放在从文学革命以降激进的语言变革的历史语境中，有些"不合时宜"。中国文学的传统

---

① 刘半侬：《我之文学改良观》，1917 年 5 月 1 日《新青年》第 3 卷第 3 期。
② 这两首诗即为《巴黎通信》中的两首诗，收入《扬鞭集》时题为《侬家》《阵雨》。刘复：《扬鞭集》（中卷），北新书局 1926 年版，第 232—233 页。
③ 苏雪林：《〈扬鞭集〉读后》，1934 年 12 月 5 日《人间世》第 17 期。
④ 刘半农：《重印〈何典〉序》，1926 年 4 月 5 日《语丝》第 37 期。
⑤ 刘复：《国语问题中的一个大争点》，1922 年 5 月 20 日《国语月刊》第 1 卷第 4 期。
⑥ 刘半农：《文白之争》，1933 年 11 月 1 日《论语》第 28 期。
⑦ 鲁迅：《玩笑只当它玩笑》（上），《鲁迅全集》（第 5 卷），人民文学出版社 2017 年版，第 547—549 页。

文类,尤其是清末民初的游戏文章,不仅在刘半农身上打下深深的烙印,也让刘半农近距离地感受到传统旧文类、文言文和游戏文章可能蕴含的文学活力。而这些活力最终在刘半农的游戏文章中得到生动的呈现,也为五四新文学的历史增添了别样的画卷。

结语

  1934年3月15日,刘半农在下午五点到北大二院时,正逢蒋梦麟夫妇请国文、心理、生理三系师生茶叙。他一时诗兴大发,朗读了最近写的六首打油诗,但因"发音太大,胃痛加剧",最终"狼狈而归"。① 这一有些类似于堂吉诃德折戟于大风车的遭遇,正好像是刘半农写游戏文章而屡屡碰壁于新文学文坛的一种表征。他在诗中曾写道:"诗文讽世终何补?磊块横胸且自宽!"②这是一种夫子自道,强调了那些游戏文章的"讽世"品格,也表现出刘半农写作游戏文章时豁然的心态。

  从民初到20世纪30年代,刘半农"或由于一时意兴之所至,或由于出版人的逼索,或由于急着要卖几个钱"③,留下不少文章。他在《〈半农杂文〉自序》中说:"看我的文章,也就同我对面谈天一样:我谈天时喜欢信口直说,全无隐饰,我文章中也是如此;我谈天时喜欢开顽笑,我文章也是如此……"④从此可以看出,刘半农是率性之人,游戏文章往往是他"心手相应""我手写我口",赤裸裸地表达个人思想情感的利器。五四新文学诸公高张"革命"与"启蒙"的大旗,反对游戏、消遣的文学,往往在正式场合以严正之姿压抑自身游戏的文学冲动。刘半农投身于五四新文学,自然也要面临新文学体制的内在考验。从五四新文学的后设视角看,在民初上海旧文坛长时间的浸淫,固然让刘半农长久打入"敌营",以在"文学革命"爆发时做到"知己知彼,百战不殆",但这种"以身试险"式的文学经历,让当事人进入新文学阵营时面临着自我的检查、改造与外界批评的双重考验。刘半农的游戏文章正是文学史中这一生动场景的鲜活见证。刘半农将清末民初游戏文章的"活水"引入新文学的花苑,身体力行地浇灌出中国现代文学史中一片独特而秀丽的文学园地。

---

① 刘半农:《刘半农日记》,刘小蕙:《父亲刘半农》,上海人民出版社2000年版,第251页。
② 刘半农:《自题画象》,1934年7月1日《论语》第44期。
③ 刘复:《自序》,《半农杂文》(第一册),北平星云堂书店1934年版,第3页。
④ 刘复:《自序》,《半农杂文》(第一册),北平星云堂书店1934年版,第3页。